C. W. Müller

Wie Helfen zum Beruf wurde

Band 2

C. Wolfgang Müller

Wie Helfen zum Beruf wurde

Band 2

Eine Methodengeschichte der Sozialarbeit 1945–1995

3. Auflage

Beltz Verlag · Weinheim und Basel

C. Wolfgang Müller, Prof., Dr. phil., Jahrgang 1928, studierte Anglistik, Germanistik, Kulturgeschichte, Theaterwissenschaft, Publizistik und war Dolmetscher, Journalist, Jugendpfleger. Danach studierte er als Harkness-Fellow Soziologie und Erziehungswissenschaft und war seit 1965 Professor für Erziehungswissenschaft und Sozialpädagogik; von 1980 bis 1997 an der TU Berlin. Seit Frühjahr 1997 emeritiert und mit neuen Forschungs- und Beratungsaufgaben befasst.

Lektorat: Richard Grübling

3., erweiterte und neu ausgestattete Auflage (8.–9. Tsd.) 1997

Herstellung: Jürgen Reverey
Gesamtherstellung: Druckhaus »Thomas Müntzer«, Bad Langensalza
Umschlaggestaltung: Federico Luci, Köln
Umschlagzeichnung: Regula Hartmann, Basel
Printed in Germany

ISBN 3-407-55801-5

Inhaltsverzeichnis

Inhaltsverzeichnis Band 1

Wie Helfen zum Beruf wurde (1883–1945)

Vorrede

Der erste Band meiner Methodengeschichte der Sozialarbeit (»Wie Helfen zum Beruf wurde«) hat bei Studierenden, Berufspraktikern und Hochschullehrern eine wohlwollende Aufnahme gefunden. Das Buch sei spannend geschrieben, sagten Viele. Man könne es in *einer Nacht* lesen. Dem Text sei die Anstrengung langjähriger Quellenarbeit nicht anzumerken. Diese Urteile haben mich gefreut, denn sie stimmten mit dem Ziel überein, das ich mir selber gesetzt hatte. Kritik bezog sich auf das, was dem Inhalt fehlte. Ein Kollege sagte spontan: »Das Buch hört so plötzlich auf«. In der Tat.

Ich habe versucht, diesem Mangel auf zweierlei Weise abzuhelfen. Bei der Neubearbeitung des ersten Bandes der Methodengeschichte der Sozialarbeit habe ich auf zeitgebundenes Beiwerk in den ersten Kapiteln verzichtet und dafür in zwei zusätzlichen Kapiteln die Methodengeschichte in der Republik von Weimar, die Veränderungen während der Weltwirtschaftskrise und den Einbruch während der nationalsozialistischen Herrschaft beschrieben. Mein erster Band endet im Mai 1945.

In jenem Monat beginnt auch der vorliegende (zweite) Band. Er soll dem Versuch gewidmet sein, die Geschichte methodischen Handelns in der Sozialen Arbeit über die vierzig zurückliegenden Jahre zu rekonstruieren. Einen großen Teil dieser Zeitspanne habe ich als Jugendpfleger, Gruppenpädagoge und Gemeinwesenarbeiter selbst erlebt. In dreißig Berufsjahren habe ich mir nicht nur Kenntnisse verschaffen und Erkenntnisse aneignen können, sondern ich habe mir durch Kontakt und Kooperation, durch Auseinandersetzungen und Kämpfe Sympathien und Antipathien erworben, Nähe gewonnen und Distanz verschafft. Ich habe mir vorgenommen, die Geschichte meiner eigenen beruflichen Verbindungen, Bündnisse und Auseinandersetzungen in den Versuch einer Methodengeschichte einzubeziehen, ohne die alten Positionen noch einmal vehement zu bekräftigen und ohne die alten Kämpfe noch einmal zu kämpfen. Geschichte, geschrieben als Versuch der Selbstrechtfertigung, bringt wenig Gewinn.

Einen Standort-Vorteil kann ich nicht verschweigen. Ich lebe und arbeite seit vierzig Jahren – mit Ausnahme verschiedener, mehrjähriger Auslandsaufenthalte – in Berlin. Meine Erfahrungen mit regionalen und kleinräumigen Entwicklungen außerhalb dieser Stadt sind begrenzt und meist durch den Kontakt mit Kolleginnen und Kollegen und durch die Lektüre von Fachbüchern und Fachzeitschriften vermittelt. Auf der anderen Seite bin ich sicher, daß ich dieses Buch, so wie ich es geschrieben habe, nur in Berlin schreiben konnte. Denn hier verfügte ich über den Zugang zur Staatsbibliothek, zur Bibliothek des Diakonischen Werkes der EKD und – dies vor allem – zu dem unersetzlichen Fundus des Deutschen Zentralinstituts für soziale Fragen (DZI) und seinen sachkundigen Bibliothekarinnen und Bibliothekaren, die allein aus der Zeitspanne zwischen Jahrhundertwende und 1945 mehr als 600 unterschiedliche Fachzeitschriften der Sozialen Arbeit verwalten. Den Zugang zu der nordamerikanischen Methodengeschichte erleichterten mir die *Social Welfare History Archives* auf dem Campus der Universität von Minnesota, wo ich mit einem Reise-Stipendium der Deutschen Forschungsgemeinschaft arbeiten konnte.

Persönliche Erfahrungen, persönliche Buchbestände und persönliches Archiv waren die erste Voraussetzung für meine Rekonstruktion zeitgenössischer Methodengeschichte. Die Bestände der genannten Archive und Bibliotheken waren die zweite. Beide hätten nicht ausgereicht, dieses Buch zu schreiben, weil Bücher und Fachzeitschriften nur einen Teil dessen dokumentieren, was zu einer *Realgeschichte* sozialarbeiterischen Methodenlehre gehört. Beim Schließen der damit verbundenen Wissenslücke hat mir ein dritter Zugangsweg zur Methodengeschichte geholfen: berufsgeschichtliche Gespräche und Interviews mit Kolleginnen und Kollegen in Deutschland, den Niederlanden, Großbritannien und den Vereinigten Staaten von Amerika. Seit den 60er Jahren, als *Harkness Fellow* in New York, Minneapolis und Berkeley arbeitend, habe ich solche Gespräche geführt, aufgenommen und transkribiert. Im Zusammenhang mit der Arbeit an diesem Buch habe ich sie vor allem im Hinblick auf die Geschichte der 40er, der 50er und der 60er Jahre fortgesetzt und verstärkt. Die Liste meiner Gesprächspartnerinnen und Gesprächspartner auf allen Ebenen und in allen Berufsfeldern der Sozialen Arbeit ist lang. Der unverzichtbare Wert dieser Gespräche und Interviews lag nicht allein darin, daß in ihnen neue Tatbestände hervorgebracht worden wären. Er lag vor allem darin, daß sie mir geholfen – ja mich teilweise überhaupt erst in die Lage versetzt – haben, vorhandene Informationen einzuordnen, einzuschätzen und zu bewerten.

Meine Methodengeschichte der Sozialarbeit soll lesbar und wissenschaftlich sein. Es ist nicht einfach, beide Teilziele gleichzeitig und gleichberechtigt zu verfolgen. Ich habe mir dadurch geholfen, daß ich den gesamten wissenschaftlichen Apparat in dreihundert Anmerkungen untergebracht und in den Anhang verbannt habe. Dadurch sind zwei Bücher in einem entstanden: ein in fünf Kapitel gegliederter und, wie ich hoffe, lesefreundlicher Text und ein Anhang, welcher der Kapitel-Einteilung entspricht und nicht nur die zeitgeschichtlichen Quellen nachweist, sondern auch Bemerkungen, Urteile und zusätzliche Fakten enthält, die mich beim Schreiben amüsiert haben, die aber in den Haupt-Text aufzunehmen die Argumentationslinien der einzelnen Kapitel verwirrt und verwischt haben würde. Ich hoffe, daß ich Leser finde, die beide Teile des Buches ästimieren.

Leser, die eine chronologische Gesamtdarstellung erwarten, werde ich enttäuschen. Ich mußte mich für zeitgeschichtliche Schlüssel-Situationen entscheiden: Die Wieder-Entdeckung von Gruppenpädagogik in den späten 40er Jahren, die Rezeption von Einzelfallhilfe in den 50er Jahren und die neue Praxis von Gemeinwesenarbeit in den 60er Jahren. Weitere Schlüssel-Situationen waren die in den frühen 70er Jahren einsetzende Fundamental-Kritik von Studentenbewegung und Sozialarbeiter-Bewegung und ihre experimentellen und alternativen Praxis-Versuche und die Weiterentwicklung methodischen Arbeitens in den neuen sozialen Bewegungen der 80er Jahre. Für mich markieren diese fünf Schlüssel-Situationen eine historische Kontinuität. Um diese, von mir behauptete Kontinuität zu zeigen, habe ich auf die durchgängige, chronologische Rekonstruktion einzelner methodischer Ansätze verzichtet. Es gibt nur *ein* Buch, das die »Geschichte der Sozialen Arbeit von der Aufklärung bis zu den Alternativen« in ähnlicher Weise und mit ähnlicher Absicht nachzeichnet: Wolf Rainer Wendt, Stuttgart: Enke [2]1985.

Meine Methodengeschichte ist als Realgeschichte angelegt. Ich habe mich deshalb auf schriftliche und mündliche Überlieferungen von Personen und Institutionen konzentriert, welche methodisch gearbeitet und methodisches Arbeiten vermittelt haben. Der reiche Fundus an eher postulativen Schriften darüber, was Soziale Arbeit *auch* hätte sein und tun können und warum sie es nicht leistete, blieb außer Betracht. Das wäre ein arger Mangel, wenn es nicht genügend Fachbücher geben würde, die sich der Bearbeitung dieser Fragen widmen.

Berlin, im Januar 1988 C. Wolfgang Müller

Clara Singer
hier i. d. Trümmer
Heinrich Singer lebt
Coswig Gartenstr 7
DREWAG

Ende und Anfang

Es ist nicht richtig, wenn behauptet wird, am 8. Mai 1945 hätte für alle Deutschen »die Stunde Null« geschlagen[1]. Richtig ist vielmehr, daß dieser Tag für die einen ein Tag der Niederlage und das Ende aller Hoffnungen war, für andere hingegen ein Tag der Befreiung und der Anfang einer neuen, hoffnungsvollen Zeit.

Die neue, hoffnungsvolle Zeit war mit einem erdrückenden Erbe belastet, das der Nationalsozialismus hinterlassen hatte. Als deutsche Autoren vierzig Jahre später noch einmal Bilanz machten, zählten sie »55293800 Tote, 7,35 Millionen Deutsche, 6 Millionen Polen, 20 Millionen Russen, 320000 Amerikaner, 537000 Franzosen, 390000 Engländer, 485000 Jugoslawen, 5,7 Millionen KZ-Morde, 570000 deutsche Luftkriegsopfer. Zwölf Millionen Deutsche gerieten in Gefangenschaft, 3,8 Millionen in die amerikanische, 3,7 Millionen in die britische, 3,15 in die russische und eine Million in die französische. Die meisten kehrten nach einem Jahr zurück, viele erst nach zehn Jahren, über eine Million überhaupt nicht. 9,5 Millionen Flüchtlinge treckten 1945 aus dem deutschen Osten in die alten Bundesländer. ›Gott schenke den Christen in aller Welt offene Ohren‹, betete Propst Heinrich Grüber, ehemaliger KZ-Häftling, ›Die Notschreie der deutschen Menschen zu hören, die auf den Landstraßen sterben und verkommen‹«[2].

Mit dieser Bilanz war eine unvorstellbare Neuzuteilung von Gütern und Lebenschancen zwischen Einheimischen und Flüchtlingen verbunden, zwischen Männern und Frauen, Alten und Jungen, Menschen in unversehrten Häusern und Ausgebombten und Evakuierten. Nahezu die Hälfte der deutschen Bevölkerung war umgekommen, in Kriegsgefangenschaft geraten oder lag im ursprünglichen Sinne dieses Wortes auf der Straße. »Wo vor dem Krieg vier Deutsche lebten, hausten nun durchschnittlich zehn. Auf dem Gebiet der heutigen Bundesrepublik wurden

◀ *Suchmeldungen auf Ruinenwänden, Dresden 1945.*
Foto: Richard Peter sen.

2841773 Wohnungen (gleich 41,2 Prozent) total zerstört oder so schwer beschädigt, daß ihr Wiederaufbau unmöglich war. In Schutt und Trümmer lagen historische Bauten und Krankenhäuser, Schulen und Rathäuser, alte Stadtviertel wie in Freiburg, Heilbronn, Dresden und Würzburg, moderne Industriereviere in Schlesien, an Rhein, Ruhr und Main. Zerstört waren durch feindliche Bomben oder eigene Sprengladungen, alle 33 Eisenbahnbrücken über Rhein und Weser, 22 von 34 über die Donau, von der Quelle bis zur Grenze«[3].

Mit bedingungsloser Kapitulation der Deutschen Wehrmacht und militärischer Besetzung des Reichsgebietes durch die Kampftruppen der Alliierten Streitkräfte hatte auch der Verwaltungsapparat des nationalsozialistischen Reiches, der Länder und Kommunen zu existieren aufgehört. Nicht, daß er zerschlagen worden wäre oder hätte zerschlagen werden müssen. Seine Repräsentanten und Funktionäre hatten sich einfach aus dem Staube gemacht. Ihre Befehlsgewalt ging auf die jeweiligen alliierten Stadtkommandanten über. Die suchten sich unter den politisch unbelasteten deutschen Fachleuten – teilweise beraten und unterstützt durch antifaschistische Initiativgruppen[4] – neue Bürgermeister, Stadträte und Dezernenten, um das kommunale Leben wenigstens notdürftig wieder in Gang zu bringen. Das gelang vielerorts vergleichsweise rasch, weil die Stadtkommandanten zunächst über eine uneingeschränkte Befehlsgewalt verfügten und ihren deutschen Helfern weitgehende Exekutiv-Befugnisse übertrugen. Sie konnten privaten Wohnraum beschlagnahmen, um Flüchtlinge unterzubringen, sie konnten Lebensmittel beschlagnahmen, leerstehende Häuser in Polikliniken und Kinderheime umwandeln und vor allem: Sie konnten Frauen, Männer und Jugendliche von der Straße weg zu Aufräumungsarbeiten einsetzen. Insbesondere stadtbekannte Nationalsozialisten wurden in den ersten Nachkriegswochen und -monaten vielerorts gezwungen, Gefallene zu beerdigen, Bombenkrater aufzufüllen und Straßen wieder befahrbar zu machen. Diese Arbeitseinsätze waren nicht nur eine Strafe, sie brachten häufig auch die überlebenswichtige Zuteilung einer Lebensmittelkarte für Arbeiter oder Schwerarbeiter mit sich. Denn die Lebensmittelkarte 5 für die nichtarbeitende Bevölkerung berechtigte nur zum täglichen Bezug von Nahrungsmitteln im Wert von ca. 1000 Kalorien. In vielen Großstädten konnte nicht einmal dieses Existenzminimum eingehalten werden[5].

Die Reichsmark existierte weiter, aber ihre Funktion als Zahlungsmittel war auf Waren und Dienstleistungen beschränkt, die eh schon rationiert waren. Alles, was darüber hinaus zum Überleben notwendig war, mußte getauscht oder auf dem »schwarzen Markt« gekauft werden. Über die Versorgung der Besatzungstruppen kamen die unterschiedlichsten Ersatzwährungen in Umlauf. In allen vier Besatzungszonen galten

Zigaretten, die sogenannten »Aktiven« (im Gegensatz zu selbstgezogenem und selbstgedrehtem Tabak) als Universalwährung. 20 deutsche Zigaretten entsprachen 50 bis 100 Reichsmark, »Amis« 150 bis 180 Reichsmark, ebenso viel kostete eine Flaschen Schnaps. Solche Preise sagen heute wenig. Sie werden erst dann aussagekräftig, wenn zum Vergleich die Regelsätze der offenen Fürsorge in den westlichen Besatzungszonen des Jahres 1946 herangezogen werden. Danach standen einem Haushaltsvorstand monatlich 27 bis 33 Reichsmark zu, einem Familienangehörigen über 16 Jahren 18 bis 25 Reichsmark unter 16 Jahren lediglich 15 bis 17 Reichsmark. In Sachsen und Thüringen waren Damenstrümpfe ein anerkanntes Tauschmittel, auch der Zentner Kartoffeln war eine beliebte Währungseinheit. In der amerikanischen Besatzungszone galten die standardisierten Verpflegungspakete der Armee als entscheidendes Überlebensmittel, die CARE-Pakete[6]. Sie enthielten in Konserven verpackte Tagesrationen für zehn Soldaten und halfen mancher Familie über den ganzen Monat hinweg. Die sowjetischen Besatzungstruppen verteilten ähnliche Pakete (die sogenannten PAJOKS) an ihre deutschen Helfer. Auf dem Berliner Schwarzmarkt kosteten im Frühjahr 1947: 1 Pfund Butter 250–350 RM, ein Pfund Speck 350–460 RM, 1 Dreipfundbrot 35–45 RM und ein Zentner Briketts 50–80 RM. Die Monatslöhne von Arbeitern und einfachen Angestellten lagen in dieser Zeit zwischen 150 und 450 RM.

Heute ist es fast unmöglich geworden nachzuvollziehen, was die Tage des Übergangs vom totalen Krieg zur bedingungslosen Kapitulation der Deutschen Wehrmacht bedeuteten. Deshalb sollen Zeitzeugen zu Wort kommen, die von den Autoren des Buches *Geschichte der Sozialarbeit* (Weinheim 1983) Anfang der 80er Jahre befragt worden sind. Eine Jugendleiterin aus der traditionsreichen Ausbildungsstätte des Jugendheims Charlottenburg in Berlin erinnerte sich, daß sie die letzten Kriegstage in einer Sammelunterkunft des Städtischen Opernhauses verbracht hatte:

»Als ich da rauskam, sah ich die totale Verwüstung. Straßenbahnen aus den Schienen gehoben, die Drähte runtergerissen, Ruinen natürlich, Tote. Dann die Joachimstaler Straße runter, immer im Schutz dessen, was noch stand, immer in Begleitung von Menschen, die neben mir fielen und starben. Dann bin ich im Haus der jetzigen Gewerkschaft Öffentliche Dienste, Transport und Verkehr (ÖTV) gelandet. Das war damals eine katholische Privatklinik. Und jetzt werden Sie vielleicht denken, daß die Phantasie mit mir durchgeht: Ich bin da reingekommen in dieses Haus mit einer sehr schön geschwungenen Treppe, man ließ mich auch rein und hat nicht gefragt, was ich wollte. Ich stand also keuchend im Vestibül und die Treppe herunter schritt, auf einem roten Läufer, eine Nonne. Das werde ich nie vergessen. Es war so eindrucksvoll, denn man muß immer bedenken, daß diese Frau ohne jegliche Angst war. Sie hätte ja auch im Luftschutzkeller sitzen können... (Aber es war), als ob nichts um sie herum passierte. Dann habe ich mich durchgeschlagen bis nach Hause, zu meinen Fremdarbeiterinnen, mit denen haben wir dann die letzten Kriegestage und Nächte im Keller verbracht.

Wie fing es in Charlottenburg wieder an? Bei uns kamen die Russen am 1. Mai, aber ich bin, glaube ich, am 2. oder 3. Mai nach Charlottenburg gepilgert, um zu sehen, was also los sei. Da war also ein Zettel, wir möchten uns alle am Stuttgarter Platz treffen. Das taten wir auch, alle in dem entsprechenden Aussehen, verdreckt und schmutzig, wir hatten ja kein Wasser, wir hatten da hinten einen Rohrbruch ... Aber glücklich, daß wir's hinter uns hatten. Da trafen wir Frau Z., unsere Referentin, und dann ging es eigentlich ziemlich schnell wieder los«[7].

»In der allerersten Zeit mußten wir ja eigentlich nur unsere ganze Kraft darauf konzentrieren, die schlimmste Not zu lindern. Die Not war also einmal der Hunger, da konnten wir nicht viel gegen machen, gar nichts gegen machen. Wohnungsprobleme, Unterbringung von Alten, Kranken, Unterbringung von Kindern und so weiter. Wir brauchten also auch Einrichtungen, und die haben wir uns verhältnismässig schnell schaffen können. Wir haben Bunker geräumt, wir hatten große Bunker in Charlottenburg und unterm Finanzamt. Da war zum Beispiel ein Bunker, in dem Verletzte lagen, die dann auch da umgekommen sind. Unsere Kollegen, die in der NSDAP waren und die dann eigentlich aufhören mußten, sind noch dazu angehalten worden, die Toten aus den Bunkern zu holen und auf Lastwagen zu kippen ... Und wir haben dann die Bunker geräumt und haben tagtäglich 'zig Fuhren mit Handwagen zur Desinfektionsanstalt gebracht und haben alles Verwertbare dazu benutzt, eine Art Aufnahmelager im Haus Schloßstraße einzurichten. Ein Kinderheim und einige Kindertagesstätten haben wir versucht wieder einzurichten. Denn die Bevölkerung hatte natürlich, nachdem alles vorbei war, nun auch uns noch geplündert ... Aber wir haben immer sehr gute Fingerzeige gehabt und haben sehr schnell rausgekriegt, wo die karierte Bettwäsche geblieben ist, oder wo ein Schrank geblieben ist, und dann sind wir also in die Wohnungen gegangen und haben uns die Sachen einfach wiedergeholt. Wir sind auch auf keinen Widerstand gestoßen ...«[8].

Eine Familienfürsorgerin, Absolventin der Sozialen Frauenschule des Katholischen Deutschen Frauenbundes in Berlin und seit Sommer 1946 Familienfürsorgerin im Berliner Wedding, beschrieb ihre Wiederaufbau-Arbeit in diesem Bezirk als das mühsame Flicken eines zerrissenen sozialen Netzes:

»Unter den kriegsbedingten Zerstörungen hatte der Wedding als einer der am dichtesten besiedelten Stadtbezirke schwer zu leiden gehabt. Vom Gesundbrunnen bis zum Stettiner Bahnhof und von der Brunnenstraße bis zur Stadtmitte gab es ein einziges Trümmerfeld. Die ehemaligen Bewohner dieser Hausruinen lebten in den noch vorhandenen Kellern oder waren zu Freunden und Verwandten jenseits der Panke gezogen, die von jeher den alten Gesundbrunnen von einem etwas besser situierten Teil in Rathausnähe abgegrenzt hatte. Es war unheimlich schwer, für die Geschädigten einen (Wohnungs) Ausgleich zu schaffen ... Weddinger wollen immer ›an die Plumpe‹. Ihre Familiengebundenheit und ihre vitalen, menschlichen Bezüge – ob in Liebe oder Haß – sind sehr stark. Sie können einander nicht entbehren. Und wenn es sein muß, verelenden sie auch miteinander. Für die erste Nachkriegszeit gab es keine Einzelinstruktionen. Wir flickten an einem zerrissenen Netz – einfach aus den Bedürfnissen des Tages heraus taten wir das jeweils Erforderliche. So wuchs uns das Ganze, Masche um Masche, wieder unter den Händen zusammen. Die Gesetzgebung in Berlin hatte der Alliierte Kontrollrat, ihm mußte fast alles vorgelegt werden. In schriftlichen Dingen waren wir ohnehin nicht selbständig, alles war unterschriftspflichtig. Wir hatten einen merkwürdigen Schreibstil: Damit auch äußerlich die Absage an autoritäres Alleindenken erkennbar wurde, sagten wir alles im Plural aus. Nicht ich handelte, sondern die Kommunalverwaltung ...«[9].

Gegenüber anderen, zerstörten Großstädten war Berlin besonders schwer getroffen, weil mit dem Verlust des Hinterlandes auch die zahlreichen Kinder- und Jugendheime unerreichbar geworden waren, in die alleinlebende Kinder und Flüchtlinge hätten eingewiesen werden können.

»In meinem Bezirk hatte man in einer leeren Fabrik ein Flüchtlingslager eingerichtet. Meine Aufgabe war es, die dort aufgenommenen Kinder ohne Familienanschluß privat unterzubringen. Mütter hatten sich unter dem Vorwand, Besorgungen zu erledigen, abgesetzt und ihre Kinder fremden Menschen anvertraut. Wochenlang kam, fast immer sonnabends, die Aufgabe auf mich zu, diese Kinder unterzubringen. Mit einer Adressenliste von Pflegeeltern zog ich mit 4 bis 5 Kindern durch den Bezirk, bis ich auch für das letzte Kind eine Unterkunft gefunden hatte«[10].

Aktive Nationalsozialisten (die sogenannten ›Hundertfünfzigprozentigen‹) wurden aus den Sozialverwaltungen entlassen, soweit sie es nicht vorzogen, von sich aus dem Dienst fernzubleiben, um nicht als Arbeitslose über das Arbeitsamt den Entnazifizierungsausschüssen gemeldet zu werden. Genaue Zahlen über die Reichweite dieser *ersten* und mehr oder weniger spontanen *Entnazifizierung* sind nicht bekannt. Die meisten Zeitzeugen erinnerten sich nur, daß amtsbekannte Hundertfünfzigprozentige nachhause geschickt oder entlassen wurden, daß ihre Zahl aber nicht ins Gewicht gefallen sei[11].

Besonders schnell und eindrucksvoll konnte der Wiederaufbau Sozialer Arbeit überall dort eingeleitet werden, wo Antifaschisten zur Verfügung standen, die meist während der zwölfjährigen Hitler-Herrschaft aus ihren sozialpädagogischen Arbeitsplätzen entfernt worden waren. So erinnerte sich ein Funktionär der Sozialistischen Arbeiterjugend (SAJ), der spätere Jugendstadtrat in Berlin-Kreuzberg, Erwin Beck: »Wir konnten nach 1945 an etwas anknüpfen, was wir schon in den Jahren ab 1929 oder vorher gehabt hatten. Denn Jugendarbeitslosigkeit hat es ja auch schon in der Blütezeit (der Weimarer Republik) gegeben. Wir haben Werkstätten eingerichtet, Schneiderwerkstätten, Tischlerwerkstätten usw. im sogenannten Jugendnoteinsatz der Berliner Jugendämter und nachher sogar noch verbessert im Handschaffenden Jahr. Die waren zugleich verbunden mit echter Sozialpädagogik, auch mit Bildungsangeboten, mit dem Vertrieb von Kino- und Theaterkarten. Es gab damals ein Theater der Arbeitenden Jugend, die Volksbühne, Filmtheater, und da wurden auch Gruppendiskussionen darüber geführt ... Die dort tätigen Leute kamen aus der Jugendbewegung und hatten die Fähigkeiten, mit den jungen Leuten zu sprechen, weil sie selber aus den gleichen Schichten kamen. Die hatten es wesentlich leichter als es heute viele haben, die erst einmal über das Abitur kommen und alle Mühe und Not haben, mit den Jugendlichen in Kontakt zu kommen. Die sind so weit weg von denen ...«[12].

Es gab in der Tat Frauen und Männer der ersten Stunde, die sich durch ihre Erfahrungen in Arbeiterbewegung, Frauenbewegung, Bekennender Kirche und in ihren Familien humanistische Grundpositionen erworben und erarbeitet hatten, die das Dritte Reich überdauerten. Und es gab Versuche der Militärverwaltungen der vier Allierten, ihre Erfahrungen und Kenntnisse in der Sozialen Arbeit auf die Situation im besetzten Reich zu übertragen. Die Fürsorgerin und Jugendpolitikerin Ella Kay, die spätere Berliner Senatorin für Familie, Jugend und Sport, erinnerte sich:

»Wir mußten ja sofort anfangen, mit den Kollegen zu diskutieren über die Art der Arbeit und über die Methoden. Damals kamen doch die Methoden, da kamen *group work* und später *case work*. Als wir erst einmal anfingen mit *case work*, da haben die Fürsorger gestreikt, haben Krawall gemacht. Die wollten *case work* gar nicht. Die hatten eine Ausbildung, und die reichte ihnen fürs Leben. Daß man da noch ein bißchen mehr machen könnte oder sollte, das war nicht drin ...«[13].

Mit diesem Hinweis machte Ella Kay einen Vorgriff auf die Jahre 1947 und 1948. Denn ehe die Alliierten Siegermächte irgendetwas nach Deutschland importierten, überzeugten sie Teile der jungen Generation in Deutschland durch die alltägliche Lebensweise ihrer Besatzungssoldaten. Alliierte Chronisten haben in der Rückschau immer wieder ihre Verwunderung darüber ausgedrückt, daß es nach dem 8. Mai 1945 nirgendwo in Deutschland einen nennenswerten Widerstand gegen die Besatzungstruppen gegeben habe. Die noch kampffähigen Reste der Deutschen Wehrmacht ließen sich widerstandslos in die Gefangenschaft abführen, der Volkssturm warf die *Panzerfäuste* weg, und der sogenannte *Werwolf*, das letzte Aufgebot Hitlers nach der Besetzung, blieb ohne jeden Widerhall. Das hing sicherlich mit der Hoffnungslosigkeit der

Lage, dem Ausmaß der Zerstörung deutschen Bodens und der erdrückenden Übermacht der Besatzungstruppen und ihres hochentwickelten Kriegsgeräts zusammen. Gerd Fuchs beschreibt in dem Roman »Die Amis kommen« die Gedanken eines Hitlerjungen beim Anblick des ersten abgeschossenen amerikanischen Bomber-Piloten, den er als Gefangenen zu Gesicht bekommen hat:

»...er trug braune hohe Lederstiefel, eine Hose mit Taschen an den Beinen und eine blaue, ärmellose Jacke, an deren Seite – und das beeindruckte Florian am meisten – ein Stecker heraushing. Die also heizbar war. Er fand diese heizbare Jacke sensationell... Boldt und Pütz (seine Bewacher, C.W.M.) wirkten lächerlich, völlig unmodern, fand Florian... Ein Witz im Vergleich zu der zweckmäßigen, praktischen Kleidung dieses Ami-Menschen. Stammeskostüme gegen Berufskleidung. Für die schien der Krieg nur ein Job zu sein. Ungeahnte Kräfte steckten offenbar in diesem Mann. Wenn der nicht darauf bestanden hätte, diese Zigarette zu rauchen, er hätte Boldt und Pütz mühelos weggefegt, fand Florian. Als ob die beiden so einen hätten halten können«[14].

Nicht nur die materielle Überlegenheit imponierte: die Jeeps, die Walkie-Talkies, das Großgerät der Pioniere. Auch ihre Verkehrs- und Umgangsformen beeindruckten die auf Strammstehen und stupide Befehlswiederholungen getrimmten deutschen Männer. Spätere Generationen werden diese lässige Leichtigkeit im Umgang zwischen Vorgesetzten und Untergebenen als *cool* und *easy* bezeichnen. Diese Begriffe kannten die 45er noch nicht. Aber sie sahen den Unterschied zu dem eigenen, antrainierten, angeschliffenen Verhalten[15]. Und das nicht nur in der amerikanischen Besatzungszone, sondern auch bei den sowjetischen Soldaten.

»›Siehst du‹, sagte der Obergefreite, ›das Grundübel ist, glaube ich folgendes: In anderen Ländern war Offizier zu sein ein Beruf wie jeder andere. Da machte der Offizier seinen Dienst, und abends zog er die Uniform aus. Auch innerlich... Bei uns aber ging er mit der Uniform sozusagen ins Bett. ›Im Dienst bin ich ein Schwein, und ich bin immer im Dienst!‹ Sie machen dir das Kunststück vor, immer im Dienst zu sein. Und daran ist der Mist hier zusammengebrochen‹... ›Bei den Russen ist das so anders‹, sagte Uhlig. ›Als ich gefangengenommen worden war... schafften mich die Soldaten hierher ins Dorf. Dabei trafen sie einen Offizier. Was meinst du, wie die sich zusammen gefreut haben! Sie haben gewiehert vor Lachen! Und bei uns? Hast du jemals mit deinem Leutnant zusammen gelacht?‹«[16].

Noch ehe wir in Deutschland mit dem Begriff »Um-Erziehung« als Synonym für den organisierten Versuch der Alliierten vertraut gemacht wurden, den autoritätsgläubigen und autoritätsabhängigen Nationalcharakter – den die Nationalsozialisten nicht erfunden hatten, dessen Vorhandensein jedoch ihre Herrschaft flankierend unterstützte – auf demokratische Werte und Normen umzuorientieren, hatten Einblicke in die alltäglichen Umgangsformen alliierter Soldaten und ihrer Vorgesetzten eine erste, umerziehende Wirkung getan. Junge Deutsche, vor allem solche, die sich, durch Lebensalter und Familienerziehung bedingt, noch nicht vollständig mit dem nationalsozialistischen System identifiziert hatten, begannen aus eigener Anschauung zu begreifen, daß die alliierten Truppen nicht nur den Krieg gewonnen hatten, sondern daß sie über eine überlegene und in dieser Überlegenheit faszinierende Lebensweise verfügten, die nachzuahmen und anzunehmen ein erstebenswertes Ziel sein könnte. Bei dieser ersten, frühen Phase informeller Umerziehung durch Kontakt und Beispiel spielten die Truppensender AFN (*American Forces Network*) und BFN (*British Forces Network*) eine Rolle, die gar nicht hoch genug eingeschätzt werden kann. Schon während des Krieges hatte der *Soldatensender Calais* mit seinen antifaschistischen Musik- und Wortsendungen eine wichtige Rolle gespielt, als es (in der Sprache der Nationalsozialisten), darum ging, die deutsche Kampfkraft zu »zersetzen«. Was selbst überzeugte Hitlerjungen damals fasziniert hatte, waren Sendungen mit jener Musikgattung, welche die NS-Schulungs-Offiziere verächtlich »Niggermusik« und die wir »Hot« nannten. »Hot« (= heiße Musik) und »Hotten« (= heiße Musik hören oder sogar machen) war eine tolle Sache, nicht nur, weil sie vom HJ-Streifendienst (einer Art paramilitärischer Polizei der Hitlerjugend) mit Anzeigen und Strafen bedroht war, sondern weil diese Musik ein Lebensgefühl auszudrücken schien, das im Kontrast zur immerwährenden Forderung der Nationalsozialisten nach Opferbereitschaft und Hingabe des eigenen Lebens für die Sache des Volkes etwas Neues und Rares versprach: Leben, Lebensfreude, Fröhlichkeit, Ausgelassenheit, Erotik, Empathie. AFN und BFN transportierten dieses Versprechen in Teile der jungen Generation des zerstörten Deutschen Reiches, vielleicht gerade weil sie nicht als Propagandasender konzipiert waren, sondern als Service-Leistung für die eigenen Soldaten. Ich erinnere mich noch deutlich, wie einem meiner ehemaligen Jungvolk-Führer der Unterkiefer staunend und ungläubig herunterklappte, als ich versuchte, ihm zu vermitteln, daß Glenn Millers Big Band eine Militärkapelle und der Ohrwurm *In the mood* eine Musik gewesen sei, nach der sich amerikanische GIs marschierend fortbewegten.

Die Um-Erziehung setzte sehr früh und eigentlich ungeplant ein. Die Methoden demokratischer Erziehung kamen viel später.

Die Faszination der Besatzungsmacht, Berlin 1949. ▶

1
Nachkrieg und Gruppenpädagogik

»Und feige sind sie. Sie haben uns verraten. So furchtbar verraten. Wie wir noch ganz klein waren, da haben sie Krieg gemacht. Und als wir größer waren, da haben sie vom Krieg erzählt. Begeistert. Immer waren sie begeistert. Und als wir dann noch größer waren, da haben sie sich auch für uns einen Krieg ausgedacht. Und da haben sie uns dann hingeschickt. Und sie waren begeistert. Immer waren sie begeistert. Und keiner hat uns gesagt, wo wir hingingen. Keiner hat uns gesagt, ihr geht in die Hölle. O nein, keiner. Sie haben Marschmusik gemacht und Langemarckfeiern. Und Kriegsberichte und Aufmarschpläne. Und Heldengesänge und Blutorden. So begeistert waren sie. Und dann war der Krieg endlich da. Und dann haben sie uns hingeschickt. Und sie haben uns nichts gesagt. Nur – Macht's gut, Jungens! haben sie gesagt. Macht's gut, Jungens! So haben sie uns verraten. So furchtbar verraten. Und jetzt sitzen sie hinter ihren Türen. Herr Studienrat, Herr Direktor, Herr Gerichtsrat, Herr Oberarzt. Jetzt hat uns keiner hingeschickt. Nein, keiner. Alle sitzen sie jetzt hinter ihren Türen. Und ihre Tür haben sie fest zu. Und wir stehen draußen. Und von ihren Kathedern und von ihren Sesseln zeigen sie mit dem Finger auf uns. So haben sie uns verrraten. So furchtbar verraten. Und jetzt gehen sie an ihrem Mord vorbei, einfach vorbei. Sie gehen an ihrem Mord vorbei.«

Unteroffizier Beckmann in Wolfgang Borchert: Draußen vor der Tür. Ein Stück, das kein Theater spielen und kein Publikum sehen will (1947). In: Das Gesamtwerk. Rowohlt: Hamburg 1949.

◄ *So furchtbar verraten ... Deutscher Soldat vor dem zerstörten Reichstagsgebäude, Berlin 1945. Foto: Mark Redkin.*

Wolfgang Borchert (1921–1947) schrieb sein Stück, das kein Theater spielen und kein Publikum sehen will[1] im Spätherbst 1946, vom Tode gezeichnet. Es drückte beispielhaft Situation, Bewußtsein und Gefühl einer Generation von 20- bis 30jährigen aus, die unter Vorspiegelung falscher Tatsachen und unter Ausnutzung ihrer Verführbarkeit in einen verbrecherischen Angriffskrieg geschickt worden waren. Als Geschlagene und Enttäuschte kamen sie zurück in eine »Heimat«, der sie Fremde geworden waren. Und die Älteren, die sie geschickt hatten, kannten sie nicht mehr, konnten sich an nichts mehr erinnern, wollten von nichts mehr wissen, waren stumm geworden, ließen sie »draußen vor der Tür« stehen.

Amerikanische Besatzungstruppen gehörten zu den ersten, die Türen öffneten. Innerhalb der US-Armee gab es eine Abteilung für *German Youth Activities* (GYA), deren Mitarbeiter in beschlagnahmten Villen Freizeitheime eröffneten, Sommerzeltlager organisierten und eine Vielzahl geselliger, sportlicher und kultureller Veranstaltungen durchführten. GYA-Kontakte waren besonders bei den Jüngeren begehrt, denn sie boten eine attraktive Einführung in amerikanische Lebensweise, aber sie halfen nur in Einzelfällen, die bohrenden Fragen der Beckmann-Generation zu beantworten.

Jugendhof Vlotho

Klaus von Bismarck gehörte zu jenen ehemaligen deutschen Offizieren, die auch in Hitlers Deutscher Wehrmacht an der Vorstellung festgehalten hatten, der Offiziersberuf sei eigentlich ein pädagogischer Beruf, und Offiziere hätten sich auch nach der Bedingungslosen Kapitulation für das weitere Schicksal ihrer ehemaligen Soldaten verantwortlich zu zeigen. Als Regimentskommandeur war er mehrfach verwundet in englische Kriegsgefangenschaft geraten. Nach der Entlassung fand er einen Teil seiner Familie in Herford wieder, und in Herford hatten die Engländer einen Onkel seiner Frau als Landrat eingesetzt. Der Landrat wurde von englischen Offizieren der Alliierten Kontrollkommission gedrängt, Pläne zu entwickeln, um Jugendlichen und jungen Erwachsenen zu einer neuen, geistigen Mitte zu verhelfen. Man müsse, so Klaus von Bismarck, Zeit haben und Geduld entwickeln. Keine schnelle Umerziehung, keine neue Indoktrination, sondern Begegnungen mit Menschen unterschiedlicher Meinungen und Nationalitäten, Informationen, die zeigen sollten, daß die Welt größer, vieldeutiger und interessanter sei, als die nationalsozialistische Ideologie sie dargestellt hatte ... Klaus von Bismarck schrieb diese Gedanken auf sieben Manuskriptseiten auf, und diese Manuskriptseiten landeten auf dem Schreibtisch des britischen Jugendoffiziers Blickford Smith. Der lud im Februar 1946 35 Deutsche, Vertreter verschiedener weltanschaulichen Richtungen aus der gesamten britischen Besatzungszone ins Stephan-Stift nach Hannover ein, um gemeinsam Perspektiven für eine neue, demokratische Jugendarbeit zu entwickeln. Klaus von Bismarck war unter den Teilnehmern. Er erinnerte sich später:

»Die Tagung war schlecht vorbereitet, es war kalt. Wir erschienen alle voller Mißtrauen in Erwartung einer Injektion mit englischen Impfstoffen. Major Blickford Smith und Miss Dunning leiteten die Tagung und bestritten sämtliche Referate, deren Themen und Inhalt unseren Verdacht nicht entkräften konnten. Und doch kann gesagt werden, daß wir alle bei dieser Tagung eine sehr wichtige Lehre empfangen haben. Wir lernten nämlich erstlich voller Staunen, wie wenig wir aus den verschiedenen Lagern und Richtungen voneinander wußten, wie naiv vielfach unsere bisherigen Vorstellungen von dem so(genannten) ›Gegner‹ waren und wie schwer – aber in unserer Situation doppelt wichtig – es ist, in die Problematik des anderen einzudringen. Ja, schließlich begriffen wir alle etwas von der Kunst des Zuhörens, des Lauschens und wir merkten, wie wenig wir uns noch auf diese Kunst verstanden. Und noch ein Zweites, was sich seither immer wieder bestätigt hat, haben wir in Hannover erfahren: daß nämlich die heutige junge Generation weitgehend ein gemeinsames schweres Erbe, eine gemeinsame Not und damit eine gemeinsame Aufgabe hat. Diese Aufgabe besteht zunächst einmal darin, klar zu werden, was los ist!«[2]

Die Konferenz im Hannover'schen Stephan-Stift habe für Klaus von Bismarck noch eine zweite Lehre enthalten, erinnerte er sich vierzig Jahre später[3]. Ihm sei deutlich vor Augen geführt worden, daß einige Vertreter von Jugendverbänden davon ausgingen, sie könnten beim Wiederaufbau ihrer Jugendarbeit umstandslos an die Situation »vor 1933« anknüpfen, könnten sich also weiter wie damals in den engen und bornierten Grenzen ihrer jeweiligen Verbands-Ideologien bewegen. In seiner Rede zum 40. Geburtstag des Jugendhofs Vlotho drückte er seine Vorbehalte »gegen die Alten, die wieder die alten Marschrichtungszahlen einstellen wollten«, noch pointierter aus. Gegen dieses Konzept der Erziehung in ideologisch (und religiös) homogenen Jugendgemeinschaften arbeitete Klaus von Bismarck in den folgenden Monaten an dem Plan einer offenen, pluralistischen Begegnungs- und Gesprächs-Pädagogik. Er war inzwischen Kreisjugendpfleger in Herford geworden und überredete die britischen Jugendoffiziere, ihm für diesen Zweck eine ehemalige Bannführerschule der Hitlerjugend zur Verfügung zu stellen. Sie lag in einem schönen, intakten westfälischen Fachwerk-Bauernhof, den die

Jugendhof Vlotho um 1950.

Nazis in Herford abgerissen und in Vlotho Stein für Stein und Balken für Balken wieder aufgebaut hatten.

Der Jugendhof Vlotho wurde im Mai 1946 als erste überregionale Jugendgruppenleiterschule der britischen Zone eröffnet – nachdem das Land Braunschweig im gleichen Monat auf Veranlassung des zuständigen britischen Jugendoffiziers eine regionale Jugendgruppenleiterschule in Bündheim im Harz eingerichtet hatte[4]. Das Konzept des Jugendhofs war in gewisser Weise einmalig. Träger waren die Jugendämter der britischen Zone – nicht die Jugendverbände. Für die materielle und finanzielle Ausstattung sorgte die englische Besatzungsmacht. 1949 übernahm das Land Nordrhein-Westfalen die finanzielle Verantwortung. Zu den einzelnen Lehrgängen schickten Jugendverbände ihren Gruppenleiternachwuchs und interessierte Einzelpersonen, beispielsweise Schüler aus der Schülermitverwaltung (SMV). Dazu kamen an Jugendarbeit interessierte ehemalige deutsche Soldaten und Offiziere. Unter der Hand wurden auch ehemalige HJ-Führer und BDM-Führerinnen eingeladen, die in einem Sammellager bei Senne interniert worden waren. Sie alle waren für jeweils vierzehn Tage Gäste des Jugendhofes. Ihre Mischung sollte vielfältige Begegnungen untereinander und mit dem achtköpfigen Team des Hauses in Kleingruppen und im Plenum, bei Diskussionen und kulturellen Aktivitäten garantieren. Zum Gründungs-Team gehörten neben Klaus von Bismarck, der seine damalige Position als progressiv evangelisch bezeichnete, ein 25jähriger britischer Offizier, ein ehemaliges Mitglied der sozialistischen Kinderfreunde-Bewegung, ein Katholik und späterer Bundestagsabgeordneter der CDU, zwei Gewerkschafter und zwei Französinnen aus der antifaschistischen Jugendarbeit.

Das Konzept eines zeitlich begrenzten gemeinsamen Zusammenlebens jüngerer Menschen unterschiedlichen Herkommens, unterschiedlicher weltanschaulicher Grundorientierungen und unterschiedlichen Engagements war für die Enttäuschten der Beckmann-Generation und für die Suchenden der Generation danach ein offensichtlich richtiges Konzept. Es entsprach auch alter englischer Politik-Tradition des »*we agree not to agree*« (= wir stimmen darin überein, daß wir nicht übereinstimmen werden), auf das sich Klaus von Bismarck ausdrücklich bezog. Aber es war für die Jahre direkt nach dem Zusammenbruch des 3. Reiches und für den pädagogischen Horizont des alten Pfadfinders und Bismarck-Förderers Blickford Smith ein wenig zu verwegen. Achtunddreißig Jahre später erinnerte sich Hans Alfken, einer der Mitgründer des Jugendhofs daran, daß eines Tages Erich Honnecker, damals Vorsitzender der Freien Deutschen Jugend und sein Agitationschef Hermann Axen nach Vlotho gekommen wären, um sich über die dort betriebene politische Bildungsarbeit zu informieren:

»Vor 10 Jahren habe ich noch mal Klaus von Bismarck getroffen und ihn gefragt, Klaus, was würdest Du machen, wenn Du mit Erich Honnecker zusammentriffst? Mensch, sagt der, Hans, das wäre 'ne wunderbare Sache, ich würd' dem auf die Schulter klopfen und sagen, Erich, weißt Du noch, was Du zu mir gesagt hast, in Vlotho? Du hast zu mir gesagt, Klaus, komm rüber in die DDR und mach so einen Hof auf. Wir geben Dir alle Möglichkeiten« (in: betrifft: erziehung, 1984, 5, 77).

Die britische Militärregierung beauftragte ihren Intelligence-Offizier Michel Thomas, die politische Vergangenheit und die gegenwärtige Gesinnung des von Bismarck zu durchleuchten. Die Durchleuchtung zeigte keine Schattenseiten[5], und der Jugendhof Vlotho konnte weiterarbeiten. Es gibt ihn noch heute, mit veränderter und teilweise erweiterter Funktionsbestimmung – und immer noch mit einem Achter-Team[6].

Haus am Rupenhorn

Der 3. Nachkriegswinter[7] in Berlin war nicht so hart gewesen wie der des Vorjahres, als die Schulen wegen Kohlenmangels geschlossen waren und der Handel auf dem Schwarzmarkt zur lebenserhaltenden Betätigung von Schülern und arbeitslosen Jugendlichen gehörte. Noch arbeitete der für Groß-Berlin zuständige Magistrat im Roten Rathaus, noch funktionierte die für die Vier-Sektoren-Stadt verantwortliche Alliierte Kommandantura.

Im Frühjahr 1948 trafen sich Vertreter der im Herbst des Vorjahres zugelassenen nicht-kommunistischen Jugendverbände (FALKEN, Bund Deutscher Jugend, Demokratischer Jugendverband) im Grunewalder Haus des britischen Jugendoffiziers Mike Berenson und erörterten Möglichkeiten, wie die Engländer beim Aufbau einer antifaschistischen Jugend- und Erziehungsarbeit helfen könnten. Gerade hatte im Amerikanischen Sektor der Stadt eine von der US-Besatzung unterstützte Jugendleiterschule, das *Camp in Wannsee* (später: Wannseeheim für Jugendarbeit e. V.) mit 46 Teilnehmern den ersten Dreitage-Lehrgang durchgeführt[8]. Der Gedanke lag nahe, im Britischen Sektor eine zweite Jugendleiterschule einzurichten – mit 3 Millionen Einwohnern war Berlin immer noch die größte Stadt des alten Reiches, wenn sie auch durch Krieg und Kriegsfolgen mehr als eine Million Einwohner verloren hatte – und: Der Jugendpolitik der Amerikaner sagten die Berliner Jugendverbände nach, daß sie eher an kommunaler Jugendpflege (*recreation*) und an der Vermittlung professioneller Methoden der Jugendarbeit orientiert sei, als an einer uneigennützigen Unterstützung autonomer Jugendverbände. In dieser Situation kam den Vertretern der Jugendverbände die eigenwillige, aber für die britische Besatzungspolitik nicht untypische Erziehungs-Philosophie Mike Berensons zupaß, der davon ausging, daß eine von Okkupationstruppen oktroyierte Umerziehungspolitik langfristig keine Lebenschancen hätte, wenn sie nicht von starken Interessengruppen der einheimischen Bevölkerung gewollt und getragen würde[9]. Die Engländer hatten zu jener Zeit schon erste, gute Erfahrungen mit dem Jugendhof Vlotho gemacht, der später in der Erinnerung von Fachleuten als »Mekka der deutschen Jugendarbeit« galt[10]. Die in Vlotho ansatzweise praktizierte Zusammenarbeit zwischen behördlicher Jugendpflege (als Träger), Jugendverbänden (als Entsender von Lehrgangsteilnehmern) und einem alliierten Mäzen im Hintergrund, der die materielle Infrastruktur sichert und eine einseitige Ausrichtung des Personals und der Lehrgangsziele verhinderte, schien in Berlin wiederhol-

Wannseeheim für Jugendarbeit, 1987.

Haus am Rupenhorn, 1987.

bar. Denn im Berliner Hauptjugendamt und im Hauptjugendausschuß arbeiteten Jugendpolitikerinnen und Kommunalpolitiker, die durch langjährige Erfahrungen in sozialistischen und sozialdemokratischen Jugendverbänden geprägt worden waren und die in der Lage schienen, den traditionellen Gegensatz zwischen Jugendfürsorge, Jugendpflege und Jugendbewegung zu überwinden und auch den sich eher als konservativ einstufenden bürgerlichen und konfessionellen Jugendverbänden gerecht zu werden.

Bei den Diskussionen um eine neue Jugendleiterschule hatte Mike Berenson ein Haus im Auge, das die Engländer beschlagnahmt hatten und das im Frühjahr 1948 leer stand. Das *Haus am Rupenhorn* war Ende der 20er Jahre von dem SIMPLICISSIMUS-Karikaturisten und Bauhaus-Architekten Bruno Paul für einen Spandauer Kaufhausbesitzer gebaut worden. Während der Hitler-Zeit war es enteignet worden und diente dem Reichskirchenminister als Amtssitz. Nun stand es leer. Vertreter der Jugendverbände und des Hauptjugendausschußes informierten sich in Vlotho über die dortige Arbeit und luden den englischen Mitarbeiter im Vlothoer Team Nigel Spicer nach Berlin ein. Die Engländer gaben das Haus frei und finanzierten global die jährlich laufenden Kosten. Träger des Hauses am Rupenhorn wurde ein Verwaltungsrat, dem je ein Vertreter der zugelassenen Jugendverbände angehörte, zwei Vertreter des Hauptjugendausschusses im Berliner Magistrat und Mike Berenson. Der Verwaltungsrat stellte das Personal ein, legte die Grundlinien der Arbeit fest und entschied einvernehmlich über das jeweilige Halbjahresprogramm. Kein Jugendverband sollte von der Mitbestimmung im Verwaltungsrat ausgeschlossen sein, auch nicht die von der Sowjetischen Militäradministration unterstützte Freie Deutsche Jugend (FDJ). Gleichzeitig antizipierten die Beteiligten, daß die Engländer eines Tages aufhören würden, das Haus zu finanzieren. Dann würde es in die Verantwortung des Hauptjugendamtes übergehen, und deshalb sollte schon jetzt ein Vertreter des Hauptjugendausschusses den Vorsitz übernehmen. Leiter des Ausschusses war – als Nachfolger des späteren Generals der Nationalen Volksarmee Heinz Keßler – der SED- und FDJ-Funktionär Jupp Zeese. Sein Vorsitz stieß auf politische Bedenken der Engländer. So wurde Zeeses Stellvertreterin, die damals parteilose »Mädelreferentin« im Hauptjugendausschuß, Ilse Reichel, Vorsitzende des Verwaltungsrates. Die hauptamtlichen Mitarbeiter des Hauses sollten – ähnlich wie im Jugendhof Vlotho – von der Mitarbeit in demokratischen Jugendverbänden geprägt sein und deren Vertrauen besitzen. Der letzte Halbsatz mag deutlich machen, daß Rupenhorn ein Haus der Jugendverbände sein, und nicht – wie Vlotho – von den Jugendverbänden als Kommunikationszentrum benutzt werden sollte. Die ersten Leiter des

Hauses kamen aus der Sozialistischen Jugend, der erste Sportlehrer stand dem Bund Deutscher Jugend nahe, die erste Musikerzieherin der Katholischen Jugend. Aber in den Gründerjahren des Hauses am Rupenhorn stand weder die Bearbeitung der nationalsozialistischen Vergangenheit im Vordergrund – wie in Vlotho – noch die an den besonderen politischen, kulturellen und religiösen Prägungen eines einzelnen Jugendverbandes orientierten speziellen Ausbildungsinhalte für ehrenamtliche Jugendgruppenleiter, sondern Lebenslage und Lebensinteressen der Berliner Nach-Beckmann-Generation zwischen Massenarbeitslosigkeit und einem Wirtschaftswunder, das in Berlin durch Teilung der Stadt, Blockade und Blockade-Folgen um Jahre später einsetzte als in West-Deutschland.

Auf der anderen Seite blieb in Berlin auch jene zunehmende Entfremdung zwischen Jugendverbänden und Jugendgruppenleiterschulen aus, welche die Entwicklung der späten 40er Jahre in den Westzonen und in der Bundesrepublik Deutschland bestimmte und die auf der ersten Vollversammlung des Deutschen Bundesjugendringes auf Burg Stahleck im November 1949 zur Sprache gebracht wurde. Die Jugendhöfe, so kritisierten vor allem Vertreter von Jugendverbänden aus der Britischen Besatzungszone die Entwicklung der Jugendgruppenleiterschulen, beschränkten sich nicht mehr darauf, das notwendige Handwerkszeug für die Leitung von Jugendgruppen neutral zu vermitteln. Sie würden mehr und mehr an der Persönlichkeitsentwicklung ihrer Teilnehmer arbeiten, würden sie über die Lehrgangszeit hinaus in Arbeitsgemeinschaften zusammenfassen und würden damit in eine direkte Konkurrenz zu den Jugendverbänden treten, indem sie es den beteiligten Jugendlichen leicht machen würden, »ihre Wünsche außerhalb fordernder Gemeinschaften zu befriedigen«[10]. Indem die kommunale Jugendpflege diese Jugendhöfe »einseitig subventioniere«, zöge sie finanzielle Mittel ab, die eigentlich zur Förderung freier Initiativen und autonomer Jugendverbände bestimmt wären. Die Entwicklung zu einer Staatsjugend neuer Prägung sei dann der nächste Schritt[11].

Vertreter der Jugendhöfe entgegneten, ihre Häuser seien ein Ort der Zusammenarbeit verschiedener Grundrichtungen in den Jugendverbänden zur Erledigung gemeinsamer, gesellschaftlicher Gegenwartsaufgaben. »Viele Bestrebungen und Einzelpersönlichkeiten der alten Jugendbewegung krankten nach meiner Auffassung daran, daß sie nie aus dem enthusiastischen Trancezustand einer Jugendzeit in die bescheidene Nüchternheit einer begrenzten, aber durchführbaren Aufgabe hineinwuchsen« (Klaus von Bismarck[12]). Die staatliche Jugendpflege habe die Aufgabe, die Arbeit der Verbände zu stützen, zu fördern und anzuregen. Genau dies täten die Jugendhöfe als Medium subsidiärer Unterstützung und nicht als Konkurrenz. Außerdem sei eine reinliche Trennung in Methoden der Gruppenleitung einerseits und Persönlichkeitsentwicklung andererseits nicht möglich. Methoden der Gruppenarbeit und der Leitung von Jugendgruppen seien immer auf ein bestimmtes Menschen- und Gesellschaftsbild bezogen. Erziehung könne in diesem Sinne nicht »neutral« sein[13].

In den ersten drei Jahren nach der bedingungslosen Kapitulation der Deutschen Wehrmacht waren mit Unterstützung britischer und später auch amerikanischer Jugendoffiziere Jugendgruppenleiterschulen gegründet worden: die Jugendgruppenleiterschule Bündheim und die Jugenhöfe Vlotho, Radevormwald, Steinbach und Barsbüttel, die Jugend- und Sportleiterschule Ruit, das Wannseeheim für Jugendarbeit und das Haus am Rupenhorn. Gemeinsame Funktionsbestimmung dieser außerschulischen Jugendbildungsstätten[14] war die Ausbildung ehrenamtlicher Gruppenleiter verschiedener Jugendverbände in Fragen von Programmgestaltung, Bildung und Leitung von Jugendgruppen, Anregung und Steuerung verschiedener Aktivitäten wie: Heimabendgestaltung, Diskussionsleitung, Singen, Spielen und Tanzen, Sport und Zeltlager, Auseinandersetzung mit politischen Problemen. Einige dieser Bildungsstätten verstanden ihre Arbeit als eine Service-Leistung für die neuen, demokratischen Jugendverbände, andere sahen ihre Hauptaufgabe darin, der Beckmann-Generation und ihren brennenden Fragen als Begegnungsstätte, Diskussionsforum und »Bildungserlebnis«[15] zu dienen. Ihre Reichweite war begrenzt, aber sie waren die ersten Einrichtungen, die es jungen Deutschen ermöglichten, einen Blick über die ideologischen Mauern zu werfen, welche die nationalsozialistische Erziehung errichtet hatte. Aber das konnte ja wohl nicht alles gewesen sein. Die drei Alliierten, die mit vereinten Kräften die Kriegsmaschinerie des nationalsozialistischen Deutschen Reiches zerstört hatten, mußten doch auch über ein koordiniertes Konzept, über einen Masterplan, verfügt haben, wie aus deutschen Nationalsozialisten wieder deutsche Demokraten werden könnten und wie insbesondere die deutsche Jugend im Geiste von Toleranz, Humanität und internationaler Gesinnung erzogen werden könne.

Exkurs: Umerziehung und Neuorientierung

In der Tat: Schon im Januar 1943 hatten sich die Regierungschefs Groß-Britanniens und der USA in Casablanca auf gemeinsame, globale Kriegsziele verständigt, denen die Sowjetunion später zustimmte: bedingungslose Kapitulation, totale Besetzung des Reichsgebietes, Zerschlagung Preußens, Bestrafung der Naziführer und Kriegsverbrecher, Zerstörung des deutschen Rüstungspotentials, Aufteilung in drei Besatzungszonen (später kam als Zugeständnis an das »Freie Frankreich« General de Gaulles eine französische Besatzungszone hinzu), die durch einen Alliierten Kontrollrat verwaltet werden sollten. Die Phase der Eroberung und Besetzung Deutschlands sollte von der Armee gesteuert werden. Auch nach der Besetzung sollten alliierte Militärregierungen die Entwicklung bestimmen. Mit dieser Entscheidung war ein interner Konflikt zwischen Militärs und Zivilisten, zwischen Besatzern und Diplomaten, zwischen Falken und Tauben vorprogrammiert. Die Spaltung in zwei unterschiedliche Lager verlief quer zu der Teilung in Militärs und Zivilisten. Die Anhänger eines Lagers wollten – inspiriert durch Pläne des amerikanischen Finanzministers Henry Morgenthau und des englischen Großverlegers Lord Vansittart – Deutschland in ein Agrarland ohne industrielle Produktion zurückstutzen und die Deutschen isolieren und bestrafen, die anderen wollten umerziehen und wiederaufbauen. Von der Umerziehungspolitik der Sowjetunion und Frankreichs wird noch zu sprechen sein.

Die amerikanische Militärregierung hatte zwischen 1945 und 1947 vorrangig die Aufgabe, die Sicherheit der Besatzungstruppen zu garantieren, die minimale Versorgung der Bevölkerung sicherzustellen und die nationalsozialistische Infrastruktur zu zerschlagen. Sie hatte keine Erfahrungen im Umgang mit einer besiegten und von Hunger und Kälte geplagten Bevölkerung, die einfach überleben wollte. Chef der amerikanischen Militärregierung OMGUS (*Office of Military Government of United States in Germany*) wurde nicht – wie ursprünglich von Roosevelt ins Auge gefaßt – der Diplomat John McCloy, sondern der Pionieroffizier Lucius D. Clay, der als Ingenieur Erfahrungen im Katastropheneinsatz und bei der Wiederherstellung von Transport und Verkehr in Überschwemmungsgebieten hatte sammeln können.

Das Oberste Hauptquartier der Alliierten Expeditions-Armeen in Europa (SHAEF) hatte schon Anfang 1944 im Vorgriff auf die zu erwartenden Umerziehungsaufgaben der deutschen Bevölkerung ein Planungsteam für Erziehungsfragen eingesetzt. Aber seine Mitarbeiter wurden ohne Entscheidungsbefugnisse als Angehörige einer nachgeordneten Dienststelle von OMGUS übernommen. Sie waren, wie der offizielle Historiker von OMGUS, der Politikprofessor Harold Zink später in seinen Erinnerungen mit Bitterkeit geschrieben hat, *»a small band of hard-working, underranked education officials«* [16]. Andere Offiziere, die von der kämpfenden Truppe abgezogen worden waren, um das besiegte Rest-Deutschland zu verwalten, klassifiziert er als eine Ansammlung von Leuten mit »geringer Selbstkontrolle, indifferenten moralischen Standards und einer Vergangenheit voll von Fehlschlägen in ihren heimatlichen Beziehungen und sozialen Gruppenbindungen«, die in Schulungslagern in den USA und Großbritannien von inkompetenten Dozenten unzureichend auf ihre Funktion als Verwalter Deutschlands vorbereitet worden wären. Nicht einmal 5 Prozent der 12 000 Mitarbeiter, die OMGUS auf dem Höhepunkt seiner Tätigkeit beschäftigt habe, hätten hinreichend Deutsch gesprochen, um sich ohne Dolmetscher verständigen zu können. Das hätte ihnen auch wenig genützt, weil der berüchtigte Armeebefehl JCS 1067 jeden Kontakt und jede Zusammenarbeit mit Deutschen, auch mit deutschen Antifaschisten, verboten habe. Dieser Befehl, der erst im Juli 1947 durch den Befehl 1779 ersetzt worden war, erschwerte in den ersten beiden Nachkriegsjahren in der Tat persönliche Kontakte und politische Zusammenarbeit, die sich später als wirksames Instrument einer »Neuorientierung durch Überzeugung, Kontakt und Vorbild« erweisen sollte.

Eine weitere Belastung war die notwendige und von den Alliierten als gemeinsame Besatzungsaufgabe formulierte »Entnazifizierung«, die in den vier Besatzungszonen mit unterschiedlichen Methoden und unterschiedlicher Intensität durchgeführt wurde. Die Potsdamer Konferenz der Großen Drei (Frankreich war nicht eingeladen worden), die vom 17.7. bis 2.8. 1945 im Schloß Cecilienhof des deutschen Kronprinzen Wilhelm stattfand, hatte als gemeinsame Besatzungsziele noch einmal die vier D: Denazifizierung, Demilitarisierung, Dekartellisierung, Demokratisierung bestätigt. Aber die Potsdamer Konferenz ließ offen, wie ein solches Ziel, etwa das der »Entnazifizierung« angesichts der Tatsache, daß mindestens die Hälfte der erwachsenen Bevölkerung in einer nationalsozialistischen Organisation, mindestens der Deutschen Arbeitsfront (DAF) oder der Nationalsozialistischen Volkswohlfahrt (NSV), Mitglied gewesen war, zu verwirklichen wäre. Bereits in seinem ersten Bericht an Präsident Eisenhower hatte Lucius D. Clay auf die Schwierigkeit hingewiesen, gleichzeitig fähige deutsche Verwaltungsbeamte zu finden und alle Nazis aus den öffentlichen Ämtern zu entfernen. Ein großer Teil der fähigen Beamten sei nun mal nationalsozialistisch belastet[17]. Zum Eklat kam es, als sich der General George Patton auf einer Pressekonferenz zu der Bemerkung hinreißen ließ, für ihn seien ehemalige Mitglieder der Nazi-Partei auch nicht viel anders (*are pretty much like*) als Mitglieder der Demokratischen oder der Republikanischen Partei in den USA[18]. Durch ein Gesetz der Militärregierung vom 6.9.1945 wurde das Entnazifizierungsverfahren vereinheitlicht. Und im Jahre 1946 mußten alle belasteten, erwachsenen Einwohner der amerikanischen Besatzungszone einen umfänglichen Fragebogen ausfüllen. 13 Millionen dieser Fragebogen lagen gebündelt und gestapelt in den OMGUS-Dienststellen und sollten von 545 deutschen Spruchkammern mit 22000 Beschäftigten unter alliierter Supervision bearbeitet werden. Der Schriftsteller Ernst von Salomon nahm die 131 Fragen des amerikanischen Entnazifizierungs-Fragebogens zum Anlaß, um auf 600 Seiten die Geschichte seines bisherigen Lebens und der vergangenen fünfzig Jahre europäischer Zeitgeschichte zu entwerfen. Das 1951 bei Ernst Rowohlt erschienene Buch (»Der Fragebogen«, Rowohlt 1961) erreichte eine deutsche Auflage von einer Viertelmillion Exemplare und wurde in vier Sprachen übersetzt. Weihnachten 1946 gab es eine General-Amnestie für alle, deren Jahreseinkommen unter 3600 RM lag und die während der Nazizeit nicht mehr als 20000 RM an Vermögenswerten angesammelt hatten. Als die Entnazifizierung abgeschlossen wurde, waren in der amerikanischen Zone 374000 Personen aus ihren Ämtern als Belastete oder Hauptbelastete entfernt worden. Bei den Engländern waren es 290000, bei den Sowjetrussen 390000 und bei den Franzosen 70000[19]. Quantitativ wie qualitativ war dieses Ergebnis der Anstrengung, die Wurzeln des Faschismus im deutschen Volke auszurotten, wenig überzeugend. Dabei hatte der Versuch dieser Anstrengung – was kaum jemand weiß – zunächst in der Bevölkerung eine erstaunlich breite Zustimmung gefunden.

Neben manchen anderen Neuerungen hatten die amerikanischen Truppen auch das Instrument der Meinungsbefragung mit nach Deutschland gebracht. Innerhalb der Informationsabteilung von OMGUS gab es eine *Opinion Survey Section* unter Frederick W. Williams, die zwischen 1946 und 1949 insgesamt 72 meist repräsentativ angelegte Meinungsumfragen[20] unter der erwachsenen Bevölkerung der amerikanischen Besatzungszone durchführte – Umfragen zur Einführung der Sommerzeit bis hin zu Befragungen über die Einstellung zur Kollektivschuld aller Deutschen an den Naziverbrechen[21]. Schon im 1. Bericht des *Information Control Division Department* vom 15. März 1946 wird mitgeteilt, daß eine Mehrheit der damals Befragten die Entnazifizierung für richtig hielt (57 Prozent). Unter den Angehörigen von Mitgliedern der NSDAP war diese Mehrheit sogar noch um zwei Punkte höher. Auch nach Abschluß der Entnazifizierung im Jahre 1949 hielten es 66 Prozent der Befragten für eine gute Idee, daß durch Entnazifizierungsverfahren festgehalten wurde, wer die Nazis unterstützt hat[22]. Im Gegensatz zu diesen Zahlen gingen die Prozentwerte der Befragten, die mit der Art und Weise der Durchführung der Entnazifizierung einverstanden waren, ständig zurück. Im Frühjahr 1949 waren nur noch 18 Prozent der befragten Männer mit der Durchführung einverstanden[23]. Es gibt zu denken, daß Befragte mit weniger als elf Schuljahren und mit niederem sozio-ökonomischen Status gegenüber dem Prinzip der Entnazifizierung positiver eingestellt waren als Befragte mit besserer

Schulbildung und höherem Status[24]. Zu den Nürnberger Kriegsverbrecher-Prozessen des Jahres 1946 äußerten 71 Prozent der Befragten, die Verurteilten seien nicht die einzigen Schuldigen, und 51 Prozent bejahten die Feststellung, die Deutschen seien wenigstens teilweise für Hitlers Taten verantwortlich, weil sie ihn unterstützt hätten[25]. Nach Meinung ernst zu nehmender westlicher Historiker wurde die Entnazifizierung in der sowjetischen Besatzungszone »am gründlichsten und effektivsten« (Kleßmann[26]) durchgeführt. Hier habe es kein langwieriges bürokratisches Verfahren, sondern eine »radikale und schnelle personelle Säuberung« in Verwaltung, Justiz und Schule gegeben – also im Gegensatz zu allen anderen Besatzungszonen einen »konsequenten Elitentausch«. Von den 40000 Lehrern der SBZ, von denen mehr als 70 Prozent Mitglieder der NSDAP gewesen wären, seien 20000 entfernt und bis zum Schuljahr 1946/47 durch 40000 Neulehrer ersetzt worden[27].

Zur Einschätzung des gesamten Umerziehungsthemas ist es von Bedeutung sich zu vergegenwärtigen, wie unterschiedlich die Erklärungen der Alliierten für das Phänomen des Nationalsozialismus waren. In der öffentlichen Meinung Englands und Frankreichs herrschte die Vorstellung, der Nationalsozialismus sei Ausdruck eines besonderen, tief verwurzelten deutschen Nationalcharakters, einer irrationalen, aggressiven, faustisch-wagnerianischen Überheblichkeit, die den Test der Realität scheue. Der deutsch-englische Publizist Sebastian Haffner kleidete diese Vermutung 1940 in das Bild von Mr. Hyde, der einen Sieg über Dr. Jekyll errungen habe[28], und der spätere französische Außenminister André Francois-Poncet sprach analog vom Sieg des Boche über den Allemand[29]. Es erscheint deshalb als folgerichtig, daß Franzosen und Engländer (auch aufgrund ihrer kolonialen Erfahrungen und Enttäuschungen) von der Umerziehung nichts hielten. Oder, mit einem berühmt gewordenen Satz von Edmond Vermeil, die Entnazifizierung würde bedeuten, die Deutschen zu »entdeutschen«[30]. Die Sowjetunion diagnostizierte den Nationalsozialismus als besondere Form, als »Alterserscheinung« des Kapitalismus und konzentrierte sich auf Strukturreformen: die Bodenreform, die Verstaatlichung der Grundstoffindustrie, die Schulreform, die radikale Entnazifizierung von Verwaltung, Justiz und Schule und die Gründung neuer Parteien innerhalb einer antifaschistisch-demokratischen Nationalen Front. Einfachen Mitgliedern der NSDAP wurde schon frühzeitig die Chance gegeben, innerhalb dieser Parteien mitzuarbeiten und sich zu bewähren. In der amerikanischen Öffentlichkeit gab es zwar auch Stimmen – insbesondere unter Emigranten aus Deutschland – welche den Nationalsozialismus einem besonderen Nationalcharakter oder seiner pathologischen Entartung zuschrieben, aber Mehrheiten orientierten sich an der pragmatischen These, daß

Menschen das Produkt ihrer Umwelt seien, daß sie diese Umwelt aufgrund von Erziehungseinflüssen interpretierten und daß deshalb eine Umerziehung erfolgreich sein könne, wenn sie langfristig mit gesellschaftlichen Strukturveränderungen im Erziehungswesen und individuellen Belohnungen verbunden würde. Deshalb wurden in der amerikanischen Öffentlichkeit bald nach dem Ende der Kampfhandlungen Stimmen laut, welche die Besatzungspolitik von OMGUS als zu weich und zu liberal bezeichneten und der Erziehungsabteilung eine »ans Kriminelle grenzende Dummheit und Mißwirtschaft vorwarfen«[31]. Chef dieser Abteilung (*Educational and Religious Affairs*) war zu jener Zeit John W. Taylor, ein Experte für Schulverwaltung und Schulbücher, der mit einer Arbeit über Jugendbewegung und Jugendgruppen in der Weimarer Republik an der Columbia University in New York promoviert worden und später als Lehrer in Berlin tätig gewesen war. Taylor hatte großen Respekt vor den reformpädagogischen Errungenschaften der Weimarer Republik und ging davon aus, daß die Entnazifizierung und Demokratisierung der Erziehung eine Sache der Deutschen selbst sein müsse. Wahrscheinlich wäre sein bescheidener Stab und dessen rangniedrige Einordnung in die Hierarchie von OMGUS zu strukturellen Eingriffen auch nicht fähig gewesen. So verwarf er den Plan, Schulen und Universitäten erst einmal zwei Jahre zu schließen, die Lehrerschaft radikal zu entnazifizieren und neue Lehrbücher zu entwickeln. Er setzte vielmehr auf einen langsamen, inneren Umerziehungsprozeß. Gerade diese vorsichtige Haltung kreideten ihm Teile der Öffentlichkeit an. Eine Kommission unter Vorsitz des Professors für Europäische Geschichte George Zook, die auch Experten für Erwachsenenbildung und Jugendarbeit enthielt, setzte sich im Sommer 1947 in Bewegung und inspizierte Hessen, Bayern, Baden-Württemberg, Bremen und Berlin. Ihr Urteil, im Zook-Report festgehalten: Die Demokratisierung des deutschen Bildungswesens erfordere eine Zusammenfassung von Volks-, Real-, Ober- und Berufsschulen unter dem Dache von Gesamtschulen, in die alle Kinder chancengleichen und kostenlosen Zugang haben sollten[32]. Die Militärregierung müssen bei schulpolitischen Entscheidungen, die inzwischen auf die neu gebildeten deutschen Länder und deren Ministerpräsidenten übergegangen waren, ein Vetorecht besitzen. Diese Bemerkung bezog sich auf die Situation in Bayern, dessen CSU-Kultusminister Alois Hundhammer sich weigerte, den alliierten Anordnungen zur Schulreform zu folgen. Hundhammer hielt sowohl an der Konfessionsschule als auch am dreigliedrigen Schulsystem fest und führte als besondere Provokation von Amerikanern, aber auch von deutschen Sozialisten und Liberalen, die Prügelstrafe wieder ein[33]. Es kam zu einem Machtkampf zwischen dem Lande Bayern und OMGUS, den letztlich Bayerns Konservative gewannen.

OMGUS war eine mit Militärs (und mit Zivilisten in Uniformen) besetzte Militärverwaltung. Sie unterstand dem Kriegsministerium. Die Pläne des US-Außenministeriums für die Umerziehung der Deutschen liefen in eine andere Richtung und erwiesen sich langfristig betrachtet als erfolgreicher als die halbherzige Entnazifizierungs-Kampagne und die in Ansätzen steckengebliebene Strukturreform des Schulwesens, die nur in sozialdemokratisch regierten Ländern Erfolg hatte. Eugene Anderson von der *Area Division for Occupied Areas* (ADO) hatte schon im April 1946 Pläne für ein internationales Kontakt- und Besuchs-Programm für deutsche Meinungsführer des Erziehungswesens entwickelt. Ausgehend von dem reformpädagogischen Prinzip John Deweys, Demokratie könne nur durch vorbildhaftes demokratisches Zusammenleben gelehrt und gelernt werden, schlug Anderson ein dreimonatiges US-Besuchsprogramm für deutsche Lehrer, Erwachsenenbildner, Sozialarbeiter, Journalisten, Ärzte, Geistliche und Vertreter von Gewerkschaften, Jugend- und Frauenverbänden vor. Das Austausch-Programm sollte durch ein einjähriges Stipendium deutscher Studenten im Ausland ergänzt werden. Außerdem sollten amerikanische Erziehungs-Experten für jeweils drei Monate nach Deutschland kommen und Fortbildungs-Seminare mit deutschen Erziehern und Lehrern veranstalten[34].

Das Austauschprogramm lief 1947 an. General Clay hielt zunächst nicht viel davon; die Erziehungs-Offiziere der Militärregierung hatten genug mit dem Bayerischen Kulturkampf zu tun und waren personell unterbesetzt. Außerdem verfügten sie nicht über die notwendigen Kontakte zu amerikanischen Partner-Organisationen, welche die Patenschaft während des USA-Aufenthaltes deutscher Stipendiaten übernehmen und die Erziehungs-Experten für die Reise nach Deutschland stellen konnten. Im ersten Jahr des Austausches gab es 81 deutsche Amerika-Fahrer, 1948 waren es 354, und für 1949 waren 3500 ins Auge gefaßt. Unter den ersten Deutschen, welche auf Kosten amerikanischer Stiftungen in die USA fuhren, waren Martin Niemoeller, Walter Hallstein, Ernst Reuter und Benigna Goerdeler, die Tochter des von den Nazis hingerichteten SPD-Politikers Karl Friedrich Goerdeler. Die ins Auge springende Erweiterung des deutsch-amerikanischen Austausch-Programms ab 1949 hatte mehrere Gründe. Dem Nachfolger von John W. Taylor war es gelungen, die für Erziehungsfragen zuständige Unterabteilung von OMGUS zu einer konkurrenzfähigen Hauptabteilung aufzuwerten, und auf der Berchtesgadener Erziehungskonferenz der Militärregierung sprach der sonst eher skeptische Lucius D. Clay deutschen Erziehungsfragen die höchste Priorität zu. Auf der Konferenz setzte sich die Argumentation durch, keine Besatzungsmacht sei in der Lage, ihre kulturellen und pädagogischen Normen und Werte einem besiegten Volke aufzuzwingen.

Eine Militärregierung werde immer als *Militär*regierung angesehen werden, unabhängig von den hochwertigen Motiven jener, die das besiegte, zerstörte und besetzte Deutschland umerziehen oder umorientieren wollen. Deshalb solle es die Hauptaufgabe dieser Militärregierung sein, die deutsche Bevölkerung mit nicht-staatlichen demokratischen Organisationen in den USA in Kontakt zu bringen, um gemeinsame Ziele gemeinsam verfolgen zu können. Die demokratischen Elemente innerhalb der deutschen Bevölkerung müßten erkannt und ermutigt werden, sich an der Neu-Entwicklung, dem Aufbau oder dem Wieder-Aufbau demokratischer Institutionen in Deutschland zu beteiligen. *»The United States will have failed in Germany if materialism is allowed to supersede moral values. A concurrent program of educational and cultural reconstruction on a long-term basis is required«*[35].

Die neue Tonart, in der nicht mehr von »Bestrafung«, »Isolierung« und militärischer »Aufsicht und Kontrolle« gesprochen wurde, sondern von »Zusammenarbeit« und »gemeinsamem Wiederaufbau«, war kein einfacher Sinneswandel der beteiligten Akteure. Sie ging vielmehr auf die politischen Erfahrungen zurück, welche die Amerikaner in den Jahren 1948 und 1949 in der Vier-Sektoren-Stadt Berlin machten. Auf der Potsdamer Konferenz im Cecilienhof war 1945 einvernehmlich die gemeinsame und abgestimmte Verwaltung der Besatzungszonen durch den Alliierten Kontrollrat und der Sektoren der ehemaligen deutschen Hauptstadt durch eine Alliierte Kommandantura festgelegt worden. Aber die Sowjetische Militäradministration schuf im Ostteil der Stadt sehr schnell und im Alleingang vollendete Tatsachen bei der Schulreform und bei der Wiedereröffnung der Berliner Universität. Professoren, Studenten und sozialdemokratische Kommunalpolitiker drängten daraufhin OMGUS zur Gründung einer neuen Universität im Westen der Stadt. Gegen die Bedenken der Engländer und des für Universitätsfragen zuständigen OMGUS-Offiziers, des deutschen Reformpädagogen Fritz Karsen, engagierte sich General Clay für die Gründung der neuen Freien Universität.

Im Juni 1948 führten die West-Alliierten in ihren Besatzungszonen eine Währungsreform durch und kündigten damit de facto die auf der Potsdamer Konferenz vereinbarte Behandlung aller vier Besatzungszonen als wirtschaftliche Einheit. Daraufhin blockierten die Sowjets alle Zufahrtswege von und nach Berlin. Lucius D. Clay organisierte die Versorgung der West-Sektoren dieser Stadt aus der Luft. Über eine Luftbrücke transportierten amerikanische und britische Flugzeuge zwischen Juni 1948 und Mai 1949 auf 250000 Flügen 1,8 Mio Tonnen Güter. Als »Architekt der Luftbrücke« hatte der amerikanische General die Chance, seine Rolle als Besatzer mit der Rolle eines politischen Bundes-

Gründung der Freien Universität Berlin, 1947.

genossen zu tauschen. Freie Universität, Luftbrücke – und nicht zuletzt die Wirtschaftshilfe im Rahmen des Marshall-Plans – rückten Amerikaner und Deutsche in ihrem Bewußtsein und im Spiegel der veröffentlichten Meinung enger aneinander und machten aus Gegnern im 2. Weltkrieg Verbündete im Kalten Krieg.

Nachdem der Parlamentarische Rat am 8. Mai 1949 das Grundgesetz der Bundesrepublik angenommen hatte, gingen die Befugnisse von OMGUS auf die neue Institution eines Hochkommissars für Deutschland (HICOG) über. HICOG unterstand nicht mehr, wie OMGUS, dem Kriegsministerium, sondern dem Außenministerium. Hochkommissar für Deutschland wurde der Diplomat John McCloy, der schon einmal als amerikanischer Militärgouverneur in Aussicht genommen worden war. Die neuen Zuständigkeiten und das teilweise neue Personal der Amerikaner beseitigte viele bürokratische Hemmungen und administrative Reibereien, die bis zum Sommer 1949 den Kulturaustausch behindert hatten. Leiter der für Erziehungsfragen zuständigen Hauptabteilung von

„Rosinenbomber" versorgen West-Berlin während der Blockade, 1948.

HICOG wurde Dr. Shepard Stone, ein Publizist und ehemaliger Deutschland-Korrespondent der *New York Times*, der zwischen 1929 und 1933 in Marburg studiert hatte und kurz vor Hitlers Machtergreifung an der Berliner Universität promoviert worden war. Sein Abteilungsleiter für Erziehung und kulturelle Beziehungen wurde Dr. James Morgan Read, ein Quäker, der ebenfalls in Marburg Geschichte studiert hatte und vor seiner Ernennung Sekretär des *American Friends Service Committee* gewesen war, einer weltweiten pazifistischen Organisation zur Milderung von Kriegs- und Nachkriegs-Folgen (Quäkerspeisung). Zusammen mit dem Abteilungsleiter für Kultur-Austausch Dr. Ralph Burns war dies ein Team von gebildeten Deutschland-Kennern, die wegen ihrer guten Kontakte sowohl zu Deutschen als auch zu amerikanischen Organisationen den Kulturaustausch wesentlich gezielter und effektiver anpacken konnten, als das zu OMGUS-Zeiten der Fall gewesen war. Selbst der eher skeptische amerikanische Historiker Harold Zink bescheinigt ihnen, ihre Arbeit sei die extensivste und wirkungsvollste unter allen

HICOG-Aktivitäten gewesen[36]. Allerdings gab es anfangs Kommunikationsschwierigkeiten zwischen Bad Nauheim und später Mehlem bei Bonn (dem Sitz von HICOG) und dem Außenministerium in Washington: »*Washington did not do a particularly good job in communicating their ideas and motives to the staff in Germany*«[37]. Daß die Kommunikation mindestens auf dem Gebiet des Kulturaustausches besser klappte hängt damit zusammen, daß HICOG im Außenministerium einen kongenialen Gesprächspartner vorfand, der über ein Konzept verfügte, dieses Konzept überzeugend darstellen und seine Durchführung organisatorisch und finanziell wirksam absichern konnte: Henry J. Kellermann.

Internationaler Austausch

Henry J. Kellermann war ein Berliner Jurist, geprägt von der bürgerlichen deutschen Jugendbewegung, deren jüdische Teile er in den ersten Jahren der Hitlerherrschaft in Berlin und von Berlin aus betreute und auf die Emigration vorbereitete. Er wurde noch 1937 an der Berliner Universität zum Doktor beider Rechte promoviert und emigrierte dann sofort in die USA. Nach einer Sozialarbeiter-Ausbildung in New York arbeitete er in der New Yorker Jugendpflege und im New York Welfare Council[38] und trat nach Kriegsende in die Dienste des Außenministeriums. Er verfolgte eine Umerziehungs- und Umorientierungs-Strategie auf mittlerer Linie zwischen dem etwas blauäugigen Prinzip der OMGUS-Pädagogen (*Die Deutschen müssen es selber tun*) und dem imperialen – vor allem aber folgenlosen – Anspruch der Zook-Kommission, die Deutschen sollten das amerikanische Erziehungssystem übernehmen. Seine Politik war es offensichtlich, nach unbelasteten formellen und informellen deutschen Erziehern zu suchen und diese potentiellen Führungskräfte (vor allem auch in der jüngeren Generation) durch die Auseinandersetzung mit der Alltagsrealität der Erziehung und Bildung in traditionsreichen demokratischen Ländern (nicht nur in den USA) zu qualifizieren. Dabei definierte er den Erziehungsbegriff vergleichsweise weit und bezog formelle und informelle Gruppenleiter von Jugendverbänden, Frauenverbänden und Vereinen in sein Austauschprogramm ein. Er hat damit, wie wir noch sehen werden, der Rekonstruktion und der Weiterentwicklung von Methoden in der Sozialen Arbeit in Deutschland einen folgenreichen Dienst erwiesen. Kellermann führte für dieses *Neu-Orientierungs*-Konzept (er vermeidet den Begriff *Umerziehung*) eine interessante politische Begründung an. Schon einmal sei eine deutsche Republik, die aus einem verlorenen Krieg hervorgegangen sei, unter ande-

Architekten des Kulturaustauschs: Dr. Shepard Stone (Foto: 1984) beim US-Hochkommissar in Deutschland ...

... Dr. Henry J. Kellermann im Außenministerium in Washington (Foto: 1985).

rem an der fehlenden Unterstützung durch die Siegermächte zugrunde gegangen: die Weimarer Republik. Eine Wiederholung dieser schrecklichen Erfahrung müsse unter allen Umständen vermieden werden. Um die neue Demokratie zu unterstützen müßten deutsche Demokraten ermutigt und qualifiziert werden[39]. Die Rechtsbasis für diesen ehrgeizigen Plan der demokratischen Umorientierung neuer pädagogischer Kader in der Bundesrepublik Deutschland durch einen längeren Kontakt mit dem pädagogischen und politischen Alltag in demokratischen Ländern war der sogenannte Smith-Mundt-Act, den der 8. US-Kongreß 1948 verabschiedet hatte und der die Verwendung erheblicher Steuergelder für *information and educational exchange* vorsah. Politische Fortsetzung dieses weltweiten Programms war die sogenannte »Wahrheits-Offensive«, welche die USA einige Jahre später starteten, um der antiamerikanischen Propaganda der Sowjetunion zu begegnen. Auf dem Gipfel des nun massiv anlaufenden Austausch-Programms fuhren 1951 und 1952 jeweils 3000 deutsche Pädagogen und Erzieher, Kommunalpolitiker, Gesundheitspolitiker und formelle wie informelle *community leaders* für jeweils 3 bis 12 Monate in die USA und in andere Länder und wurden dort von Erziehungs-, Bildungs- und Wohlfahrts-Organisationen und -Verbänden und von Universitäten und Fortbildungsinstitutionen angeleitet und betreut. Zwischen 1948 und 1956 betrug der Austausch 16228 Personen. Das Programm war das ehrgeizigste, umfangreichste und teuerste kulturelle und pädagogische Austauschprogramm, das die USA mit irgend einem einzelnen anderen Land in Szene gesetzt haben. Es kostete ein Drittel der Gesamtsumme, welche die USA für den internationalen Kulturaustausch insgesamt bereitgestellt hatten[40].

Schon 1947 war das Austausch-Programm für die folgenden Personengruppen ausgelegt worden: *Leaders in informational and related fields of activity; leaders in civic and welfare organizations, youth and other social organizations, leaders in occupational and professional organizations, leaders in art, letters, music, and the stage, students from recognized institutions, persons of outstanding promise*[41]. Auswahlgremien in den einzelnen Bundesländern, denen Amerikaner und Deutsche angehörten, sortierten die Bewerber nach gesellschaftlichem Engagement, politisch-gesellschaftlicher Aktivität, innerer Bereitschaft, englischen Sprachkenntnissen und fachlicher Kompetenz. Aussichtsreiche Bewerber wurden OMGUS und später HICOG über deren regionale Repräsentanten gemeldet und an das US-Kriegsministerium (nach 1949: das Außenministerium) weitergeleitet. Dann fand eine Sicherheitsüberprüfung im Hinblick auf nationalsozialistische oder kommunistische Aktivitäten statt, und schließlich wurden die amerikanischen Konsulate angewiesen, ein *non-immigrant visa* auszustellen, das die Bewerber verpflichtete, nach Ablauf der Austausch-Zeit die USA wieder zu verlassen. Kellermann selbst führt den unbestreitbaren Erfolg dieses Programms auf verschiedene Gründe zurück. Es war ein ungewöhnlich *massives* Programm, das über die Jahre hinweg ins Gewicht fallende Personengruppen für einen längeren Zeitraum mit einem fremden Land in Berührung brachte. Das Programm war so massiv, daß es etwa im Jahre 1952 die Hälfte des gesamten HICOG-Etats verschlang – wobei zusätzliche Gelder, die von amerikanischen Stiftungen und anderen Partner-Organisationen aufgebracht wurden, ebenso wenig berücksichtigt sind wie die sogenannte *countermark* (ein Fond aus rückfließenden Marshall-Plan-Mitteln), mit der das Programm zusätzlich finanziert wurde[42]. Das Programm war *projekt-orientiert*. Die an ihm Teilnehmenden sollten sich nicht einfach Land und Leute ansehen und Rundreisen machen, sondern sie sollten für die Zeit des Austauschs in benachbarten und befreundeten nichtstaatlichen Institutionen hospitierend arbeiten und dabei Erfahrungen machen, wie die Kollegen in einem anderen Land vertraute berufliche Probleme lösen. Das Programm war im Hinblick auf Funktion und Status seiner Teilnehmer *heterogen* zusammengesetzt (*stratified from grassroot to summit*), es betonte *innovative Impulse* für das berufliche Leben der Teilnehmer und nicht so sehr Alltags-Routinen, es bezog deutsche Ex-

Arbeitsfelder der Amerikafahrer (1951–1953)	Teilnehmerinnen und Teilnehmer in absoluten Zahlen
Education (Schule, Schulverwaltung, Erwachsenenbildung)	885
Politics and Government	819
Labor (also Gewerkschaften)	679
Information Media (Presse, Rundfunk und Meinungsforschung – hier entwickelte sich eine dauerhafte Zusammenarbeit mit dem Bureau for Applied Social Research (Paul Lazarsfeld an der Columbia University)	368
Youth	314
Cooperative Action Teams (50 Teams sammelten im Ausland Anregungen und Erfahrungen für innovative Projekte in Deutschland)	288
Agriculture	260
Womens' Affairs (unter anderem fuhren 28 weibliche Bundestagsabgeordnete in die USA)	259
Community Activities (das war die am wenigsten homogene Gruppe)	233
Law	185
Public Health and Welfare (diese Gruppe suchte Anschluß an die anglo-amerikanische Tradition der *mental health* and *mental hygiene* Bewegung und der psychiatrischen Sozialarbeit zu gewinnen, die von den Nazis unterbunden worden war)	123
Libraries and Museums	67
Religion	52
Social Workers	24
	4556
(in: Kellermann 1978, 99)	

perten in die Auswahlgremien ein und es blieb nicht auf die Amerikanische Besatzungszone und auf die USA beschränkt. Zur Wirksamkeit des Programms trug auch seine *feste organisatorische Einbindung* innerhalb der Deutschlandabteilung des Außenministeriums bei. Täglich fanden Absprachen und Abstimmungen mit den anderen, zuständigen Abteilungen statt; HICOG als Ansprechpartner in Deutschland verfügte über eine *rang-gleiche, personell qualifiziere Abteilung* in Gestalt des von Shep Stone geleiteten *Office of Public Affairs;* Stone hatte unmittelbaren Zugang zu Hochkommissar McCloy; es gab klar definierte Kommunikationskanäle zwischen der Zentrale in Washington und dem Feld in Deutschland[43].

Trotz der Betonung des heterogenen Charakters der Teilnehmer, die von ehrenamtlichen Mitarbeitern an der kommunalen Basis bis zu professionellen Experten in Spitzenverbänden und Ministerien alle Ebenen pädagogischer, sozialpädagogischer und sozialpolitischer Hierarchien abdecken sollten, war das Austauschprogramm während der HICOG-Zeit eindeutig auf Multiplikatoren hin ausgerichtet. Es war darauf gerichtet, »to stimulate and faciliate direct contact between civic and professional groups in Germany and corresponding groups abroad, notably in the United States«[44].

Bei der Verteilung der Gewichte fällt auf, daß die Bereiche Jugend, Frauen, Kommunale Führer und Gesundheitspolitik mit 20 Prozent aller Teilnehmer eine vergleichsweise große Rolle spielen – sie waren insgesamt stärker vertreten als der Bereich der formellen Erziehung (Schule und Schulverwaltung), während die Berufsgruppe der Sozialarbeiter das Schlußlicht darstellt. Kellermann selbst hat darauf hingewiesen, daß die Gruppe »Jugend(arbeit)« einen starken professionellen sozialpädagogischen Akzent hatte und eher mit dem Begriff »Jugendpflege« als mit »Jugendbewegung« zu übersetzen sei[45], also eigentlich der Gruppe der Sozialarbeiter zugeschlagen werden müßte. Eine politisch wichtige Rolle spielte auch der Studenten-Austausch. Dabei standen nicht so sehr studienfachliche Fragen im Vordergrund, als vielmehr die Erfahrung studentischen Lebens auf dem typischen amerikanischen *Campus.* Durch diese Erfahrung sollten die konservativen Traditionen deutschen Corpsstudententums zurückgedrängt werden.

Das Studienbüro für politische Bildung am Institut für Sozialforschung der Frankfurter Universität hat 1966 eine Schrift vorgelegt, in der ehemalige Amerika-Fahrer beschrieben haben, welche Rolle für sie die unmittelbare und alltägliche Konfrontation mit dem amerikanischen Erziehungswesen und der amerikanischen Jugend- und Sozialarbeit gespielt hat. Darunter waren Wolfgang Edelstein (später Max-Planck-Institut für Bildungsforschung), Dieter Sauberzweig (später Deutsches Institut für Urbanistik), der Politologe Kurt Sontheimer und der Soziologe Wolfgang Zapf, die Psychologen Reinhard und Anne-Marie Tausch, der Kulturdezernent Hermann Glaser und die Erziehungswissenschaftler Adalbert Rang und Friedrich Minssen[46]. 1975 hat es eine Tagung von *Oldtimern* aus dem Teilnehmerkreis in den USA gegeben, weitere Tagungen folgten 1979 in Bielefeld und 1984 in Berlin. Sie haben immer wieder bestätigt, daß die Formel des Außenministeriums zur Interpretation des Re-Orientierungs-Konzeptes (*to observe, to advice, to assist*) deutliche und nachhaltige Wirkungen erzielt hat. Ich selbst habe bei meinen zahlreichen Gesprächen mit Pädagogen, Sozialpädagogen und Erwachsenenbildnern bei der Vorbereitung dieses Buches bestätigt gefunden, daß der Anteil von Frauen und Männern, die an diesem Austauschprogramm in den 40er und 50er Jahren teilnahmen und durch seine Erfahrungen mittelbar und unmittelbar beeinflußt und geprägt worden sind, und die später in anleitenden und leitenden Positionen in der schulischen und außerschulischen Erziehung tätig waren, unverhältnismäßig hoch gewesen sein muß[47]. Wenn immer wieder gesagt und geschrieben wird, die amerikanischen Besatzungstruppen hätten uns nach dem Zusammenbruch nationalsozialistischer Jugend- und Sozialarbeit die klassischen Methoden dieser Arbeit nach Deutschland gebracht, so sollte künftig diese Aussage korrigiert werden. Nicht sie haben sie uns gebracht, sondern wir haben sie uns geholt. Mit Hilfe eines großzügigen Austausch-Programms, dessen Reichweite und Wirkung bisher nur im Einzelfall individuell erfahren, aber nicht wirklich öffentlich bekannt und benannt gewesen ist.

Das Austausch-Programm der Amerikaner war von vornherein als Zweibahnstraße angelegt worden. Deutsche Multiplikatoren fuhren in die USA und einige europäische Länder, amerikanische Experten kamen für jeweils bis zu drei Monate nach Deutschland. Wer als Experte angesehen wurde, das definierte eine HICOG-Anweisung vom 1. September 1950. Danach handelte es sich um *»citizens of the United States highly qualified and professionally prominent, whose services are desired in Germany to confer and advise with German agencies on pertinent questions in their specific fields in conjunction with projects planned, according to indicated need, by various HICOG substantive divisions«*[48].

Dieses *visiting experts program* lief bereits 1947 mit insgesamt 50 amerikanischen Experten an. In jenem Jahr fuhren erst 8 deutsche Multiplikatoren in die USA. Aber in den folgenden Jahren blieb es zahlenmäßig hinter den sprunghaften Steigerungsraten deutscher Teilnehmer zurück. Insgesamt kamen zwischen 1949 und 1955 auf einen amerikanischen Experten 10 deutsche Austausch-Teilnehmer[49]. Die meisten Experten waren Hochschullehrerinnen und Hochschullehrer. Auf dem Gebiet von Frauenfragen kamen auch Repräsentantinnen amerikanischer Frauen-

Dr. Gisela Konopka, die von der Hitler-Herrschaft in die USA vertrieben als Professorin für social group work und visiting expert nach Deutschland kam, war eine der ersten deutschen Emigrantinnen, die Jugendpfleger und Sozialarbeiter mit der fortgeschrittenen internationalen Entwicklung vertraut machte (Foto: 1985).

verbände und Frauenzeitschriften, für Jugendarbeit kamen Vertreter der beiden großen Jugend-Wohlfahrts-Verbände YMCA und YWCA[50]. Alle Experten waren gehalten, bewertende Abschlußberichte über ihre Tätigkeit in Deutschland abzugeben und Personenvorschläge für weiteren Personenaustausch zu machen. Unter den amerikanischen Experten auf dem Gebiet der Jugend- und Sozialarbeit befanden sich eine Reihe von deutschen Emigrantinnen. Dr. Annemarie Schindler vom YWCA kam als eine der ersten amerikanischen Expertinnen im Mai 1949 nach Berlin. Ihre Einschätzung der damaligen Situation auf dem Gebiet der Jugendverbandsarbeit und der Jugendpflege zeigt, wie schwer es einigen Emigranten fallen mußte, die Situation im Nachkriegsdeutschland einzuschätzen und sich dabei nicht von den inzwischen gemachten amerikanischen Berufserfahrungen dominieren zu lassen[51]. Dr. Hertha Kraus, Professorin für Sozialforschung am Havenford College (später am Bryn Mawr College) hatte schon 1948 in Deutschland Fortbildungskurse für Fürsorgerinnen geleitet und 1950 eine deutsche Übersetzung des Sammelbandes *Casework in USA. Theorie und Praxis der Einzelhilfe* herausgegeben. Das Kapitel über Casework und Psychoanalyse hatte übrigens der (damalige) Austausch-Student Hartmut von Hentig übersetzt. Dr. Gisela Konopka aus Hamburg, Professorin für Gruppenpädagogik an der Universität von Minnesota, kam 1950, 1951 und 1956 nach Deutschland und leitete mehrere Fortbildungsveranstaltungen über Gruppenpädagogik und Kinderpsychiatrie. Sie hat ihre deutschen Erfahrungen, anders als Annemarie Schindler, zu intensiven und differenzierten Berichten über die deutsche Situation der frühen 50er Jahre verarbeitet. Für sie lag der besondere Wert der Wiederbegegnung mit deutschen Sozialarbeiterinnen in der Anforderung, eine Woche oder zwei intensiv mit den deutschen Kolleginnen zusammen zu arbeiten und zu leben. Dabei sei es ihr mehr als einmal passiert, daß Sozialarbeiterinnen, aufgerührt durch die thematische Arbeit des Tages, sie noch spät in der Nacht aufgesucht hätten, um mit ihr über Erlebnisse während der Zeit des Nationalsozialismus zu sprechen. Als sie weibliche politische Häftlinge einer Körper-Visitation unterziehen mußten, als sie behinderte Kinder für ein Euthanasie-Programm aussuchen sollten...[52].

Es mag sein, daß Harold Zink mit seiner Mängelrüge in Einzelfällen recht gehabt hat, manche Experten wären nur nach Deutschland gekommen, um sich auf Kosten des amerikanischen Steuerzahlers Europa anzusehen[53], es mag auch sein, daß einige Experten funktionslos herumsaßen, weil OMGUS und HICOG keine befriedigenden Kontakte vermittelt hatten. Aber insgesamt gilt für die 40er und die frühen 50er Jahre, daß jeder amerikanische Experte, der ins besetzte Deutschland kam, eine Tür geöffnet hat, und daß jedem Deutschen, der in ein fremdes Land eingeladen war, eine Tür geöffnet wurde.

Es fällt auf und macht nachdenklich, daß deutsche Antifaschisten und Emigranten bei der Planung von Umerziehungs- und Umorientierungs-Programmen keine oder nur eine ausführende Rolle gespielt haben. Aus den Akten des amerikanischen Außenministeriums scheint hervorzugehen, daß sich dessen Deutschland-Experten explizit weigerten, deutsche

Emigranten an der Konzeptentwicklung zu beteiligen[54]. Sie mögen partiell schlechte Erfahrungen mit eifernden deutschen Emigranten gemacht haben. Das von Paul Tillich geleitete *Council for a Democratic Germany* hatte noch vor Kriegsende sehr abgehobene Vorschläge für eine radikale Umerziehung der vom Nazigeist besessenen deutschen Jugend gemacht. Die Schriftsteller Thomas Mann, Lion Feuchtwanger, Emil Ludwig, Alfred Döblin und Bruno Frank hatten beispielsweise gefordert, Deutschland über mindestens eine Generation hinweg militärisch besetzt zu halten, sofern sie davon ausgingen, daß eine solche Umerziehung überhaupt möglich sei. Selbst die moderateren Einschätzungen von Richard Brickner und Kurt Lewin, welche die deutsche Autoritätsfixierung auf Adolf Hitler und seine braunen Unter-Führer für eine neurotische Fehlentwicklung hielten und die Umerziehung als einen quasi-klinischen Rehabilitationsprozeß empfahlen, erwiesen sich als wenig hilfreich und als wenig realistisch.

Auf der anderen Seite zeigen die zeitgeschichtlichen Dokumente, daß die englische Regierung und ihre Militärregierung andere Akzente gesetzt haben. Wohl beklagten sich auch deutsche Antifaschisten, die nach England emigriert waren, daß sie an der schnellen Heimkehr ins besetzte Deutschland gehindert worden seien[55]. Auf der anderen Seite haben die Engländer bei der Planung der Umerziehung Deutschlands schon frühzeitig mit einer christlich-sozialistischen Emigrantengruppe zusammengearbeitet, die sich in London um Anhänger Leonard Nelsons (Internationaler Sozialistischer Kampfbund ISK) gebildet hatte. Schlüsselpersonen dieser Gruppe, die ab Juni 1943 als *German Educational Reconstruction* (G.E.R.) in Erscheinung getreten war, sind zu jener Zeit die Pädagogen Minna Specht, Fritz Borinski und Werner Burmeister, die Sozialpädagogen Magda Kelber und Erich Hirsch und die Soziologen Karl Mannheim und Curt Bondy gewesen. Zu dem Kreis gehörten auch Wilhelm Heidorn und der Erwachsenenpädagoge und spätere Intendant des Süddeutschen Rundfunks und Publizistik-Professor Fritz Eberhard[56]. Das ursprüngliche Ziel von G.E.R. war es, »vertriebenen antifaschistischen Lehrern und Sozialarbeitern bei der Vorbereitung auf die Neuordnung in Deutschland nach der Niederwerfung des Nazismus zu helfen«[57]. Nach der Besetzung Deutschlands verlagerte die G.E.R. den Schwerpunkt ihrer Arbeit auf die Förderung persönlicher Kontakte zu Pädagogen und Sozialpädagogen in Deutschland. »Aus diesem Grund konnte G.E.R. leicht in die Arbeit der Britischen Kontrollkommission integriert werden und diese dort ergänzen, wo die offizielle britische Besatzungsadministration aus politischen Rücksichten weniger Handlungsspielraum besaß als die kleine Gruppe emigrierter Pädagogen und Sozialarbeiter« schrieb Gunter Pakschies in seiner Gesamtwürdigung der

»Umerziehung in der Britischen Zone 1945–1949«[58]. Es entsprach der eher liberalen und weniger ehrgeizigen Position der britischen Militärregierung und ihrer Jugendoffiziere, von Anfang an (und nicht erst in einer späteren Entwicklungsphase) einheimische Initiativen zu unterstützen, wie die Gründung des Jugendhofs Vlotho und des Hauses am Rupenhorn in Berlin. Auch die mit Abstand folgenreichste gruppenpädagogische Bildungsstätte der Amerikaner in Deutschland, *Haus Schwalbach* im Taunus, profitierte von dem Kreis der pädagogischen England-Emigranten: ihre erste und langjährige Leiterin war die G.E.R.-Mitarbeiterin Dr. Magda Kelber.

Haus Schwalbach

Um die Jahreswende 1948/49 hatte Dr. Howard Oxley, von der Abteilung *community activities* des Landeskommissars der Amerikanischen Militärregierung für Hessen in Wiesbaden eine Idee. Er wollte, wie seine Kollegen in Bayern und Berlin, auch in Hessen ein *leadership training center* für formelle und informelle Multiplikatoren in hessischen Gemeinden gründen. Und er hatte für diesen Zweck ein passendes Haus. Genauer gesagt: zwei Häuser. 1890 hatte der deutsch-amerikanische Bierbrauer Adolph Busch bei dem Dorfe Lindschied im Taunus für seine Frau Lilly eine Sommervilla gebaut und zwanzig Jahre später durch eine zweite Villa für Tochter Claire ergänzt. Die beiden Villen mit einem großen Park und exotischen Gewächshäusern waren zu Beginn des 2. Weltkrieges von der Nationalsozialistischen Volkswohlfahrt (NSV) beschlagnahmt worden und dienten gegen Ende des Krieges als Zufluchtsstätte Frankfurter Mütter und ihrer Kinder vor alliierten Bombenangriffen. Die Militärregierung wollte das Unternehmen finanzieren und steuern, ein deutsches Kuratorium mit Vertretern der potentiellen Nutzer der beiden Häuser (Kultusministerium, Landesjugendamt, Wohlfahrtsverbände) sollte *ebenfalls* mitbestimmen. Der Begriff »ebenfalls« signalisiert erste Gründungsschwierigkeiten, denen weder Vlotho noch Rupenhorn in ihrer Gründungs- und Aufbauphase ausgesetzt waren. Am 26. Juni 1949, einem strahlenden Sommertag, übergab der amerikanische Militärgouverneur den verchromten Riesenschlüssel der Häuser an den Hessischen Minister für Erziehung und Volksbildung, und dieser reichte ihn an den stellvertretenden Vorsitzenden des Kuratoriums von »Haus Schwalbach« weiter. Dort hing er bis zum Auszug aus den gemieteten Häusern im Oktober 1957 über dem Kamin. Die Repräsentanten der drei Institutionen, durch deren Hände der Schlüssel gegangen war, mochten

Haus Schwalbach mit Dr. Magda Kelber (links am Kamin), 1949.

mit der symbolischen Eröffnungs-Zeremonie die Hoffnung verbunden haben, mit der Übergabe des Hausschlüssels auch Hausrechte erworben zu haben[59]. Die amerikanischen Gründer waren zwar nur als Berater im Kuratorium vertreten[60], aber sie organisierten die ersten Lehrgänge und verschickten die Einladungen, sie luden Referenten und Gäste ein, sie entschieden über die Benutzung von Dienstwagen, über Anschaffungen, Jahres-Etat und die Zusammensetzung des Kuratoriums. Noch bis zum

Juni 1953 lieferten die hauptamtlichen Mitarbeiter des Hauses ihre Monatsberichte auf Englisch ab, und die Rückübersetzung der Protokolle von Kuratoriumssitzungen ins Deutsche führte manchmal zu unerquicklichen semantischen Diskussionen[61]. Als bereits ein Jahr nach Gründung das stationäre Team der Mitarbeiter durch ein »Reiseteam« ergänzt wurde, das zunächst in Nordhessen Außenlehrgänge durchführte, kam es zu einem Eklat zwischen dem hessischen Volksbildungs-Ministerium und dem amerikanischen Hochkommissar[62]. Der Eklat wurde zwar oberflächlich durch Protokollerklärungen beigelegt, aber was blieb, war der Verdacht von Ministerium und Landesjugendamt, Haus Schwalbach vertrete einseitig amerikanische Erziehungsprinzipien und sei nicht geeignet, als unabhängige »Heim(stätte) für Volksbildung und Jugendpflege« (so die offiziöse deutsche Übersetzung von *leadership training center*) von der Hessischen Landesregierung übernommen und voll finanziert zu werden[63]. Angesichts so unklarer Kompetenz-Verteilung gaben die ersten beiden hauptamtlichen Dozenten, Dr. Heinrich Braun und Dr. Hildegard Rexroth-Kern nach vier Monaten auf und machten den Weg für eine Zwischenlösung frei, die sich als Dauerlösung herausstellen sollte: Dr. Magda Kelber, deutsche England-Emigrantin und aktive Mitarbeiterin in dem Kreise der German Educational Reconstruction »wurde im August 1949 eingeladen, einige Wochen dort Kurse mitzuerleben, um ein Gutachten über Möglichkeiten einer solchen Einrichtung abzugeben. Als im September noch keine neue Leitung gefunden war, wurde ich gebeten, die Verantwortung zu übernehmen. Ich sagte zu für die Übergangszeit – bis jemand gefunden wäre: hatte ich doch die feste Absicht, meine durch die Leitung des Quäkerhilfswerks in der britischen Zone für mehrere Jahre unterbrochene Arbeit in England wieder aufzunehmen. Nichts ist so dauerhaft wie ein Provisorium: diese ›Übergangszeit‹ währte von 1949 bis 1962[64]!«

Magda Kelber war keine Expertin für die Methode, die Haus Schwalbach berühmt gemacht hat: *social group work* oder *Gruppenpädagogik*. Gewiß, sie hatte eigentlich schon immer Gruppenarbeit mit Erwachsenen betrieben, vor allem in der englischen Emigration bei den Quäkern und ab 1946 nach ihrer ersten Rückkehr ins besetzte Deutschland im Auftrage des Quäkerhilfswerks bei der Fortbildung deutscher Frauen in Gruppenarbeit. Aber den feinen Unterschied zwischen Gruppenarbeit und Gruppenpädagogik hatte sie erst in der Jugendleiterschule Ruit durch die Begegnung mit Clara Kaiser aus New York kennengelernt, die sie auch mit dem 1948 erschienen Buch von Grace Coyle (»*Group Work with American Youth*«) und mit dem Standardlehrbuch von Gertrude Wilson und Gladys Ryland (»*Social Group Work Practice*«) bekannt machte, das Herbert Lattke später übersetzte und das in den folgenden Jahren eine Art Pflichtlektüre für deutsche Gruppenpädagogen geworden war[65].

1952 organisierten die Amerikaner für die hauptamtlichen Mitarbeiter ihrer Jugendleiterschulen Ruit, Haus Schwalbach und Niederpöcking im Berliner Wannseeheim für Jugendarbeit einen Vierwochenlehrgang in Gruppenpädagogik mit Gisela Konopka, Ruby Pernell, Anne Stenzel und Ruth Norris. Durch diese Anstöße sei sie in die Lage versetzt worden, sich intensiv mit der nordamerikanischen Tradition von *social group work* zu befassen, sie mit ihren Mitarbeitern (zunächst Dr. Ilse Mayer-Kulenkampff vom Pestalozzi-Fröbel-Haus Berlin, Hans Richter vom Jugendhof Vlotho und Dr. Peter H. Steinmetz, später Heimvolkshochschule Hustedt) in die deutsche Erziehungstradition wieder einzubürgern[66] und die empirisch-erziehungswissenschaftliche Basis dieser Erziehungstradition in Deutschland bekannt zu machen[67].

Zum 10. Jahrestag der Gründung von Haus Schwalbach liefen vielfältige Rückmeldungen über seine Wirkungsweise im Taunus ein. »Junge Menschen schrieben abstrakt wie Professoren, alte Herren schwärmten wie Junge ... Die Krankenschwester und der Lehrer, der Personalchef und die Fürsorgerin, der Major der Bundeswehr, die Ratsherrin, der Ministerialbeamte, der Gewerkschaftler, die Pfadfinderin, die Ärztin und der Erwachsenenbildner schrieben. Immer von Neuem kehrten die ›Methode 66‹ und das Flanelltuch wieder«[68]. In dieser Zwischenbilanz aus dem Jahre 1959 sind Wirkung und Tragik dieser herausragenden gruppenpädagogischen Bildungsstätte in anschaulicher Weise widergespiegelt. Der Jugendhof Vlotho und das Haus am Rupenhorn waren von der Gründung auf breite aber doch speziellen Zielgruppen hin angelegt: Vlotho auf die Beckmann-Generation, Rupenhorn auf die neu gegründeten demokratischen Jugendverbände. Haus Schwalbach wollte alle erreichen, die mit Menschen in Gruppenzusammenhängen zu tun hatten.

»In unserer Arbeit lassen wir uns leiten von dem Gedanken, den Einzelnen zur verantwortlichen Mitarbeit in der Gruppe, Nachbarschaft, Gemeinde, in Kreis, Volk, Staat und Menschheit zu bringen. Die einzelnen Anliegen aller nach HAUS SCHWALBACH kommenden Menschen werden im Lichte dieses Leitgedankens betrachtet. Dies geschieht hauptsächlich in Arbeitsgemeinschaften, Aussprachen und praktischen Übungen, seltener in Vorträgen oder Referaten, und wo immer möglich unter Verwendung von Anschauungsmitteln (Film, Epidiaskop, Radio, Schallplatte usw.). Auch die Gastlehrer sollen so untheoretisch und unakademisch wie möglich sprechen. Es kommt viel mehr darauf an, für Zuhörerfragen offen zu sein, um ein menschlich verbindendes und helfendes Gespräch zu führen...«[69]. Diese frühe Absichtserklärung von 1949 unterstreicht den Allgemeingültigkeits-Anspruch von Gruppenpädagogik als Methode und Ausdruck demokratischer Lebensweise. Sie wurde in dem Augenblick problematisch, in dem aus Gründen finanzieller Existenzsicherung die Tatsache übersehen wurde, daß Gruppenpädagogik als «eine Methode, die bewußt die kleine überschaubare Gruppe als Mittelpunkt und Mittel der Erziehung einsetzt«[70] nicht nur von den ethischen Standards der sie Praktizierenden und ihrer professionellen Kompetenz abhängt, sondern auch von dem institutionellen Kontext, für den sie gelehrt und in dem sie praktiziert wird. Für Leser der 90er Jahre wird es – anders als für Lernende der 50er Jahre – offensichtlich sein, daß sich Gruppenpädagogik im Strafvollzug, Gruppenpädagogik in einer autonomen Jugendgruppe, Gruppenpädagogik bei der Bundeswehr, Gruppenpädagogik bei KARSTADT und Gruppenpädagogik im Krankenhaus notwendigerweise nicht nur marginal, sondern prinzipiell unterscheiden müssen. Selbstverständlich wußten das auch die hauptamtlichen Mitarbeiter von Haus Schwalbach. Da sie aber seit 1951 mindestens einmal jährlich »vorsorglich gekündigt wurden«, weil weder die Amerikaner noch die potentiellen hessischen Träger sie in ihre ordentlichen Haushaltspläne übernahmen, sondern immer nur zeitlich befristete Zuschüsse gewährten, verschob sich der professionelle Akzent der Arbeit immer mehr von der erziehungswissenschaftlich-didaktischen Vermittlung allgemeingültiger Prinzipien von Gruppenpädagogik als einer besonderen Form der Aneignung allgemeiner menschlicher Kommunikations- und Interaktions-Kompetenzen auf die zum finanziellen Überleben notwendige Aquisition neuer Lehrgänge, neuer Lehrgangsträger, neuer Geldgeber.

In einer institutionell unabgesicherten Situation werden Erziehungsprinzipien sehr schnell zu Erziehungsmethoden, und Erziehungsmethoden sehr schnell zu inhaltsleeren Selbstläufern. Wenn Magda Kelber 1959 beklagt, daß die »Methode 66« nicht der Inbegriff von Gruppenpädagogik sei, daß Gruppenpädagogik anleiten solle zur »Besinnung auf pädagogische Grundsätze, die solches Tun durchdringen müssen, eine Besinnung auf die Stellung und Haltung des pädagogisch Verantwortlichen, der dem einzelnen durch die Gruppe Wachstumshilfen geben will; eine Besinnung auf Ziele, die pädagogisch vertretbar sind, die ethisch begründet und geglaubt und die mit Festigkeit und Behutsamkeit zugleich verfolgt werden«[71], dann war das ebenso richtig wie im Hinblick auf seine Konsequenzen folgenlos, denn als größter allgemeiner Interessen-Nenner zwischen Schülermitverwaltung, Deutschem Roten Kreuz, Bundeswehr und Karstadt AG bleiben in der Tat – zieht man alles Trennende ab – Flanell-Tuch und Methode 66 übrig. Sie stehen zwar für zwei richtige und wichtige Prinzipien allgemeiner Didaktik, aber sie allein können nicht die Reinhaltung der Prinzipien im Bewußtsein ihrer unterschiedlichen Anwender garantieren. Für welche didaktischen Prinzipien stehen Flanell-Tuch und Methode 66? Und vorher noch: Was sind sie?

Das Flanelltuch ist ein zwei bis drei Quadratmeter großes Stück meist grünen Tuchs, wie es als Bezug von Billard-Tischen verwendet wird. Die rauhe Oberfläche des Stoffs läßt Bilder, Grafiken, Figuren und Texte, die vorher auf Pappe geklebt und mit einer ebenfalls rauhen Rückseite (etwa: Schmirgelpapier) versehen worden sind, auf dem Flanelltuch haften, gleichzeitig aber auch wieder ohne Mühe entfernen. Das Flanelltuch ist eine Weiterentwicklung der Schiefertafel, die es dem Lehrenden erlaubt, den geplanten Tafelanschrieb in seine Einzelteile zu zerlegen und vorzufertigen. Während des Unterrrichtes setzt er ihn dann vor·den Augen der Lehrenden zu einem komplexen Schaubild zusammen und kann auf diese Weise komplizierte und komplexe Zusammenhänge (Gruppenstrukturen, Kommunikationswege in Kleingruppen, Rollen und Funktionen von Gruppenleitern und Diskussionsleitern, Zusammenhänge von Führungsstilen und Sozialverhalten von Gruppen) prozeßhaft veranschaulichen. Eines der beliebtesten farbigen Haftbilder von Haus Schwalbach war der Diskussionsleiter (»Dikulei«). So ausgedrückt klingt die Sache banal. Ich kann sie aber auch anders ausdrücken und schreiben: Flanelltuch und Haftbilder erlauben es dem Didaktiker, einen Forschungsprozeß und seine zergliedernden (analytischen) Ergebnisse als Lehrprozeß optisch zu rekonstruieren. Das leistete auch schon die gute alte Wandtafel, und Lehrerbildungsstätten waren schon immer gut beraten, wenn sie besonderen Wert auf einen klaren, übersichtlichen und gegliederten Tafelanschrieb ihrer Studierenden legten. Für Haus Schwalbach stand »Flanelltuch« stellvertretend für eine Vielzahl von Medien, die zur Unterstützung des gesprochenen Wortes und teilweise sogar als sein Ersatz verwendet wurden: Schaubilder als Diapositiv oder im Epidiaskop, Filme, Schallplatten, Magnetton-Aufzeichnungen. Das erste Magnettongerät des Hauses mußten die Mitglieder des Teams übrigens aus eigener Tasche bezahlen. Hinzu kamen Anleitungen, den eigenen Körper – und nicht nur die Sprache – als Ausdrucksmittel zu benutzen und zu kultivieren. Sensibilisierungsübungen, Pantomimen, Rollenspiele und Soziodrama wurden gepflegt, noch lange bevor sich Gruppendynamik, Gestalt-Pädagogik und Selbsterfahrungsgruppen ihrer bemächtigten. In allen Jugendleiterschulen und Bildungsstätten dieser Gründerjahre wurde übrigens eine enge Verbindung zwischen politischer Bildung, kommunikativer Kultur und Kunst gesehen und gesucht. Es gab regelmäßige Ausstellungen moderner Malerei, es gab Schallplattenabende mit klassischer und zeitgenössischer Musik, es gab Anleitung zur Arbeit mit Fingerfarben und in den Techniken von Linolschnitt und Collage.

Besonders beeindruckend für alle Beteiligten waren jene gruppenpädagogischen Unterweisungen, die den Zusammenhang zwischen Sitzordnung, Gruppenhierarchie und verbaler Tätigkeit verdeutlichten. Das Für und Wider verschiedener Arrangements (Sitzreihen im Frontalunterricht, die lange Tafel, das Hufeisen mit Innen- und Außenbestuhlung, das geschlossene Viereck, der große Kreis) wurde durch Schaubilder demonstriert und praktisch erprobt. Eine besondere Rolle spielten Unterweisungen und Übungen für eine angemessene Diskussionsleitung in der

Gesprächsrunde in den 50er Jahren als räumlicher Ausdruck partnerschaftlicher Diskussion in der kleinen Gruppe.

Gruppe, die das Zuhören ebenso ermutigen und schulen sollte wie das Sprechen, und die die Rolle des Diskussionsleiters als die eines Moderators beschrieben, der Beiträge aus der Gruppe hervorheben und zusammenfassen, nicht aber durch eigenen Beiträge glänzen sollte. Das alles mag uns vierzig Jahre später alltäglich erscheinen. So alltäglich, daß wir uns die Bestimmungsgründe für solche kommunikativen Arrangements gar nicht mehr bewußt vergegenwärtigen. Für die ersten Jahre nach dem Zusammenbruch des Faschismus und seiner Erziehungspraktiken war es in der Tat ein Blick in eine neue und faszinierende Welt, in der das Einfache und Machbare plötzlich eine neue Bedeutung, Wirkung und Würde gewann. Die Lehrgangsträger, mit denen Haus Schwalbach zusammenarbeitete, waren auf das Arrangement solcher Kleinigkeiten nicht immer vorbereitet. Vor allem die Außen-Teams des Hauses hatten es oft mit widrigen Umständen zu tun, unter denen sie ihre Lehrgänge durchführen mußten. Das Essen war knapp und schlecht, die Räume waren unübersichtlich und kalt, die Zahl der Teilnehmer überstieg die obere Grenze für vernünftige Gruppenarbeit, Repräsentanten der Lehrgangsträger zeigten einen Leitungsstil, der dem Schwalbacher Stil diametral entgegengesetzt war.

Als 1957 der Mietvertrag für die Häuser Lilly und Claire nicht erneuert wurde und das gesamte Team, obdachlos geworden, von Lehrgangsstätte zu Lehrgangsstätte ziehen mußte, wurde das gruppenpädagogisch notwendige Arrangement von Umständen und Atmosphäre, das die Verfügungsgewalt über ein eigenes Haus voraussetzt, nahezu unmöglich gemacht. Um auch unter widrigen Umständen und mit einer großen Teilnehmerzahl vergleichsweise intensiv kommunizieren zu können, wendeten die Schwalbacher die »Methode 66« an. In einer bestimmten Phase einer größeren Konferenz oder eines Kongresses mit zahlreichen Teilnehmern und einer ungünstigen Sitzordnung wurden jeweils sechs zusammensitzende Teilnehmer gebeten, als Diskussionsgruppe ein bestimmtes Problem weiter zu bearbeiten und anschließend das Ergebnis oder die Ergebnisse ihrer Beratungen durch einen Sprecher zurück ins Plenum zu tragen. Ein solches Vorgehen hatte in bestimmten Situationen eine positive Wirkung, in anderen Situationen rückte es nahe an die Grenze folgenloser Beschäftigungs-Therapie, der die Teilnehmer wenig Ernsthaftigkeit abgewinnen konnten. Die »Methode 66« steht für das entscheidende Prinzip einer kommunikativen Didaktik (diesen Begriff kannte man damals noch nicht), in deren Rahmen die Gruppenpädagogik Haus Schwalbachs systematisch eingeordnet werden kann.

Gruppenpädagogik als Teil einer allgemeineren kommunikativen Didaktik geht von einigen Voraussetzungen aus, von denen Jürgen Henningsen später rügend angemerkt hat, es würde sich um Selbstverständlichkeiten handeln, die bei näherem Hinsehen alles andere als selbstverständlich seien[72]. Zu diesen Voraussetzungen gehörte die Annahme, daß Menschen von Menschen (und nicht nur von Lehrern) lernen, indem sie Gefühle, Beobachtungen, Erfahrungen, Meinungen und Bewertungen untereinander austauschen und gemeinsam neue Beobachtungen und Erfahrungen machen und Meinungen und Bewertungen verändern (oder befestigen), wobei sie Gefühle an diesen Prozeß und seine Ergebnisse binden. Über die Struktur des Feldes, das einem solchen wechselseitigen Austausch günstig ist, wurde eine Reihe von teilweise empirisch gewonnenen, teilweise auch postulativen Aussagen gemacht. Das Feld solle sowohl für die Gruppenmitglieder als auch für die Leiter *überschaubar* sein, der Zusammenschluß der Einzelnen zu einer überschaubaren Gruppe solle auf eine *freie Entscheidung* gründen; die Struktur der Gruppe solle zwar horizontale Arbeitsteilungen aber *keine vorgegebene (formelle) vertikale Hierarchie* enthalten, gemeinsame Tätigkeiten der Gruppenmitglieder sollten dem Prinzip der Gleichwertigkeit aller Gruppenmitglieder folgen; dies könne durch einen *partnerschaftlichen* (oder demokratischen) *Führungsstil* der Gruppenleiter ermutigt und unterstützt werden; die Gruppe solle über einen gewissen Zeitraum *kontinuierlich* zusammenarbeiten, damit sich eine eigene *Gruppentradition* bilden könne, die am Vorhandensein von Binnensolidarität (*Wir-Gefühl*) erkennbar werde[73].

Solche zur Praxis gewordene Vorstellungen von kleinen, überschaubaren Gruppen als Medium jugendlicher Selbsterziehung waren schon um die Jahrhundertwende von Mitgliedern der bürgerlichen und der proletarischen Jugendbewegung als Erkenntnis und Postulat formuliert worden. Durch »jugendbewegte« Studenten und Lehrer waren sie in die deutsche Reformpädagogische Bewegung der Weimarer Republik eingewandert und hatten dort eine in der Tat »gruppenpädagogische Praxis« hervorgebracht. Aber nicht an diese Praxis knüpfte Haus Schwalbach an, sondern an die Weiterentwicklung von jugendpflegerischer Gruppenarbeit (*recreation*) und die seit Ende der 30er Jahre zunehmende soziologisch und sozialpsychologisch orientierte Kleingruppenforschung[74] in den USA. Insbesondere Magda Kelber und später auch Ursula Walz[75] kannten wichtige Ergebnisse der amerikanischen Kleingruppenforschung oder eigneten sie sich auf mehreren Forschungsreisen in die USA an. Aber unter dem andauernden Termindruck der Lehrgangsarbeit mit unterschiedlichen Teilnehmergruppen, deren Entsender auf rasche Umsetzungsergebnisse hofften – die Teilnehmer sollten in einer Woche gruppenfähig oder teamfähig gemacht werden, sie sollten von individueller Konkurrenz auf arbeitsgruppenhafte Kooperation orientiert werden, sie sollten ganz allgemein ihre kommunikative Kompetenz erhöhen, blieb keine Zeit für eine breite und fundierte Rezeption des gesamten sozialwissenschaftlichen Forschungszusammenhangs. Später benutzen die Schwalbacher ihre eigene Fachzeitschrift, die seit Dezember 1950 erscheinenden *Schwalbacher Blätter*, um dieses Versäumnis nachzuholen. In der Rubrik »Forschungsergebnisse« und »Internationale Forschungsberichte« referierten Magda Kelber und teilweise auch Ursula Walz und Lutz Rössner die bedeutsamen Führungsstil-Experimente von Kurt Lewin und seinen Mitarbeitern Ronald Lippitt und Ralph K. White[76], die Untersuchung von Ferenc Merei über die Eigenschaften informeller Führer im Kindergarten[77] und die Ergebnisse des berühmten Räuberhöhlen-Experimentes von Muzafer und Carolyn Sherif[78], bei dem die Experimentatoren durch eine Manipulation von Umständen, unter denen zwei Jungengruppen in einem amerikanischen Nationalpark die Sommerferien verbrachten, sowohl erbitterte Konkurrenzkämpfe als auch kooperative Gemeinsamkeit erzeugten. Aber diese Forschungsberichte wurden erst relativ spät (1957–1961) veröffentlicht und waren für eine wissenschaftsgeleitete Rezeption der Gruppenpädagogik folgenlos, zumal die politischen Hintergründe dieser Forschungen ungenannt blieben: Kurt Lewin hatte das Führungsstil-Experiment nach seiner Vertreibung aus Deutschland als einen Beitrag zur experimentellen Erprobung der Reichweite und Wirkung von Umerziehungsversuchen autoritär geführter Kinder verstanden, und das Experiment von Sherif und Sherif war darauf gerichtet, Licht auf die objektiven Ursachen zu werfen, die für zwischenmenschliche Diskriminierungsprozesse verantwortlich sind.

Haus Schwalbach verstand und lehrte Gruppenpädagogik als eine *pädagogische* Form der bewußten Nutzung und Steuerung von Gruppenprozessen durch Pädagogen und unterschied auf diese Weise Gruppenpädagogik von der naturwüchsig verlaufenden Gruppenarbeit, die des Pädagogen nicht bedarf[79]. Magda Kelber kleidete den pädagogischen Anspruch, der Gruppenpädagogik als Pädagogik legitimieren sollte, in acht pädagogische Grundsätze, die im großen und ganzen mit der amerikanischen Fachliteratur der 50er und 60er Jahre (etwa: Gisela Konopka[80]) übereinstimmten. Die Prinzipien sind: Mit der Stärke arbeiten; Anfangen, wo die Gruppe steht ... und sich mit ihr – ihrem Tempo entsprechend – in Bewegung setzen; Raum für Entscheidungen geben ... und notwendige Grenzen positiv nutzen; Zusammenarbeit mehr pflegen als Einzelwettbewerb; Sich überflüssig machen; Weniger durch traditionelle, persönliche Führungsmittel (Lohn und Strafe, Lob und Tadel) wirksam werden als durch das Gruppenprogramm[81].

In der unversitären Erziehungswissenschaft hat es Stimmen gegeben, die diese und ähnliche pädagogischen Grundsätze als »substanzlos« moniert haben. »Sämtliche *didaktischen* Probleme sind ausgeklammert« schrieb Jürgen Henningsen 1959, »und charakteristischerweise findet man die solidesten Angaben über Inhaltliches an den Stellen, wo über Gesellschaftsspiele gehandelt wird (die von den Schwalbachern entwickelte ›Spielkartei‹ ist sicher etwas Gutes)«[82]. Mir scheint, diese Mängelrüge führt in die Irre. Henningsen ging damals von einer Arbeitsteilung zwischen Didaktik und Methodik aus, von der er meinte, daß sie sich allgemein durchsetzen würde, die sich aber aus guten Gründen nicht hat durchsetzen lassen. Nach dieser Arbeitsteilung sei *Didaktik* die »Lehre von den Bildungsgehalten«. Sie gehe der *Methodik* als »Lehre von den Bildungsformen« voraus[83]. Ich selbst bin ein (später) Schüler der »Berliner Schule der Didaktik«, welche die Trennung von Didaktik und Methodik nicht mitgemacht hat und unter Didaktik das Insgesamt von Entscheidungen über Lehrgegenstände und Kommunikationswege unter Berücksichtigung sowohl anthropologischer als auch gesellschaftlicher Voraussetzungen versteht. So gesehen enthält jede »inhaltliche« Entscheidung schon methodische Optionen und jede »methodische« Entscheidung hat »inhaltliche« Konsequenzen[84]. Das zu akzeptieren fällt uns heute leichter als vor 40 Jahren, weil seither im Gefolge der Arbeiten von Habermas und anderen über kommunikative Kompetenz und herrschaftsfreien Diskurs Theorien zum Erziehungsprozeß formuliert worden sind – beispielsweise von Klaus Mollenhauer (1972) – , die Erziehung als kommunikatives Handeln begreifen und jedem pädagogischen Feld (nicht jedem einzelnen Pädagogen!) eine sinn-konstituierende, sinn-tradierende und sinn-erschließende Qualität zusprechen[85]. Angesichts einer solchen Akzentverschiebung scheint mir der gruppenpädagogische Ansatz von Haus Schwalbach als ein allgemeindidaktischer Ansatz haltbar zu sein. Meine Einwände gehen in andere Richtungen.

Kritische Anmerkungen

Ich denke, die Schwalbacher machten den Denkfehler von Jürgen Henningsen in umgekehrter Richtung. Er unterstellte – übrigens in Übereinstimmung mit der alten, idealistischen Schule der Didaktik –, die Entscheidung über Bildungsgehalte und Bildungsinhalte sei das »Eigentliche« (und Höherwertige), methodische Schlußfolgerungen würden sich dann quasi von selber ergeben. Die Schwalbacher gingen explizit und implizit davon aus, daß Gruppenpädagogik eine Lebensform lehre (und daß Gruppenpädagogen sie demonstrativ vorlebten), *die in sich und als solche* demokratische Bildungsgehalte transportiere. Eine solche Hoffnung war in einer Zeit verständlich (und wohl auch berechtigt), in der allen Menschen die Lebens- und Kommunikationsformen nationalsozialistischer Jugend- und Erwachsenen- »Bildung« noch in frischer Erinnerung waren. Für ehemalige BDM-Führerinnen und HJ-Führer erzeugten die Lebens- und Lehrformen von Haus Schwalbach, aber genauso die der anderen Jugendhöfe und Jugendgruppenleiterschulen, zunächst einen nachhaltigen Schock. Sie waren an die orientierende und Vorgaben-machende Funktion eines Führers gewöhnt, der »von oben« eingesetzt war und sich nach unten nur minimal legitimieren mußte. Sie waren an Leistungs- und Konkurrenzspiele gewöhnt, bei denen es klare Sieger und klare Verlierer – also auch klar definierte Leistungs- und Erfolgskriterien gab. Die Fähigkeit zuzuhören, Widersprüche auszuhalten und nicht niederzubrüllen oder als Ausdruck falschen, artfremden Denkens zu diffamieren, die Bereitschaft, auf andere einzugehen und deren andere Positionen und Argumente versuchsweise und prüfend in das eigene Nachdenken aufzunehmen, überhaupt nicht sofort zu reagieren und Andersartiges niederzuwalzen, sondern sich mit einem eigenen Urteil Zeit, viel Zeit zu lassen – das alles mußte auf sie chaotisch wirken und sie in dem nationalsozialistischen Vorurteil bestärken, die Demokratie als Staatsform und das Parlament als »Quasselbude« wären prinzipiell ungeeignet, dem Einzelnen zu zeigen, »wo es lang geht«. Demokratie nicht als »Staatskunde« zu lehren, sondern für einen begrenzten Zeitraum mit Anders-Denkenden, Anders-Glaubenden und Anders-Fühlenden zusammen zu erleben und sich auszutauschen, transportierte solange Bildungsgehalte, solange das nationalsozialistische Kontrasterlebnis zu diesem Lebensstil[86] noch im Bewußtsein aller Beteiligten präsent war. Mit den Jahren und mit der zunehmenden Etablierung formaler, demokratischer Werte und Normen in der Bundesrepublik Deutschland schwanden die Erinnerung an das nationalsozialistische Kontrasterlebnis – oder wurden verdrängt. Jetzt »war alles irgendwie demokratisch«, die Lebensform wurde zur Methode, sie transportierte Fragloses (oder Unbefragtes) und wirkte banal, weil sie die Anstrengung des *Begriffs* von der Sache (welcher die schwindende Erfahrung des Realcharakters nationalsozialistischer Lebensformen hätte ersetzen können) im Lehrprozeß vermied.

Die amerikanische Gruppenpädagogik als *social group work* war vor dem Hintergrund eines Gesellschaftsbildes entwickelt worden, bei dem der alte kontinentale Gegensatz zwischen Individium und Gesellschaft keine Rolle mehr spielen sollte. Die Gesellschaft spiegelte sich im Einzelnen wie das Universum im Wassertropfen oder wurde in ihn »einsozialisiert«. Die Interessen des Einzelnen waren im gesellschaftlichen Ganzen aufbewahrt, und das politische System (die Demokratie) war Ausdruck und Vollstrecker (Exekutive) dieser prinzipiellen Harmonie. Kleine, überschaubare Gruppen hatten die Aufgabe, Erfahrungen, Kenntnisse und Handlungsweisen zu vermitteln und zu trainieren, welche die im Prinzip vorhandene Übereinstimmung individueller und gesellschaftlicher Interessen zu einer *tätigen* Übereinstimmung kultivieren sollten. Diese (wir würden sagen: sozialpädagogische) Aufgabe bezeichneten die Amerikaner mit dem, in der kontinentalen Tradition problematischen, Begriff der »Anpassung«. Die Lebensräume von Individuum, Gruppe und Gesellschaft wurden in diesem Konzept als ein Kontinuum abgebildet. Was der Einzelne in der Gruppe gelernt hatte, konnte er auch in anderen gesellschaftlichen und politischen Institutionen erfolgreich verwenden. Schon in der allerersten Selbstdarstellung von Haus Schwalbach, die im Oktober 1949 vom Team beschlossen worden war, tauchte diese Unterstellung als tragendes Prinzip der Tätigkeit des Hauses in der folgenden Formulierung auf: »In unserer Arbeit lassen wir uns leiten von dem Gedanken, den Einzelnen zur verantwortlichen Mitarbeit in der Gruppe, Nachbarschaft, Gemeinde, im Kreis, Volk, Staat und Menschheit zu bringen. Die einzelnen Anliegen aller nach HAUS SCHWALBACH kommenden Menschen werden im Lichte dieses Leitgedankens betrachtet«[87]. Damit wurde ein Postulat unter der Hand zur realitätsstiftenden Basis der pädagogischen Arbeit gemacht und der kritischen Frage entzogen, ob dies denn so *sei* oder ob es so sein *solle* und wenn ja: in wessen Interesse und gegen welche Interessen? Dieser Einwand ist für mich deshalb so wichtig, weil ich ein Anhänger des allgemeindidaktischen Haupt-Satzes bin, den Dieter Hoffmann-Axthelm (1975) in einem Buch veröffentlicht hat, das sich – oberflächlich betrachtet – nicht mit Didaktik beschäftigte, sondern mit dem Mehring-Platz in Berlin-Kreuzberg. Dort heißt es: »Nicht die Gegenstände stehen für den Didaktiker am Anfang, nicht einmal die Lernziele, sondern die Bedingungen«[88]. Ja, die Bedingungen – aber eben nicht als zu unterstellende, sondern als zu begreifende. Und dazu muß man sie anfassen können. Begriffe sind die symbolische Repräsentation dessen, was ich begriffen, also angefaßt habe.

Einen dritten Einwand mache ich. Er ist eher praktischer Natur. Die amerikanische Gruppenpädagogik und mit ihr Haus Schwalbach ging bis in die fünfziger Jahre von der Unterstellung aus, daß *jede* Gruppe, die sich spontan gebildet habe oder die unter den kundigen Händen von Gruppenpädagogen zur Bereicherung des Erfahrungs-, Kenntnis- und Handlungs-Schatzes von Individuen gebildet worden sei, auf ihre Mitglieder eine sozialisierende, sie an die Werte und Normen dieser Gruppe (und seines pädagogischen Leiters) anpassende Wirkung habe. Diese Unterstellung war das professionelle Versprechen amerikanischer Gruppenpädagogen, das unter anderem die hohe (auch in Jahresgehältern ausdrückbare) Wertschätzung dieser Berufsgruppe im Vergleich zu den Schullehrern erfolgreich legitimierte. So gesehen war der Außenseiter in einer Gruppe ein ärgerlicher Störfall des auf Homogenisierung gerichteten Gruppenprozesses und bedurfte einer pädagogischen Sonderbehandlung. Dieses Bild von der sozialisierenden Wirkung von Gruppen schlechthin auf jedes ihrer Mitglieder wurde durch die in den sechziger Jahren aufblühende *Bezugsgruppenforschung* relativiert. Ein Vorläufer dieser Forschung war die berühmte Arbeit von W. F. Whyte »Street Corner Society« (Chicago 1961) über informelle Jugendgruppen in einem italienischen Viertel in den USA gewesen. Bekannt wurde die Bezugsgruppenforschung vor allem durch die empirischen Untersuchungen von

Muzafer und Carolyn Sherif, die mit dem pädagogischen Optimismus aufräumten, *jede* Gruppe würde für jedes ihrer Mitglieder als Bezugsgruppe funktionieren. Sherif und Sherif definierten Bezugsgruppe eher pragmatisch als »*the group with which the individual identifies or aspires to belong*«[89]. Im Lichte dieser schlichten, aber folgenreichen Definition, welche die Forscher in ihrer Arbeit empirisch begründeten, waren Außenseiter *einer* bestimmten Gruppe nun nicht mehr Außenseiter, sondern im Gegenteil *Innenseiter* einer *anderen* Gruppe, deren Werte und Normen mit denen der ersten Gruppen konfligierten. Dieser Ansatz erklärte nicht nur die bis dahin mit Ratlosigkeit beobachtete Tatsache, daß »normale« Gruppenpädagogik mit Jugendlichen der Unterschicht und mit jugendlichen Rechtsbrechern (vor allem auch mit Jugendlichen im Strafvollzug) immer wieder scheiterte oder folgenlos blieb, er warf auch ein neues Licht auf die kollektive Genese abweichenden Verhaltens im Jugendalter. Der Untertitel des Sherif-Buches lautet übrigens: *Explorations into Conformity and Deviation of Adolescents.*

Haus Schwalbach hatte zwischen 1949 und 1957 Lehrgänge in den eigenen Häusern Lilly und Claire und außerhalb durchgeführt. Danach zogen die Mitarbeiter noch sieben Jahre als Gäste durch benachbarte und befreundete Bildungsstätten, bis im Sommer 1964 klar wurde, »daß wir kein eigenes Dozententeam mehr halten konnten. Die noch verbliebenen Lehrkräfte suchten sich andere Betätigungsfelder, wobei sich die Mitarbeit in ›Haus Schwalbach‹ als günstiger Werbefaktor erwies. Einige von uns entschlossen sich, die Lehrgangsarbeit auf freiberuflicher Grundlage weiterzuführen«[90]. Was blieb war der eigene Fachbuchverlag von Haus Schwalbach mit den »Schwalbacher Blättern«, der immer wieder ergänzten und erneuerten »Spielkartei« und einer Reihe von Fachbüchern – darunter die Dissertation von Heinrich Schiller über *Gruppenpädagogik als Methode der Sozialarbeit* (1963). Der Verein Haus Schwalbach löste sich auf Beschluß der Mitgliederversammlung vom 18. Oktober 1985 zum Jahreswechsel 1985/86 auf. Er hat während der mehr als 30 Jahre seiner Arbeit eine Menge bewirkt. Er hätte ein anderes Ende verdient. Nicht nur wegen der großen Zahl von Multiplikatoren, die er durch seine Lehrgänge (116900 Teilnehmer) und seine Zeitschrift (zwischen 2000 und 5000 Abonnenten) erreicht hatte. 1970 habe ich der Arbeit des Hauses einen Nachruf gewidmet, zu dem ich heute wie damals stehe. Ich möchte mich deshalb an dieser Stelle einmal selbst zitieren:

»Losgelöst vom Interesse einer modernen Erziehungswissenschaft an didaktischen Problemen des Gruppenprozesses, kaum unterstützt durch das Interesse der modernen Sozialwissenschaften an der Kleingruppenforschung, ungeschützt durch Institutionen, welche die Gruppenpädagogik

als Lehre durch die Gruppenpädagogik als professionell verantwortetes pädagogisches Handeln im Alltag des Jugendleiters und Sozialarbeiters hätten ergänzend stabilisieren und honorieren können, war Haus Schwalbach immer in der Gefahr, im Schnittpunkt kontroverser Eigeninteressen von Lehrgangsträgern und -Geldgebern um seine eigene professionelle Identität kämpfen zu müssen. Wer sich jedes Jahr von neuem mit Schulpädagogen und Personalchefs, mit Sozialpädagogen und Bundeswehroffizieren, mit Chefärzten und Kindergärtnerinnen auseinandersetzen muß, der wird schwerlich die Gefahr ganz vermeiden können, Gruppenpädagogik als geordnete Lehre von demokratisch wie pädagogisch verantworteten Prozessen mit dem Ziel des Mündigwerdens in einer humanen Welt zu einer Gruppenpädagogik als Lehre von erfolgreicher Menschenführung reduzieren zu müssen. Haus Schwalbach hat diese Gefahr wohl immer gesehen – der Versuch, Gruppenpädagogik von Gruppenarbeit und Gruppenpflege begrifflich zu trennen, beweist es – aber es hat wohl nicht verhindern können, daß sich Elemente gruppenpädagogischen Handelns (wie die Methode 66) im Bewußtsein mancher Lehrgangsteilnehmer verselbständigten und fernab pädagogischer Verantwortung ein auf Manipulation gerichtetes Eigenleben führten«[91].

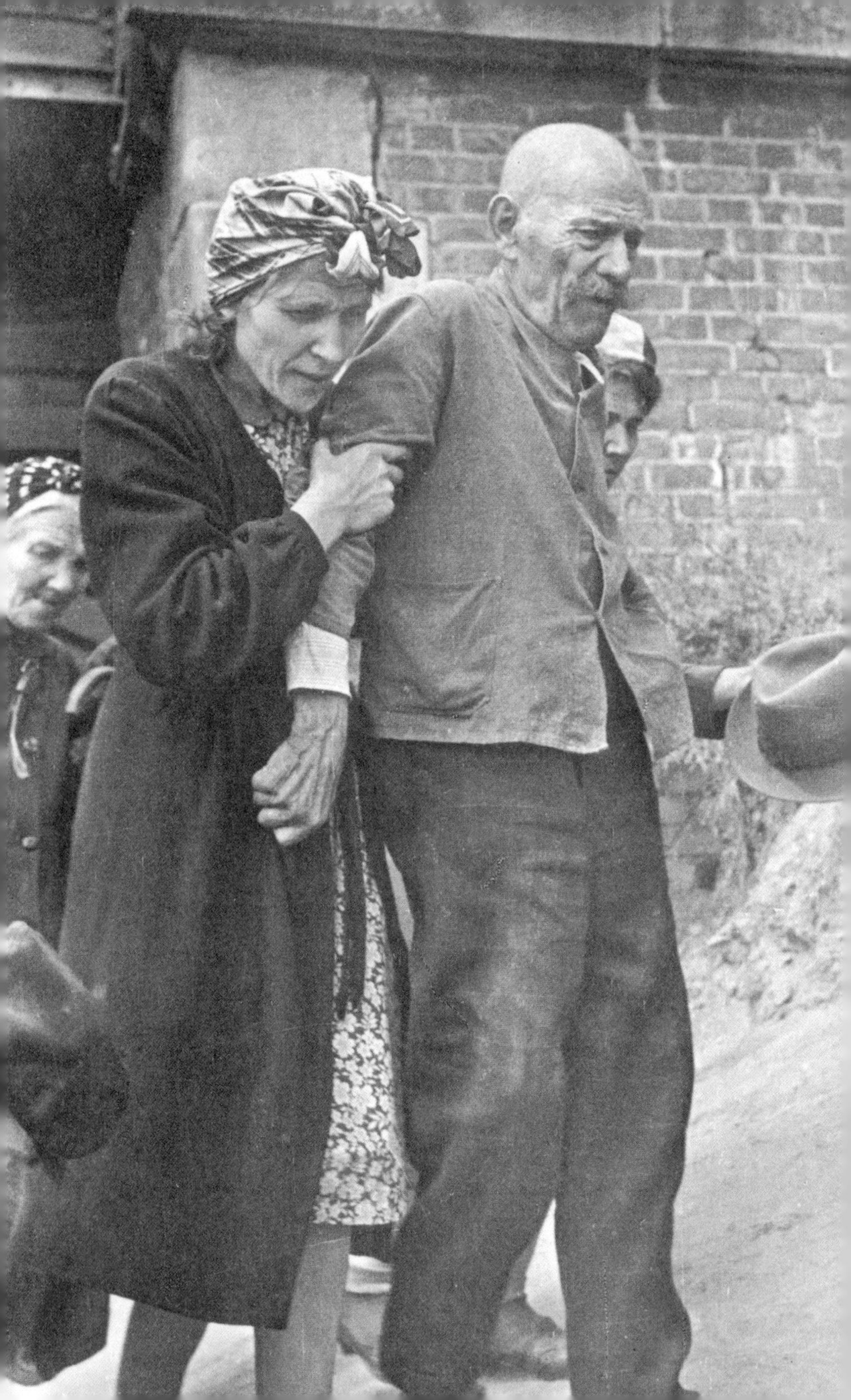

2
Bundesrepublik und Einzelfallhilfe

»Wenn die Frauen uns jetzt nicht durchfütterten«,
sagte Uhlig, »gingen wir Landser alle drauf.
Von den Männern kriegt man ja doch nichts.«

Erich Loest: Jungen die übrig blieben. Leipzig 1950.

◄ *So kamen sie aus den Kellern ... Berlin, Mai 1945. Foto: Gerhard Gronefeld.*

Im September 1946 besuchte Dr. Hertha Kraus aus Philadelphia die Geschäftsstelle des Deutschen Vereins für öffentliche und private Fürsorge[1] am Frankfurter Schaumainkai 35. Sie kam als Abgesandte der amerikanischen Quäker, um die Gründung von Nachbarschaftsheimen dieser angloamerikanischen und pazifistischen Glaubensgemeinschaft in dichtbesiedelten Arbeiterwohnquartieren vorzubereiten. Außerdem schwebte den Quäkern vor, in den Westzonen Deutschlands zwei oder drei Konferenzhäuser einzurichten, in denen »Fürsorgetagungen und Konferenzenen sowie Freizeiten und Nachschulungskurse für Sozialarbeiter abgehalten werden können. Auch diese Heime sollen von Quäkern betrieben und geleitet werden«[2]. Hertha Kraus war mit den deutschen Verhältnissen gut vertraut. 1897 in Prag geboren hatte sie in Frankfurt am Main studiert und war 1919 mit einer Arbeit »über Aufgaben und Wege der Jugendfürsorgestatistik« zum Dr. rer. pol. promoviert worden. Bis zum 30. November 1933 war sie die mit 26 Jahren (bei ihrer Ernennung) jüngste deutsche Stadtdirektorin und Leiterin des Wohlfahrtsamtes der Stadt Köln gewesen und hatte sich insbesondere um die Entwicklung des Anstaltswesens für Erwachsene gekümmert[3]. Nach der Verdrängung aus ihrem Amt durch die Nationalsozialisten war sie in die Vereinigten Staaten emigriert und war zur Zeit ihres ersten Deutschlandbesuches Professorin für *Social Economy and Social Research* am Bryn Mawr College in Philadelphia.

Hertha Kraus fand das deutsche Fürsorgewesen – bis zur Machtergreifung durch die Nationalsozialisten hoch entwickelt und international anerkannt – in einem verzweifelten Zustand vor. Das System der Sozialversicherung war mit dem politischen und militärischen Zusammenbruch des 3. Reiches zusammengebrochen und trug eine Schuldenlast von 16,5 Mrd. Reichsmark, der Reichsstock der Arbeitslosenversicherung war durch die Alliierten gesperrt, ein Fünftel der Gesamtbevölkerung lag im ursprünglichen Sinne dieses Wortes auf der Straße. Flüchtlinge, Ausgebombte und Evakuierte mußten auf ihren wochen- und monatelangen Transporten verpflegt werden, sie mußten in den vom Krieg verschonten landwirtschaftlich genutzten Gebieten des Reiches untergebracht werden, ihr Lebensbedarf mußte durch die Beschlagnahme von Wohnraum und von Kleidung, Schuhwerk und Hausgerät gesichert werden und sie mußten mittelfristig eine neue Arbeits- und Lebensgrundlage erhalten. Diese unmittelbaren Kriegsfolgen trafen vor allem die Landgemeinden, deren Bevölkerung in den ersten beiden Nachkriegsjahren um 30 Prozent zunahm, während die großen Städte einen Teil ihrer Bewohner durch Evakuierungen und Bomben verloren hatten. Sozial- und Wohnungsämter litten unter einer kaum vorstellbaren Personalnot. Nahezu alle männlichen Fürsorger waren zum Kriegsdienst eingezogen worden oder mußten wegen ihrer Zugehörigkeit zu einer nationalsozialistischen Organisation den Dienst quittieren. Über das Ausmaß dieser frühen Entnazifizierungsphase gibt es widersprüchliche Angaben. Es liegen Aussagen von Zeitzeugen vor, denen zufolge nur wenige nationalsozialistische Fürsorger von sich aus ausschieden. Andere Gewährsleute konstatieren, daß »zunächst... eine große Reihe eingearbeiteter Sachbearbeiter ausgeschieden (sei); sie konnten nicht überall durch Kräfte ersetzt werden, die über alle Voraussetzungen für die behördliche Arbeit verfügten«[4].

Friedrich Siegmund-Schultze, ehemals Gründer der Sozialen Arbeitsgemeinschaft Berlin (Ost) und Professor für Sozialethik und Sozialpädagogik an der Berliner Universität, der, wie Hertha Kraus emigrieren mußte, faßte als unverdächtiger Zeitzeuge nach mehrmonatigen Reisen in 140 Städte aller vier Besatzungszonen seine Eindrücke zusammen:

Insbesondere auf dem Gebiet der Jugendwohlfahrt sei die fürsorgerische Betreuung zahlreicher Ämter und Vereine auf einen Tiefstand gesunken, »der uns, die wir diese Arbeit einst aufgebaut haben, mit tiefer Sorge erfüllt... Fast in keiner Stadt hält die Jugendgerichtshilfe den Standard, den sie bald nach dem ersten Jugendgerichtsgesetz gewonnen hatte. Das Schlimmste aber ist, daß diejenigen, die heute die Arbeit tun, vor allem die Männer, die die Leitung in Händen haben, überhaupt nicht wissen, nie vor Augen gehabt haben, was eigentlich in ihrer Amtsstelle oder ihrer Vereinigung geleistet werden sollte. Es fehlt an Sachverständigen in der Leitung der Ämter, an ausgebildeten Fürsorgern in der Offenen Wohlfahrtspflege, an erfahrenen Heimleitern in der geschlossenen Arbeit, überhaupt an männlichen Wohlfahrtspflegern, die auf Grund von Studium und Erfahrung einigermaßen den Aufgaben gewachsen wären, die sich heute der Jugendwohlfahrt stellen. Woran liegt das? Ich sehe hauptsächlich drei Gründe für den Ausfall geeigneter männlicher Kräfte der Jugendfürsorge:
Erstens handelt es sich um den nüchternen Tatbestand, daß sechs bis sieben Millionen Männer der besten Altersstufen im Kriege gefallen oder in der Gefangenschaft umgekommen sind. Es gibt Wohlfahrtsämter, in denen sämtliche frühere männliche Mitarbeiter durch Tod oder Gefangenschaft ausgefallen sind.

Zweitens sind es die früheren Nazis, die zeitweilig oder dauernd aus der Arbeit ausscheiden mußten. Da die Wohlfahrtsbeamten fast überall der Nationalsozialistischen Volkswohlfahrt hatten beitreten müssen, wurde an vielen Orten diese Gruppe von jeder weiteren Arbeit ausgeschlossen. Es gibt Städte, in denen auf diese Weise alle erfahrenen Berufsarbeiter, die überhaupt auf dem Amt gearbeitet hatten, ausgefallen sind.

Der dritte äußere Grund für das Fehlen männlicher Kräfte in der Wohlfahrtspflege lag in der Auflösung aller Ausbildungsstätten für männliche Wohlfahrtspfleger. Seit den ersten Kriegsjahren ist überhaupt kein männlicher Nachwuchs für die Wohlfahrtspflege zustandegekommen«[5].

Das besondere Augenmerk von Siegmund-Schultze war auf männliche Wohlfahrtspfleger gerichtet. Wenn man von ihnen absieht, so gilt in aller

Allgemeinheit der Satz, daß es Frauen waren, die im Chaos der ersten Nachkriegsjahre die Arbeit von Familienfürsorge, Wirtschaftsfürsorge und Gesundheitsfürsorge von unten wieder aufgebaut haben. Die bei Alice Salomon in Berlin ausgebildete Gesundheitsfürsorgerin Ilse Krüger erinnerte sich:

»Es stellte sich nun erneut die Frage: wer verdient das Geld? Da mein Mann einen sehr schweren Herzinfarkt bekam, war ich es selbstverständlich, die das machen mußte. Ich bin in meinen Beruf zurückgegangen und habe von dem Zeitpunkt (1946) an bis Oktober 1973 im sozialen Beruf gearbeitet. Ich mußte später, 1950, noch mein Schwesternexamen nachmachen, das wurde verlangt. Auf dem Lande lag eine starke Betonung auf dem medizinischen Bereich der Arbeit. Ich habe ab 1947 als staatliche Gemeindeschwester gearbeitet, zuerst unter schwierigsten und primitivsten Gegebenheiten. Aber wir waren sieben Menschen, die leben wollten. Fünf Jahre habe ich nebenher noch als Katechetin gearbeitet. Mir war die Arbeit, die ich dort verrichtete, meinen Gaben nach vielleicht auf den Leib geschrieben. Ich habe sie unendlich gern getan. 27 Jahre lang habe ich sieben und ab 1961 fünf Dörfer betreut. Ich war in all den Jahren meist zu Fuß unterwegs, täglich in Sturm und Regen, Eis und Schnee, auch bei großer Hitze. Der Aufgabenkreis wurde immer größer, und aus dem Eßtisch unserer Familie, an dem ich meine sogenannte Sprechstunde begonnen hatte, wurde allmählich eine Schwesternstation ...«[6].

In der unmittelbaren Nachkriegs-Situation der Jahre 1945, 1946 und 1947, als es über die alliierten Militärregierungen hinaus keine einheitliche deutsche Zentralverwaltung gab, welche die Eingliederung von Flüchtlingen und Heimkehrern, das Problem des Lastenausgleichs und der Soforthilfe und die Vereinheitlichung des Fürsorgerechtes hätte regeln können, waren Fürsorgerinnen und Fürsorger aufs Improvisieren und Organisieren angewiesen. Damals bedeutete das Wort »Organisieren« noch etwas anderes, als wir es heute gewöhnt sind. Es war dem Sprachgebrauch der Wehrmacht entnommen und meinte »etwas Rares unter Umgehung legaler Wege beschaffen und etwas Schwieriges auf unkonventionelle Weise lösen«. Auf diese Weise wurde Wohnraum organisiert, wurden Lebensmittel requiriert, wurde Brennholz beschafft, wurden elternlose Kinder untergebracht und Arbeitsmöglichkeiten für Jugendliche geschaffen. Als sich die allgemeine Lage im Frühling 1948 zu normalisieren begann, als die Grenzen des Improvisierens und Organisierens erreicht waren, wurde mit zunehmender Lautstärke die Frage nach den ethischen, sozialen und methodischen Prinzipien sozialer Arbeit gestellt. Aber woran sollte man anknüpfen?

Bei der rückwirkenden Betrachtung von Texten, Dokumenten und Erinnerungen an diese Zeit fällt die merkwürdige Abstinenz auf, mit der eine offene Auseinandersetzung über den Nationalsozialismus, den deutschen Angriffskrieg und die ideologischen Nachwirkungen nationalsozialistischer Bevölkerungs- und Sozialpolitik vermieden wurde. Sicher: diese Auseinandersetzungen wurden von zurückgekehrten Emigranten und Antifaschisten aus Konzentrationslagern und der »inneren Emigration« hier und da geführt, aber sie waren und blieben – anders als im jugendbewegten Binnenklima von Jugendhöfen und Jugendleiterschulen – eher zufällige Randerscheinungen. In der ersten zentralen Fachzeitschrift der öffentlichen und privaten Fürsorge, die wieder erscheinen durfte, dem »Rundschreiben« (ab 1947 wieder »Nachrichtendienst«) »des Deutschen Vereins«, wird sehr vorsichtig und sehr allgemein von den Folgen der vergangenen Jahre und des Krieges gesprochen, die »unser gesamtes Volksleben aufs Schwerste getroffen und erschüttert haben«[7]. Die langjährige Jugendamtsleiterin Elisabeth Bamberger wird mit dem Satz zitiert, man müsse einer Jugend, »der alle Götter zerbrochen sind, neue Wege und Ziele weisen«[8]. Auf dem 2. Deutschen Fürsorgetag im Juni 1947 in Rothenburg ob der Tauber begrüßte Wilhelm Polligkeit viele alte Freunde mit der sibyllinischen Formel, sie seien »vor 1933 uns in der Arbeit verbunden (gewesen und hätten) dann gleich uns bis 1945 abseits gestanden«[9]. Ein Jahr später wird im NDV die Forderung publiziert, daß »erfahrene und bewährte Fachkräfte möglichst bald wieder zu gewinnen (seien), die wegen ihrer Mitgliedschaft in der NSDAP ausscheiden mußten«[10]. Auf der Tagesordnung der Hauptausschuß-Tagung vom Juni 1948 stehen zwei Referate über »Menschenwürde und Arbeitsethos« und über »die Verwertung der arbeitsentwöhnten und arbeitsscheuen Kräfte« dicht nebeneinander[11]. Das mag der traditionsreiche Stil des Deutschen Vereins gewesen sein, aber er berührt eigentümlich, vor allem nach vorhergegangener Lektüre der letzten Ausgaben des »Nachrichtendienstes« aus den Jahren 1943 und 1944. Dort war von »Elterninstinkten« und einer dem »gesunden Volksempfinden entsprechenden Strafrechtspflege« die Rede, von der »Sichtung von Kindern im Hinblick auf fremdvölkische Elemente« und von dem dringenden Bedürfnis, »geistig defekte Unzuchttreibende aus der Prostitution zu entfernen«[12]. Eine Hamburger Senatsrätin, die sich auch nach 1945 wieder zu Wort gemeldet hat, berichtete, in ihrem Arbeitsgebiet seien von insgesamt 1133 Mündeln 607 unfruchtbar gemacht worden[13], und in einem Beitrag über Erbgesundheitspflege wurde festgestellt, zum Nachweis der Erbgesundheit gehöre auch die Ermittlung etwaiger Kriminalität, die bei Verstorbenen leider nicht beizubringen sei, weil Strafregisterauszüge beim Tode gelöscht würden, was zu folgenschweren Fehlurteilen führen könne. Es könne dann nämlich eine etwaige schwere Kriminalität nicht nachgewiesen werden, »und die Angehörigen gelangen u. U. in den Genuß fördernder Maßnahmen, die anderen, weniger belasteten

Familien versagt werden. Umgekehrt ist es auch nicht möglich, die Unbestraftheit eines hochwertigen verstorbenen Familienmitgliedes einwandfrei nachzuweisen«[14]. Es mag ja sein, daß alle diese Beiträge in einer Sprache, die aus dem Wörterbuch von Un-Menschen stammt, durch den Reichsamtsleiter Althaus in die Spalten des traditionsreichen »Nachrichtendienstes« gehoben worden waren, aber wenigstens der Versuch einer Auseinandersetzung über die Frage, in welchem Geist die Fachzeitschrift gleichen Namens an den Aufbau eines demokratischen und humanen Deutschlands gehen werde, hätte ihr nach dem Ende der Hitler-Herrschaft wohl angestanden. Schon um die Mahnung Santayanas zu berücksichtigen, daß diejenigen, die von der Vergangenheit nichts lernen, verdammt sind, sie zu wiederholen[15].

Die Auseinandersetzung mit jüngster Vergangenheit, deren zerstörende Folgen auf Schritt und Tritt zu greifen waren, schien in den ersten Jahren des Fürsorgewesens der drei West-Zonen nicht stattgefunden zu haben. Zumindest ist sie aus den mir zugänglichen historischen Quellen nicht zu erschließen[16]. Aber wenn schon die jüngste Vergangenheit einer kollektiven Verdrängungsleistung zum Opfer gefallen sein sollte – wenn so etwas dem Einzelnen zustößt, spricht man von retroaktiven Hemmungen –, hätte es dann nicht nahe gelegen, an die fortgeschrittensten demokratischen Traditionen des Fürsorgewesens der Weimarer Republik anzuknüpfen? Vor allem, wenn in den Dokumenten der ersten Nachkriegsjahre immer wieder von »hohen Stand des deutschen Fürsorgewesens bis 1933« die Rede ist? Auch diese Anknüpfung scheint zunächst nicht stattgefunden zu haben. Sie hätte an mindestens drei fortgeschrittene (und wohl auch fortschrittliche) Entwicklungen aus der 2. Hälfte der 20er Jahre anknüpfen können: an die Familienfürsorge, das selbständige Jugendamt und die Entwicklung einer eigenständigen, fürsorgerischen Methodenlehre. Wesentliche Innovationsschübe im deutschen Fürsorgewesen waren in der Vergangenheit die Folge von Kriegen. Sowohl der erste wie der zweite Weltkrieg produzierten Klientengruppen, denen beim schlechtesten Willen nicht nachgesagt werden konnte, sie wären durch eigenes Verschulden in Not geraten. Die Angehörigen von Kriegsteilnehmern mußten versorgt werden, die Kinder von Müttern, die in der Rüstungsindustrie arbeiteten, mußten in Krippen und Tagesstätten untergebracht werden, Krieger-Witwen und -Waisen mußten versorgt und betreut werden. Zur Lösung dieser komplexen Versorgungs- und Betreuungs-Aufgaben wurde im 1. Weltkrieg das Konzept einer »integrierten Familienfürsorge« entwickelt, das pädagogischen (und nicht kontrollierenden) Prinzipien folgte und Mehrfach-Betreuungen ausschloß. Diese Familienfürsorge lieferte das Vorbild für die zukünftige Arbeit des mit dem Reichsjugendwohlfahrtsgesetz (1922) geschaffenen »Jugendamtes«, in dem die materielle, soziale und psychische Betreuung von Kindern und ihren Familien zusammengefaßt werden sollte. Für diese neuen, reformpädagogischen und sozialpädagogischen Berufsfelder wurden in den letzten Jahren der Weimarer Republik Ansätze zu einer fürsorgerischen Methodenlehre entwickelt, an die bewußt und gezielt anzuknüpfen sich gelohnt hätte. Dies ist beim Aufbau eines demokratischen Fürsorgewesens in der Bundesrepublik Deutschland nicht nachdrücklich geschehen. Über die Gründe mag man spekulieren[17].

Die frühe Rezeption von *case work*

Im Sommer 1948 kam Hertha Kraus zum zweiten Mal nach Deutschland, um als Gutachterin der amerikanischen Militärregierung für Wohlfahrtsfragen und als *visiting expert* in der Fortbildung von Dozentinnen und Dozenten der Sozialarbeiterausbildung vorübergehend tätig zu werden. Dabei lernte sie das große Interesse ihrer deutschen Gesprächspartner an umfassenden und systematischen Informationen über den gegenwärtigen Stand der *social case work* Methode kennen: »Eine Darstellung und Auslegung der amerikanischen Methode der Einzelhilfe, die als Social Casework bekannt ist, schien deutschen Praktikern wie Lehrern der sozialen Arbeit von besonderer Bedeutung zu einem Zeitpunkt, in dem sie im Begriff sind, ihre eigene Arbeitsweise zu überprüfen und Lehrmaterialien für soziale Ausbildung in Ämtern, Fachschulen und Universtäten neu zu entwickeln«[18]. In der Tat hatte das Großhessische Ministerium für Arbeit und Wohlfahrt im Sommer 1947 einen ersten Vierwochenlehrgang für Fürsorgesachbearbeiter in Schmitten im Taunus unter Anwesenheit von Vertretern der Besatzungsmacht durchgeführt[19]. In einem Gutachten über die Notwendigkeit einer gezielten Fortbildung hatte das Ministerium den Fortbildungsbedarf und die bedeutsame Rolle von Psychologie und Sozialpsychologie in der Fortbildung mit den veränderten Verhältnissen in den westlichen Besatzungszonen erklärt, »um die veränderte seelische Haltung in breiten Schichten unseres Volkes richtig zu würdigen und zu verstehen, daß mangelnder Arbeitswille, Apathie und eine geringe Fähigkeit, sich den Folgen einer sozialen Umschichtung anzupassen, heute nicht ohne weiteres als ein persönliches Verschulden oder Versagen zu bewerten sind«[20]. In dem Gutachten wird auch zum ersten Male wieder auf wichtige alte Vor-Arbeiten von Martha Heynacher (1925) und Alice Salomon (1926)[21] verwiesen.

Dr. Hertha Kraus gehörte zu den ersten deutschen Emigrantinnen, die aus den USA nach Deutschland kamen, um die durch die Hitler-Herrschaft abgeschnittene Verbindung deutscher Sozialarbeiter zur internationalen Entwicklung wiederherzustellen (Foto: 30er Jahre).

1947 hatte auch der englische Publizist und Sozialist Victor Gollancz zu einer internationalen Tagung über die Ursachen jugendlicher Verwahrlosung im Nachkriegs-Europa in die Heimvolkshochschule Fredeburg im Sauerland eingeladen. Aufgrund der Ergebnisse dieser Konferenz rief er am 12. Dezember 1948 in einer Rede über den Nordwestdeutschen Rundfunk/Hamburg zu einer gemeinnützigen Stiftung »Rettet die deutsche Jugend« auf. Nichts habe ihn bei seinen Deutschlandbesuchen in den Jahren 1946 und 1947 so sehr beeindruckt wie »die grauen und müden Gesichter der Kinder und Jugendlichen, die ihre Hoffnungslosigkeit und Verzweiflung widerspiegelten ... Wir haben ihnen gegenüber eine ungeheure Schuld, denn in ihrer Unschuld büßen sie für die Fehler, die wir alle durch bewußtes Hassen, Grausamkeit, moralische Schwäche und Unentschloßenheit während der letzten Jahrzehnte begangen haben«[22].

Hertha Kraus hatte zu jener Zeit ein amerikanisches Lesebuch zusammengestellt und herausgegeben, das den damals neuesten Stand der nordamerikanischen Methodendiskussion über *social case work* widerspiegelte. Mit Mildred Bicklin Smith von der amerikanischen Militärregierung in Deutschland verabredete sie die finanzielle Unterstützung einer deutschen Übersetzung. Das Buch erschien zwar erst 1950[23], aber das Hessische Institut zur Förderung öffentlicher Angelegenheiten in Frankfurt publizierte das Vorwort von Hertha Kraus als Broschüre, »um damit dem großen Kreis der an der deutschen Sozialarbeit aktiv interessierten Menschen zu ermöglichen, sich einen Einblick in die Bedeutung und Arbeitsweise des ›Social Casework‹ zu verschaffen. Das Institut glaubt, daß die Beschäftigung mit dieser Materie für jeden im deutschen Wohlfahrtswesen tätigen Menschen unerläßlich ist«[24].

Im Juli 1950 fand die V. Internationale Konferenz für soziale Arbeit in Paris statt. Zu ihr war der Vorsitzende des Deutschen Vereins für öffentliche und private Fürsorge eingeladen worden, und zwar mit der Bitte, zur Vorbereitung seines Berichtes über die Lage der Fürsorge im besetzten Deutschland einen deutschen Landesausschuß einzuberufen[25]. Hertha Kraus stellte dem Nachrichtendienst des Deutschen Vereins Übersetzungen der Hauptreferate und -Dokumente der Konferenz zur Verfügung. Wir dürfen davon ausgehen, daß das Jahr 1950 den Beginn einer breiteren Rezeption des Standes der internationalen Methodendiskussion in Sachen *social case work* markiert.

Diese Rezeption war von Anfang an breiter angelegt, als manche von uns es im Rückblick aus einer Distanz von vierzig Jahren wahrhaben mögen. Hertha Kraus investierte in ihrer Einleitung über »Casework im Rahmen der amerikanischen Sozialarbeit« dreißig Druckseiten, um deutschen Lesern zu erklären, warum *social case work* gerade in den USA eine so bedeutsame Rolle spiele, daß es fast als Synonym zum Begriff *Sozialarbeit* geworden ist. Sie erklärt es mit allgemeinen, gesellschaftlichen Gründen und aus der besonderen Entwicklung des nordamerikanischen Fürsorgewesens. Mit Ausnahme der Indianer sind alle Nordamerikaner Immigranten oder zumindest die Nachkommen von Immigranten. Außerdem befindet sich jedes Jahr ein nicht unbeträchtlicher Teil der naturalisierten Bevölkerung auf der Wanderschaft von Stadt zu Stadt, von Land zu Land, aus dem Osten in den Mittelwesten und in den Westen, aus dem Süden in den Norden und kreuz und quer. Immigration und Binnenwanderung verstärken wirtschaftliche Unsicherheit und sozio-physischen Anpassungsdruck: »Spannungen und Enttäuschungen wachsen im Erlebnis größter wirtschaftlicher Unsicherheit und bei dem Versuch, mit unzähligen *unbekannten* Größen in einer neuen Umgebung irgendwie fertig zu werden«[26]. Andererseits ist der einmal eingetretene Erfolg sozialen Aufstiegs in dem neuen Land »*ein klarer und tief überzeugender Beweis für die Macht der menschlichen Persönlichkeit, wenn sie von allen Fesseln befreit wird*«[27] (diese und alle folgenden Hervorhebungen im Original, C.W.M.) – oder wird von vielen auf diese Weise gedeutet. Die Freiheit von allen Fesseln darf nicht wörtlich genommen werden, vor allem darf das Eigenschaftswort »allen« dabei nicht allzu stark betont werden, denn: »*Auch die neue Freiheit brachte ihre eigenen Probleme in der Anpassung des Einzelbenehmens an das Gruppenbenehmen, in kultureller Angleichung*«[28]. Zumal die wenigsten Regeln dieser Angleichung in den USA in eindeutiger Sprache öffentlich ausgedrückt werden. Meist müssen sie durch Beobachtung erlernt und in harter Erfahrung erworben werden. Ein Instrument der individuellen Hilfe bei diesem Anpassungsprozeß sei *social case work*. Es habe heute (1950) »*einen entscheidenden Anteil an dieser Arbeit der geduldigen Erziehung zur Freiheit*«[29]. Weiter müsse – ich folge dem Gedanken- und Argumentations-Gang der Autorin und verbiete mir zeitgenössische Randbemerkungen, die aus der Sicht der späten vierziger Jahre dieses Jahrhunderts unangemessen wären – die traditionelle Ablehnung eines entfalteten öffentlichen Dienstes und rechtlich verbriefter öffentlicher Hilfe in den USA in Rechnung gestellt werden. Man wünsche dort eine klare Trennung zwischen den Leistungen der öffentlichen und der freien Fürsorge »*und erwartet, daß die freie Arbeit im allgemeinen ihre Kosten aus freien Mitteln, nicht aus Steuern aufbringt*«[30]. Die USA seien deshalb arm an guten und zeitgemäßen Einrichtungen der geschlossenen und halboffenen Fürsorge und decken nicht auch nur annähernd den gesellschaftlichen Bedarf an sozialer Sicherung. Ein Minimum an sozialer Sicherheit sei überhaupt erst nach den traumatischen Erfahrungen mit der Großen Depression durch den *Social Security Act* des Jahres 1935 ins Spiel gebracht worden. So weit, so gut. Dann aber gerät das Bild, das die sachkundige Autorin zeichnet, eher zum Wunschbild als zum Abbild wirklicher gesellschaftlicher Wirklichkeit, wenn sie schreibt, »daß Casework als Grundsatz und als Arbeitsmethode keinesfalls weiter als etwas angesehen wird, das nur die freie Wohlfahrt leisten kann. *Es ist zum Bestandteil der meisten öffentlichen Fürsorgeeinrichtungen geworden und erfährt dort manche Abwandlungen, ohne daß der Kern zu leiden braucht*«[31].

Was ist dieser Kern? Hertha Kraus sieht ihn in den USA als die Verbindung von zwei wichtigen Elementen: »1. stete, im Kleinsten treue Anwendung der schlichten Grundbegriffe demokratischen Lebens auf die Beziehung zwischen Fürsorge und Klienten, auf die sogenannte helfende Beziehung« [32]; »2. psychoanalytische Grundauffassungen menschlichen Seelenlebens« [33].

Auf diese Einleitung folgen 40 ausgewählte Kapitel, welche der nordamerikanischen Fachliteratur bis zum Jahre 1949 entnommen und übersetzt worden sind [34]. Sie sind umsichtig ausgewählt und spiegeln die volle Breite der Anwendung in *social case work* in unterschiedlichen Tätigkeitsfeldern von der Fürsorge über die Psychosomatische Medizin bis zur Ehe- und Familienberatung und bei unterschiedlichen Altersgruppen vom Kindergarten bis zum Altenheim wider und behandeln ausgewählte Probleme der Sozialarbeiterausbildung.

So umfassend dieses Mosaikbild ist – es hat einen folgenschweren Schönheitsfehler. Nur zwei Beiträge unter den vierzig handeln von der Rolle von *social case work* in der *öffentlichen Fürsorge*. Frank G. Hertel unterstreicht die Notwendigkeit der Verwendung unterschiedlicher Beratungsmethoden (Umweltbehandlung, Stützende Behandlung, Beratung und Führung, Einsichtstherapie) [35]. Luna Bowdoin Brown formuliert noch sehr appellativ fünf Grundsätze, die in der Arbeit der öffentlichen Fürsorge gelten müssen, damit *social case work* dort möglich ist: Rechtsanspruch des Klienten auf finanzielle Hilfe; finanzielle Unterstützung in Form von Bargeld; der Klient ist die wichtigste Informationsquelle über sich selbst und seine Lage; die Unterstützung muß den Bedürfnissen des Klienten entsprechen; wenn die Grenzen der Hilfemöglichkeit durch die öffentliche Fürsorge überschritten werden, hat der Klient ein Recht auf Überweisung an andere Instanzen persönlicher, sozialer Dienstleistungen [36].

Nimmt man alle diese Informationen zusammen, so wird deutlich, daß das nordamerikanische *social case work* seinen methodisch hohen Entwicklungsstand und seine relative Freizügigkeit im Umgang mit innerpsychischen und sozialpsychischen Anpassungsproblemen seiner Klienten mit dem Preis einer nahezu vollständigen Abkoppelung von der sozialstaatlichen Aufgabe der Ermessensentscheidung über die Gewährung finanzieller Hilfen, auf die der Klient *keinen* Rechtsanspruch hat, bezahlte. Und es scheint, daß den meisten nordamerikanischen Sozialarbeitern der fünfziger Jahre (im Gegensatz zu den dreißigern) dieser Preis nicht zu hoch erschien. Deutsche Sozialarbeiterinnen und Sozialarbeiter, die an den ersten Lehrgängen in *social case work* (oder, wie es bald auf Deutsch hieß: (*vertiefter Einzelfallhilfe*) teilnahmen, oder die später bei längeren Auslandsaufenthalten im Rahmen des Kulturaustausches die Praxis dieser Methode in den USA oder in England und den Niederlanden kennenlernten, kamen als Sozialbeamte aus kommunalen Wohlfahrts- und Jugend-Ämtern. Ihre Hauptaufgabe war es nicht, ihre Klienten zu beraten, sondern Entscheidungen für andere Instanzen vorzubereiten: Entscheidungen über Heimeinweisung, Personensorgerecht und Wohngeldbeihilfe für die Verwaltungsbeamten im Sozialamt oder die Scheidungsrichter am Familiengericht. Trotzdem waren sie von diesen ersten Lehrgängen und von der so ganz anderen Zugangsweise ihrer amerikanischen Dozentinnen berührt, betroffen und bewegt. Nicht wegen der Vergleichbarkeit des neuen methodischen Instrumentariums mit ihrer eigenen Arbeitsweise, sondern wegen des neuen Menschenbildes, das sie zu Recht hinter diesem Instrumentarium vermuteten. In dem Lesebuch von Hertha Kraus hatte Gordon Hamilton, eine der wissenschaftlichen Begründerinnen des *social case work* an der Columbia University in New York *die fünf Prinzipien von Einzelfallhilfe* ähnlich wie Haus Schwalbach die fünf Prinzipien von Gruppenpädagogik auf der Basis der Arbeiten von Gisela Konopka formuliert:

1. Unsere Fähigkeit, anderen wirksam zu helfen, ist abhängig von unserer Achtung für die menschliche Persönlichkeit.

2. Hilfe ist am wirksamsten, wenn der Empfänger an der Hilfsmaßnahme aktiv beteiligt ist und mit Bewußtsein und Verantwortung an der Gestaltung teilnimmt.

3. Achtung des anderen schließt in sich Achtung für die Unterschiede zwischen den Menschen (ein).

4. Eigenes Verstehen – Erkenntnis des Selbst – ist wesentlich zum Verständnis anderer.

5. Der Einzelmensch hat Verantwortung nicht nur sich selbst gegenüber, sondern auch für die Gesellschaft, in der er lebt[37]. Diese humanen und liberalen Prinzipien weckten Hoffnungen auf die Wirklichkeit eines positiven, optimistischen Menschenbildes. Sie erweckten Hoffnungen, durch professionelles methodisches Handeln dem Stigma eines sozialen Berufes zu entkommen, in dem zwischen »würdigen« und »unwürdigen« Fällen unterschieden werden muß, obwohl doch alle Menschen gleich sind und gleich behandelt werden sollen. Obwohl doch kein Mensch aus sich heraus an sich schuld sein kann, sondern nur schuld an der Schuld des anderen ...

Die Abstempelung bestimmter sozialer Gruppen als »unwürdige Fälle« war ja keine Erfindung nationalsozialistischer Konzentrationslager und ihrer unterschiedlichen Abzeichen für Politische, Zeugen Jehovas, Asoziale, Homosexuelle, Zigeuner. Sie war fest verankert im historischen Wesen der europäischen Armenpflege und wurde durch die Nationalsozialisten lediglich mit einer neuen pseudo-wissenschaftlichen erbbiologischen Begründung versehen. Noch im Jahre 1952, auf dem Deutschen Fürsorgetag in Stuttgart, begann Oberregierungsrätin Dr. Käthe Petersen aus Hamburg ihr Grundsatzreferat in der Arbeitsgruppe 4 (Hilfe für haltlose und arbeitsscheue Frauen) mit den Sätzen:

»Haltlose und Arbeitsscheue fallen in der Regel nicht nur dadurch auf, daß sie der Arbeit ausweichen, sie lassen sich auch in ihrer sonstigen Lebensführung gehen. Haltlose Frauen neigen dazu, unsolide zu leben. Sie gehen aber nicht bewußt diesen Weg, sondern sie verfallen dem unsoliden Lebenswandel, weil ihnen die Willenskraft fehlt, ein geordnetes Leben zu führen. Davon abweichend gehen arbeitsscheue Frauen der Arbeit bewußt aus dem Wege und zum Teil bewußt in die gelegentliche oder gewerbsmäßige Prostitution. Die Grenzen zwischen den Haltlosen und Arbeitsscheuen sind oft fließend«[38].

Die Wirkung des von Hertha Kraus herausgegebenen Sammelbandes über *case work* auf die Rezeptions*praxis* dieser klassischen Methode fürsorgerischer Ermittlungs- und Beratungs-Tätigkeit darf nicht überschätzt werden. In vielen Fällen war sie wegen der notgedrungenen Orientierung an nordamerikanischen Verhältnissen und des eher beschreibenden Charakters der abgedruckten Texte weniger ermutigend als abschreckend. Folgenreicher als das Buch waren verschiedene Fortbildungs-Lehrgänge für praktizierende Sozialarbeiterinnen mit praxisbegleitender Supervision, die von Jugend- und Wohlfahrtsämtern in Hessen, Bremen, Berlin und anderen Städten und Bundesländern installiert wurden.

1951 richtete Dr. Dora von Caemmerer an der Berliner Hochschule für Politik (heute: Otto-Suhr-Institut der Freien Universität) auf Anregung der Berliner Jugendsenatorin Ella Kay einen ersten, einjährigen Aufbaulehrgang für Fürsorger und Fürsorgerinnen ein, bei dem Helen Day Einzelfallhilfe, Cecil Thomas Gruppenpädagogik und Walter Friedländer Wohlfahrtspflege unterrichteten. Im zweiten Aufbaulehrgang übernahmen ein Jahr später Dora von Caemmerer den Unterricht in Einzelfallhilfe und Heinrich Schiller in Gruppenpädagogik[39]. Die Kosten für die ausländischen Dozenten hatte HICOG übernommen. Im April 1953 eröffnete Dora von Caemmerer die Soziale Schule der Stadt Nürnberg, die 1951 geschlossen worden war, als erste Bayerische Sozialarbeiter-Ausbildungsstätte für Frauen *und* Männer. Der damals für sie zuständige amerikanische Erziehungsoffizier war Kurt Reichert, ein österreichischer Schauspieler, Sozialarbeiter und US-Immigrant. Diese Schule war die erste, welche die Methodenfächer als Kernfächer des gesamten Unterrichtes lehrte. Dora von Caemmerer: »Nicht Gesetze machen gute Sozialarbeit, sondern methodisches Arbeiten«[40]. Durch die Vermittlung von HICOG kam eine andere Emigrantin für ein Semester nach Nürnberg: Dr. Susanne Schultze von der Universität Chicago, die während der Zeit der 1. Deutschen Republik als Erzieherin auf dem reformpädagogischen »Immenhof« der Arbeiterwohlfahrt in der Lüneburger Heide gearbeitet hatte.

Von 1961 bis 1964 war Dora von Caemmerer als Dozentin für Einzelfallhilfe in *Haus Schwalbach* tätig[41] und leitete einen Zweijahreskurs des Hessischen Ministeriums für Arbeit, Volkswohlfahrt und Gesund-

Dr. Dora von Caemmerer gehörte zu den ersten deutschen Fach-Frauen, die Anfang der 50er Jahre Fortbildungs- und Aufbau-Lehrgänge in Einzelfallhilfe und Praxisberatung durchführten (Foto: 1987).

heitswesen über Grundlagen und Arbeitsweisen moderner Sozialarbeit; später wiederholte sie diesen Lehrgang für Niedersachsen in Oldenburg. 1967 schließlich wurde die Methodenausbildung in sozialer Einzelhilfe und Praxisberatung durch die Akademie für Jugendhilfe der Victor-Gollancz-Stiftung mit der Professorin Anne Fischer fest installiert.

Etwa gleichzeitig unternahm auch der Deutsche Verein für öffentliche und private Fürsorge Anstrengungen, um mit Dora von Caemmerer einen ersten »Akademiekurs für Praxisberatung« bundesweit auszuschreiben. Er bestand aus einer einjährigen Ausbildung in den Grundlagen der Einzelhilfe in verschiedenen Arbeitsfeldern mit Supervision am Arbeitsplatz und einem weiteren halben Jahr, in dem die Teilnehmerinnen selbst unter Anleitung Supervision gaben. Eine große Hilfe bei der Etablierung von Supervision waren Rosa Dworschak aus Wien, eine Schülerin von August Aichhorn, und Doris Zeller von der Eidgenössischen Wohlfahrtsschule in Zürich[42]. Ende der fünfziger Jahre war die frühe Rezeptionsgeschichte vertiefter Einzelhilfe zu einem vorläufigen Abschluß gekommen. Insbesondere die größeren und ausgebauteren Jugendämter verfügten nun über eine beachtliche Anzahl von Sozialarbeiterinnen, die methodisch aus- und weitergebildet waren und sich in Gruppenpädagogik, Einzelhilfe und Praxisberatung auskannten.

Für die Weiterbildung von Dozenten waren internationale UNO-Seminare über jeweils 14 Tage von Bedeutung, die Anfang der 50er Jahre in Finnland, England und Schweden durchgeführt wurden und für die HICOG die deutschen Teilnehmer auswählte und finanzierte. Ebenso bedeutend war ein Europäisches Seminar in Oxford, an dem im Oktober 1955 Charlotte Towle mitwirkte, deren Buch über »den Lernprozeß in der Sozialarbeiterausbildung«[43] einen großen Einfluß ausübte.

Supervision

Wir waren in jenen Jahren in Deutschland an die Tatsache gewöhnt, daß das »Berufspraktikum« entweder an die »theoretische« Berufsausbildung angehängt wurde oder Teil der Berufseinstiegsphase war, auf keinen Fall jedoch in einer inneren Beziehung zu den wissenschaftlichen und berufskundlichen Teilen der Ausbildung stand. Die Beratung während dieser Phase wurde von Vorgesetzten oder von berufserfahrenen Kolleginnen und Kollegen wahrgenommen und bestand im wesentlichen darin, daß »richtiges« Verhalten durch den Praxisanleiter »vorgemacht« und »falsches« Verhalten des Praktikanten kritisiert wurde. Dieses Arrangement entsprach der »Meisterlehre« traditioneller deutscher Lehrerbildungs-Seminare. In den Staaten waren (und sind) praktische Feldarbeit und Supervision Teil der Ausbildung vom ersten Tag des Hauptstudiums an[44].

Viele deutsche Sozialarbeiter hatten keine konkrete Vorstellung, was sie erwartete, wenn sie bereits in der ersten Woche ihres amerikanischen Gaststudiums einen Einstunden-Termin mit ihrer Supervisorin bekamen. Sie übersetzten sich den Begriff mit »Aufseherin – Anleiterin« ins Deutsche und waren verwundert, daß die Supervisorin keineswegs als ›Vorgesetzte‹ auftrat, daß sie ihre Feldarbeit auch nicht aus eigener Anschauung kannte, sondern meist nur über die Berichte, welche Studierende über ihre Tätigkeit jede Woche schreiben sollten, und daß sie von der Supervisorin nicht etwa »kritisiert« wurden, sondern daß ein in der Regel sehr intensives Gespräch über den Bericht zustande kam. Dieses Supervisionsgespräch hatte eine dreifache Zielsetzung: Die Sozialarbeiterinnen sollten überprüfen lernen, ob sie das, was sie getan und in ihrem Bericht niedergelegt hatten, auch wirklich verstanden, sie sollten herausfinden, ob Probleme, die sie in ihrem Bericht erwähnt hatten, möglicherweise Probleme waren, die mit ihrer eigenen Person zu tun hatten, und sie sollten herausfinden, ob es zu den professionellen Handlungen, die sie in ihrem Bericht erwähnt hatten, sinnvolle und erfolgversprechende Alternativen geben würde. Die Supervisorin agierte nicht als »Meisterlehrerin«, sondern als »Trainerin«, die das professionelle Handeln, das im Praxisbericht widergespiegelt worden war, den Handelnden als offene Frage zurückspiegelte. Viele Amerikafahrer faßten die Haltung, die sie in der Supervision erfahren hatten, in dem Satz zusammen, daß sie (teilweise zum ersten Mal in ihrem professionellen Leben) »ernst genommen und als Person angenommen worden wären«. Der theoretische Hintergrund für dieses Verfahren liegt in der Vermutung, daß sozialpädagogische Interaktionen als Lehr- und Lern-Prozesse begriffen werden können[45], bei denen die Vorerfahrungen der Lernenden eine bedeutsame, häufig aber vor-bewußte oder un-bewußte Rolle spielen: im Geschäft des Lehrens von Erwachsenen wiederholt sich bei den Lehrenden ein Teil ihrer eigenen Lern-Geschichte als Kinder.

In den USA entwickelten die Ausbildungstätten für Sozialarbeit bis in die fünfziger Jahre zwei unterschiedliche Konzepte von Supervision. Eines dieser Konzepte lehnte sich an das ursprünglich psycho-therapeutisch orientierte Vorgehen in der vertieften Einzelfallhilfe an und betonte die Notwendigkeit des Supervisors, durch »stützendes Vorgehen« die Entwicklung einer tragfähigen zwischenmenschlichen Beziehung zum Sozialarbeiter zu befördern, ihn zur »Äußerung von Gefühlen« anzuregen, aber eine »direkte Einflußnahme auf den Sozialarbeiter auf die Arbeit zu beschränken und nicht auf die persönlichen Angelegenheiten des Sozialarbeiters auszudehnen« und – dies vor allem – »den Sozialarbeiter zu einer reflektierenden Betrachtung seiner eigenen Arbeit anzuregen«[46]. Dies ist als eine erste Reaktion auf die anfängliche Überbetonung der Bearbeitung lebensgeschichtlicher Probleme der Supervisanden zu verstehen. Denn es hatte in den USA nämlich eine Zeit gegeben, in der Supervisoren für Sozialarbeiter und Studierende fast die Rolle von Therapeuten spielten. Später ist dieses Rollenverständnis wieder aufgegeben worden. Statt dessen trat die helfende Beziehung zwischen Sozialarbeiter und Klient in den Vordergrund[47].

Das andere Konzept von Supervision lehnte sich an die reformpädagogische Tradition der Unterstützung von Lehr- und Lern-Prozessen zwischen Erwachsenen an, wie sie von John Dewey und W. H. Kilpatrick (1918; deutsch 1935) entwickelt worden war. Eine bedeutende Vertreterin dieses Konzeptes war Bertha Reynolds. Sie gehörte dem linken, gewerkschaftlich orientierten Flügel der nordamerikanischen Sozialarbeiter an und hatte während der Kommunistenverfolgungen der späten vierziger Jahre durch den McCarthy-Ausschuß für unamerikanische Aktivitäten erhebliche berufliche Schwierigkeiten. In einem Buch, das sie 1942 über »Learning and Teaching in the Practice of Social Work« veröffentlichte, beschrieb sie fünf aufeinander folgende Stadien in komplexen Lehr-Lern-Prozessen, wie sie in der Aufgabe enthalten sind, eine Sache (oder Erkenntnis), die man *weiß*, in praktisches *Handeln* umzusetzen:

In einem *ersten Stadium* ist der Lernende (in diesem Fall: der Sozialarbeiter unter Supervision) in einem Zustand akuten Bewußtseins seiner selbst. Das beste Beispiel für diesen Zustand ist das »Lampenfieber«. In diesem Stadium besteht die Hauptaufgabe der Supervision darin, Sicherheit zu geben. In einem *zweiten Stadium* versucht der Lernende, zu »schwimmen um nicht unterzugehen«. Er reagiert auf Personen und Situationen, aber es gelingt ihm noch nicht, sie bewußt zu handhaben. Viele Praktiker bleiben in diesem Stadium stehen, sie werden mit Mühe mit ihren beruflichen Aufgaben fertig, aber in ihrer Unsicherheit sind sie extrem abhängig vom Urteil anderer (auch ihrer Klienten). In diesem Stadium ist es die Aufgabe der Supervision, eine vernünftige Mischung von »beschützender Bestätigung« und »zusätzlichen Anregungen« zu geben. Im *dritten Stadium* gelingt es dem Lernenden, seine jeweils zur Diskussion stehende berufliche Situation zu verstehen ohne jedoch schon gleichzeitig über die Kräfte zu verfügen, seine Handlungen unter Kontrolle zu halten. In diesem Stadium ist der Sozialarbeiter häufig schon stark genug, um seine Fehler ins Auge zu fassen, kritisch zu analysieren und sein künftiges Handeln neu zu organisieren. Das *vierte Stadium* ist – immer nach Reynolds – der Zustand einer relativen Meisterung der Situation, bei der man sowohl die Situation versteht als auch seine eigenen Handlungen kontrolliert. Jetzt ist es die Aufgabe der Supervision, das einmal erreichte Niveau bewußten Handelns zu sichern und ebenso vertrauensvoll wie furchtlos künftige Handlungsweisen zu planen und zu organisieren. Im *fünften Stadium* fortschreitender professioneller Handlungsfähigkeit sind Sozialarbeiter und Supervisor gleichberechtigte, kompetente Partner geworden. Der Supervisor weiß nun, auf welche Weise der Sozialarbeiter sich seine Handlungskompetenz aneignet, wodurch er lernt und wodurch sein Lernen blockiert wird, wo er Hilfe braucht und wo ein Hilfeangebot sein gegenwärtiges Handeln möglicherweise behindern würde[48].

Supervision hat inzwischen einen festen Platz im Fort- und Weiterbildungs-Angebot für Sozialarbeiter und Sozialpädagogen in der Bundesrepublik Deutschland. Überregionale Angebote machen die Akademie für Jugendfragen in Münster[49], die Akademie des Diakonischen Werks in Stuttgart und das Burckhardthaus in Gelnhausen. Regionale Weiterbildung in Praxisberatung betreiben beispielsweise die Sozialpädagogische Fortbildungsstätte in der Berliner Koserstraße und einzelne Fachhochschulen wie die evangelische Stiftungsfachhochschule in Nürnberg und die Gesamthochschule Kassel. Gerade regionale Weiterbildung zur Praxisberatung ist von erheblicher Bedeutung. Denn die Berufspraxis von Sozialarbeitern ist nicht allein von der Qualität der Ausbildung und dem guten Willen der Berufspraktiker abhängig, die Regeln der Kunst methodischen Arbeitens zu kennen, zu beherrschen und zu gebrauchen, sondern auch von Strukturen und Situationen am jeweiligen Arbeitsplatz. Wirkungsvolle Supervision ist deshalb auf die genaue Kenntnis der jeweiligen Arbeitsplätze angewiesen. Dieses *setting* ist von Arbeitsplatz zu Arbeitsplatz, von Jugendamt zu Jugendamt, von Sozialamt zu Sozialamt, von Gesundheitsbehörde zu Gesundheitsbehörde, von Stadt zu Stadt und von Landkreis zu Landkreis verschieden[50]. Allen diesen Arbeitsplätzen gemeinsam ist die Notwendigkeit, das methodische Handeln von Sozialarbeitern immer wieder gegen innere Zwänge und äußeren Druck zu stärken. Methodisches Arbeiten und Praxisberatung gehören deshalb logisch, systematisch und praktisch zusammen. Einzelfallhilfe, so Dora von Caemmerer, sei etwas, das Sozialarbeiter jeden Tag tun. »Aber warum es einmal Erfolg hat und ein anderes Mal nicht, das wissen wir meistens nicht. Methodisches Arbeiten beinhaltet deshalb vor allem die Frage nach dem ›Warum?‹ Durch methodisches Arbeiten wird das professionelle Handeln von Sozialarbeitern erlernbar, überprüfbar und übertragbar.«

Einführung des Faches »Methodenlehre«

Die nordamerikanische Entwicklung von *social case work* und *social group work* in den USA und die dort in den 30er Jahren einsetzende gleichzeitige Entwicklung von Supervision als »Praxisanleitung« für Studierende und »Praxisberatung« für praktizierende Sozialarbeiter[51] machte es in den fünfziger Jahren auch für die Höheren Fachschulen für Sozialarbeit zu einer interessanten Herausforderung, über die Integration dieser Methoden der Sozialarbeit und ihrer lehrenden Vermittlung im Praxisfeld in den Stoffplan der deutschen Sozialarbeiterausbildung nachzudenken. Mehrfach wurde Anfang der fünfziger Jahre das Fehlen einer planmäßigen Behandlung von Einzelfällen in der Ausbildung beklagt[52] und es wurde gerügt, daß sie »weder in der theoretischen noch in der praktischen Ausbildung genügend Rüstzeug für eine praktisch anwendbare, methodische Grundhaltung vermittle«[53]. Im April 1954 diskutierte die Konferenz der Deutschen Wohlfahrtsschulen in Frankfurt, ob ein besonderes Fach »Methodenlehre« in den Lehrplan der Schulen aufgenommen werden sollte. Das Thema wurde bis zur Jahrestagung der Konferenz Ende September 1954 in Berlin verschoben. Man wollte sich dort »mit der dazu eingeladenen Praxis über dieses Problem aussprechen; zwei Probestunden in der vertieften Einzelfallhilfe unter Zugrundelegung eines Übungsfalls sollten den Schulen Gelegenheit geben, die unterrichtliche Gestaltung des Case Work selbst kennenzulernen, um zu einer echten Entscheidung zu kommen«[54]. In Berlin berichteten Elisabeth Sülau aus Hamburg (Schutzaufsicht in der Gruppe), Hannes Krause aus Freiburg (Gruppenarbeit in der Bewährungshilfe) und Ingeborg Blauert, Berlin (Gruppenarbeit im Nachbarschaftsheim) über ihre gruppenpädagogische Praxis. Dr. Magnussen, Kiel berichtete über Einzelfallhilfe in der Eheberatung und Ingeborg Geest, Familienfürsorgerin in Berlin sprach über Einzelfallhilfe in der Familienfürsorge. Die Qualität der Praxisberichte und die didaktische Brillanz der beiden Probestunden unter Leitung von Dr. Ellen Simon, Berlin und Dr. Dora von Caemmerer, Nürnberg wirkten auf alle Beteiligten überzeugend. »(Die) Probelektion war für die Teilnehmer nicht nur eine überzeugende Demonstration der Methode selbst, sondern auch der Beweis dafür, daß die Methode lehrbar und lernbar ist. Darüber hinaus war die geniale Interpretation eine wahre Freude und ein ästhetischer Genuß für die Teilnehmer, die selbst in der Unterrichtspraxis stehen. Die Diskussion im Anschluß an die Probestunden führte zu dem gleichen Ergebnis wie die Aussprache am Mittwoch: »Die Methodenlehre ist als Sonderfach in den Ausbildungsplan der Wohlfahrtsschulen aufzunehmen. Darüber hinaus müssen die Grundgedanken der Methodenlehre integrierender Bestandteil aller Fächer sein, so daß der Gesamtunterricht von der neuen Methode durchdrungen ist«[55].

Es gab offensichtlich eine Reihe von Widerständen gegen die Integration des Faches »Methodenlehre« (später: Vertiefungsfach oder Wahlpflichtfach) an den Höheren Fachschulen (später: Fachhochschulen für Sozialarbeit und Sozialpädagogik). Bernd Haedrich führt zur Erklärung dieser Widerstände in seiner Münchener Dissertation über die »Berufsbildung der Sozialarbeiter in Deutschland« (1967)[56] drei Komplexe an: die Konzentration der Sozialen Arbeit im Nachkriegsdeutschland auf die »Sicherung der primitivsten äußeren Lebensbedürfnisse von Millionen Menschen« und das Vor-Urteil, die Methoden seien vornehmlich in den USA entwickelt worden[57]; »teilweise erhebliche Widerstände aus der Praxis«; »eine angemessene Berücksichtigung der Methodenlehre erfordere zusätzliche Unterrichtszeit«: »Da die Stundenzahl der Dozenten ... unter völlig falschem Gesichtspunkt betrachtet und festgelegt wurde, sind auch von daher einer vollgültigen methodischen Ausbildung der Studierenden erhebliche Hindernisse in den Weg gelegt«[58]. Die von Haedrich angeführten möglichen Ursachen für Widerstände gegen die Einführung der Methodenlehre in die Ausbildung bis etwa zum Jahre 1961 haben sicherlich eine Rolle gespielt. Ob sie als generelle Erklärungen durchschlagend sind, weiß ich nicht. Sicherlich ist das dritte Argument, das Zeit-Argument, von erheblicher Bedeutung. Zeit ist eine materielle Ressource, über deren faktische Gewalt wir uns lange Zeit Illusionen gemacht haben[59]. Das Deputat von 18 Wochenstunden für Fachhochschullehrerinnen und Fachhochschullehrer, das an der Stundentafel von Studienräten der gymnasialen Oberstufe orientiert war[60], hat dabei sicherlich ebenso eine Rolle gespielt, wie die durchschnittliche Fallzahl von 120 bis 220 Fürsorgefällen, die von Sozialarbeitern in der Familienfürsorge noch heute zu bewältigen sind und die eine vertiefte Einzelfallhilfe nur in ausgewählten Einzelfällen möglich machen[61]. Mehr und mehr tendieren deshalb neuerdings unsere Jugendämter dazu, für besondere Problemfamilien das neue Interventions-Instrument der »Familienhilfe« außerhalb der Tagesroutine von Familienfürsorgern einzusetzen[62].

Strukturelle Unterschiede zwischen den USA und der Bundesrepublik

Das Argument, die Einführung vertiefter Einzelfallhilfe sei durch den Hinweis auf ihren amerikanischen Ursprung und durch Widerstände aus der Praxis behindert worden, verfehlt seine aufklärende Wirkung, wenn nicht hinzugefügt wird, daß die Unterschiede zwischen praktischer Sozialarbeit in den USA und in der Bundesrepublik Deutschland wirkliche Unterschiede sind und sich nicht nur in den Köpfen mehr oder weniger gutwilliger Praktiker und Hochschullehrer abspielen. Die nordamerikanische Sozialarbeit hat an dem dualen System von materieller Minimalversorgung durch kommunale Wohlfahrtsämter und sozialpsychischer Anpassungshilfe durch private Beratungsstellen festgehalten. 1950, also im Erscheinungsjahr des Casework-Buches von Hertha Kraus, waren nur 3 Prozent aller US-Sozialarbeiter, die in kommunalen Wohlfahrtsämtern arbeiteten, graduierte Sozialarbeiter. Die restlichen 97 Prozent waren unausgebildet oder hatten lediglich eine College-Ausbildung, waren also in *social case work* unerfahren[63]. Die Mehrheit der ausgebildeten Sozialarbeiter war in privaten Familien- und Ehe-Beratungs-Agenturen tätig, in der Kinderfürsorge, in der Krankenhausfürsorge und (zunehmend) in der psychiatrischen Sozialarbeit innerhalb und außerhalb von geschlossenen Anstalten. Sie hatte eine »case load« von vielleicht zehn, selten jedoch mehr als zwanzig Einzelfällen und war frei von Ermittlungstätigkeit für kommunale und staatliche Wohlfahrtsämter. Es ist deshalb berechtigt, wenn Herbert Lattke, ein Kenner der nordamerikanischen Verhältnisse, 1954 auf ein Haupthindernis für die Einführung vertiefter Einzelfallhilfe in die deutsche Fürsorgepraxis aufmerksam machte: die Trennung vc Innen- und Außendienst[64]. Diese Trennung hatte Marie Baum schon 1927 als Haupthindernis für die Entwicklung und Einführung einer einheitlichen und ganzheitlichen Familienfürsorge bezeichnet. Lattke griff diese Feststellung wieder auf und kritisierte an der vorfindlichen deutschen Praxis, daß die Fürsorgerinnen des Außendienstes in den meisten Fällen Ermittlungsbeamte in fremder Sache sind. Dieser Feststellung setzte er die sozialpädagogische Formulierung entgegen, Fürsorgerinnen seien keine Detektive und Fürsorgeämter keine Auskunfteien[65]. Vier Jahre später, als die ersten Erfahrungen mit Absolventen Höherer Fachschulen in der Bundesrepublik Deutschland, die in dem Vertiefungsfach »Einzelfallhilfe« ausgebildet worden waren, vorlagen, wiederholte und präzisierte Lattke seine Kritik am Beharrungsvermögen der traditionellen Fürsorge-Ämter-Struktur:

»›Einen Schmarren‹ nannte der Ausbildungsleiter eines Praktikanten dessen Versuche, das unmittelbar anzuwenden, was er während seiner Ausbildung ›gelernt‹ hatte. Der Praktikant berichtete dazu: ›Nach häufigen Diskussionen sah ich ein, daß mein Festhalten an der ›Methodik der Einzefallhilfe‹ nichts fruchtete und entschloß mich, meine Tätigkeit gemäß dem dortigen Amtsstil einzurichten. Auf den ersten Blick könnte es so scheinen, als ob dieses Vorkommnis ein Dilemma kennzeichne, in dem wir stecken: hier ›fortschrittliche‹ Schulen, dort eine ›rückständige‹ Praxis«[66].

Lattke lenkte in seinem Artikel das Augenmerk auf eine wichtige, bis dahin offensichtlich in der Ausbildung und in der Fortbildung vernachläßigte Größe als Voraussetzung methodischen Arbeitens: das materielle, personelle, räumliche und zeitliche Arrangement, das zur Verfügung steht, um überhaupt erst anfangen zu können, methodisch zu arbeiten. Lattke illustrierte den Hinweis auf die strukturierende Funktion dieses Arrangements (das *setting*) bezeichnenderweise an einer gruppenpädagogischen Situation:

»Angenommen, ein Praktikant erhielte den Auftrag, Gruppenarbeit mit Jugendlichen zu leisten, die unter Schutzaufsicht stehen, und zwar nach den Grundsätzen einer kunstgerechten Gruppenpädagogik. Er fände jedoch jedesmal 30 bis 40 mißmutige, gelangweilte, tobende und schreiende junge Kerle vor, die in einem ›Heim‹ mit zu wenig und unzulänglich ausgestatteten Räumen zusammenkämen. Anwesend sei außerdem immer ein Fürsorger des Jugendamtes, der diese ›Gruppenarbeit‹ verantwortlich zu leiten habe, und zwar mit dem ausdrücklichen Auftrag zu verhindern, daß sich kleinere, feste Gruppen bildeten, weil man – bei dieser Art von ›Gruppenarbeit‹ mit Recht – fürchten müsse, daß daraus bandenartige Cliquen entstünden. so könnte der Praktikant seinen Auftrag naturgemäß gar nicht oder nur unzulänglich und unbefriedigend für alle Teile erfüllen ... Unter solchen unzulänglichen und personellen Umständen ist jedenfalls eine geordnete Jugendarbeit kaum möglich. Die Menschen, die sie leisten sollen, reiben sich auf und verlieren den Mut«[67].

Heute, im distanzierten Rückblick auf die frühen fünfziger Jahre, kann diese Feststellung schärfer als damals formuliert werden. Die deutsche Rezeption von *social case work* als vertiefte Einzelfallhilfe litt wesentlich darunter, daß sie nicht die infrastrukturellen Bedingungen *mit* rezipierte, welche die Ausformung dieser besonderen persönlichen Dienstleistung für Menschen mit sozialen und psychischen Problemen überhaupt erst ermöglicht hatte. Das alte *case work* von Mary Richmond und ihrer *Charity Organisations Society* war noch mit dem Versprechen angetreten, durch sorgfältige Ermittlungstätigkeit im Einzelfall »würdige« Fälle von »unwürdigen« trennen und damit mildtätigen Spendern die Sicherheit vermitteln zu können, daß sie ihr gutes Geld für einen erwiesenermaßen guten Zweck opfern würden[68]. *Darum* die starke Betonung der Ermittlungstätigkeit und ihrer handwerklichen Regeln, die das Buch von Mary Richmond aus dem Jahre 1917 bestimmten und die von Alice Salomon in ihrem Buch von 1926 um einen zusätzlichen, sozialpädagogischen Akzent ergänzt wurde, den sie »die Kunst, das Leben zu lehren« nannte. Der frühe, diagnostische Akzent von *social case work* hatte in der weiteren amerikanischen Entwicklung zur sogenannten »diagnostischen Schule« geführt, die sich in und um New York konzentrierte. Diese diagnostische Tradition erschien in den zwanziger und dreißiger Jahren manchen Wissenschaftlern und Praktikern als zu mechanistisch, zu retrospektiv und zu statisch[69]. Sie ergab, so Florence Sytz im 9. Kapitel des Lesebuches von Hertha Kraus, das Bild eines »Stillebens«. »In den letzten beiden Jahrzehnten zeigte sich die Unzufriedenheit mit dem Richmondschen Versuch in dem stärkeren Ton auf Bewegung und Fall-Entwicklung. Im Gegensatz zu dem Bild des Stillebens bewegt sich dieser Prozeß wie ein Film. Wir haben zwischen 1917 und 1940 gelernt, den Klienten viel stärker als den Mittelpunkt zu sehen, und dies allein gibt dem Vorgang der helfenden Beziehung im Casework mehr Fluß und macht ihn weniger den Kontrollen zugänglich, die Mary Richmond vorschlug«[70]. Florence Sytz charakterisierte damit eine neue, zweite Schule des *social case work*, die »funktionale Schule« der Universität von Pennsylvania mit den von Otto Rank beeinflußten Wissenschaftlerinnen Virginia P. Robinson[71] und Jessie Taft[72]. Diese »neue Psychologie des social case work« (Virginia Robinson (1930)) war mit einer institutionellen Trennung von der traditionellen Armenhilfe und ihrer Funktion, materielle Hilfe in individuellen Notsituationen zu geben, verbunden. Leslie Hartrich Leighninger schrieb in ihrem gründlichen und kenntnisreichen Überblick über die Entwicklung der sozialen Arbeit in den USA zum Beruf (1981), in den zwanziger Jahren hätten die meisten akademisch ausgebildeten *case worker* ihre Arbeitsplätze in »private family agencies, hospitals, child guidance clinics, schools, and children's aid societies« gefunden[73]. Diese Praxis sei an die Großstädte der nordamerikanischen Ostküste gebunden, 1926 sei die Hälfte der damals etwa 25 000 ausgebildeten professionellen Sozialarbeiter in 33 großen Städten des Ostens tätig gewesen.

Zum Berufsverband der amerikanischen Sozialarbeiter wurde nur zugelassen, wer über eine erfolgreiche, mindestens vierjährige Universitätsausbildung und über eine erfolgreiche Praxis in *social case work* verfügte. Die Ausbildungskapazitäten der Universitäten in *social work* wurden im Zuge einer rigiden (aber für die Professionalisierung erfolgreichen) Strategie des Berufsverbandes und des Zusammenschlusses aller Ausbildungsstätten bewußt niedrig gehalten. 1933 beispielsweise, zu Beginn des ersten, ernstzunehmenden Versuchs der nordamerikanischen Bundesregierung, den Folgen der Weltwirtschaftskrise durch massive staatliche Sozialpolitik Herr zu werden (New Deal von Franklin D. Roosevelt[74]), legten in dem ganzen, großen Land nicht mehr als 186 Studierende der Sozialarbeit ihre Abschlußprüfung als *Master of Social Work (M.S.W.)* ab[75]. Der deutschen Trennung in einen ermittelnden fürsorgerischen Außendienst und einen, Hilfeleistungen gewährenden sozialverwalterischen Innendienst entsprach in den USA die Trennung in kommunale Wohlfahrtsämter mit unausgebildeten, unterbezahlten Angestellten und in private Beratungsstellen (*private agencies*) mit qualifizierten, gut bezahlten Einzelfall-Helfern, die ihre (wenigen) Fälle unter optimalen Arbeitsbedingungen und unter Dauer-Supervision nach allen Regeln der Kunst abwickelten. Diese infrastrukturellen Unterschiede zwischen der gesellschaftlichen Situation der Sozialarbeit in den USA und der Bundesrepublik Deutschland Mitte der fünfziger Jahre müssen mitbedacht werden, wenn die »mißlungene Professionalisierung der deutschen Sozialarbeit« (Helge Peters (1971)) durch eine auf halbem Wege steckengebliebene Rezeption von *social case work* beklagt wird. Da hilft es auch wenig, mit verständlichem Engagement als Christ und Demokrat an die Traditionen moderner Sozialarbeit in Deutschland zu appellieren und beschwörend festzustellen: »Wer seiner selbst, seiner Sache, seines Zieles und seiner Arbeitsweise so sicher ist, für den bedeutet es kein ernstes Hindernis, nach diesen Grundsätzen (vertiefter Einzelfallhilfe, d. V.) zu arbeiten, auch wenn es ihm durch Überlastung, durch Massennotstände, durch unzulängliche Räumlichkeiten, durch Verwaltungsvorschriften oder durch vorurteilvolle Kollegen und Vorgesetzte erschwert wird, die das alles für ›einen Schmarren‹ halten, weil sie es nicht besser wissen oder mißverstehen ...«[76].

Hinweise auf Massenelend im Nachkriegsdeutschland und den massenhaften sozialen Abstieg von Vertriebenen und Flüchtlingen, auf Unverständnis und Vor-Urteile von Kollegen und Vorgesetzten, auf die Überlastung von Sozialarbeitern im beruflichen Alltag[77] mögen zwar Zweifel am Zeitpunkt der Einführung vertiefter Einzelfallhilfe in Deutschland und Forderungen nach dem Schaffen infrastruktureller Voraussetzungen für ihre Anwendung in den verschiedenen Feldern sozialer Arbeit begründen, sie sind noch keine Argumente gegen die generelle Sinnhaftigkeit dieser Methode. Es scheint vielmehr, als ließe sich mit ihr ein alter Traum anspruchsvoller Wohlfahrtspflege verwirklichen, als ließe sich auf neue Weise die kontrollierende Aufgabe der Zuweisung materieller Hilfe mit persönlicher Zuwendung, psychischer Stützung und sozialer Integration verbinden. Alice Salomon hatte 1926 diesen Traum in die Worte gekleidet, Fürsorgerinnen hätten einmal Aufgaben, »deren Erledigungen von dem Vorhandensein äußerer Einrichtungen und Hilfsmöglichkeiten abhängt. Diese hat der Fürsorger aufzufinden. Dann hat er die nötigen Schritte zu tun oder zu veranlassen«. Sie hätten aber auch Aufgaben, deren Lösung nicht von äußeren Einrichtungen und nicht von der Initiative und dem Tun des Fürsorgers allein abhängt, »sondern von dem Willen und den Kräften des Klienten, seiner Angehörigen; von ihrer Bereitschaft, einen Rat anzunehmen, einen Plan auszuführen ... Die Aufgabe des Fürsorgers besteht deshalb darin, die Haltung des Klienten zu beeinflussen, auf einen Menschen einzuwirken – und das ist im Grunde genommen eine *Führeraufgabe* (Hervorhebung im Original, C.W.M.). Ihr Erfolg hängt von dem Einfluß ab, den die Persönlichkeit des Wohlfahrtspflegers ausübt. Dies ist das wesentliche Hilfsmittel«[78].

Es scheint, als habe sich die vertiefte Einzelfallhilfe in den fünfziger Jahren über Fortbildungsveranstaltungen und den internationalen Kulturaustausch und in den sechziger Jahren über die Ausbildung an den Wohlfahrtsschulen als eine Methode durchgesetzt, die zwar nicht in jedem einzelnen Fürsorgefall angewendet werden könne, die aber doch im Prinzip geeignet wäre, die persönliche Hilfe von Sozialarbeitern für Klienten mit seelischen und sozialen Konflikten auf eine professionelle Grundlage zu stellen[79].

Einwände gegen die Methode

Grundsätzliche Einwände gegen die Angemessenheit der Einzelfallhilfe wurden in den sechziger Jahren und massiv im Zusammenhang mit Studentenbewegung und Sozialarbeiterbewegungen an der Basis laut. Ich werde auf sie im 4. Kapitel zurückkommen. In diesem Kapitel möchte ich lediglich auf drei eher grundsätzliche Einwände gegen diese Methode eingehen, die sich direkt auf die Rezeptionsphase von *social group work* beziehen und noch nicht mit der veränderten Situation der siebziger Jahre zusammenhängen. Diese Einwände betreffen das »Menschenbild« des *social case work,* seine behauptete »Wissenschaftlichkeit« und seinen behaupteten Beitrag zur »Professionalisierung« des Berufs Sozialer Arbeit.

Obwohl man nicht sagen kann, daß es besondere Widerstände konfessioneller Kreise und konfessioneller Wohlfahrtsschulen gegen die Einführung der vertieften Einzelfallhilfe gegeben habe, wurde auf Lehrgängen und Konferenzen doch hin und wieder gefragt, ob sich das Menschenbild, das dem *social case work* zugrunde liege, mit einer christlichen Anthropologie vertrage. Unter der Überschrift »Ist (Nächsten)Liebe lernbar?« veranstaltete die Evangelische Akademie Bad Boll im April 1962 beispielsweise eine Tagung für leitende Mitarbeiter aus der öffentlichen und freien Sozialarbeit, bei der es um die alte Streitfrage der Beziehungen zwischen Methode und Charisma ging. Professor Dr. Eduard Hapke aus Lüneburg referierte zunächst über »Idee und empirische Grundlage der sogenannten vertieften Einzelfallhilfe *(Case Work)*«. Anschließend arbeiteten zwei »bewußte Vertreter der evangelischen und der katholischen Kirche, die beide zugleich Theologen und zugleich fundiert ausgebildete Psychotherapeuten sind«[80], »neuralgische Punkte zwischen der Methodik[81] der vertieften Einzelfallhilfe und den Prinzipien der christlichen Menschenführung«[82] heraus. Eine katholische Position wurde von Dr. Hans Böhringer, Stuttgart vertreten. Er ging von einem starken Einfluß Sigmund Freuds auf das *social case work* aus[83] und betonte, für den Empiriker Freud sei Religion eine großartige Illusion ohne jeden Wahrheitsgehalt, für den Christen habe hingegen die Psychologie nur eine Hilfsfunktion, sie müsse sich dem geoffenbarten Menschenbild unterordnen. Die Psychoanalyse Freuds und die analytische Psychologie Jungs verwische den Gegensatz zwischen Gut und Böse. »Auch diese Einstellung ist für den Christen unannehmbar. Der christliche Glaube sagt: Gott ist gut. Das Böse entstand durch den Fall Luzifers, der als Engel ein Geschöpf Gottes, Ihm also nicht ebenbürtig ist ... Der Mensch ist von Gott aufgerufen, das Gute zu tun. Wenn er das Böse tut, kann er nicht gesund bleiben und werden. Gut und Böse sind erkennbar, eindeutig und ohne Übergänge«[84]. Deshalb sei jede seelische Fehlentwicklung und Fehlhaltung Schuld. Aber: »Über ihre Größe haben wir nicht zu befinden«[85]. Deshalb sei das Menschenbild des *social case work* und das christliche Menschenbild im Verhältnis zu Gott nicht vereinbar, wohl aber könne es eine Richtschnur für das Verhalten der Menschen untereinander geben. »Die Hilfe, die die Tiefenpsychologie in der ›vertieften Einzelfallhilfe‹ bietet, macht die fürsorgerische Arbeit nicht schwerfälliger, im Gegenteil, der Helfer wird dadurch fähig werden, in der jeweiligen Situation gerade das Richtige zu sagen und es wirksam zu sagen, nun nicht mehr wie ein Zufallstreffer als Naturtalent, sondern aus reifem Können. Die tiefenpsychologische Schulung wird es dem Helfer auch ermöglichen, in seiner Arbeit Maß zu halten, sich nicht Menschenunmögliches aufzuladen und somit sich zu überfordern«[86].

Dr. Dr. med. Rudolf Affemann, Stuttgart vertrat eine evangelische Position. Er relativierte die angebliche Werturteils-Askese von Psychotherapie und *case work*. Er unterschied zwischen einer radikalen Position, die objektive wie subjektive Werte bestreite, und einer moderate Position, die subjektive Werte voraussetze, es aber ablehne, den anderen mit den eigenen moralischen Maßstäben zu messen. »Wertungsfreies Verhalten muß folglich nicht zugleich wertfreies Verhalten sein«[87]. Für Psychotherapeuten und *case worker* sei es gleichermaßen wichtig, zu dem Zeitpunkt, zu dem »das Ich stark genug geworden ist, dasselbe mit seiner Moral, mit seinen Schuldgefühlen und seiner Selbstbestrafung (zu) konfrontieren (und die) selbstzerstörerische subjektive Moral (abzubauen), damit das Gewissen, in dem der Mensch an objektive Wirklichkeiten gebunden ist, Raum hat zu wachsen«[88]. Wie sein katholischer Kollege (»Das Nichtwollen, das – im Grunde diabolische – Nein zu Gottes Ordnung ist viel häufiger, als man glaubt«) warnte er *case worker* »vor einer mangelnden Beanspruchung des Willens. Wenn man übersieht, daß jeder Mensch innerhalb gewisser Grenzen ... fähig ist, in echter Weise ihm Aufgegebenes zu wollen oder nicht zu wollen, erzieht man Menschen, die sich gehen lassen und die je länger, je mehr erschlaffen. Ohne eine Anspannung, die allerdings genau den Möglichkeiten, die jeder Einzelne hat, entsprechen muß, erzeugt man im seelischen wie im körperlichen Bereich Rückbildung...«[89].

Auch der Soziologe Helge Peters erkannte als Grundzug der *case work*-Haltung die Herausforderung an den Fürsorger, »die strafende Attitüde durch die psycho- und soziologische Attitüde zu ersetzen, d. h. durch eine Attitüde, die mit der Auffassung motiviert wird, alle Zustände und Verhaltensnormen von Personen hätten ihre im Menschen und seiner Umgebung liegenden Ursachen«[90]. Er bestritt, daß diese Haltung

Professorin Marie Kamphuis bahnte den beruflichen Erfahrungsaustausch zwischen den Niederlanden und der Bundesrepublik Deutschland an und unterrichtete ab 1951 Familienfürsorgerinnen in Einzelfallhilfe (Foto: 70er Jahre).

wirklich ernst gemeint sei und vermutete, daß sie lediglich instrumentell dazu dienen solle, das Vertrauen der Klienten zu gewinnen und eine tragfähige zwischenmenschliche Beziehung herzustellen. Aber das war nicht sein Hauptpunkt. Am Beispiel des seit Mitte der fünfziger Jahre in der deutschen Sozialarbeit viel benutzten Buches von Marie Kamphuis[91] versuchte er nachzuweisen, daß es mit der behaupteten Wissenschaftlichkeit der Fachliteratur zur vertieften Einzelfallhilfe nicht weit her sei. Das Beispiel für die Peters'sche Methodenkritik war nicht ohne Bedacht gewählt. Marie Kamphuis hatte, ähnlich wie Hertha Kraus und Gisela Konopka, frühzeitig auf Einladung deutscher Sozialarbeiterinnen und ihrer Weiterbildungs-Institutionen den Dialog mit ihren deutschen Kolleginnen gesucht. In Burgsteinfurt beispielsweise hielt sie vor den Direktorinnen der Sozialen Wohlfahrtsschulen von Nordrhein-Westfalen im März 1951 eine programmatische Rede, in der sie die Grundzüge der »Einzelfallhilfe in Holland« entwickelte. In dieser Rede verwies sie darauf, daß *social case work* tatsächlich etwas für europäische Verhältnisse Neues bedeute, aber sie drückte gleichzeitig ihre Überzeugung aus, daß es äußerst schwierig sei, diese Methode unterhalb des sozial-ökonomischen Niveaus der Vereinigten Staaten von Amerika anzuwenden. Sie habe überhaupt nicht verstanden, daß in New York indische Studentinnen mit größter Hingabe *case work* studiert hätten, obwohl doch in ihrem Land zunächst einmal ein dringendes Bedürfnis nach Reis, gesundheitlicher Versorgung, Elementarunterricht und einer elementaren Sozialgesetzgebung bestünde.

Aber zurück zu Helge Peters. Er monierte, ihrem Buch fehlten jegliche Hinweise auf wissenschaftlich erhärtete Thesen, dieses Fehlen werde »verdeckt durch die Neigung der Autorin, die von ihr vorgeschlagenen Handlungen der Sozialarbeiter zu systematisieren und sich dabei anspruchsvoller, aber inhaltsarmer Begrifflichkeit zu bedienen ... Der Inhalt des Buches von Marie Kamphuis erfüllt also eine Minimalanforderung, die man an wissenschaftliche Aussagen und wissenschaftlich fundierte Handlungsanweisungen stellt, durchweg nicht«[92]. An diese Mängelrüge knüpfte Helge Peters die Vermutung, die Behauptung von Vertretern des *social case work*, die Einführung und Verwendung wissenschaftlich begründeter *Methode* statte die soziale Arbeit mit einer neuen Qualität aus und mache den Klienten zu einem gleichberechtigten Partner, sei gar nicht ernst gemeint, d. h. auf die Verbesserung der Arbeit gerichtet, es handele sich vielmehr »eher um eine spezifische Form des Legitimierungshandelns. Es scheint, als seien ›Wissenschaftlichkeit‹ und ›Methodik‹ Vehikel der Professionalisierungsinteressen der Sozialarbeiter«[93]. Diesen Professionalisierungsinteressen und der Professionalisierungsstrategie der Sozialarbeit machte Peters an anderer Stelle den Globalvorwurf, »mißlungen« zu sein. Es könne, so führte er 1971 aus, Situationen geben, in denen »Berufsgruppen Methoden und Techniken zwar fordern, sich ihrer Einführung aber widersetzen; es kann Berufsgruppen geben, die im Stadium der Intentionalität verharren wollen, weil sie die strukturellen Konsequenzen der Prestigevehikel für ihren Beruf fürchten. Zu solchen Berufsgruppen – das wird hier behauptet – gehören die Sozialarbeiter«[94]. Würde der Sozialarbeiter sein methodisches Handeln wirklich wissenschaftlich fundieren, würde er »häufig darauf hin(gewiesen), daß seine Handlungsmöglichkeiten wenig effizient sind. Er würde erkennen, daß sein Aktionsradius zu klein ist, um die Probleme, deren Ursachen er analysiert hat, so zu lösen wie es möglich wäre«[95]. Möglich wäre es über eine gesellschaftliche Strukturreform, mindestens aber durch allgemeine Sozialreform und durch allgemeine Sozialpolitik. Die Berufsgruppe der Sozialarbeiter aber habe sich gegen Sozialreform und für einen »individualistischen« Ansatz entschieden. »Dieser ›individualistische Ansatz‹ immunisiert die um ihre Professionalisierung bemühte

Sozialarbeit gegen Konkurrenz; mit ihm wird die Substituierbarkeit von Sozialarbeit durch generelle Sozialpolitik bestritten«[96]. Das professionelle Selbstbild des Sozialarbeiters, so Helge Peters zum Schluß seiner kritischen Einschätzung der Lage, läßt sich bei der gegenwärtigen Rollenstruktur seines Berufes nicht verwirklichen:

»Das Leiden des Handlungsadressaten, das diese Rolle legitimieren könnte, wird häufig zu Unrecht unterstellt. Leidet der Handlungsadressat aber, so bietet die Berufsstruktur des Sozialarbeiters keine Möglichkeit, die Rolle des Helfers zu begründen. Der Sozialarbeiter bleibt Kontrolleur. Es ist bemerkenswert, daß Sozialarbeiter heute kaum ernsthaft versuchen, die berufsstrukturellen Voraussetzungen zu schaffen, um diese Rolle des Kontrolleurs mit der Rolle des Helfers vertauschen zu können ... Die Verhaltens- und Handlungsempfehlungen lassen erwarten, daß die Sozialarbeiter ihre Berufsposition von der Abhängigkeit übergeordneter Instanzen befreien wollen, daß sie sich für den frei praktizierenden Sozialarbeiter einsetzen, der von den Honoraren seiner Klienten lebt. Solche Versuche werden im allgemeinen unterlassen. Die Ursachen dafür ergeben sich aus den Konsequenzen, die solche Versuche für die Sozialarbeit hätten. Sie würden die Chancen für Sozialarbeiter, überhaupt noch beruflich tätig sein zu können, verringern«[97].

Argumente wie diese sollten ernst genommen und bedacht werden, auch wenn sie in diesem Fall unschwer mit dem Hinweis auf fehlende Detail-Kenntnisse beiseite geschoben werden könnten[98]. Die Argumentationsweise von Helge Peters zeigt, daß nicht nur Sozialarbeiter, sondern auch Soziologen ihre Probleme mit der Rezeption von Verfahren und Erkenntnissen aus gesellschaftlichen und historischen Zusammenhängen haben, die mit unserer gegenwärtigen Situation nicht zu vergleichen sind. Denn das von Peters in Anspruch genommene Konzept der Professionalisierung stammt aus der nordamerikanischen Fachliteratur der strukturell-funktionalen Schule und ist einseitig am Vorbild des vollakademisch vorgebildeten Freiberuflers orientiert. Es verkennt, daß schon zum Zeitpunkt der Kritik in der Bundesrepublik Deutschland die Mehrzahl der vollprofessionellen Arbeitsplätze in privaten, halböffentlichen und öffentlichen Institutionen zu finden war. Das Dilemma, das Peters beschreibt – und das in der Sozialen Arbeit seit langem unter dem Stichwort des »doppelten Mandats« bekannt ist – gilt für Richter und Staatsanwälte, für Krankenhaus-Ärzte und Erziehungsberaterinnen, für Auftragsforscher und Fertigungs-Ingenieure genauso wie für Sozialarbeiterinnen, Lehrer und Erzieher. Nur Hochschullehrer neigen manchmal dazu, sich falsche Vorstellungen über eigene und fremde Autonomie zu machen.

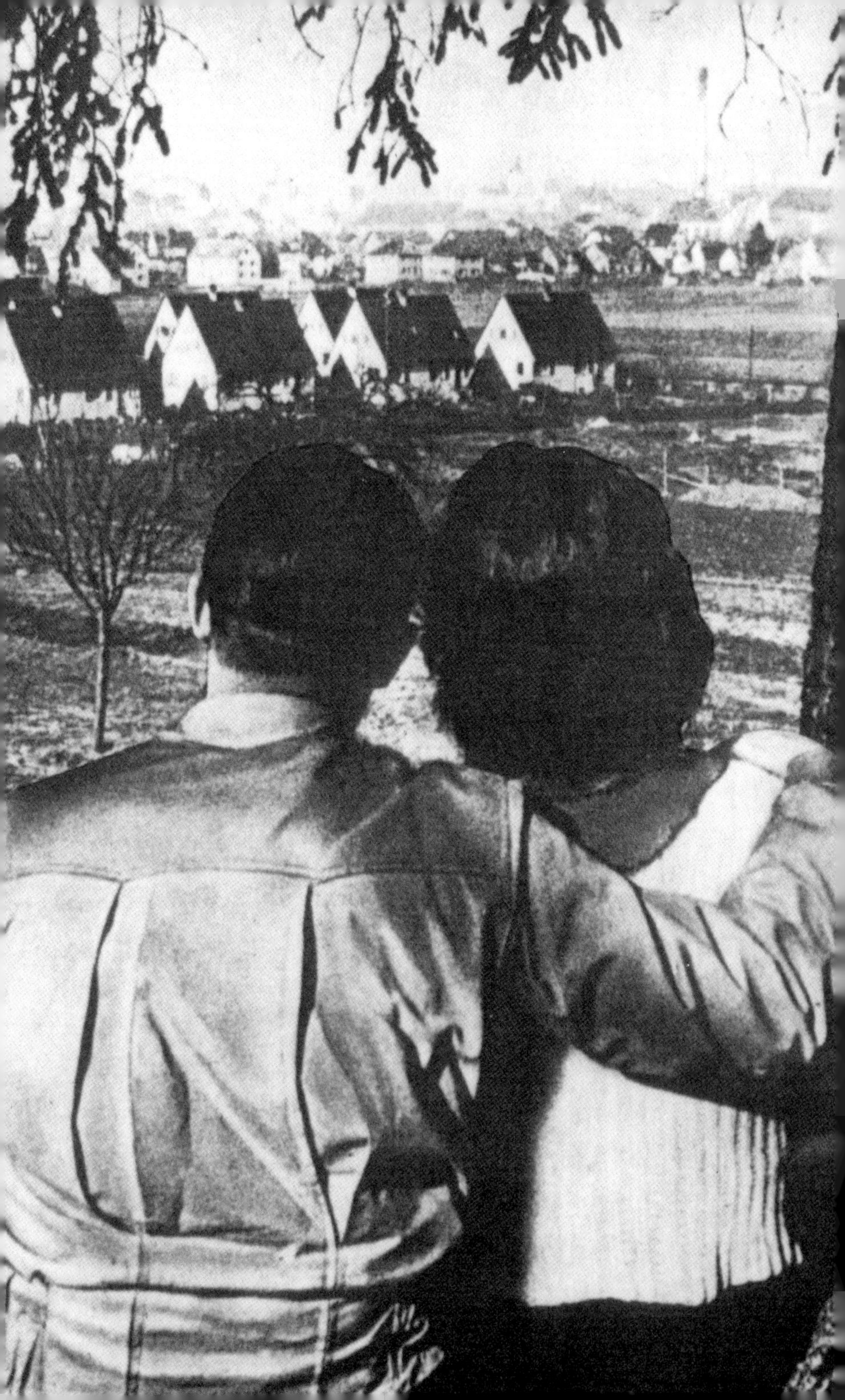

3

Sozialstaat und Gemeinwesenarbeit

Der Sommer kommt, und der Himmel des Sommers
Leuchtet auch euch.
Das Wasser ist warm, und im warmen Wasser
Liegt auch ihr.
Auf den grünen Wiesen habt ihr
Eure Zelte aufgeschlagen. Die Straßen
Hörten euren Gesang. Der Wald
Nimmt euch auf. Also
Ist das Elend aus? Trat die Besserung ein?
Ist für euch gesorgt? Könnt ihr ruhig sein?
Wird also eure Welt schon besser? Nein:
Das ist der Tropfen auf den heißen Stein.

. . .

Werdet ihr euch begnügen mit dem leuchtenden Himmel?
Wird das warme Wasser euch nicht mehr hergeben?
Wird der Wald euch behalten?
Werdet ihr abgespeist? Werdet ihr getröstet?
Die Welt wartet auf eure Forderungen
Sie braucht eure Unzufriedenheit, eure Vorschläge.
Die Welt schaut auf euch mit ihrer letzten Hoffnung.
Ihr dürft nicht lange mehr zufrieden sein
Mit solchem Tropfen auf den heißen Stein.

Bertolt Brecht: Ballade vom Tropfen auf den heißen Stein (1931). In: Gesammelte Werke. Suhrkamp: Frankfurt a. M. 1967.

»Das Telefon läutet sehr nachdrücklich. Ein angesehener Schulleiter im Ruhestand in der Kreisstadt bittet dringend um meine Mitarbeit an einer Sitzung in der nächsten Woche. Der Kreis brauche ein paar Menschen, die sich mit der geistig-seelischen Gesundheit der Bevölkerung (*mental health, C.W.M.*) befassen. Da läge manches im argen, er könnte mir aus seiner eigenen Praxis eine ganze Reihe von Beispielen nennen. Es gäbe zwar einige Stellen im Kreis, die sich mit diesen Fragen beschäftigten, aber wohl nicht ausreichend. Jedenfalls hofft er, daß eine interessierte Gruppe von Menschen verschiedenster Berufe sich nächsten Freitag abend zusammenfindet, um diese Dinge einmal zu überlegen ...
In der Post des nächsten Tages ... ist ein Schreiben von der Vorsitzenden des Staatsbürger-Verbandes der benachbarten Kleinstadt. Ihre Ortsgruppe sei, angeregt durch das neue Wohnungsbauprogramm des Bundes, nun endlich dazu entschlossen, sich mit den Wohnungsverhältnissen der ärmeren Mitbürger in ihrem Ort vertraut zu machen. Sie hätten vor, sich durch Hausbesuche persönlich von den Verhältnissen zu überzeugen und eine Ortsbestandsaufnahme gewisser Straßen und ganzer Nachbarschaften zu machen. Allerdings sei ihnen nicht ganz klar, worauf es bei solchen Untersuchungen besonders ankäme. Sie hätten einstweilen Fragebogen und statistische Tabellen entworfen und eine kleine Probeerhebung gemacht, aber brauchten doch jetzt etwas technischen Rat. Ob ich bereit wäre, mich ein- bis zweimal mit der Gruppe zu treffen, damit ihre Bemühungen zweckdienlich und wirklich produktiv sein könnten ...«

Mit diesen Beispielen aus ihrer eigenen Alltagserfahrung leitete Hertha Kraus, die wir aus dem 2. Kapitel als wichtige Übermittlerin von amerikanischen Erfahrungen in der Methode des *social case work* kennen, einen längeren Artikel über ›Amerikanische Methoden der Gemeinschaftshilfe‹ ein, den die Fachzeitschrift *Soziale Welt* im Frühjahr 1951 veröffentlichte[1]. Die herangezogenen Beispiele machen für deutsche Leser unter zwei Voraussetzungen Sinn: man muß wissen, daß sie in den USA spielen und daß Hertha Kraus eine überzeugte Quäkerin war.

Ich hatte am Anfang des 2. Kapitels mitgeteilt, daß Hertha Kraus in Frankfurt Volkswirtschaft studiert hatte und bei Christian Jasper Klumker, dem Inhaber des ersten deutschen Lehrstuhls für das Fürsorgewesen, mit einer Arbeit über die Jugendfürsorgestatistik zum Dr. rer. pol. promoviert worden war. Für die Einschätzung ihrer Beziehungen zum Thema dieses Kapitels sind ein paar zusätzliche Lebensdaten wichtig. Nach ihrem Universitätsabschluß war sie als Sekretärin der Quäker in Berlin-Brandenburg tätig und stand in Verbindung mit Friedrich Siegmund-Schultze, dem Gründer eines der ersten deutschen Nachbarschaftsheime aus christlicher Verantwortung, der Sozialen Arbeitsgemeinschaft Berlin (Ost) im Jahre 1911. Als Konrad Adenauer, damals Oberbürgermeister von Köln, sie 1923 zur Leiterin des Wohlfahrtswesens dieser Stadt berief, versuchte sie, eine alte Idee der *settlements*[2] und der

Nachbarschaftsheime in die Tat umzusetzen. Sie ließ leerstehende Kasernen in Altenheime und Schlichtwohnungen umwandeln und nach dem Settlementprinzip einrichten: »In den Wohnquartieren wurden Wohnungspflegerinnen eingesetzt, z.T. waren es Krankenpflegerinnen oder Hausfrauen, die den dort untergebrachten Familien bei der Haushaltsführung zur Seite stehen sollten. Auf etwa 60 Familien kam eine Wohnungspflegerin. Außerdem war in jedem Wohnquartier ein vollamtlicher Hausmeister. Die Wohnquartiere waren meistens durch eine Fürsorgerin als Leiterin besetzt. Zu jedem Wohnquartier gehörte ein Nachbarschaftshaus als Betreuungszentrum mit Kindergarten, Hort, Näh- und Bastelstuben, Offenen Türen für Jugendliche«[3].

Im Sommer 1946 war sie als Repräsentantin des *American Friends Service Committee* (des Dachverbandes der nordamerikanischen Quäker) nach Frankfurt am Main und Berlin gekommen und hatte die Gründung von Nachbarschaftsheimen und Konferenzzentren zur Unterstützung der Sozialen Arbeit angeregt. 1947 wurde das erste deutsche Nachbarschaftsheim auf Quäker-Initiative und mit Quäker-Mitteln in Berlin-Schlachtensee eröffnet. Es ist inzwischen umgezogen und befindet sich heute in einer Gründerzeit-Villa in der Zehlendorfer Königsstraße 43. Durch das internationale Netzwerk der Quäker unterstützt konnte Hertha Kraus in den sechziger Jahren der bis dahin isolierten deutschen Sozialarbeit wieder den Anschluß an die internationale Entwicklung und die Teilnahme an internationalen Konferenzen Sozialer Arbeit und Wohlfahrt ermöglichen[4].

Aber was hatten die Quäker mit Sozialarbeit zu tun? Die Quäker, sie heißen offiziell *Gesellschaft der Freunde (Society of Friends)*, sind eine christliche Sekte die der Engländer George Fox im 17. Jahrhundert gegründet hatte[5]. Sie lehnen die kultischen Formen des Gottesdienstes der großen christlichen Kirchen ab. Ihre Form eines bildlosen Gottesdienstes ist die *Versammlung der Freunde*, ihr tätiger Gottesdienst besteht in praktischer sozialer Arbeit für und mit den Nächsten. Sie sind gegen Steuern, weil sie darin ein Abschieben persönlicher Verantwortung auf den anonymen Staat sehen, und sie tragen keine Waffen. Sie treten für die uneingeschränkte Gleichheit aller Menschen ein, haben aus diesem Grund in den USA für die Sklavenbefreiung gekämpft und sind später für die Emanzipation von Frauen, für den Weltfrieden und für den Völkerbund (später für die UN, die in den USA viele Gegener hatte) eingetreten. 1947 erhielt die Gesellschaft der Freunde den Friedensnobelpreis. International haben die Quäker etwa 150000 aktive Mitglieder. »In der Fürsorge für die unmittelbare Nachbarschaft, in Siedlungen für Arbeitslose, in Stiftswohnungen für betagte arme Frauen, im Bau von Fabriken, Schulen und allen möglichen öffentlichen Einrichtungen zeigte sich ihre soziale Verantwortlichkeit ebenso wie in der Behandlung der Dienstboten oder der von ihnen abhängigen Menschen. Die Abschaffung der Sklaverei und der Todesstrafe, Reformen der Gefängnisse, die Fürsorge für Geisteskranke, Mäßigkeitsbestrebungen und die Erwachsenenschulbewegung waren in ihre Bemühungen eingeschlossen. Ihre Haltung bezweckte eine Versittlichung des gesamten Gemeinwesens«[6]. Der erste Staat, der von einem Quäker als »heiliges Experiment« gegründet worden ist, war Pennsylvania, 1682 von William Penn geschaffen und nach ihm genannt.

Hertha Kraus und die Rezeption von *community organization*

Der historische Hintergrund erhellt, daß Hertha Kraus die Beispiele aus ihrem beruflichen Alltag nicht als eine beliebige Hochschullehrerin aufgeschrieben hat, die einen Teil ihrer ansehnlichen Freizeit in ehrenamtliche kommunale Tätigkeiten investierte, sondern als eine bewußte, praktizierende Quäkerin, welche die Weiterentwicklung kommunaler Hilfen und Hilfsquellen für Bedürftige als einen notwendigen Dienst am Nächsten und diesen Dienst am Nächsten als Gottes-Dienst begriff. Von Quäkern ist allerdings in dem Artikel »Amerikanische Methoden der Gemeinschaftshilfe« nicht die Rede, den Hertha Kraus 1951 in der *Sozialen Welt* veröffentlichte. In dem Artikel geht sie vielmehr ganz allgemein davon aus, daß die Entwicklung eines Gemeinwesens von Leuten lebt, »die sich abends oder während der Mittagspause für ein paar Stunden zusammensetzen, um einen Teil der ihnen anvertrauten Angelegenheiten zu ordnen und zu gestalten. Sie beschäftigen sich mit den Gemeinschaftsaufgaben, die jedem Mitbürger gestellt sind, neben den Aufgaben der persönlichen und privaten Sphäre«[7]. Zu den Leuten, die solche Aufgaben ehrenamtlich anpacken, können auch Sozialarbeiter gehören. Deshalb sei in den Lehrplan einiger Ausbildungsstätten für Sozialarbeiter in den USA das Fach *»community organization for social welfare«* aufgenommen worden, »was etwa sinngemäß mit Gemeinschaftsarbeit für das Gemeinwohl übersetzt werden könnte...«[8]. Dabei entwerfe man in jüngster Zeit »tastend Kriterien und Standards und verwendet sie einstweilen als Arbeitshypothesen, mit deren Hilfe man neue Einsichten zu gewinnen hofft«[9]. Allerdings würden sich schon jetzt einige aufeinander folgende Arbeitsschritte abzeichnen. Zunächst sei es wichtig, die Entwicklung des eigenen Gemeinwesens kontinuierlich zu verfolgen und eventuelle Schwachstellen, Bedarfslücken, Brennpunkte sozialer Unterversorgung frühzeitig zu erkennen. Dann sei es sinnvoll, Menschen zusammenzubringen, die bereit und fähig sind, einen Teil ihrer freien Zeit in die Behebung der erkannten Mißstände zu investieren. Dazu müsse neues und zusätzliches Datenmaterial über die Reichweite und die Ursachen der Mißstände und die Erschließung neuer, zusätzlicher Hilfsquellen beschafft und bewertet werden. An diese Phase schließe sich die Planung möglicher Abhilfen an. Sie könnten darin bestehen, daß bereits bestehende soziale Einrichtungen ihre Arbeitsweise verändern, erweitern oder konzentrieren, um auf die neuen oder neu erkannten Mißstände zu reagieren, sie könnten auch darin bestehen, daß vorübergehende Mißstände durch zeitlich begrenzte ehrenamtliche Aktionen behoben oder durch die Gründung und Finanzierung neuer Einrichtungen und Maßnahmen dauerhaft angegangen werden. Wenn zusätzliche Gelder zu beschaffen wären, sei es auch notwendig, die Öffentlichkeit von der Notwendigkeit und Nützlichkeit neuer Einrichtungen und Maßnahmen zu überzeugen und kapitalkräftige Spender ausfindig zu machen. Die Spender wiederum hätten einen Anspruch darauf zu verstehen, wofür sie ihr gutes Geld hergeben sollten und sicher zu sein, daß die zweckentsprechende und sparsame Mittelverwendung auch zuverlässig kontrolliert werde.

Im Bücherschrank meines Vaters standen in einer Reihe die rot gebundenen Romane des nordamerikanischen Schriftstellers Sinclair Lewis. Einen davon habe ich als Jugendlicher besonders geliebt. Er hieß »Dr. med. Arrowsmith« und beschrieb die Lebens- und Berufsgeschichte eines hoffnungsvollen jungen Arztes, der *allen* Menschen helfen will und immer wieder auf einzelne, *individuelle* Krankheiten und Gebrechen heruntergeschraubt wird. Einige Kapitel dieses Romans behandeln jene Station im Leben von Martin Arrowsmith und seiner Frau Leora, als Martin vom Direktor für Volkswohlfahrt und Hygiene der Kleinstadt Nautilus in Iowa als Amtsarzt angestellt wird. Sein Chef, Dr. Pickerbaugh wird von Sinclair Lewis als geborener Gemeinwesenarbeiter geschildert.

Dr. med. Almus Pickerbaugh, 48 Jahre alt, vierschrötig und mit eindrucksvollem Borstenbart ausgestattet, dem 26. Präsidenten der Vereinigten Staaten Theodore Roosevelt nicht unähnlich, galt in Iowa als Billy Graham der Volksgesundheit, als weltlicher Evangelist für eine gute Sache. Er setzte seine umfangreiche Familie gezielt ein, um die Bevölkerung von Nautilus durch Werbeverse, Straßentheater und öffentliche Mitsinge-Veranstaltungen dazu zu bringen, weniger zu rauchen und nicht auf die Straßen zu spucken, die Milchflaschen der Säuglinge zu sterilisieren und dem Whisky zu entsagen, Jagd auf Fliegen und Ratten zu machen und den Unrat von den Hinterhöfen zu entfernen. Er war ein begnadeter Propagandist von Sauberkeit und Gesundheit. Aber er wählte seine Argumente jeweils klug in Übereinstimmung mit den Interessen seiner Zuhörer: »Wenn Pickerbaugh in einer Kirche oder im Familienkreise sprach, so erwähnte er den Wert der Gesundheit, um das Leben fröhlich zu gestalten; aber wenn er Geschäftsleuten bei einem Frühstück eine Ansprache hielt, so hieß es, »der Wert in harten Dollars und Cents ausgedrückt, gesunde und nüchterne Arbeiter zu haben, die für denselben Lohn viel mehr leisten«. Bei Elternversammlungen wiederum ermahnte er, »die Doktorrechnung herabzusetzen, indem man vorbaut und kleine Fehler aus der Welt schafft, ehe sie sich zu großen Mängeln ausgewachsen haben« – aber den Ärzten gab er die Versicherung, daß die hygienisch-agitatorische Bewegung die Leute nur daran gewöhnen würde, den Arzt regelmäßig aufzusuchen«[10]. Als Almus Pickerbaugh mit großer Mehrheit in den Senat gewählt worden war, wurde Martin Arrowsmith sein Nachfolger. Aber er war zu skrupulös und ehrlich, um sich lange in Nautilus halten zu können. Als er eine stadtbekannte Molkerei wegen unsauberer Milch schließen ließ, als er veranlaßte, daß ein tuberkuloseträchtiges Massenquartier niedergerissen wurde, als sich herumsprach, daß er als Amtsarzt mittellose Patienten kostenlos behandelte und sonntags nicht zur Kirche ging, formierte sich eine mächtige innerstädtische Opposition gegen ihn, ehemalige Freunde ließen ihn von heute auf morgen fallen. Martin Arrowsmith gab auf und verkaufte sich an die Forschungsabteilung eines mächtigen Pharmazie-Konzerns.

Die Verhältnisse in Deutschland waren und sind, vielleicht nicht im Prinzip, aber doch in ihren äußeren Erscheinungsformen anders. Keine deutsche Gesundheitsfürsorgerin wird davon träumen können, wie Almus Pickerbaugh zu agieren, und kein deutscher Sozialarbeiter wird befürchten müssen, wie Martin Arrowsmith aus der Stadt gejagt zu werden. Die deutsche Sozialarbeit konnte lange Zeit nichts oder doch nicht viel mit der Botschaft von Hertha Kraus anfangen, *eine* Methode Sozialer Arbeit bestünde darin, soziale Mißstände zu beobachten und zu analysieren, kommunale Meinungsführer an einem runden Tisch zu versammeln, um auf Abhilfe zu sinnen und Öffentlichkeitsarbeit zu leisten, um den Weg für private Aktivitäten zu ebnen und das allgemeine Niveau kommunaler Wohlfahrt anzuheben. Auch als Herbert Lattke 1955 in seinem, damals vielgelesenen Buch »Soziale Arbeit und Erziehung« die Informationen von Hertha Kraus wieder aufgriff und *community organization for social welfare* zu einer der »grundlegenden Methoden« der Sozialen Arbeit ernannte[11], blieb sein Plädoyer zunächst ohne Echo.

Dabei hätte es auch damals schon *einen* Wohlfahrtsverband gegeben, der auf das Reizwort »Gemeinwesenarbeit« hätte positiv reagieren können. Die Quäker-Initiative von Hertha Kraus hatte bereits 1948 zu sieben

Neugründungen von Nachbarschaftsheimen geführt. 12 Heime schlossen sich 1951 zum »Verband Deutscher Nachbarschaftsheime e. V.« zusammen und sie alle betrieben eine Nachbarschaftshilfe, die sich in eine weite Fassung des Begriffs »Gemeinwesenarbeit« hätte einfügen lassen. Aber das Selbstverständnis dieser Heime war eher am methodischen Inventar der *Gruppenpädagogik* orientiert. Es ging den Gründern um eine Re-Orientierung der deutschen Bevölkerung auf demokratische, partnerschaftliche und humanitäre Werte, und dieser pädagogisch-politischen Zielsetzung schien die Gruppenpädagogik besser entgegenzukommen als die damals in Deutschland als Methode noch nicht eingeführte Gemeinwesenarbeit. Erst der zu Beginn der fünfziger Jahre langsam angebahnte Kontakt der Sozialen Arbeit in Deutschland zu internationalen Konferenzen und mit internationalen Organisationen brachte der *literarischen Rezeption* von Gemeinwesenarbeit neue Impulse.

Frühestens auf der Münchener Tagung der Internationalen Konferenz für Sozialarbeit im Jahre 1956 *(»Industrialisierung und Sozialarbeit«)*, spätestens auf der Internationalen Konferenz in Rio de Janeiro im Jahre 1962 (*»Urban and Rural Community Development«*) wurde die deutsche Fachöffentlichkeit mit den Begriffen *community organization* und *community development* konfrontiert, ohne daß ein speziell für die internationalen Konferenzen zusammengestelltes dreisprachiges Wörterbuch[12] zur begrifflichen Klärung hätte beitragen können. Da aber jeder Landesausschuß der Konferenz einen Vorbericht einreichen mußte, sah sich auch der deutsche Landesausschuß genötigt, Überlegungen anzustellen, was die Bundesrepublik Deutschland auf dem Gebiet der »Entwicklung und des Aufbaus von Gemeinwesen auf dem Lande und in der Stadt« an international interessierenden Beispielen werde beisteuern können. Die redaktionelle Abfassung des deutschen Landesberichtes für Rio de Janeiro lag in den Händen von Dr. Renate Langohr aus Darmstadt. Sie erwähnte vielfältige Aktivitäten vom Straßenbau über die Flußregulierung bis zur politischen und sozialen Erziehung, das hessiche Programm zur »sozialen Aufrüstung des Dorfes«, den Wettbewerb »Unser Dorf soll schöner werden« und vorläufige Raumordnungspläne der Länder[13].

Im Zusammenhang mit der Konferenz von Rio de Janeiro veröffentlichte die *Arbeiterwohlfahrt* in ihrer Zeitschrift *Neues Beginnen* (heute: *Theorie und Praxis der sozialen Arbeit*) Artikel über c. o. und c. d. von Dr. Lina Mayer-Kulenkampff, Hamburg und Professor Dr. Walter Friedländer, ehemals Berlin-Prenzlauer Berg, später Berkeley zu diesem Thema[14]. Als Nachwirkung der Konferenz organisierte die Berliner Senatsverwaltung für Arbeit und Sozialwesen 1963 und 1965 zwei Seminare über Gemeinwesenarbeit mit internationaler Besetzung[15], und der Verband Deutscher Nachbarschaftsheime befaßte sich Mitte der sechziger

Jahre mit der Frage einer Umstellung ihrer Arbeit von der Gruppenpädagogik zur Gemeinwesenarbeit[16]. Ingeborg Blauert, die zwischen 1960 und 1970 als Gruppenpädagogin in Berliner Nachbarschaftsheimen gearbeitet hatte, stellte 1966 die Frage, ob Gemeinwesenarbeit in Deutschland eine Chance habe[17]. Sie verwies auf die unsichere Rezeption dieser »dritten Methode der Sozialen Arbeit«, von der noch nicht gewiß sei, ob es sich um eine professionell gehandhabte Methode handele oder um einen auch spontan von Laienkräften angeregten Prozeß, wer Anstellungsträger von Gemeinwesenarbeitern sein könne, ob Gemeinwesenarbeit mit falschen Zielsetzungen nicht zur Gefährdung für eine demokratisch aufgebaute Gemeinde werden könne und wie Gemeinwesenarbeit in die Ausbildung der Fachschulen einzubinden wäre.

Es mag deutlich geworden sein, daß die unsicher tastende Rezeption von Gemeinwesenarbeit in den 60er Jahren in der Bundesrepublik Deutschland *anders* verlaufen ist, als die Neuentdeckung von Gruppenpädagogik in den 40er Jahren und die Rezeption von vertiefter Einzelfallhilfe in den 50er Jahren, – auch wenn teilweise die gleichen Personen an dieser Rezeption beteiligt waren. Über die Gruppenpädagogik wurden Gruppenprozesse, die in allen Gruppen von Kindern, Jugendlichen und Erwachsenen ablaufen, auf eine Weise pädagogisch bewußt gesteuert, welche einen deutlichen Kontrast zu autoritärer, nationalsozialistischer Erziehung darstellen sollte. Über die vertiefte Einzelfallhilfe sollte die ermittelnde und kontrollierende Tätigkeit von Fürsorgerinnen in den Familien der Hilfesuchenden durch eine sozialpädagogisch unterstützende psychisch-soziale Anpassungshilfe abgelöst werden. Gemeinwesenarbeit hingegen wurde zunächst und primär als eine über die angloamerikanische und niederländische Fachliteratur[18] und über internationale Konferenzen und Seminare vermittelte professionelle Forderung an *alle* Sozialarbeiter rezipiert, sie sollten bei ihrer Arbeit mit Einzelnen, mit Familien und mit Gruppen immer auch denn sozialen Kontext beachten, in dem ihre Klienten lebten und sie sollten immer auch die nachbarschaftlichen Ressourcen bedenken, welche den Hilfesuchenden nützen könnten, ohne die kommunalen und staatlichen Etats zu belasten.

Anders als bei Gruppenpädagogik und Einzelfallhilfe verfügen wir bei der Gemeinwesenarbeit über eine vergleichsweise frühe »Rezeptionsgeschichte« dieses Begriffes, die Martin Rudolf Vogel und Peter Oel 1966 in ideologiekritischer Absicht veröffentlicht haben, um Licht in das begriffliche Dunkel zu bringen und um auf die markanten Unterschiede in Struktur und Funktion amerikanischer und deutscher Gemeinden aufmerksam zu machen. Die materialreiche und scharfsinnige Analyse der beiden Sozialwissenschaftler scheint mir allerdings Leser zu überfordern, die nicht an eine international vergleichende Struktur- und Funktionsanalyse regionaler und kommunaler Politik gewöhnt sind. Ich versuche deshalb die Hauptpunkte von Vogel und Oel mit meinen Worten wiederzugeben.

Historische Gründe für die amerikanische Entwicklung von Gemeinwesenarbeit und Gemeindeaufbau

Community organization und *community development* sind in der Tat unterschiedliche Dinge, die *beide* in der 2. Hälfte des 19. Jahrhunderts in den USA entwickelt worden sind. *Community organization* geht auf die Aktivität amerikanischer *settlements* zurück, die zuerst in New York und Chicago entstanden. In diesen beiden Hafenstädten konzentrierten sich Massen von Immigranten, die wenig Chancen hatten, Arbeit und Wohnung zu finden und auf rasche Weise die amerikanische Staatsbürgerschaft zu erwerben. Sie wohnten in ethnischen Gettos, die meist überbevölkerte, unhygienische Slums waren und wurden von kleinen Unternehmern ausgebeutet. Sozial gesinnte Akademikerinnen und Akademiker gründeten in diesen Gettos soziale Zentren (eben *settlements*), in denen sich die Immigranten trafen, in denen sie erste Orientierungshilfe erhielten und in die basalen Kulturtechniken des neuen Landes eingewiesen wurden[19].

Gleichzeitig waren die *settler* aufgrund ihrer akademischen Vorbildung und ihres politischen Engagements sozialpolitisch tätig und zwangen die Stadtverwaltungen zur Verbesserung der kommunalen Infrastruktur der Elendsviertel: Wasserversorgung, Müllabfuhr, Hygiene, Krankenversorgung, öffentliche Verkehrsanbindung, Kindergärten und Schulen, Kinderspielplätze, Ferienzeltlager für bedürftige Kinder. Gleichzeitig waren die *settler* arbeitspolitisch tätig: Sie griffen Mißstände in Fabriken und bei Kleinunternehmern auf, halfen berufstätigen Frauen, sich gewerkschaftlich zu organisieren und setzten minimale gewerbepolizeiliche Einschränkungen der Unternehmerwillkür durch. Sie betrieben also die Rekonstruktion heruntergewirtschafteter Massenwohnviertel und waren fürsorgerisch, sozialpädagogisch, erwachsenenpädagogisch, sozialpolitisch und gewerkschaftspolitisch tätig. Das ist die Wurzel von *community organization.*

Im scharfen Gegensatz zu der ökonomischen und sozialen Situation an der Ostküste und in Chicago stand die Situation im Mittleren Westen. Der Westen »stand in dieser Epoche im Zeichen der Bemühungen zunehmender Besiedlung und landwirtschaftlicher Erschließung. Dabei waren im Unterschied zum Süden hier insbesondere die Umstände bestimmend, daß *wheat-growers* und *cattle-ranchers* vorwiegend individualistisch gesonnene Einzelsiedler und häufig auch berufsfremde Laien waren«[20]. Was diese Individualisten in den Westen trieb, war der *Homestead Act* vom 20. Mai 1862, ein Gesetz, das jedermann der fünf Jahre lang bis zu 160 acres braches Land bebaut und kultiviert hatte, erlaubte, dieses Land kostenlos in Besitz zu nehmen. Hinter diesem Gesetz standen dic wirtschaftlichen Expansionsinteressen der Bundesländer westlich der Appalachians. Erbitterten Widerstand leisteten bis zuletzt die östlichen Großgrundbesitzer und Fabrikherren, die weiter vom teuren Land des Ostens und den billigen Arbeitskräften der mittellosen Einwanderer profitieren wollten. Um den unerfahrenen Siedlern zu helfen, den meist unfruchtbaren Boden wenigstens einen minimalen Gewinn abzutrotzen, erließ die Bundesregierung den *Morril Act*, unter dessen finanziellen Garantien in der Folge in diesen unwirtlichen Gebieten 69 Landwirtschaftliche Hochschulen entstanden, welche die unerfahrenen Landwirte mit fortgeschrittenen Kultivierungstechniken vertraut machen und ganz allgemein das soziale Leben der ländlichen Gemeinden bereichern sollten. Diese Landwirtschaftlichen Hochschulen betrieben *community development*, sie halfen, die Neubauern zu unterweisen und ihre zufällig verstreuten Gehöfte zu einigermaßen funktionierenden »Gemeinwesen« zu entwickeln.

Den beiden unterschiedlichen Tätigkeiten: Rekonstruktion heruntergekommener großstädtischer Wohnquartiere in den überbevölkerten Elendsquartieren der Ostküste und Entwicklungshilfe für die unterbevölkerten landwirtschaftlichen Einöden des Mittleren Westens entsprachen die beiden Begriffe, die später häufig (und verwirrend) als sinngleich verwendet worden sind: *community organization* für die Gemeinwesenreform in Altbaugebieten, *community development* für Gemeindeaufbau in Neusiedlungsgebieten[21].

Es lag nahe, daß *community development* als Methode des Gemeindeaufbaus vielfältig benutzbar schien. Es konnte sowohl zur Gestaltung neuer Dörfer und Städte auf einem Land benutzt werden, das dem Meer abgerungen worden war (Niederlande) als auch zum Aufbau von Kirchengemeinden in Neubausiedlungen als auch in Ländern der 3. Welt, in denen alte Stammes- und Sippen-Traditionen der intensiveren Ausnutzung und Ausbeutung des Bodens, der Bodenschätze und der menschlichen Arbeitskraft im Wege standen. Im Begriff des *community development* konnten sich deshalb auch Bestrebungen des Britischen Kolonialamtes mühelos wiederfinden, die gelockerten Beziehungen der Kolonien vom Mutterland durch *mass education* auf einer eher ideologischen Ebene wieder zu stabilisieren. *Deshalb* wurde *community development* auch zu einem der Schlüsselbegriffe der 62er Konferenz in Rio de

Janeiro[22]. Ohne zynisch sein zu wollen denke ich, daß wir uns den Begriff und das Konzept von *community development* am Bild der Fremdenverkehrsvereine vergegenwärtigen können, die den (teilweise erfolgreichen) Versuch machen, ländliche und von traditionellen Monokulturen am Kapitalverwertungsprozeß gehinderte europäische Alpenregionen dem Fremdenverkehr und dem Wintersport zu erschließen und der betroffenen, einheimischen Bevölkerung die damit verbundenen neuen Arbeitsplätze ebenso wie die Einschränkungen ihrer Lebensqualität als Fortschritte schmackhaft zu machen. Dieser Typ von *Gemeinwesenentwicklung* hat nicht direkt mit Sozialer Arbeit zu tun. Die *Rekonstruktion* von Gemeinwesen hingegen hat, zumindest in den USA, sehr viel mit Sozialer Arbeit zu tun, und das hängt mit dem nordamerikanischen Fürsorgewesen zusammen. Die US-Bundesregierung garantiert nur für wenige, eng definierte Gruppen der Bevölkerung eine materielle Minimalversorgung: für Kriegsversehrte und deren Familien, für alleinlebende Mütter mit unmündigen Kindern und für Schwerstbehinderte. Sie stellt weiter beschränkte Mittel für Modell- und Demonstrations-Projekte zur Verfügung, um die sich einzelne Gemeinden bewerben können und sie überläßt im übrigen die materielle und sozial-psychische Versorgung von Problem- und Risiko-Gruppen der Mildtätigkeit einzelner Bürger und privater Stiftungen. Jedes Jahr werden in jeder Stadt und jeder Gemeinde Gelder für den Sozial-Etat der Gemeinde (*Community Chest*) und der überregionalen Wohlfahrtsverbände (*United Fund*) gesammelt. Schon für diesen Zweck, und um gutwillige Spender nicht durch unkoordinierte Spendenaktionen zu verprellen, sind alle regionalen und überregionalen Vereine und Verbände darauf angewiesen, ihre Aktivitäten zu koordinieren, sich den Wohlfahrtsmarkt untereinander aufzuteilen und die Grenzen dieses Marktes abzustecken[23].

Eine erste und allgegenwärtige Funktion von Gemeinwesenarbeit in nordamerikanischen Gemeinden besteht darin, die unterschiedlichen Aktivitäten der verschiedenen Vereine und Verbände Sozialer Arbeit innerhalb der Gemeinde zu koordinieren und Öffentlichkeitsarbeit für ihre gemeinsame gute Sache zu betreiben. Ich habe in einer früheren Einschätzung diesen Aspekt von Gemeinwesenarbeit einen *konservativen* Aspekt genannt, »weil er in aller Regel auf die Optimierung der Wohlfahrtsbürokratie gerichtet ist, ohne daß die betroffenen Klientengruppen an dieser beabsichtigten Optimierung partizipieren – und ob sie von ihr profitieren, ist ebenfalls eine offene Frage«[24].

Ein zweiter Aspekt von Gemeinwesenarbeit in den USA besteht darin, Menschen in gemeinsame Handlungen zu verwickeln, an denen sie lernen können, wie sie Probleme, unter denen sie leiden, für sich (und mit anderen) selber lösen können. Ich habe »diesen Ansatz als *reformpäd-*

agogisches Konzept bezeichnet, weil es den Hauptakzent auf interpersonale Beziehungen und staatsbürgerliche Beteiligung legt, in der Hoffnung, daß die Verantwortung von unterprivilegierten Bürgern für das Gemeinwohl ihrer Kommune eine als ursprünglich angenommene und prinzipiell wiederherstellbare Harmonie rekonstruieren könne«[25].

Die Mehrheit der Nordamerikaner lebt in Kleinstädten und auf dem flachen Lande. Das soziale Leben spielt sich kleinräumig ab, die soziale Kontrolle ist groß, Nachbarschaftshilfe ist seit den Pioniertagen eingewurzelte Tradition. Amerikanische Gemeinden sind in der Regelung ihrer öffentlichen Angelegenheiten vergleichsweise frei von staatlichen Vorgaben. Das Geld für Erziehung, Bildung und Wohlfahrt müssen sie selbständig aufbringen, für neue Gemeinde-Investitionen können sie besondere Konsumsteuern erheben. Regionale Banken, Fabriken und Dienstleistungsbetriebe finanzieren kommunale Einzelprojekte, von denen sie sich materiellen oder auch immateriellen Nutzen versprechen. Der Spielraum für Gemeinwesenarbeit ist in diesen Gemeinden vergleichsweise groß, und die Öffentlichkeit ist daran gewöhnt, für neue Projekte in die Tasche zu greifen[26].

Deutsche Gemeinden verfügen bei der Gestaltung ihrer öffentlichen Angelegenheiten über einen wesentlich geringeren Spielraum. Zwar muß ihnen das Recht gewährleistet sein, »alle Angelegenheiten der örtlichen Gemeinschaft im Rahmen der Gesetze in eigener Verantwortung zu regeln« (Grundgesetz Artikel 28 (2)), aber 90 Prozent aller Gemeindeaufgaben sind Auftragsangelegenheiten, welche die Gemeinden im Rahmen der Gesetze für den Staat zu erledigen haben. Die Haupteinnahmequelle der kommunalen Haushalte ist die Gewerbesteuer, sie macht drei Viertel aller öffentlichen Einnahmen aus. Spenden und projektgebundene Finanzierungen durch die private Wirtschaft sind die Ausnahme und nicht die Regel. Durch diese Rahmenbedingungen sind die Gemeinden extrem abhängig von der jeweiligen Wirtschaftsentwicklung. Gemeinde-Entwicklungs-Politik ist weitgehend Industrie-Ansiedlungs-Politik. In der Konjunktur haben die Gemeinden genügend Geld in den Kassen, um in die Verbesserung der Infrastruktur investieren zu können. In der Rezession schrumpft das Wachstum des öffentlichen Haushalts, und die Investitionstätigkeit der Kommunen geht zurück.

Verband deutscher Nachbarschaftsheime

Mitte der sechziger Jahre *schrumpfte* das Wirtschaftswachstum in der Bundesrepublik Deutschland auf vergleichsweise hohem Niveau. Die Gemeindekassen leerten sich schneller als zuvor, die Lebensbedingungen der Bevölkerung verschlechterten sich. Hinzu kam eine erzwungene Binnenwanderung von Bevölkerungsgruppen, die bisher in vergleichsweise preiswerten Altbauwohnungen in innerstädtischen Arbeiterquartieren gelebt hatten. In einer Reihe großer Städte (Frankfurt, Hamburg, München, Berlin) wurden die alten Miethäuser zentral gelegener Wohnquartiere ›total-saniert‹ und durch gewerbliche Bauten für Konsum, Verwaltung und Dienstleistung ersetzt. Die alteingesessenen Bewohner (und junge Ehepaare) mußten in Satelliten-Siedlungen am Stadtrand ausweichen, die Lebensqualität im Wohnumfeld sank, die Lebenskosten stiegen.

In dieser neuen gesellschaftlichen Situation begannen die Deutschen Nachbarschaftsheime, die bisher in traditionsreichen, innerstädtischen Arbeiterquartieren tätig gewesen waren, einen Teil ihrer Arbeit auf die neuen Städte »am Rand der Großstadt« (so der Titel einer Veröffentlichung von Christine Raiser aus dem Jahre 1967) zu verlagern. Der Berliner Landesverband beispielsweise schaltete sich in die Planung der Wohnsiedlung Heerstraße Nord ein (1967), eröffnete eine Außenstelle in Tegel-Süd und später im Märkischen Viertel von Berlin-Reinickendorf (1968). Sigurd Agricola, der Geschäftsführer des Verbandes gab 1968 einen Sammelband über »Gesellschaftliche Aufbauarbeit in neuen Siedlungen« heraus. Anfang Mai 1969 organisierte der Verband Deutscher Nachbarschaftsheime in Berlin eine Tagung für ehrenamtliche und hauptamtliche Mitarbeiter von Nachbarschaftsheimen, Gemeinschaftshäusern, Freizeitstätten und Häusern der Offenen Tür, die mit dem provozierenden Titel »Die Stadt als Raum des denkenden Aufstands« ausgestattet wurde, eine Wendung, die dem Buche von Alexander Mitscherlich »Über die Unwirtlichkeit unserer Städte« entlehnt war.

Die damalige Vorsitzende des Verbandes, die Berliner Soziologin Ilse Balg versuchte in Grundgedanken zum Tagungsthema die damalige Berliner Situation auf ihre Weise einzufangen und zu interpretieren. Die Stadt, so sagte sie, sei die soziale Heimat des zivilisierten Menschen.

»In ihr gehört das Individuum nicht mehr zu einer bestimmten Landschaft, sondern zu einer sozialen Organisation, – das bedeutet Umwandlung menschlicher Energie in soziale Struktur... Die wachsende Mechanisierung und Uniformierung von heute hingegen zerstören die soziale und umweltmäßige Komplexheit der Stadt und damit die Lebenswerte der städtischen Gesellschaft – vollends in der öden Gleichförmigkeit sozialer Wohnbauten und Wohnsiedlungen am Rande der Stadt... Die Jugend – auch in ihrem Erlebnisdrang – sieht sich einer abstrakten Massengesellschaft gegenüber, deren Angehörige im großen und ganzen ihr völlig gleichgültig gegenüberstehen... Machen wir uns auch klar: Erziehung dient den Erwachsenen letztlich zur Erhaltung der bestehenden Gesellschaft und Kultur, nicht aber als Mittel zur gesellschaftlichen Umwälzung, deren Notwendigkeit die Jungen hellwach erkennen ... Das Lernen (wird) zur wichtigsten Grundbedingung für Erzeugung und Verbrauch und die eigentliche Quelle

Die Veränderung der Stadt. Vorher ...

... und nachher. Grafik: Jörg Müller/Heinz Ledergerber, 1976.

des neuen Reichtums ... Schulen und Hochschulen müssen sich von den derzeitigen Mammutfabriken verwandeln in Gruppen selbständiger Teams, Combines und Colleges, da nur so die inneren Kräfte der Selbstbetätigung und des schöpferischen Einsatzes für die Gesellschaft mobilisiert werden können. Statt Elfenbeinturm der Wissenschaft müssen die Hochschulen zum Kontrollturm der Gesellschaft werden ... Not tut ... ein Reformprogramm der Demokratie, das ihre essentials garantiert – individuelle Freiheit, Einfluß des mündigen Volkes auf politische Entscheidungen und Abwählbarkeit der Regierung ...«[27]. In einer Schluß-Resolution kritisierten die 90 haupt- und ehrenamtlichen Teilnehmer der Tagung die herrschende Überbetonung von Berufsarbeit und Leistungsdenken und forderten »neue methodische Wege zur Überwindung schichtenspezifischer Arbeit in den Bildungseinrichtungen«, »Bewußtmachung der gesamtgesellschaftlichen Zusammenhänge und der daraus resultierenden Abhängigkeit und Machtverhältnisse«, »Aufgeschlossenheit für moderne Methoden sozialpädagogischer Arbeit«, »Bereitschaft, die Besucher zur Mitgestaltung und Mitverantwortung auch im mitbürgerlichen Bereich anzuregen« und »die Verselbständigung aktiver Gruppen mit institutionsunabhängiger Selbstbestimmung und Selbstkontrolle« zu fördern. Für die Organisationsstruktur der Nachbarschaftsheime und ihnen verwandter Häuser forderte die Resolution die *Drittelparität* (Besucher, Vereinsmitglieder, Mitarbeiter) in den Leitungsgremien, einen *Delegiertenrat* der autonomen Gruppen, welche das Haus in eigener Verantwortung benutzen und das *Rotationsprinzip* für alle hauptamtlichen Mitarbeiter bei der Leitung des Hauses[28].

Fünf Monate später luden Verband Deutscher Nachbarschaftsheime und Pädagogische Hochschule Berlin *praktizierende Gemeinwesenarbeiter* zu einer Tagung über »Gemeinwesenarbeit und Kommunalpolitik« ein, um einen ersten Überblick über tatsächliche Projekte von Gemeinwesenarbeit in der Bundesrepublik Deutschland zu gewinnen und zu vermitteln. In vier Arbeitsgruppen informierten sich die Teilnehmer gegenseitig über Gemeinwesenarbeit in neuen Siedlungen, in innerstädtischen Sanierungsgebieten, in ländlichen Gemeinden und über allgemeine Probleme von GWA und ihrer institutionellen und gesamtgesellschaftlichen Rahmenbedingungen.

Auf der Tagung wurde eine Fünf-Punkte-Analyse der gesellschaftlichen Voraussetzungen für Gemeinwesenarbeit formuliert, eine Arbeitsgruppe skizzierte einen Katalog von Gegenständen, Problemen und Fragen, der bei der Dokumentation einzelner ›Fälle‹ von Gemeinwesenarbeit hilfreich sein könnte und eine andere Arbeitsgruppe formulierte einen Arbeitsrichtlinienentwurf als Anhang für einen Musterarbeitsvertrag für Gemeinwesenarbeiter. Dieser Anhang begann mit den Sätzen: »1. Wir begreifen Gemeinwesenarbeit als politisches Handeln. 2. Wir setzen voraus, daß ein Arbeitgeber (Verbände, Kommunen, Gewerkschaften, Kirchen), der einen Gemeinwesenarbeiter einstellt, an einer weitgehenden Demokratisierung interessiert ist«[29]. Von einem solchen Arbeitgeber wurde gefordert, daß er die folgenden Konzeptionen von Gemeinwesenarbeit akzeptiere: »a) Koordination traditioneller Methoden der Sozialarbeit b) Sozialpädagogische Befriedung c) Aggressive Intervention«[30].

Diese Dreiteilung hatte etwas mit der unvollständigen Rezeptionsgeschichte von Gemeinwesenarbeit in der Bundesrepublik Deutschland zu tun. Ich hatte schon erwähnt, daß mir bei einem zweijährigen Forschungsaufenthalt in den USA aufgefallen war, wie sich die dort in Lehrbüchern publizierten Falldarstellungen von Gemeinwesenarbeit auf zwei Tätigkeitsprofile konzentrierten: die Koordinierung der unterschiedlichen privaten und öffentlichen Träger regionaler Wohlfahrtsbestrebungen mit dem Ziel einer differenzierten Arbeitsteilung bei gemeinsamer Geldbeschaffung (*konservativer Aspekt*) und die Partizipation von Bevölkerungsteilen bei dem Versuch, bestimmte soziale Probleme selbst zu lösen (*reformpädagogischer Aspekt*). Dabei war mir aufgefallen, daß die Lehr-Fälle nordamerikanischer Gemeinwesenarbeit unter einer merkwürdigen Konflikt-Abstinenz litten. Am Beispiel des 1955 in New York publizierten Lehrbuchs von Murray G. Ross (deutsch 1968) versuchte ich diese Konfliktscheu zu belegen.

»Pädagogisch aufbereitbar sind für Ross nur Konflikte, die nicht existentiell bedeutsam sind, an denen die Beteiligten nicht so stark interessiert sind, daß sie um jeden Preis siegen wollen. In der Tat gilt diesen kleinen, system-immanenten Konflikten die ganze Zuwendung des Autors. Der Zustand unserer Straßen, der Milchpreis, die mangelnde Fürsorge für alte Leute (S. 224ff.)[31], das zu geringe Spendenaufkommen für gemeinnützige Aktionen, das sind Probleme, die dem Geschäftsmann ebenso nahegebracht werden können, wie der Stadtverwaltung; dem Pfarrer ebenso wie dem Lehrer, der Hausfrau und dem Slumbewohner. Selbstverständlich läßt auch Ross die ›Beunruhigung über vorhandene Mißstände‹ als Ausgangspunkt für Gemeinwesenarbeit zu (S. 136ff.). Aber man muß sich diese Mißstände vorher genau ansehen, ob sie das Gemeinwesen existentiell betreffen oder ob sie Randerscheinungen sind ... Die Aufgabe des Gemeinwesenarbeiters ist es, ›sich mit dem Gemeinwesen als Ganzem (zu verbünden) und nicht mit irgendeinem seiner Teile oder mit einer Gruppe‹ (S. 187). Für Ross ist Gemeinwesenarbeit ›keine Minderheitenbewegung‹ und kann nicht von Bedürfnissen oder Beanstandungen ausgehen, die nur einer kleinen Gruppe im Gemeinwesen wichtig sind ... Danelo Dolci? Gibt es nicht. Die Bürgerrechtsbewegung? Ungeeignet für Gemeinwesenarbeit. Der Protest der studentischen Jugend in Berkeley? Zu aggressiv und zu wenig am Gemeinwohl orientiert. Die Studenten verhinderten vielmehr, ›daß eine vernünftige Diskussion zwischen den streitenden Gruppen zustande kommt‹ (S. 141). Da ist er, der offensichtlich unausrottbare Kinder- und Pädagogenglaube, daß Probleme, an denen gegensätzliche Interessengruppen existentiell beteiligt sind, dadurch gelöst werden, daß sich die Interessengegner an einen Tisch setzen und unter Vorsitz eines Gemeinwesenarbeiters vernünftig darüber reden«[32].

Ich habe damals den Sachverhalt pointiert ausgedrückt. Das hat mir mancherlei Kritik eingetragen[33]. An dem Sachverhalt selber kann ich nichts ändern. Es ist in der Tat eine Realität, daß sich die gesamte uns damals (1969) zugängliche nordamerikanische und niederländische Fachliteratur über Gemeinwesenarbeit und ihre Rezeption in der Bundesrepublik Deutschland auf Probleme und Mißstände mit dem größten gemeinsamen Interessen-Nenner zurückgezogen hatte und als einzige professionelle Methode von Gemeinwesenarbeit die Koordination der Fürsorge-Verbände und Vereine und die Partizipation der betroffenen Bürger zum Zwecke der Selbsthilfe empfahl. So wurde den Bewohnern innerstädtischer Slums allen Ernstes nahegelegt, ihren Abfall selber zu beseitigen und die Aufgänge ihrer Miethäuser in freundlichen Farben zu streichen, statt in gemeinsamen Aktionen einer korrupten Stadtverwaltung auf die Finger zu klopfen und die Slum-Lords zu zwingen, einen Teil der Mieteinnahmen in die Instandsetzung der Häuser zu reinvestieren. Dieses Ausblenden *aggressiver Konzepte* und *Aspekte* von Gemeinwesenarbeit erschien mir damals und erscheint mir heute schlimm genug. Zumal es eine solche aggressive Praxis von Gemeinwesenarbeit in Nordamerika, in England, in Italien und in den Niederlanden gab und gibt, die in den Lehrbüchern schlicht unterschlagen wurde[34]. In den USA habe ich diese Praxis kennengelernt. Sie ist für mich vorrangig mit zwei Namen verbunden: mit Saul Alinsky und mit Harry Specht.

Aggressive amerikanische Konzepte

Saul Alinsky (1909–1972) war selbst für amerikanische Verhältnisse ein harter Brocken. Er verdiente sein Geld als professioneller Organisierer und blieb doch sein Leben lang ein Individualist, der nicht einmal den von ihm selber geschaffenen Organisationen beigetreten wäre. Er nannte sich einen ›Radikalen‹ und verkörperte durch sein ganzes Lebenswerk mehr als die meisten anderen Amerikaner den Traum von einer Gesellschaft Freier und Gleicher. Seine Eltern waren orthodoxe jüdische Einwanderer aus Rußland; der Vater – mit dem er einen lebenslangen Krieg führte – war Änderungsschneider, Kolonialwarenhändler und schließlich Besitzer einer kleinen Reinigungsfirma im schlimmsten Teil der Slums von Chicago. Es war für Alinsky der Traum seiner Kindheit und Jugend, einmal eine Stunde lang ungestört das Badezimmer zu benutzen, ohne daß seine Mutter an die Türe schlug, weil eine Kundin aufs Klo wollte. Nach einem College-Studium der Archäologie verließ er die Universität von Chicago ziemlich unbeeindruckt, aber arbeitslos, denn das reiche Amerika durchlebte gerade die größte Wirtschaftskrise dieses Jahrhunderts: die Große Depression. Chicago war damals noch immer die Welthauptstadt des organisierten Verbrechens, und Alinsky erhielt durch Zufall ein Stipendium für Kriminologie. Zwei Jahre lang lebte er im alten Lexington Hotel und studierte die Welt Al Capones und seiner engsten Mitarbeiter, die ihn gewissermaßen als akademisches Maskottchen adoptierten. Dann arbeitete er als Handlungsforscher für ein Institut zur Erforschung der Jugendkriminalität und sammelte in seiner Freizeit Geld für die Internationale Brigade im Spanischen Bürgerkrieg, agitierte für neu gegründete Gewerkschaften und kämpfte gegen Zwangsexmittierungen und für den sozialen Wohnungsbau, als dieses Konzept noch als eine kommunistische Erfindung galt. Nach seiner Zeit bei Al Capone sammelte er Organisationserfahrungen beim Dachverband der nordamerikanischen Gewerkschaften (C.I.O.) und beriet dessen Präsidenten John L. Lewis. Nach dem Ende des 2. Weltkrieges baute er seine erste, eigene Organisation auf: die Organisation der Chicagoer Hinterhöfe (*back of the yards*).

Die »Hinterhöfe« lagen dicht am Chicagoer Viehmarkt und waren – ähnlich der Gegend, in der Jane Addams zwei Generationen vorher ihr berühmtes *settlement Hull House* gegründet hatte – ein menschenunwürdiges Elendsquartier. Niemand war bisher auf die Idee gekommen, seinen Bewohnern zuzutrauen, daß sie sich selber würden helfen können. Alinsky schaffte es in einem wagemutigen Bündnis zwischen Slumbewohnern, Katholischen Kirchengemeinden und lokalen Geschäftsleuten. Er brachte die Schlachthof-Arbeiter dazu, sich gewerkschaftlich zu organisieren, und er brachte den (erzkonservativen) Chicagoer Bürgermeister dazu, Druck auf die Fleischfabriken auszuüben, die Gewerkschaft in ihre Betriebe zu lassen. Durch bessere Löhne und kürzere Arbeitszeiten erzwang er neue Arbeitsplätze, die Kaufkraft im Viertel stieg, und Mieter und Geschäftsleute übten einen zunehmenden Druck auf die Hausbesitzer aus, die Wohnbedingungen zu verbessern. Dreizehn Jahre später kam Alinsky nach Chicago zurück und gründete die Woodlawn Organisation. Woodlawn war ein Negerviertel, das von der Universität von Chicago zur Erweiterung ihres Campus aufgekauft worden war und totalsaniert werden sollte. Durch politischen Druck erreichte die Organisation, daß die Sanierung gestoppt wurde, daß die Stadt neue Ausbildungsplätze für schwarze Jugendliche schuf, den sozialen Wohnungsbau verstärkte[35] und einem Vertrag zustimmte, nach dem die Woodlawn Organisation darüber entschied, welche Bauunternehmen unter welchen Bedingungen im Viertel bauen durften.

Der methodische Stufenplan Alinskys und der von ihm ausgebildeten Gemeinwesenarbeiter – in Kalifornien beispielsweise gelang es Dolores

Huerta und Cesar Chavez, die spanisch-mexikanischen Wanderarbeiter zu organisieren – ist ebenso wirkungsvoll wie schlicht. Alinsky geht von einer zentralen Annahme aus: Jede Gemeinde, jede Stadt besitzt eine etablierte Macht-Struktur, die sich Änderungen in Form von Verbesserungen der Masse der mittellosen Bevölkerung widersetzt. Um dennoch solche Verbesserungen durchsetzen zu können, muß eine Gegen-Macht gebildet werden. Macht aber tritt in Gestalt von viel Geld oder vielen Menschen auf. Menschen, die kein Geld haben, müssen diesen Mangel durch ihre große Zahl kompensieren. Wenn sie sich einig sind und gemeinsam handeln, können sie ihre politischen Gegner zu Zugeständnissen zwingen, sofern sie entschlossen sind, den öffentlichen Konflikt in einer Sache und an einer Stelle zu wagen, wo ihr Hauptgegner verwundbar ist. Politiker, die davon abhängig sind, von Mehrheiten der Bevölkerung wiedergewählt zu werden, können häufig allein durch die Ankündigung bedroht werden, daß man die (in den USA sehr zahlreichen) Nicht-Wähler registrieren und organisieren werde[36]. Den Chicagoer Bürgermeister Daley nahm die Woodlawn Organisation in die Zange, indem sie ihm drohte, den Stolz der Stadt, der Welt größten Flughafen O'Hare Airport unbenutzbar zu machen. Einfach dadurch, daß jeden Tag 2500 Schwarze rund um die Uhr die Toiletten des Flughafens benutzen würden. Ein großes Warenhaus wurde dazu gebracht, schwarzes Personal einzustellen, weil täglich 3000 Schwarze an Sonnabenden die Kassen verstopften, ihre Einkäufe per Nachnahme ausliefern ließen und später die Annahme verweigerten. Die Eastman-Kodak-Werke in Rochester wurden zur Einstellung von Schwarzen gezwungen[37], als die von Alinsky's Mitarbeitern gegründete Organisation FIGHT (Freedom, Integration, God, Honor, Today) anfing, über liberale Sympathisanten, die Kodak-Aktien besaßen, systematisch Stimmrechte für die nächste Aktionärsversammlung zu sammeln.

Die wirkungsvollste Waffe Alinsky's wurde mit der Zeit der Ruf, welcher ihm vorauseilte. Er zwang seine potentiellen Gegner zu unüberlegten Gegenreaktionen, die sie in den Augen der Öffentlichkeit und seiner späteren Zielgruppe ins Unrecht setzten. Eine Zeit lang wurde er regelmäßig aus vorgeschobenen Gründen verhaftet, wenn er eine neue Stadt – meistens von Kirchengemeinden oder Bürgerrechts-Organisationen gerufen – betrat. Bis zu zwei Monate Gefängnis hält Alinsky für eine gute Sache, weil diese Tatsache die Bürger solidarisiert und er aus dem Gefängnis wirkungsvoll agitieren kann und eine permanente Öffentlichkeitwirkung über Zeitungen und regionale (kommerzielle) Rundfunk-Stationen herstellt. Sein erstes Buch *»Reveille for Radicals«*[38] hat er in Teilen im Knast geschrieben und seine Zelle erst verlassen, als ein angefangenes Kapitel beendet war. Als er auf Bitten (und mit Geldern) der

Aggressive Gemeinwesenarbeiter:
Saul Alinsky (Foto: um 1950)...

... und Harold Specht
(Foto: um 1980).

Presbyterianischen Kirchen der Bucht von San Francisco nach Oakland reisen wollte, um dort das schwarze Getto zu organisieren, belegten ihn die Stadtväter mit einem (ungesetzlichen) Einreiseverbot und schickten ihm ein 17 Meter langes Seil, damit er sich am nächsten Baum aufhängen möge. Alinsky revanchierte sich mit einer großen Packung Windeln und betrat Oakland, umringt von Zeitungsleuten und Fernsehreportern, mit seiner amerikanischen Geburtsurkunde in der Hand.

Saul Alinsky ist inzwischen zur Legende geworden. Zu einer Legende, die er in großen Teilen selber aufgeschrieben und weiter erzählt hat. Solcher Legenden verschweigen häufig die Fehlschläge, die Ungereimtheiten und die Enttäuschungen[39]. Aber seine professionelle Organisationstätigkeit zwischen 1945 und 1972 hat in den USA Spuren hinterlassen. Und nicht nur dort.

Harry Specht ist anders als Saul Alinsky ein Liberaler *und* ein Universitätsprofessor. Seit langer Zeit an der Universität von Kalifornien in Berkeley lehrend (wo auch Walter Friedländer bis zu seinem Tode tätig war), systematisierte er in mehreren Lehrbüchern Strategien von Gemeinwesenarbeit, die er »disruptiv« nannte und die ich als »aggressiv« beschrieben habe. Specht sieht drei, graduell unterschiedliche Möglichkeiten, die eingefahrene Macht-Ballance eines staatlichen oder kommunalen Systems in Bewegung zu bringen[40]: die Umverteilung von Ressourcen, die Veränderung eingefahrener Verkehrsformen, die Rekonstruktion des gesamten gesellschaftlichen Systems. Diesen drei unterschiedlichen Möglichkeiten entsprechen drei unterschiedliche strategische Handlungsprofile: Konkurrenzkampf (im Falle der Umverteilung von Ressourcen); Disruption (im Falle der Veränderung eingefahrener Verkehrsformen) und gewaltsamer Aufstand (im Falle der Überwälzung des gesamten gesellschaftlichen Systems). Die erste Variante ist nicht interessant, weil sie im Rahmen von Gemeinwesenarbeit alltäglich ist: unterschiedliche Wohlfahrtsverbände und andere Träger regionaler Wohlfahrt konkurrieren auf dem freien Markt von Spenden, Stiftungen und Steuergeldern um Akzeptanz und Marktanteile. Die dritte Variante ist nicht interessant, weil sie in den USA seit der gewaltsamen Loslösung vom englischen Mutterland und seit dem Bürgerkrieg zwischen Nordstaaten und Südstaaten keine historische Tradition mehr hatte. Aber die zweite Variante war und ist interessant, weil sie mindestens für die »alten« Demokratien Europas eine provozierende Möglichkeit enthält, die zwar immer wieder in Einzelfällen von »radikalen« politischen und sozialen Gruppen angewandt wird, die auf unserem Kontinent jedoch auf generelle Ablehnung stößt und als illegitim, ja illegal gebrandmarkt wird: die Disruption.

Disruption ist im Verständnis von Harry Specht eine Strategie, um das Handlungssystem des Gegners für eine begrenzte Zeit unwirksam zu machen, außer Kraft zu setzen (*disruption* = Unterbrechung). Das geschieht in der Regel in drei Schritten. Zunächst stoßen die einander diametral gegenüberstehenden Interessen innerhalb akzeptierter Grenzen aufeinander und werden der Öffentlichkeit argumentativ und diskursiv bekannt gemacht, um Anhänger zu gewinnen und Schwankende zu mobilisieren. Auf einer zweiten Stufe werden traditionelle Verkehrssitten bewußt aber gewaltlos verletzt: durch Märsche, Demonstrationen, Boykotte, Mahnwachen, Mietstreiks, öffentliches Fasten (Hungerstreiks, eine bevorzugte Strategie von Mahatma Gandhi). Die Strategie auf dieser Stufe ist insofern gewaltlos, als die an ihr Beteiligten das *nicht* tun, was von ihnen erwartet (nicht aber verlangt) wird: Dienstleistungen in Anspruch nehmen und Waren kaufen, regelmäßig essen und die Miete bezahlen, nachts im Bett liegen und schlafen ... Auf der dritten Stufe werden gesetzlich festgelegte Erwartungen durch Nicht-Tun passiv oder auch aktiv verletzt: durch das Nicht-Befolgen aber auch das öffentliche Verbrennen von Einberufungsbefehlen, durch das Sitzen oder Liegen an Orten, die anderen Zwecken dienen (*sit-ins* auf Straßenbahn- und Eisenbahn-Schienen und vor den Toren von Militär-Depots und Kasernen), durch das dauerhafte Blockieren von Telefonanschlüssen, Bankschaltern, Warenhauskassen und Zebra-Streifen.

Harry Specht lieferte mit der Systematisierung unterschiedlicher Strategien in politischen Aktionen und Formen von Gemeinwesenarbeit keine neuen Informationen – über die Strategien selbst konnte man bei Saul Alinsky und anderen wesentlich sinnfälligere Beispiele finden –, was er lieferte war vielmehr die kühle und klare Botschaft, daß solche Strategien *möglich* und in der Auseinandersetzung konkurrierender politischer und sozialer Interessen *legitim* seien. Specht legte die Entscheidung über ihre Verwendung in die Verantwortung der Interessengruppen selbst:

»Letzten Endes basiert die Wahl bestimmter Taktiken auf unserer Einschätzung des Charakters unseres Gesellschaftssystems. Wenn wir glauben, daß es möglich sei, unsere Gemeinwesen zu verändern, dann können wir auch fortfahren, durch deren Institutionen am sozialen Wandel zu arbeiten. Wenn dies nicht möglich ist, dann helfe uns Gott, denn dann spielen wir weiter unsere Rolle in einem Trauerspiel, das seinen Sinn verloren hat – oder wir müssen uns an seiner Zerstörung beteiligen. Disruption und Gewalt kann einen Beitrag zur Veränderung leisten, aber mehr als das ist nötig zur Versöhnung, mehr als das wird nötig sein, um die Vereinigten Staaten zu verändern«[41].

Burckhardthaus

Im April 1969, als die Berliner Nachbarschaftsheime ihre große Tagung über »die Stadt als Raum des denkenden Aufstandes« vorbereiteten, begann das Burckhardthaus in Gelnhausen bei Frankfurt mit einem ersten und ehrgeizigen Weiterbildungsprogramm in Gemeinwesenarbeit und Gemeindeaufbau für Sozialarbeiter, Pfarrer und Vikare in Kirchenkreisen und Kirchengemeinden. Das Programm umfaßte 160 Lehrgangstage und wurde durch mehrfache Praxisphasen vor Ort unterbrochen. Die Evangelische Kirche in Deutschland war zu jener Zeit ideel und existentiell an Gemeinwesenarbeit interessiert, und das Burckhardthaus besaß eine Tradition, die es für die Weiterbildung in GWA geeignet erscheinen ließ.

Der Berliner Gemeindepfarrer Johannes Burckhardt hatte sich seit den 90er Jahren des 19. Jahrhundersts um junge Frauen gekümmert, die aus den ländlichen Ostgebieten des Kaiserreiches nach Berlin gekommen waren, um dort »ihr Glück zu machen«, konkret: um Arbeit zu finden und zu heiraten. Seine Mitarbeiterinnen holten die jungen Frauen auf den Kopfbahnhöfen der Reichshauptstadt ab[42], um zu verhindern, daß sie auf der Straße landeten, brachten sie in kirchennahen Wohnheimen unter, verschafften ihnen eine hauswirtschaftliche Grundbildung und

Burckhardthaus in Gelnhausen, 1986.

vermittelten sie an vertrauenswürdige Haushalte des Berliner Bürgertums. Daraus entstand die Evangelische weibliche Jugend Deutschlands und das Burckhardthaus als Ausbildungsstätte für Gruppenleiterinnen dieser Mädchengruppen und Gemeindehelferinnen – die ersten weiblichen Berufe im Raum der Kirche. Reisesekretärinnen leisteten so etwas wie Supervision für ihre Absolventinnen vor Ort. Nach dem Zusammenbruch des 3. Reiches zog die Ausbildungsstätte der Evangelischen weiblichen Jugend Deutschlands über Flensburg nach Gelnhausen in die Gründerzeit-Villa des Kaffeeimporteurs Karl Schöffer. Bis 1969 wurden in Gelnhausen weiter Gemeindehelferinnen ausgebildet. Dann mußte diese Arbeit wegen Nachwuchsmangels eingestellt werden. Die Vertreterversammlung des Trägervereins vom Burckhardthaus beschloß am 30. 6., anstelle der Gemeindehelferinnenausbildung mit der Fort- und Weiterbildung von kirchlichen Mitarbeitern in Gemeinwesenarbeit und Gemeindeaufbau zu beginnen[43]. »Mit dem Weiterbildungsprogramm für Gemeindeaufbau und Gemeinwesenarbeit hat das Burckhardthaus als bisher erste Einrichtung in der Bundesrepublik ein Angebot für eine Kombination von berufsbegleitendem Studium und Praxisberatung in Gemeinwesenarbeit gemacht ... (Wir haben uns entschieden), in Zukunft zwei Kurstypen nebeneinander anzubieten: 1. einen berufsbegleitenden Fortbildungskurs für Gemeinwesenarbeit ... 2. einen ebenfalls berufsbegleitenden Fortbildungskurs für Gemeindeaufbau ... möglichst mit jeweils zwei Mitarbeitern aus einer Kirchengemeinde (etwa Diakon,

Gemeindehelferin, Kirchenvorsteher, freier Mitarbeiter oder Pfarrer) ...«[44]. Voraussetzung für den kirchlichen Gemeindeaufbau, so schrieb der erste GWA-Dozent des Burckhardthauses, der Pfarrer Manfred Dehnen (1969), sei »die Botschaft von der die Gesellschaft verändernden Liebe Gottes. Diese Wirksamkeit Gottes wird für uns anschaulich als menschliches Geschehen: in heilenden und befriedenden persönlichen Beziehungen und in fortschreitender Vermenschlichung gesellschaftlicher Strukturen«. Dazu gehörten drei grundlegende Methoden: Methoden zur Erfassung gesellschaftlicher Strukturen (empirische Sozialforschung), Methoden zur Arbeit mit Gruppen (Gruppenpädagogik und Gruppendynamik) und Methoden zur Systematisierung des gesamten Vorgehens von der Analyse bis zur Aktion und Auswertung (Gemeinwesenarbeit)[45]. Hinter dieser Strategie stand ein theologischer Ansatz, der aus den USA kam (*Urban Mission*) und vom Ökumenischen Rat in Genf aufgegriffen worden war. Kirche sei nicht dazu da, als Mitgliederkirche den Sonntag zu füllen, sondern um die Lebensräume der Menschen menschlich gestalten zu helfen (»Mission als Strukturprinzip«). Dazu sei es organisatorisch notwendig, die feste Burg der Kirchengemeinde hin zur kommunalen Gemeinde zu öffnen und sich die Tagesordnung des Wirkens in der Kommune durch die Fragen und Probleme der Kommune selbst diktieren zu lassen[46].

Hinter diesem Konzept standen existentielle Strukturveränderungen in der Bundesrepublik Deutschland. Einerseits war das Kirchensteueraufkommen durch die Einkommenssteigerungen der sechziger Jahre gewachsen, die Kirche hatte Geld. Andererseits verloren viele Kirchengemeinden durch die Binnenwanderungen ihrer Mitglieder aus innerstädtischen Sanierungsgebieten in die neuen Städte am Stadtrand viele Mitglieder, und die politischen und sozialen Bewegungen der späten sechziger Jahre bewirkten ernst zu nehmende Kirchenaustritte und einen deutlichen Nachwuchsmangel. Wollte die Kirche in dieser Situation »im Gespräch bleiben«, so mußte sie auf eine neue Weise »dialogfähig werden«. Das aber konnte sie nur, wenn sie die politische und die sozialwissenschaftliche Wende des öffentlichen Klimas in der Bundesrepublik, die sich in den vielfältigen Argumentationen und Aktionen von Studentenbewegung, Schülerbewegung, Lehrlingsbewegung und Sozialarbeiter-Bewegung niederschlug, mindestens zur Kenntnis nahm und in innerkirchliche Sprache übersetzte. Für ein solches Unternehmen war das Burckhardthaus eine gute Adresse. Schon Anfang der sechziger Jahre arbeiteten in den Lehrgängen des Hauses einige Frauen und Männer, die bereits über eine Doppelqualifikation als Theologen und Sozialwissenschaftler verfügten. Der Versuch der Evangelischen Kirche, über das Burckhardthaus Anschluß an die neuen Bewegungen zu finden, blieb nicht auf die

Lehrgänge in Gemeinwesenarbeit und Gemeindeaufbau beschränkt. Insgesamt sollten kirchliche Mitarbeiterinnen und Mitarbeiter durch ein sozialwisenschaftliches Fortbildungsprogramm mit Methoden und Erkenntnissen von Psychoanalyse, Sozialpsychologie, Soziologie und marxistischer Polit-Ökonomie vertraut gemacht werden.

Ein solches Fortbildungs-Unternehmen barg in der ebenso unruhigen wie fruchtbaren Zeit der endsechziger Jahre für eine so traditionsreiche Institution wie die Evangelische Kirche in Deutschland erhebliche Risiken. Kirchliche Mitarbeiter würden möglicherweise, angesteckt durch das allgemeine Klima jener Jahre, bei der Auseinandersetzung mit psychoanalytischer Religionskritik, sozialwissenschaftlicher Institutionen-Analyse und historisch-materialistischer Ideologiekritik nicht bei puren Widerlegungsversuchen stehen bleiben, sondern sich vom intellektuellen Charme jener neuentdeckten Traditionen weltlichen Denkens einfangen lassen, gegen die sie eigentlich immunisiert werden sollten. Zumal die sechzehn hauptamtlichen Dozentinnen und Dozenten des Burckhardthauses nicht bei einer Rezeption der »braven« Traditionen niederländischer und nordamerikanischer Gemeinwesenarbeit stehen blieben, sondern sich auf kämpferische und disruptive Strategien politischer Aktionen im Stadtteil konzentrierten und diese Strategien im Rahmen ihrer Möglichkeiten populär machten.

Dem Burckhardthaus war in jenen Jahren ein Verlag angegliedert, der in früheren Zeiten auf Traktate-Literatur spezialisiert war. In diesem Verlag erschienen jetzt, parallel zu den Lehrinhalten in der Fortbildung des Burckhardthauses, die ersten Übersetzungen der beiden Bücher von Saul Alinsky[47], Schriften zur Pädagogik der Unterdrückten und zur Theologie der Befreiung[48] und theologische Schriften über die »Christenpflicht, radikal zu werden«[49]. Solche Publikationen stellten eine gewisse Öffentlichkeit her, und sie führten zu einer Reihe kritischer Anfragen. Inzwischen gab es auch die ersten Rückmeldungen über die Tätigkeit der in Gelnhausen weitergebildeten kirchlichen Gemeinwesenarbeiter und Gemeindeberater. Ihre gesteigerte professionelle Kompetenz stand außer Zweifel, aber sie kehrten mit neuem Selbstbewußtsein, neuen Strategien und neuen Kompetenzen in die alltägliche Arbeit ihrer Kirchengemeinden zurück und verbreiteten nicht nur neuen Sachverstand, sondern auch neue Fragen, neue Unruhe, neue Unbequemlichkeiten. Einige stiegen in der Hierarchie der Kirchenverwaltung *auf*, einige stiegen *aus* und wandten sich weltlicheren Arbeitsgebieten und Anstellungsträgern zu. Vom Standpunkt der EKD, welche die Arbeit des Burckhardthauses seit 1970 zentral finanzierte, erwiesen sie sich als Fehlinvestition. Als das Burckhardthaus und die von ihm weitergebildeten Mitarbeiter auch noch anfingen, die altväterlichen Organisations- und Weisungs-Strukturen der

Evangelischen Kirche infrage zu stellen, Betroffenenbeteiligung in Obdachlosensiedlungen und kirchlichen Sozialeinrichtungen einzuführen und Wörter wie »Drittelparität« und »gebundenes Mandat« in den Mund zu nehmen, schien vielen Kirchen-Verwaltern die Toleranzgrenze überschritten. Das fundamentaldemokratische Selbststeuerungsgremium des Burckhardthauses unterhalb der Mitgliederversammlung – der Planungsausschuß – wurde durch ein Leitungsteam ersetzt, dessen Zusammensetzung durch die EKD besimmt wurde. Die Dozenten des Hauses erhielten Änderungsverträge – bis auf drei, die gekündigt wurden. In den Jahren zwischen 1975 und 1977 fand keine Fortbildung kirchlicher Mitarbeiter in Gemeinwesenarbeit und Gemeindeaufbau in Gelnhausen statt.

1977 planten die Mitarbeiter des Burckhardthauses erneut ein Langzeitprogramm für Gemeinde-Entwicklung und für Gemeinwesenarbeit, diesmal und der veränderten politischen und gesellschaftlichen Landschaft entsprechend mit einem eher situations- und personenorientierten Ansatz. »Die Entscheidungsgremien des Burckhardthauses stimmten nach langen Diskussionen zu. Für uns hieß das: die GWA-Fortbildungstradition im Burckhardthaus überlebt. Eine ähnliche Erleichterung war später noch einmal spürbar, als erst nach langen Werbungsaktionen das neue Programm mit einer ausreichenden Anzahl von Interessenten besetzt war, so daß es Ende 1977 nach langem Bangen endlich (wieder, d. V.) beginnen konnte«[50].

Victor-Gollancz-Stiftung

Eines der dauerhaften Ergebnisse der 69er Tagung des Verbandes Deutscher Nachbarschaftsheime an der Berliner PH war die Gründung einer »Sektion Gemeinwesenarbeit« und die Publikation eines regelmäßigen Sektionsteils im Rundbrief des Verbandes Deutscher Nachbarschaftsheime (ab 1971: Verband für sozial-kulturelle Arbeit e. V.). Durch diese Organisationsform wurden viele, regional verstreut tätige Gemeinwesenarbeiter in die Lage versetzt, ihre Erfahrungen auszutauschen, zu systematisieren und zu bewerten.

1968/69 schlossen sich auch anderswo Sozialarbeiterinnen und Sozialarbeiter zu Initiativausschüssen und Fachgruppen zusammen. Auch die Einzelfallhelfer, die über die Bundesrepublik und die vergangenen Jahre verstreut an unterschiedlichen Weiterbildungslehrgängen teilgenommen hatten, trafen sich auf Initiative von Ingeborg Mende (Berlin) Mitte November 1968 zu einer 1. Arbeitstagung »Methodische Sozialarbeit« im

Berliner Pestalozzi-Fröbel-Haus: »Die halbe Stunde vor Beginn war angefüllt mit stark emotional gefärbten Wiedersehensszenen langfristiger Fortbildungskollegen – kaum zu glauben, wie die sich alle mögen – und direkt spürbar gespannter Erwartung auf die Dinge, die da kommen sollten« (aus einem hektographierten Tagungsbericht). Von allen Beteiligten wurde die Frage »nach einem Zusammenschluß von Sozialarbeitern, denen die stärkere Durchsetzung methodischer Sozialarbeit am Herzen liegt, als sehr dringlich« empfunden. Auf dieser Tagung stellte Dr. Arno Kosmale von der Berliner Senatsverwaltung für Familie, Jugend und Sport ein neues Organisationsmodell der Familienfürsorge vor, das methodisches Arbeiten innerhalb von Jugendamt und Sozialamt ermöglichen bzw. erleichtern soll. In diesem »Berliner Modell«, das unter kontrollierten Bedingungen in einem Berliner Bezirk erprobt werden solle, würden acht Familienfürsorgerinnen gleichberechtigt und kollegial zusammenarbeiten und sich die anfallende Arbeit – unterstützt durch einen Sachbearbeiter und eine Schreibkraft – in drei Arbeitssegmente teilen: Aufnahme- und Diagnose-Team, Intensivfürsorge mit geringerer Fallzahl und Allgemeine Fürsorge, eventuell in Verbindung mit einem Spezialgebiet der Fürsorge. Auf der letzten Plenarsitzung der Tagung beschlossen die Teilnehmer einmütig, über fünf von ihnen beauftragte Kolleginnen und Kollegen an die drei Berufsverbände der Sozialarbeiter mit der Aufforderung heranzutreten, die Bildung von Fachgruppen für methodisches Arbeiten zuzulassen und diese Fachgruppen zu regionalen Arbeitsgemeinschaften zusammenzufassen.

Mit der Selbstorganisation der Gemeinwesenarbeiter war die deutsche Rezeption von Gemeinwesenarbeit aus ihrer literarischen Phase herausgewachsen und hatte sich ihre eigene und für deutsche Verhältnisse neue Praxis geschaffen und zur Diskussion gestellt. Diese Praxis war weniger von den methodischen Handlungsanweisungen der Klassiker konventioneller GWA geprägt (Datensammlung; Diagnose; Planung zur Mobilisierung von Ressourcen und zur Koordination regionaler Träger; Planungs-Durchführung; Auswertung[51]) – sie waren auch ein bißchen zu schlicht für anspruchsvolle Praktiker. Und deutsche Sozialarbeiterinnen und Sozialarbeiter, die in den 70er Jahren GWA betrieben, *waren* anspruchsvoll. Sie waren vielmehr von den unterschiedlichen Rahmenbedingungen der jeweiligen Gemeinden bestimmt, in denen Gemeinwesenarbeiter unter sehr unterschiedlichen Trägerschaften tätig waren. Drei Konstellationen von Gemeinwesen tauchten dabei immer wieder auf: *Obdachlosensiedlungen* und ihre Konzentration von kinderreichen Problemfamilien; *Altbauviertel*, die von Totalsanierung bedroht waren oder durch aufwendige Modernisierungsvorhaben der Hausbesitzer aufgewertet werden sollten – was einen Teil der alteingesessenen Bewohner wegen der mit der Modernisierung verbundenen Mietsteigerungen (später: Umwandlung in Eigentumswohnungen) vertrieben hätte; *Neubausiedlungen*, deren Kompaktwohnungen zwar für viele Mieter eine Verbesserung dastellten, deren Miethöhe, mangelhafte Infrastruktur und hohe Mietneben- und Mietfolge-Kosten jedoch insgesamt eine markante Verschlechterung der allgemeinen Lebensqualität bewirkten.

Um Licht in die unterschiedlichen Rahmenbedingungen, die unterschiedlichen Strategieprofile, Tätigkeitsmerkmale und Trägerschaften in diesen drei Bereichen zeitgenössischer Gemeinwesenarbeit zu bringen, führte die Arbeitsgruppe Gemeinwesenarbeit der Victor-Gollancz-Stiftung im Jahre 1972 eine Fragebogenuntersuchung von 38 überregional bekannt gewordenen Projekten der Gemeinwesenarbeit in der Bundesrepublik Deutschland durch und veröffentlichte die Ergebnisse als Planungsunterlage für einen zweijährigen Fortbildungslehrgang für Fachhochschuldozenten in Gemeinwesenarbeit an bundesrepublikanischen Fachhochschulen und Universitäten[52]. Fünf Jahre später hat Kurt Mesle eine solche Erhebung wiederholt[53].

Die Victor-Gollancz-Stiftung war 1948 aus Spendenmitteln gegründet worden, die der englische Sozialist und Verleger Victor Gollancz zur »Rettung der deutschen Jugend« vor den Folgen des Nationalsozialismus in England und Deutschland gesammelt hatte. Die Stiftung unterstützte zunächst Studierende der Sozialpädagogik und Sozialarbeit an Fachschulen, Höheren Fachschulen, Fachhochschulen und Universitäten mit Stipendien und verband diese Stipendien mit einer persönlichen und wissenschaftlichen Betreuung der Stipendiaten durch ehrenamtliche Mitglieder des Vereins, der die Stiftung trug. In einer späteren Phase trat die Stiftung als eigenständiger Träger von Aus- und Fortbildungs-Lehrgängen der Sozialen Arbeit hervor (Victor-Gollancz-Akademie)[54]. In der Phase der sozial-liberalen Bonner Koalition stellte die Stiftung ein politisches Gegengewicht zum 1962 gegründeten Fortbildungswerk des Deutschen Vereins für öffentliche und private Fürsorge dar. Die Fortbildung des Deutschen Vereins konzentrierte sich eher auf Organisations- und Rechtsfragen in der Sozialen Arbeit und in der Sozialverwaltung, die Victor-Gollancz-Akademie arbeitete eher methodenzentriert[55]. Innerhalb der Stiftung gab es eine Arbeitsgruppe, die sich mit vertiefter Einzelfallhilfe und der Neuorganisierung der Familienfürsorge unter Aufhebung des Gegensatzes zwischen Außendienst und Innendienst befaßte. Daneben wurde eine Arbeitsgruppe Gemeinwesenarbeit gebildet, die – ähnlich wie im Burckhardthaus, nur nicht auf kirchliche Anstellungsträger orientiert – eine längerfristige Fortbildung für GWA-Dozenten an Fachhochschulen entwickeln und eigene »Arbeitsfeldmodelle« mit Stipendiaten und in Kooperation mit regionalen Trägern schaffen sollte.

»Zum Zeitpunkt der Befragung – Mitte des Jahres 1971 – existierten in der BRD und in West-Berlin eine ganze Reihe von Projekten der Gemeinwesenarbeit, in denen meist Sozialarbeiter hauptberuflich tätig waren ... War die Zahl der professionellen Gemeinwesenarbeiter damals noch relativ klein, so entstand 1971 dann der Eindruck, daß die Projekte rapide zugenommen hatten und daß weder ein Überblick noch – trotz expandierender Mitgliederliste der Sektion GWA (beim Verband Deutscher Nachbarschaftsheime, C.W.M.) – ausreichende Kommunikation unter den verschiedenen Projekten vorhanden war. Die Vielfalt der Ansätze und der sie begründenden Theorien sowie die unterschiedlichen Zielsetzungen der Gruppen und Institutionen, die Gemeinwesenarbeit betrieben, schienen inzwischen kaum mehr überschaubar«[56].

Die meisten der 1971 untersuchten GWA Projekte operierten in Neubausiedlungen (42 Prozent) oder in Obdachlosensiedlungen (29 Prozent). Innerstädtische Sanierungsgebiete waren mit 18 Prozent beteiligt, der Rest entfiel auf ländliche GWA, auf Ausländerarbeit und Planungsberatung. Kirchengemeinden und kirchliche Wohlfahrtsverbände stellten 58 Prozent der Träger, kommunale Träger machten 10,5 Prozent aller erhobenen Fälle aus[57].

Bei einer vorsichtigen Verallgemeinerung ihrer Projektuntersuchung kam die Arbeitsgruppe GWA der Victor-Gollancz-Stiftung zu dem Ergebnis, in den meisten Projekten werde sowohl »lokale« als auch »funktionale« Gemeinwesenarbeit betrieben. »Hierbei verstehen wir unter ›funktionaler‹ Gemeinwesenarbeit die Koordination und Kooperation der traditionellen Träger und Gruppen der Sozialarbeit unter dem Aspekt der Effektivierung ihrer Arbeit, einer allgemeinen ›Verbesserung des sozialen Klimas‹ sowie durch diese Initiative bedingter partieller struktureller Veränderungen der Institutionen... Bei ›lokaler‹ basisbezogener Gemeinwesenarbeit geht es um therapeutische, Bildungs-, Aufklärungs- und politische Aktivierungsarbeit mit Gruppen der Bevölkerung ... Die Kombination von funktionaler und lokaler Gemeinwesenarbeit stellt in gewisser Weise eine Doppelstrategie dar, die im Prinzip derjenigen der JUSOS nicht unähnlich ist. Dabei entsteht die Frage, ob es in den Projekten möglich ist, diese Strategie widerspruchsfrei anzuwenden, d. h. den zugrunde liegenden Konflikt zwischen den Interessen sozialer kommunalpolitischer Institutionen und von benachteiligten Bevölkerungsgruppen durch diese Kombination gewissermaßen unkenntlich zu machen«[58]. Eine solche Doppelstrategie werde es, so schrieben die Autoren dann im Vorgriff auf die kommende Entwicklung, den Kommunen möglicherweise erlauben, Gemeinwesenarbeit als Instrument der Stadtentwicklungsplanung einzusetzen. »Die Rationalisierungsbestrebungen innerhalb der kommunalen Sozialverwaltungen und die Eingliederung der kommunalen Sozialarbeit durch Sozialplanung in die gesamte Infrastrukturpolitik der Gemeinden sind Folgen dieser generellen Umorientierung kommunaler Politik. Durch Koordination der sozialen Dienste (auch der freien Träger) und Partizipation (›Hilfe zur Selbsthilfe‹) der Betroffenen soll der Einsatz der Sozialarbeit effektiver werden und sich zugleich integrierend auf kommunalpolitische Auseinandersetzungen auswirken. Insofern reicht die Strategie der Gemeinwesenarbeit – als neu eingeführte Methode der Sozialarbeit – auch über die traditionelle Klientengruppe der Sozialarbeit hinaus«[59]. Allerdings könne man nicht von einer einheitlichen Strategie *der* Gemeinwesenarbeit sprechen. Einige Projekte – vor allem in Obdachlosensiedlungen – bewegten sich »überwiegend im Rahmen der Rationalisierungstendenzen der kommunalen Sozialverwaltungen«. Andere würden bürgerlich-radikaldemokratische Traditionen von Gemeinwesenarbeit aufnehmen und Mitbestimmungskonzepte im Bezug auf kommunalpolitische Planung entwickeln. Nur zwei Projekte gingen noch einen Schritt weiter und deuteten »eine Konfliktstrategie gegenüber der kommunalen Verwaltung an«. Sie begriffen Gemeinwesenarbeit als einen »Prozeß der Veröffentlichung (kommunal-) politischer Auseinandersetzungen, die sonst hinter verschlossenen Türen stattfinden und deren Ergebnis den Betroffenen als Verwaltungsmaßnahme präsentiert wird«[60].

Die Untersuchung der Arbeitsgruppe GWA der Victor-Gollancz-Stiftung mündete in die Forderung ein, für künftige Aus- und Fortbildung[61] in Gemeinwesenarbeit sei es zunächst notwendig, die ökonomischen und politischen Rahmenbedingungen kommunaler Politik und Planung zu bestimmen, die Entwicklungstendenzen der Sozialarbeit im Zusammenhang mit staatlicher Infrastrukturpolitik einzuschätzen[62] und den Niederschlag dieser Determinanten in den Strukturen *der* Institutionen und Gruppen im kommunalen Bereich zu analysieren, die Gemeinwesenarbeit betreiben.

»Den Entwicklungsstand dieser Bedingungen im Bezugsfeld des jeweiligen Projekts zu analysieren, ist eine Voraussetzung dafür, daß ein Gemeinwesenarbeits-Projekt nicht unter idealistischen Vorstellungen begonnen wird und objektiv eine völlig andere Funktion hat, als in der Konzeption der beteiligten Gemeinwesenarbeiter beabsichtigt ist. Solche konkreten Analysen relativieren die Illusion von der emanzipatorischen Wirkung von Gemeinwesenarbeit per se, wie sie lange Zeit unter Sozialarbeitern verbreitet war und wie sie auch durch die Ergebnisse dieser Befragung hindurchschimmert ... Wenn ... die generelle Einschätzung akzeptiert ist, daß Gemeinwesenarbeit als neue Strategie der Sozialarbeit diese in ihrer prinzipiellen Funktion nicht ändert, bleibt als nächste Frage zu diskutieren, ob durch die praktische Arbeit professioneller Gemeinwesenarbeit dennoch emanzipatorische Prozesse in Gang gesetzt werden können. Eine solche emanzipatorische Strategie müßte jedoch ebenso wie in anderen Bereichen professioneller Sozialarbeit durch die herrschenden Strukturen hindurch, gegen sie oder neben ihnen her – soweit die Herstellung eines Freiraums möglich und richtig ist – entwickelt werden, d. h. der Gemeinwesenarbeiter befindet sich ebenso wie jeder andere Sozialarbeiter in dem Widerspruch zwischen ›Behördenzielen‹ und ›Bevölkerungsinteressen‹ und hat in diesem Widerspruch – ob er will oder nicht – Partei zu ergreifen. Einen ersten einigermaßen konsequenten Versuch, dieses ›Partei ergreifen‹ konkret zu bestimmen, haben Müller und Nimmermann vorgenommen:

›Im vollen Bewußtsein der Grenzen, die eine politische Arbeit in Wohnquartieren hat, plädieren wir für eine ›komplementäre Strategie‹, die dort, wo Menschen wohnen, schlafen und essen, einen Widerstand von unten organisiert. Es ist schon an anderer Stelle gesagt worden, daß Sozialarbeiter und Stadtplaner einen Beitrag zu einer solchen Organisierung der Basis leisten können, ohne ihren Beruf aufgeben und damit eine wichtige Funktion auch für eine sozialistische Bewegung aufgeben zu müssen. Eine solche Doppelstrategie setzt voraus, daß sich die politisch bewußten Mitglieder der ›helfenden‹ und primär den Zielen des Kapitals dienenden Professionen zusammenschließen, um sich bei ihrer Arbeit in den Institutionen des Systems stützen und gegenseitig kontrollieren zu können – es setzt vor allem aber voraus, daß Sozialplaner begreifen lernen, daß sie nicht im Beruf allein, sondern nur im Rahmen einer berufsübergreifenden Arbeiterorganisation einen Beitrag zur Veränderung der gesellschaftlichen Verhältnisse leisten können‹«[63].

Als empirisches Material für den zweijährigen, projektbezogenen Lehrgang für Fachhochschullehrer der Gemeinwesenarbeit und Sozialplanung, den die Victor-Gollancz-Stiftung zwischen 1972 und 1974 durchführte, standen zu jener Zeit zahlreiche Projektbeschreibungen bundesdeutscher Gemeinwesenarbeit und Stadtteilarbeit[64] entweder als graue Papiere oder als öffentlich zugängliche Publikationen zur Verfügung. Wir verfügten damals über ausführliche Projektbeschreibungen aus den Neubauvierteln Stuttgart-Freiberg, München-Perlach und dem Märkischen Viertel in Berlin-Reinickendorf; über Berichte aus den Obdachlosenquartieren in München-Hasenbergl-Nord und Sonnenland (Hamburg) sowie aus dem Bistum Münster und über Projektverläufe in den Altbau- und Sanierungsvierteln am Klausener Platz in Berlin-Charlottenburg, in Hannover-Linden, im Bremer Ostertorviertel, dem Karolinenviertel in Hamburg, in München-Haidhausen, der Maxvorstadt in München, dem Frankfurter Westend und der Arbeitersiedlung Eisenheim im Ruhrgebiet. Außerdem hatte die Mehrzahl der 25 Teilnehmerinnen und Teilnehmer des Lehrgangs[65] eigene Projekterfahrungen in GWA oder begann solche Projekte während des Lehrgangs als Ausbildungsprojekte an ihren Fachhochschulen. So war gewährleistet, daß zu jener Zeit sowohl die Rezeption ausländischer Praxis (in den USA und in Kanada, in England und den Niederlanden) als auch die bis dahin im wesentlichen literarische Rezeption von Gemeinwesenarbeit überwunden werden konnte. Während des Lehrgangs, der aus vier zentralen Blockseminaren von ca. zehntägiger Dauer und ca. 30 regionalen Arbeitsgruppensitzungen bestand, erlegten sich alle Teilnehmer die Pflicht auf, eigene und fremde Praxisberichte unter den drei Fragestellungen zu bearbeiten, die bereits bei der Auswertung der 38 Praxisberichte in der Planungsphase des Lehrgangs eine Rolle gespielt hatten:

– auf der *projektimmanenten Ebene* wurden einzelne taktische und strategische Schritte und Interventionen im Hinblick auf ihre Wirkungen, Nebenwirkungen und Gegenwirkungen (Re-Aktionen) untersucht;

– auf der *kommunalen Ebene* von regionalen ökonomischen, politischen und sozialen Interessen unterschiedlicher Richtung und unterschiedlicher Ausprägung wurden die Projekte im Kontext kommunaler Sozialpolitik diskutiert;

– auf der *gesamtgesellschaftlichen Ebene* wurden sie danach befragt, welche Erkenntnisse über Strukturen und Funktionen Sozialer Arbeit in der gegenwärtigen Gesellschaft sie hervorbringen könnten. Insbesondere die zuletzt genannte Forderung nach einem gesamtgesellschaftlichen Begründungs- und Ableitungszusammenhang führte dazu, daß sich die Lehrgangsteilnehmer um drei unterschiedliche gesellschaftspolitische Positionen gruppierten:

»eine christlich-ideelle, eine materialistische und eine sozialstaatlich reformerische. Trotz zum Teil erheblicher Kontroversen wurde die Auseinandersetzung über die aus diesen Positionen folgenden unterschiedlichen Schlußfolgerungen für die Ausbildung und Praxis der GWA von der Mehrzahl als nützlich für die Festlegung der eigenen Position angesehen ... Ausgangspunkt des materialistischen Gesellschaftsverständnisses war dabei der Widerspruch zwischen Lohnarbeit und Kapital in unserer Gesellschaft. Die sozialstaatlich-reformerische Position ging vom Widerspruch zwischen Anspruch und Wirklichkeit in unserer Demokratie aus und die Vertreter der christlich-ideellen Position von den Möglichkeiten und Grenzen der Selbstverwirklichung des Individuums in unserer Gesellschaft. Hieraus versuchten die drei Gruppen Teile oder Entwürfe eines Basiscurriculums abzuleiten, die ansatzweise noch während des Lehrgangs ausprobiert wurden. Für den Lehrgang bestätigte sich, daß eine Formulierung der gesellschaftspolitischen Grundannahmen eine zentrale Voraussetzung für den Aufbau projektorientierter Studiengänge ist, wenn diese nicht lediglich beliebig verwendbare technokratische Modelle sein sollen. Die Auseinandersetzung mit der Praxis der GWA wurde im Lehrgang überwiegend anhand der von den Teilnehmern initiierten und durchgeführten Ausbildungsprojekte geführt. Die Projekte leisteten einerseits einen Beitrag zur Untersuchung und Weiterentwicklung der Praxis, andererseits waren sie der zentrale Kern der pragmatischen Entwicklung von Projektstudiengängen ...«[66].

Nach Abschluß des Lehrgangs publizierte die Arbeitsgruppe Gemeinwesenarbeit der Victor-Gollancz-Stiftung ein Lesebuch zur Theorie und Strategie von Gemeinwesenarbeit[67], das noch heute als die anspruchsvollste Einführung in den Gegenstandsbereich »Gemeinwesenarbeit«

gilt. Als schließlich die ehemaligen Lehrgangsteilnehmer ihre eigenen Lernerfahrungen in einem Sonderheft der Neuen Praxis (»Gemeinwesenarbeit, Projektstudium und soziale Praxis« (1976)) veröffentlichten, war die Victor-Gollancz-Stiftung aus der Fortbildungslandschaft der Bundesrepublik Deutschland verschwunden, weil das Bundesministerium für Familie, Jugend und Gesundheit die Finanzierung der Stiftung zum Ende des Etatjahres 1975 eingestellt hatte. Ähnlichkeiten dieser unerwarteten und viele Sozialarbeiter aufregenden Liquidation der Stiftung mit der nur wenig später durchgesetzten Veränderung der Organisationsstruktur des Burckhardthauses fallen ins Auge. Hier wie da war Stein des Anstoßes nicht etwa eine öffentlich publizierte Lehrmeinung von Mitarbeitern zu fachlichen Problemen von Sozialarbeit und Sozialpädagogik, sondern die Einführung eines erweiterten Mitbestimmungsmodells innerhalb der Entscheidungs- und Leitungs-Struktur des Hauses. Seit der Gründung der Victor-Gollancz-Stiftung im Jahre 1948 bestimmte die Mitgliederversammlung der Stiftung die Grundlinien der Stiftungspolitik. Die Mitglieder waren prominente Vertreter der sozialpädagogischen und sozialpolitischen Fachöffentlichkeit aus Bund und Ländern, Kommunen und Wohlfahrtsverbänden, Professoren und Dozenten des Aus- und Fortbildungsbereichs. Im Sommer 1972 wurden neben diesen Vertretern der Fachöffentlichkeit auch ehemalige Stipendiaten und Teilnehmer an Fortbildungsveranstaltungen sowie Delegierte der hauptamtlichen Mitarbeiter der Stiftung in die Mitgliederversammlung berufen und in den Vorstand gewählt. Die Geschäftsführerin wurde durch ein kollegiales Leitungsorgan ersetzt, das alle zwei Jahre von den Mitarbeitern gewählt und vom Vorstand bestätigt wurde. Dies alles geschah mit Wissen und Billigung des Zuschüsse gewährenden Bundesministeriums.

Es gab zwar Konflikte und Diskussionen um Konzepte und Mitarbeiter, die aber in aller Regel produktiv bearbeitet und im Interesse der gesamten Stiftungsarbeit entschieden wurden, obwohl weniger kämpferische Mitarbeiter unter ihnen litten. Überraschend luden dann der Vorsitzende des Vorstandes und vier weitere Mitglieder zu einer außerordentlichen Mitgliederversammlung zum 5.5.1975 ein. Sie begründeten ihren Schritt damit, »daß sie die ihnen übertragene Verantwortung nicht länger übernehmen könnten, weil es in der Victor-Gollancz-Stiftung an der notwendigen Sorgfalt und Sparsamkeit beim Umgang mit öffentlichen Mitteln mangele, weil starke Differenzen innerhalb der VGSt bestünden und weil die aufgetretenen Konflikte innerhalb der derzeitigen Struktur der VGSt nicht gelöst werden können ... Zwei Tage vor der a. o. Mitgliederversammlung erhielten die Mitglieder die Antwort auf die Rücktrittsankündigung (des Vorsitzenden, d. V.) aus Bonn: das Bundesministerium für Jugend, Familie und Gesundheit teilte mit, daß die Förderung der VGSt keine Gewähr mehr für die zweckentsprechende Verwendung der Mittel geben könne. Eine Begründung hierfür steht bis heute aus«[68].

Die Gründe, die zur Reorganisation des Burckhardthauses und zur Liquidation der Victor-Gollancz-Stiftung geführt haben mögen, tragen verwandte Züge. Beide Institutionen waren fachlich anerkannt und arbeiteten erfolgreich. Ihre hauptamtlichen Mitarbeiter setzten organisatorische Struktur-Reformen durch, welche die Konstruktion traditioneller Wohlfahrts-Vereine zu sprengen drohten. Ehrenamtliche Vorstände sind heute kaum noch in der Lage, kompetenten und selbstbewußten hauptamtlichen Mitarbeitern Handlungs-Strategien aufzuzwingen, die den pädagogischen und politischen Einsichten dieser Mitarbeiter widersprechen. Kommt es zur entscheidenden Kraftprobe, so bleiben einzelne Mitarbeiter auf der Strecke – oder die gesamte Einrichtung.

Gemeinwesenarbeit, insbesondere in ihrer aggressiven, konfliktorientierten Form, hatte die Reformpolitik der späten 60er und der frühen 70er Jahre provokativ und zuverlässig begleitet. Wirtschaftskrise und nachlassende Experimentierfreude von Gemeinden und Verbänden, Berufsverbote und Einschränkungen im Sozial- und Bildungsbereich begannen nun wieder zu greifen und (vielleicht allzu rasch) eine allgemeine Mutlosigkeit zu verbreiten. Im Herbst 1975 fand (noch einmal) eine Tagung über konfliktorientierte Gemeinwesenarbeit in Berlin statt. Auf ihr formulierten Spaßvögel eine Todesanzeige, die ein Kapitel aus der Methodengeschichte der Sozialen Arbeit in der Bundesrepublik Deutschland abschließend zusammenfaßt.

Todesanzeige

Nach einem kurzen aber arbeitsreichen Leben verstarb unser liebstes und eigenwilligstes Kind GWA
an:
- Allzuständigkeit, Eigenbrötelei und Profilierungsneurose
- methodischer Schwäche und theoretischer Schwindsucht
- finanzieller Auszehrung und politischer Disziplinierung.

Wir, die trauernden Hinterbliebenen, fragen uns verzweifelt, ob dieser frühe Tod nicht hätte verhindert werden können?[69]

4
Studentenbewegung und Methodenkritik

»Da sind wir auf den Gedanken gekommen, daß wir erst den Rasen zerstören müssen, bevor wir die Lügen über Vietnam zerstören können, daß wir erst die Marschrichtung ändern müssen, bevor wir etwas an den Notstandsgesetzen ändern können, daß wir erst die Hausordnung brechen müssen, bevor wir die Universitätsordnung brechen können. Da haben wir den Einfall gehabt, daß das Betretungsverbot des Rasens, das Änderungsverbot der Marschrichtung, das Veranstaltungsverbot der Baupolizei genau die Verbote sind, mit denen die Herrschenden dafür sorgen, daß die Empörung über die Verbrechen in Vietnam, über die Notstandspsychose, über die vergreiste Universitätsverfassung schön ruhig und wirkungslos bleibt. Da haben wir gemerkt, daß sich in solchen Verboten die kriminelle Gleichgültigkeit einer ganzen Nation austobt. Da haben wir es endlich gefressen, daß wir gegen den Magnifizenzwahn und akademische Sondergerichte, gegen Prüfungen, in denen man nur das Fürchten, gegen Seminare, in denen man nur das Nachschlagen lernt, gegen Ausbildungspläne, die uns systematisch verbilden, gegen Sachlichkeit, die nichts weiter als Müdigkeit bedeutet, gegen die Verketzerung jeder Emotion, aus der die Herrschenden das Recht ableiten, über die Folterungen in Vietnam mit der gleichen Ruhe wie über das Wetter reden zu dürfen, gegen demokratisches Verhalten, das dazu dient, die Demokratie nicht aufkommen zu lassen, gegen Ruhe und Ordnung, in der die Unterdrücker sich ausruhen, gegen verlogene Rationalität und wohlweisliche Gefühlsarmut, – daß wir gegen den ganzen alten Plunder am sachlichsten argumentieren, wenn wir aufhören zu argumentieren, und uns hier in den Hausflur auf den Fußboden setzen. Das wollen wir jetzt tun.«

Peter Schneider: Wir haben Fehler gemacht. Rede auf der Vollversammlung der Freien Universität Berlin am 5. Mai 1967.

◀ *Symbolischer Widerstand gegen Wasserwerfer und Polizisten, Berlin 1968.*

Am 23. Oktober 1968 kamen 150 Berliner Sozialarbeiterinnen und Sozialarbeiter zu einer Fortbildungsveranstaltung in das *Haus Koserstraße*. Ich hielt ein einleitendes Referat über »Rolle und Funktion des Sozialarbeiters in der gegenwärtigen Gesellschaft«. Es war formal und inhaltlich noch sehr stark an der soziologischen Tradition der strukturell-funktionalen Schule orientiert, die ich in den Vereinigten Staaten kennengelernt hatte. Es bestritt die Entscheidungsfreiheit des einzelnen Sozialarbeiters, nach eigenem, professionellem Ermessen zu handeln und ordnete seine Tätigkeit als stabilisierende Maßnahme des wirtschaftlichen und politischen Gesamt-Systems ein[1]. In der Diskussion zu diesem Referat wurden »Anträge zur Einberufung einer ›allen Sozialarbeitern Berlins zugänglichen Versammlung‹ (Kongreß) gestellt. Zur Vorbereitung dieser Versammlung, deren Ziel die Veränderung der Sozialarbeit sein sollte, wurde ein Komitee gewählt und beauftragt, die erforderlichen technisch-organisatorischen Vorbereitungen zu treffen und alle Berliner Sozialarbeiter zu informieren«[2]. Der Kongreß kam nie zustande. Aber die zu seiner Vorbereitung gebildeten Arbeitsgruppen (Funktion und Ideologie der Sozialarbeit; Sozialbürokratie; Heimerziehung; Gesundheitswesen; Ausbildung; Sozialpädagogen im Republikanischen Club) waren der aktive Kern des Arbeitskreises Kritischer Sozialarbeiter (AKS), der über die Grenzen Berlins hinaus in den nächsten Jahren eine politische Rolle innerhalb der Sozialarbeiter-Bewegung spielen sollte[3].

Am 11. Dezember 1968 ertrotzten Kritische Sozialarbeiter aus dem Bezirksamt Berlin-Wedding eine Dienstbesprechung mit ihrer Amtsleitung über die katastrophale Arbeitssituation in der TBC-Fürsorge. Zu der Besprechung erschienen unangemeldet 15 weitere AKS-Mitglieder aus anderen Berliner Bezirken, um die Teilnahme an der Dienstbesprechung zu erzwingen und die Kollegen in Wedding zu unterstützen. Der Weddinger Stadtrat ließ sich auf keine Diskussion mit ihnen ein, holte die Polizei und stellte Strafantrag wegen Hausfriedensbruchs. Auf einer Plenarversammlung des AKS im Januar 1969 kritisierte die Neuköllner Gruppe des AKS das unabgesprochene Go-In der 15: »Wir meinen, daß das Go-In nicht zur Methode erhoben werden soll, sondern eine demonstrative Handlung sein soll, die erst dann ihre Legitimation findet, wenn mehrere Versuche vorausgegangen sind, mit den gleichen Personen, gegen die sich die Aktion richtet, inhaltliche Diskussionen zu führen«[4]. Die zum Antrag erhobene Forderung fand in der Versammlung keine Mehrheit, und die Neuköllner erklärten, unter diesen Umständen nicht mehr im AKS mitarbeiten zu können. Tumultartig löst sich die Versammlung auf.

Diese Episode aus dem Gründungsjahr der Sozialarbeiter-Bewegung illustriert ein Thema, das für die Weiterentwicklung dieser Bewegung bestimmend bleiben wird: den Gegensatz zwischen berufstätigen Sozialarbeitern und Sozialpädagogen und Studierenden, die noch auf der Suche nach ihrer politischen und professionellen Identität waren. Mit diesem Gegensatz hingen zwei unterschiedliche Strategien zusammen. In der Sprache des AKS:

»Die radikal-demokratische Position geht davon aus, daß die gegenwärtige Gesellschaft reformbedürftig ist. Sie orientiert sich deshalb an den unzulänglichen Arbeitsbedingungen und hofft, damit weite Teile der unzufriedenen Sozialarbeiter zu sammeln und bei ihnen langfristig ein kritisches Bewußtsein zu erreichen ... Aus ihrer Vorstellung von Veränderung heraus achtet sie besonders streng auf die Einhaltung formal-demokratischer Spielregeln und wehrt sich dagegen, durch Aktionen und Veröffentlichungen von Teilen des AKS in die Nähe der APO gerückt zu werden ... Die sozialistische Position (sozialistisch hier im weitesten Sinne verstanden) sieht im Zusammenhang mit allen anderen Gesellschaftsbereichen durch die Bewußtseinsveränderung bei Sozialarbeitern die Möglichkeit der Überwindung des Kapitalismus ... Die Widersprüche am Arbeitsplatz haben für sie beispielhaften Charakter, die über die Solidarisierung breiter Teile der Kollegen langfristig zu einer Bewußtseinsänderung führen, die die Überwindung der gegenwärtigen Gesellschaft zur Folge hat. Was für die radikal-demokratische Position Ziel ist, ist für die sozialistische Mittel zur Erreichung ihres Zieles«[5].

Vierter Jugendhilfetag

Im Kern des AKS bildete sich im Frühjahr 1969 eine Gruppe von drei Sozialarbeitern, die eine monatlich erscheinende »Sozialpädagogische Korrespondenz der Kindergärtnerinnen, Erzieher, Jugendpfleger und Sozialarbeiter in Praxis und Ausbildung« herausgaben. Die SPK sollte »die Trennung aufheben, die zwischen den sozialen Berufen aufgerichtet wurde. Es sollen Konflikte und Miseren am Arbeitsplatz geschildert und die Reaktion der Vorgesetzten aufgezeigt und analysiert werden«[6]. Willkommener Anlaß für die Ausweitung der Wirksamkeit des AKS und der SPK über die Grenzen Berlins hinaus waren die Vorbereitungen auf den 4. Deutschen Jugendhilfetag im Mai 1970 in Nürnberg. Veranstalter der alle zwei Jahre stattfindenden Jugendhilfetage war die Arbeitsgemeinschaft für Jugendpflege und Jugendfürsorge (AGJJ, heute Arbeitsgemeinschaft für Jugendhilfe (AGJ)), in der 16 Jugendverbände, 11 Landesjugendringe, 6 Spitzenverbände der Wohlfahrtspflege, die obersten Jugendbehörden der Länder und Fachorganisationen der Jugendhilfe zusammenarbeiteten. Schon auf dem 3. Deutschen Jugendhilfetag in Stuttgart (1968) war eine Podiums-Diskussion von Vertretern aus Jugendverbänden, Politik und Wissenschaft (»Rebellion der Jugend-Herausforderung der ›vergesellschafteten‹ Jugendarbeit?«) aus dem Takt gebracht worden, als Demonstranten mit Spruchbändern und Fahnen in die Stuttgarter Liederhalle einzogen und die Teilnehmer aufforderten, den Raum zu verlassen und sich einer Demonstration gegen die von der christlich-sozialen Koalition eingebrachten Notstandsgesetze anzuschließen[7]. Am 4. Jugendhilfetag, das war die Strategie des AKS, sollten von vorn herein Kritische Sozialarbeiter und Kritische Studierende nicht als Demonstranten, sondern als argumentativ gut vorbereitete Teilnehmer in Erscheinung treten. Das Rahmenthema des 4. Jugendhilfetages war vom offiziellen Veranstalter relativ neutral formuliert worden: *Kindheit und Jugend in der Gesellschaft.* »Der 4. deutsche Jugendhilfetag sollte

– die gesellschaftlichen Strukturen analysieren, die das Leben von Kindern und Jugendlichen bestimmen;

– das Bewußtsein von Mitarbeitern in der Jugendhilfe für die gesellschaftliche Funktion der Jugendhilfe und für gesellschaftliche Verhältnisse, in denen sie geübt wird, schärfen;

– die Rolle der Jugendhilfe neu überdenken und bestimmen helfen...

Dieser Jugendhilfetag öffnet sich vor allem für kontroverse Standpunkte, da Vertreter kontroverser gesellschaftlicher Gruppen bereits bei der Planung beteiligt wurden«[8].

Als Gegenstrategie hatten Kritische Sozialarbeiter in verschiedenen Städten der Bundesrepublik im März 1970 eine *Sozialistische Aktionsgruppe Jugendhilfetag* gegründet und beschlossen: »Die Aktionsgruppe wird den Jugendhilfetag als Forum benutzen, und, wo nötig, umstrukturieren mit dem Ziel,

1. den Ausbeutungs- und Klassencharakter der westdeutschen Gesellschaft im Hinblick auf die Lage insbesondere der Kinder und Jugendlichen aus der Arbeiterklasse zu verdeutlichen;
2. den auf dem Jugendhilfetag Versammelten die gesellschaftlichen Bedingungen und die bisherige systemstabilisierende Funktion der Jugendhilfe zu demonstrieren;
3. die Berufssituation der Sozialarbeiter und Sozialpädagogen zu analysieren, ihnen Wege für eine systemüberschreitende politische Praxis in und außerhalb der Institutionen der Jugendhilfe aufzuzeigen und sie zu veranlassen, diese mit größerer Entschlossenheit zu beschreiten und sich zu diesem Zweck zu organisieren«[9].

Die ersten beiden Teilziele der Sozialistischen Aktion erschienen mir damals und erscheinen mir auch heute noch vernünftig und respektabel, das dritte Teilziel war wohl etwas großsprecherisch geraten. Denn Wege zu einer systemüberschreitenden politischen Praxis in und außerhalb der Institutionen der Jugendhilfe kannte im Frühjahr 1970 niemand. Die in der Tat eindrucksvolle Praxis antiautoritärer Kinderläden war alles andere als ›systemüberschreitend‹ [10], der Versuch, diese Praxis auf die Hortarbeit mit Kreuzberger Arbeiterkindern zu übertragen, endete desillusionierend und chaotisch [11], die Wohngemeinschaften von Trebe-Jugendlichen aus der Staffelberg-Kampagne konnten im Regelfall nicht stabilisiert werden, und ein revolutionäres Subjekt systemüberschreitenden politischen Kampfes war weder im Produktions-, noch im Reproduktions-Bereich auszumachen.

Immerhin, einige Hundert Kritischer und Sozialistischer Sozialarbeiter, Sozialpädagogen und Studierende reisten gut vorbereitet und sendungsbewußt nach Nürnberg und wirbelten die Kongreß-Dramaturgie gehörig durcheinander. Sie hinderten offizielle Redner am Reden, hielten ausführliche, »systemsprengende« Gegenreferate, legten Resolutionen vor und ließen über sie abstimmen, setzten Arbeitsgruppensitzungen in eigener Regie fort, wenn die offiziellen Moderatoren die Veranstaltungen wegen Beschlußunfähigkeit eilends beendet hatten und zeigten sich insgesamt so ungebärdig, wie die Kenner der studentenbewegten Szene aus Groß- und Universitäts-Städten das seit Jahren gewohnt waren. Aber für viele Teilnehmer des Jugendhilfetages, die aus windgeschützten Ecken der Republik angereist waren, für Jugendamtsleiter aus der Provinz und für Geschäftsführer kleiner, verträumter Trägervereine der Jugendwohlfahrt mochten die turbulenten Szenen jenes 4. Jugendhilfetags in der Tat den Untergang von Sitte und Anstand, von Respekt und Ehrerbietung signalisieren. Zumal von den organisierten Störungen auch Hochschullehrer nicht verschont blieben, deren Ausführungen den meisten konservativen Teilnehmern schon viel zu weit gegangen waren. Albrecht Müller-Schöll vom Diakonischen Werk machte in seinem Kommentar zum 4. Jugendhilfetag drei Gruppen von Teilnehmern aus:

»Die *Empörten*, von den Stürmen gegenwärtiger Auseinandersetzungen offensichtlich noch weithin verschont Gebliebener. Ihr Leitbild Jugendhilfe – entstanden in den fünfziger Jahren – war ins Wanken geraten. Noch lag ihnen die Abstempelung als ›Sozialsanitäter‹ (Moser in Bochum) im Magen. Das Programm hatten sie schon bei der Anreise als beunruhigend empfunden. Sie waren dennoch nach Nürnberg gekommen. Aber nun empfanden sie sich als Geprellte. Die zweite Gruppe, die *Liberal-Progressiven* vertraten zumeist Meinungen, die den einen zu progressiv, den anderen zu konservativ waren. Die dritte Gruppe endlich, die *Linksradikalen* zerfielen in mehrere Gruppen: am stärksten trat die *Sozialistische Aktion Jugendhilfetag* in Erscheinung. Ihr muß man wohl attestieren, daß sie sich auf den Jugendhilfetag gründlich präpariert und eine taktisch raffinierte Strategie entwickelt hatte. In alten Volkswagen und per Anhalter waren die zu dieser Gruppe Zählenden aus dem ganzen Bundesgebiet und aus Berlin angereist – rote Fahnen schwingend, feste Konzepte im Kopf und mit einem guten Dutzend antiautoritär erzogener Babys im Fond. Sie hatten nicht nur ihre Ausarbeitungen, sondern auch gleich die fertigen Entschließungen mitgebracht. Neben harten Informationen und guten Diagnosen hatten sie eine ansehnliche Portion Ideologie im Gepäck, und diese wurde mit sturer Penetranz verbreitet«[12].

Ulf Lüers, dessen Jugendhof auf dem Dörnberg wegen seiner konfliktpädagogischen Experimente zur politischen Bildung ins Schußfeld der Kasseler CDU-Fraktion geraten war, sah ideologische Verhärtungen nicht nur bei den Linken, sondern auch bei konservativen Teilnehmern des Jugendhilfetags:

»Nonnen, die Bundestagsabgeordneten der CDU frenetisch zuwinkten; offensichtlich eingeübte Sprechchöre ›APO raus‹ – die solche Begeisterungsstürme erweckten, daß man sich an die Filme über die Goebbelsrede im Reichssportfeld erinnerte. Doch die Gegenrufe: ›Kirche raus‹ bewahrten davor, dieser Assoziation lange nachzuhängen. Schließlich kam es, wie es kommen mußte – und eigentlich schon vorher präzise im Programm hätte ausgedruckt werden können: Das Podium wurde besetzt, die Veranstaltung für geschlossen erklärt, Walzermusik versuchte, die Sprechchöre zu überspielen, der Kongreß tanzte. Und ein Vorstand, der als alle weg waren, erklärte, so habe er das ja gar nicht gemeint und alles, alles sei unverbindlich gewesen«[13].

Die *Sozialistische Aktion Jugendhilfetag* hatte der Fachöffentlichkeit vor Augen geführt, daß eine neue Generation von sozialpädagogischen Praktikern, Studierenden und Hochschullehrern in Bewegung gekommen war, die sich nicht mehr widerstandslos auf das überkommene Idealbild ihres Berufs verpflichten ließ, die menschlichen Folgen gesellschaftlicher Ungerechtigkeit verständnisvoll und behutsam zu mildern. Damit hatte die *Sozialistische Aktion* der Weiterentwicklung von Sozialarbeit und Sozialpädagogik einen großen Dienst erwiesen. Christa Hasenclever, die damalige 1. Vorsitzende der AGJJ war eine der ersten »offiziellen« Berufsfrauen, die das erkannt haben mochte. Im Bundesjugendkuratorium zog sie eine insgesamt positive Bilanz:

»Der Jugendhilfetag hat bestätigt, daß mit der studentischen Opposition, mit der außerverbandlichen Aktion etwas in Bewegung gekommen ist, neue soziale Impulse aufgebrochen sind, deren Experimente erst auf- und angenommen werden sollten. Ein Teil der aktiven Studenten ist nicht nur rhetorisch interessiert; besonders die immer zahlreicheren Sozialpädagogikstudenten sind an unmittelbar praktischer Jugendarbeit stark interessiert. Wir müssen ihre Kritik und ihre Praxis ebenso kritisch wie die Effektivität der traditionellen Jugendhilfe überprüfen und endlich ernst machen mit einer grundlegenden Reform der Notstände in unserem sozialen Rechtsstaat und damit deutlich machen: mit Schlagworten und mit Engagement allein ist von keiner Seite aus etwas zu verändern. Der Jugendhilfetag hat gezeigt, daß der Erziehungsbereich Jugendhilfe inzwischen eine gesellschaftspolitische Dimension gewonnen hat, über den engen Fachbereich hinaus für die Öffentlichkeit relevant wird und damit auch gesellschaftspolitischer Kritik und der Forderung nach Offenlegung und Kontrolle begegnet, ein Infragestellen bisher selbstverständlich hingenommener Privilegien und praktizierter Arbeitsmethoden hinnehmen und lernen muß, sich einer Kritik zu stellen, aus ihr zu lernen und ihr zu begegnen ...«[14].

Methodenkritik der Sozialarbeiter-Bewegung

Die Sozialarbeiter-Bewegung und ihre Arbeitskreise Kritischer Sozialarbeiter, die sich nach Berlin auch in Frankfurt, Hamburg und anderen Großstädten gebildet hatten, mußten in den folgenden Jahren lernen, mit der schwierigen Aufgabe fertig zu werden, eine politisch-ökonomisch fundierte Fundamentalkritik der bundesrepublikanischen Gesellschaft mit Hinweisen und Handreichungen für praktizierende Sozialarbeiter und Sozialpädagogen zu verbinden, wie unter den gegenwärtigen Arbeitsfeldbedingungen ihr Handeln so zu reformulieren wäre, daß sie im Interesse ihrer Kinder, Jugendlichen und Klienten tätig werden könnten. Erste Ansätze in dieser Richtung machte die *Sozialpädagogische Korrespondenz* in den Jahren 1971 und 1972, indem sie sich in einer Artikel-Serie kritisch mit den etablierten drei Methoden der Sozialarbeit auseinandersetzte. Die Kritik der Sozialpädagogischen Korrespondenz an den klassischen Methoden litt, wie die damals bereits vorliegende Kritik (etwa von Helge Peters an der Einzelfallhilfe und von Jürgen Henningsen an der Gruppenpädagogik) daran, daß sie als *literarische* Kritik vorliegender *literarischer* Zeugnisse (vor allem in Form von Lehrbuch-Übersetzungen aus dem Englischen) vorgetragen wurde. Offensichtlich verfügten SPK und AKS nicht über Kritische Sozialarbeiter, die ihre kritischen Positionen aus der reflektierten *Anwendung* methodischer Postulate gewonnen hatten. Das mag seinen Grund darin haben, daß sich berufstätige Sozialarbeiter, Sozialpädagogen und Gemeinwesenarbeiter in jenen Jahren zwar auch organisierten, aber in anderen, eher berufsfeldbezogenen und teilweise berufsständischen Gruppen und Organisationen. Ich habe im 3. Kapitel dieses Buches schon auf die Fachgruppen für methodisches Arbeiten der Sozialarbeiterinnen und die Sektion Gemeinwesenarbeit hingewiesen.

Die Kritik an der vertieften Einzelfallhilfe (SPK 1970, 17) ging nicht über den bereits von Helge Peters erhobenen Vorwurf fehlender wissenschaftlich-theoretischer Fundierung dieser Methode hinaus. »Ohne Theorie aber kann im wissenschaftlichen Sinne auch nicht von Methode die Rede sein, da beide eng zusammenhängen. Die Methode enthält operationale Vorschriften und Anweisungen, die angeben, wie theoretisch formulierte Erkenntnisse in Praxis umzusetzen sind«[15]. Es folgte der (beachtenswerte) ideologiekritische Dauervorwurf der Sozialarbeiter-Bewegung an der Einzelfallhilfe: sie diskriminiere, »weit davon entfernt, den Klienten über die wahren Ursachen seiner Hilfsbedürftigkeit aufklären zu können, ... statt dessen die Opfer einer pathologischen Gesellschaft und betreibt weiterhin deren Anpassung an die sie krankmachenden Verhältnisse«[16]. Ich schreibe »beachtenswert«, weil auch ich meine, daß die meisten mir bekannten Richtungen praktizierter Einzelfallhilfe eher über Beziehungsprobleme zwischen einzelnen Menschen aufklären, als über die gesellschaftlichen Verhältnisse, die sie formen. Der Anpassungsvorwurf hingegen ist leichter zu formulieren, als durch praktikable Alternativen zu entkräften. Wer unter kränkenden und krank-machenden Verhältnissen leidet, dem wird die Aufforderung, diese Verhältnisse ändern zu helfen, wenig praktikabel vorkommen. Andererseits praktizierten zum Zeitpunkt der Kritik (1970) fortschrittliche Sozialarbeiterinnen längst nicht mehr die Einzelfallhilfe traditioneller Schule, sondern bemühten sich, zusätzliche Hilfequellen im Umfeld ihrer Klienten zu erschließen und sie aus der psychischen und sozialen Isolation ihrer Problemzentrierung herauszulösen.

Der Gruppenpädagogik (SPK 1971, 19) wurde bescheinigt, daß sie ursprünglich auf die Demokratisierung der gesellschaftlichen Verhältnisse abgestellt gewesen sei, sich aber im Laufe der Zeit zu therapieähnlichen Behandlungsformen Einzelner herunterentwickelt habe. Heute habe sie ihren politischen Anspruch verloren, sie sei konfliktscheu geworden, operiere mit einem Menschenbild, in dem die Zugehörigkeit zu sozialen Schichten und Klassen nicht vorkomme und mute dem Individuum zu, »die in der Gesellschaft begründete Entfremdung in sich aufzuheben«[17]. So richtig diese summarische Ideologiekritik war, so wenig berücksichtigte sie die Weiterentwicklung von Gruppenpädagogik in dem Zeitraum zwischen den ersten Rezeptionsjahren und dem Jahre 1971. Damals lagen bereits zahlreiche Berichte über eine eigenständige deutsche Praxis vor, die mit den Begriffen »unpolitisch«, »konfliktscheu«, »nicht klassenspezifisch« und »affirmativ« nur unvollkommen beschrieben wurden[18]. Außerdem war die parallel zur Sozialarbeiter-Bewegung verlaufende Studentenbewegung damals gerade dabei, die Gruppe gleichaltriger Kinder und Jugendlicher als Medium der politischen und gesellschaftlichen Selbsterziehung neu zu entdecken. Kinderläden, Jugendwohngemeinschaften, Studienkollektive und selbstorganisierte Ausbildungsprojekte waren in allen Städten mit Universitäten und Fachhochschulen aus dem Boden geschossen. Ihre Praxis hätte mit Gewinn in dem Spannungsfeld zwischen der Gruppenpädagogik Gisela Konop-

1 · Jg · 1969 erscheint monatlich in Berlin 19·5·Nr.1

SOZIALPÄDAGOGISCHE KORRESPONDENZ

der Kindergärtnerinnen • Erzieher • Jugendpfleger • und Sozialarbeiter in Praxis und Ausbildung

ENTSTEHUNG UND ZIEL DER SPK

Seit längerer Zeit wird von den Kollegen und Kolleginnen in den Ämtern und Heimen, in den Tagesstätten und Jugendfreizeitheimen der Wunsch geäußert nach einem kontinuierlich erscheinenden Informationsblatt für alle Bereiche der sozialen und pädagogischen Arbeit.

Kollegen aus mehreren Bereichen der Praxis und Ausbildung haben die organisatorischen und inhaltlichen Fragen zu klären versucht. Sie legen mit dieser Nummer das erste praktische Ergebnis vor.

Die SPK soll zunächst monatlich erscheinen. Ob die SPK häufiger erscheinen wird, richtet sich nach der aktiven Mitarbeit der Kollegen. Vorläufig besteht die Redaktion aus drei Kollegen, die zusammen mit den Artikelschreibern die SPK gestalten.

Redaktionssitzungen sind öffentlich und werden bekannt gegeben.

<u>Information über alle Bereiche der sozialpädagogischen Arbeit</u>

Die SPK wendet sich an Kindergärtnerinnen, an Jugendleiterinnen und Jugendpfleger, an Erzieher und Sozialarbeiter, an Studenten und Dozenten der Ausbildungsstätten.

Eine ihrer Aufgaben wird sein, die Trennung aufzuheben, die zwischen den sozialen Berufen aufgerichtet wurde. Es sollen Konflikte u. Miseren am Arbeitsplatz geschildert und die Reaktion der Vorgestzten aufgezeigt und analysiert werden.

Mißstände, bisher nur individuell getragen, werdenöffentlich gemacht, am gesellschaftlichen Zusammenhang dargestellt, damit die Kollegen daraus fachliche und politisch-organisatorische Konsequenzen ziehen können.

Daher werden auch Berichte und Analysen über Sozialisation von Kindern, Jugendlichen und Erwachsenen veröffentlicht: von Gruppen, die innerhalb und außerhalb der Institutionen arbeiten. Wir werden uns um Übersetzungen von Berichten bemühen, die Erfahrungen in anderen Ländern schildern.

Die SPK wendet sich an die 6000 Kindergärtnerinnen, 45oo Heimerzieher, an die 24oo Sozialarbeiter, an die Jugendleiter u. Jugendlichen, die konkrete Arbeit in der Praxis leisten oder noch in Ausbildung sind. Sie wendet sich nicht an die Minderheit der Stadträte und Büroleiter. Diese Damen und Herren Vorgesetzten werden informiert durch eigens für sie bestimmte Publikationen. Aber aus diesen Informationen ziehen sie keine Konsequenzen für die V e r ä n d e r u n g der P r a x i s. Den kollegen, die mit den Schwierigkeiten der Praxis belastet sind, werden wichtige Informationen vorenthalten.

<u>INHALT:</u>
- Entstehung und Ziel der SPK
- Misere der Kindertagesstätten
- Wie kam es zu den Kampfmaßnahmen der Kindergärtnerinnen?
- Sozialarbeiter stehen zu den Kampfmaßnahmen der Kindergärtnerinnen
- Arbeitsgruppen des AKS

Sicherlich gibt es Vorgesetzte, die anders handeln. Das ist gut so. Aber es muß garantiert sein daß selbst dem isolierten Sozialarbeiter im Obdachlosenasyl oder der überarbeiteten Kindergärtnerin in der überfüllten Kindertagesstätte alle wichtigen fachlichen Informationen zugänglich sind.

Die SPK wird - statt der Informationen von oben über den Dienstweg - die Möglichkeit der Information von der Basis an die Basis der Kollegen schaffen.

Die erste Ausgabe der Sozialpädagogischen Korrespondenz, 1969.

kas und der Kollektiverziehung Anton Makarenkos reflektiert und weiterentwickelt werden können. Das war nicht der Fall, und das hatte seine guten Gründe. Studierende und Praktikanten der Sozialpädagogik waren in jenen Jahren hochmotiviert, ihre eigene Praxis zu entwickeln und ihre eigenen pädagogischen Erfahrungen zu machen. Aus diesen Erfahrungen sollte jene neue gesellschaftswissenschaftlich begründete Theorie hervorgetrieben werden, welche den Fundus für die Formulierung neuer methodischer Handlungsschritte abgeben würde. Andererseits waren viele Hochschullehrer und Berufspraktiker nicht darauf vorbereitet, die neuen Praxisformen ihrer Studierenden und Praktikanten zur Kenntnis zu nehmen, kritisch zu reflektieren und als Anstösse zur Weiterentwicklung traditioneller methodischer Ansätze zu nutzen. Diese geringe Bereitschaft wurde durch curriculare Schwerpunktverschiebungen in den Studienplänen von Universitäten und Fachhochschulen unterstützt. An vielen Orten wurde die alte »Methodenlehre« zugunsten einer »Arbeitsfeldorientierung« (Vorschule und Hort, Jugendarbeit, Arbeit mit Behinderten, Arbeit mit Erwachsenen...) aufgegeben, und die systematische Weiterarbeit an der Methodenlehre blieb für das folgende Jahrzehnt auf der Strecke.

Die Kritik an der Gemeinwesenarbeit wurde in der SPK (1972, 21) im wesentlichen am Beispiel des Lehrbuches von Murray G. Ross vorgetragen. Sie deckte sich in weiten Teilen mit der Kritik, die ich 1969 in der Zeitschrift *deutsche jugend* geltend gemacht hatte. Ross gehe, so hieß es in der SPK, von einem idealtypischen strukturell-funktionalen Modell der Gesellschaft aus. Die Anlehnung an die Parsons'sche Systemtheorie sei unverkennbar, wo »die vollständig integrierte Gesellschaft als ein Zustand definiert ist, in dem sich ›Mittel und Wünsche im Gleichgewicht befinden‹. Der gesamte Prozeß der Gemeinwesenarbeit Ross'scher Prägung läßt sich letztendlich in der simplen Formel zusammenfassen: *Da es unmöglich ist, im bestehenden ›System‹ die Mittel den Wünschen anzupassen, müssen die Wünsche den Mitteln angepaßt werden*«[19]. Saul Alinsky und seine Strategien der Mobilisierung von Slumbewohnern und proletarischen Minderheiten werden in aller Breite dargestellt und mit leichten Einschränkungen positiv bewertet:»Es sind drei Punkte festzuhalten, in denen Alinsky über die anderen hier behandelten Konzepte von Gemeinwesenarbeit hinausgeht. Zum ersten, indem er die *Selbstorganisation* der Bevölkerung zum wesentlichen Prinzip macht, zum zweiten, indem er die Erreichung des Ziels, der demokratischen Gesellschaft, von der *Machtfrage* abhängig macht, und zum dritten, indem er die Notwendigkeit der überregionalen *Organisation* (Hervorhebungen immer im Original, C.W.M.) betont«[20]. Die positive Bewertung der Stadtteilarbeit Alinsky'scher Prägung war für die Sozialarbeiter-Bewegung von besonderer Bedeutung, weil sie sich noch keine Klarheit darüber hatte verschaffen können, in welchen Feldern Sozialer Arbeit in Großstädten wie Berlin oder Frankfurt eine erfolgversprechende revolutionäre Berufspraxis entwickelt werden könne. In dieser Situation bot sich die besonders in Alt- und Neubau-Vierteln Berlins (Kreuzberg, Charlottenburg, Märkisches Viertel) beginnende Stadtteilarbeit als mögliches Praxisfeld an.

Nach der ersten Spaltung des AKS im Januar 1969 zeichnete sich eine weitergehende Fraktionierung zwischen einer kleinen Gruppe von Anhängern außerinstitutioneller politischer Arbeit in Schülerläden, Lehrlingskollektiven, mit Gastarbeitern, in Betrieben und Stadtteilen und einer Mehrheitsgruppe ab, welche die außerinstitutionelle Arbeit zwar nicht ablehnte, aber vorrangig die politische Tätigkeit am Arbeitsplatz und in den Bezirksämtern betonte, um an den tatsächlichen Bedürfnissen der Kolleginnen und Kollegen nach Demokratisierung ihrer behördlichen Tätigkeiten anknüpfen zu können. Im September 1969 verließen die Vertreter außerinstitutioneller Arbeit den AKS. »Zur Begründung führten sie den mangelnden Bewußtseinsstand der Mehrzahl der AKS-Mitglieder an, der sich in ihrem organisationsfeindlichen Verhalten und in ihrem illusionären Glauben an gesellschaftsverändernde Reformmöglichkeiten innerhalb der Institutionen äußere. Der AKS sei trotz der gemachten Erfahrungen nicht bereit, die erforderlichen Konsequenzen zu ziehen«[21].

Doch. Er zog sie. Nur auf eine andere als die von den Aussteigern erhoffte und erwünschte Weise. Er zog sie, indem er sich auf eine Strategie einigte, die den Anti-Institutionalisten notwendig als reformistisch erscheinen mußte. Diese Strategie war durch Langfristigkeit, Zusammenhang zwischen inner-institutionellen Demokratisierungsprozessen und einem unterstützenden Druck durch betroffene Bevölkerungsgruppen und einer neuen Einschätzung partieller Reformen gekennzeichnet. »Sofern Sozialisten innerhalb einer nicht einmal vorrevolutionären Phase, in der systemzerstörende Aktionen undurchführbar sind, Reformen nicht pauschal als systemstabilisierend abtun, muß reformerisches Handeln bei der Strategiebestimmung berücksichtigt werden«[22]. Die Mehrheit des AKS hielt an der Einsicht fest, daß ihre praktische Arbeit innerhalb der Institutionen durch theoretische Weiterbildung fundiert werden müsse. Da sie weder die Zeit noch die Ressourcen der Universitäten im Hintergrund hatte, um diese Weiterbildung mit eigenen Kräften zu betreiben, mußte sie wieder auf Studenten (vor allem der Soziologie und der Politologie) zurückgreifen. Sie versuchte sich zweigleisig weiterzubilden und im Wechsel politisch-ökonomische Grundbildung und problemorientierte Anwendungsbildung zu betreiben (»einmal Marx, einmal Bernfeld«)[23]. Aber die Studenten, mit denen sie ihre Weiterbildung gemeinsam betreiben wollte, erwiesen sich als wenig zuverlässig, der damalige Stand ihrer Theorie-Aneignung war wenig tauglich, Umsetzungs-Strategien für die eigene berufliche Praxis zu produzieren. Oder, in den resignierenden Worten der Redaktion SPK in der Ausgabe, in der sich die Einstellung der Sozialpädagogischen Korrespondenz annoncierte: »Als die Kinder der Bourgeoisie die Arbeiterklasse ›entdeckten‹, ließen sie mit der Randgruppenstrategie[24] auch den eben erst hergestellten organisatorischen Zusammenhang des AKS als ungenügend fallen«[25].

Kritik an der Idee des Sozialstaates

Dennoch und aus dem Nachherein betrachtet war die theoretische Diskussion der Studenten über die Reformierbarkeit des bürgerlichen Staates im Kapitalismus von Bedeutung für eine allgemeine Funktionsbestimmung von Sozialarbeit im gegenwärtigen Zustand der bundesrepublikanischen Gesellschaft. Dabei spielten zwei Positionen eine Rolle, die einmal von Wolfgang Müller und Christel Neusüß, zum anderen von Klaus Offe vertreten wurden.

Die Streitschrift von Wolfgang Müller und Christel Neusüß »Die Sozialstaatsillusion und der Widerspruch von Lohnarbeit und Kapital« erschien zuerst in der am Otto-Suhr-Institut der Freien Universität Berlin herausgegebenen Zeitschrift *Sozialistische Politik* (1970, Heft 6/7) und wurde nach der Spaltung der Redaktion dieser Zeitschrift in der ersten Nummer der neuen Zeitschrift *Probleme des Klassenkampfes* (Sonderheft 1. Juni 1971) nachgedruckt. Sie wurde an den Universitäten vor allem unter Pädagogen, Sozialpädagogen, Architekten und Stadtplanern heftig diskutiert, weil sie das progressive Selbstverständnis von Studierenden infrage stellte, die sich darauf vorbereiteten, eine revolutionäre Berufspraxis im Staatsapparat aufzunehmen.

In der Streitschrift ging es um die Frage, ob die Aufhebung kapitalistischer Produktionsverhältnisse *nur* durch kollektive Handlungen der revolutionären Arbeiterklasse erzwungen oder *auch* durch Maßnahmen und Einrichtungen des bürgerlichen Staates angebahnt und bewirkt werden könne. Die beiden Autoren argumentierten auf der Basis der klassischen Schriften von Karl Marx und Friedrich Engels (Grundrisse der Kritik der politischen Ökonomie, Deutsche Ideologie, Kritik des Gothaer Programms, Das Kapital), von W. I. Lenin (Staat und Revolution) und Rosa Luxemburg (Sozialreform oder Revolution) gegen eine Reihe von

»revisionistischen Autoren« wie Eduard Bernstein, Rudolf Hilferding, Fritz Naphtali, Paul Sering, Jürgen Habermas und Claus Offe. Die meisten dieser, zuletzt genannten Sozialstaats-Theoretiker gingen davon aus – so die beiden Autoren – »daß der Staat im Kapitalismus die Möglichkeit zu umfassender und bewußter Regulierung ökonomischer, gesellschaftlicher und politischer Prozesse hat. Dabei ist das eigentliche Terrain, auf dem der Staat als ›Sozialstaat‹ sich als selbständig gegenüber der kapitalistischen Produktion erweisen soll, die Sphäre der ›Verteilung des Sozialprodukts‹«[26].

Diese Unterstellungen der Revisionisten hielten die beiden Autoren für illusionär. *Eine* Illusion bestehe darin, darauf zu hoffen, daß der Sozialstaat überhaupt etwas habe, was er zwischen den Klassen umverteilen könne. Da aber der Sozialstaat nicht den von den Produktionsmittelbesitzern erwirtschafteten Mehrwert besteuere, sondern nur den nicht wieder in die Produktionsmittel re-investierten Wert, habe der Sozialstaat keine Steuermittel, die er zwischen den Klassen umverteilen könne, sondern lediglich Steuermittel, die er innerhalb der Arbeiterklasse umverteilen könne. Eine *andere* Illusion bestehe darin, daß die Revisionisten glaubten, die Produktions- und Verteilungs-Sphäre auseinanderreißen zu können, daß sie darauf hofften, die sozialstaatliche Verteilungs-Sphäre sei politischen Zugriffen zugänglich und unterliege nicht den ökonomischen Zwängen der kapitalistischen Produktionsweise, unabhängig vom guten Willen einzelner Kapitalisten. Ein weiteres Problem bestehe darin, daß Sozialpolitik als Versuch der Sicherung von Reproduktionsrisiken von Arbeitern und Angestellten an kontinuierliche Wachstumsraten des Sozialprodukts gebunden wäre. Es wirke in Zeiten der Hochkonjunktur und versage während der immer wiederkehrenden Produktions- und Wachstums-Krisen. Schließlich interessierten sich revisionistische Sozialstaats-Theoretiker ausschließlich für die politischen Handlungsspielräume des Staates und nicht für die Arbeiterklasse als historisches Subjekt gesellschaftlicher Prozesse. Sie ersetzten Klassenkampf mehr oder weniger stillschweigend durch ein Konzept von pluralistischem Interessenausgleich in einer bürgerlich-parlamentarischen Demokratie.

Erst am Ende ihrer umfangreichen Streitschrift legten die Autoren offen, wogegen sie sich in praktischer Absicht richteten: gegen die enorme Überschätzung der Rolle des Staates im Spätkapitalismus, »die für einen großen Teil der Studenten- und Schülerbewegung kennzeichnend ist und deren materielle Basis nicht nur das Erlebnis von Polizeischlachten und Justizverfolgungen, sondern zugleich die Tatsache der errungenen Zugeständnisse und der gewährten Reformen der ›Modernisierung des Bildungswesens‹« sei[27]. Außerdem hatten die Autoren in der

Einleitung zu ihrer Streitschrift offengelegt, daß ihr »vorliegender Aufsatz ... sich mit den revisionistischen *Theorien* vom Sozialstaat« befasse. Er gebe also »keineswegs eine *Realanalyse* des heutigen Sozialstaats – dies wird erst in der Untersuchung einzelner Bereiche geschehen«[28]. Beide Einschränkungen wurden von der Studenten-Bewegung nicht hinreichend wahrgenommen. Die meisten Leser hielten die Streitschrift für eine Real-Analyse des *gegenwärtigen* Sozialstaats und mißverstanden die Warnung der Autoren, sich in ihren Hoffnungen auf Überwindung des kapitalistischen Systems nicht auf den bürgerlichen Staat zu fixieren, indem sie sich in den folgenden Jahren umso gründlicher und ausschließlicher *nur noch* mit dem bürgerlichen Staat und seinen Vertretern auseinandersetzten, als wäre dieser Staat dafür verantwortlich, daß die von ihnen angestrebten tiefgreifenden Demokratisierungs- und Reformierungsprozesse unterdrückt würden. *Ein* Ausdruck dieser illusionären Staatsfixierung war der von Anarchistenhand auf Berliner Mauern gesprayte Slogan »Der Staat macht keine Fehler – der Staat ist der Fehler«.

Gegen diese »Fetischisierung« des als omnipotent vorgestellten bürgerlichen Staates setzte der Gesellschaftswissenschaftler Claus Offe erstmals in einem Gemeinschaftsreferat auf dem 16. Deutschen Soziologentag 1968 in Frankfurt[29] ein differenzierteres Bild gegenwärtiger Staatstätigkeit, das unter dem Stichwort »Horizontale Disparitäten-Theorie« bekannt geworden ist. Der Gegensatz zwischen »Arm« und »Reich« sei heute nicht mehr *nur* vertikal über die sozialen Klassen der Gesellschaft verteilt, sondern erstrecke sich *auch* horizontal auf bestimmte, von der wirtschaftlichen Entwicklung benachteiligte geographische Gebiete und Wirtschaftszweige und auf »biographische Mariginalsituationen« (Alte, Kranke, Gastarbeiter). »In dieser Situation tritt ein Bedürfnis auf, das nicht den Kampf *um Lohnerhöhungen*, sondern den Kampf *gegen Lebensumstände* motiviert, gegen die wir uns auch im Falle einer Verdoppelung unseres Monatslohnes nicht durch den Kauf von Gütern und Leistungen zur Wehr setzen könnten«[30]. Der Kampf gegen die Verschlechterung der Lebensumstände finde nicht im Produktionsbereich, sondern im Reproduktionsbereich statt und vereine Menschen sehr unterschiedlichen Herkommens und unterschiedlicher Interessen für einen inhaltlich und zeitlich begrenzten Zweck. Damit bezog sich Offe auf die Bürgerinitiativen, die Anfang der 70er Jahre öffentlich in Erscheinung traten. Die »Anti-Revisionisten« lehnten diese Strategie ab, weil sie befürchteten, die Bürgerinitiativen würden dem Staat Arbeit abnehmen und Kosten sparen. »Sie stopfen Löcher, statt dem Übel auf den Grund zu gehen. Gleichzeitig dienen sie als ›Frühwarnsystem‹ und nehmen bestimmte sozialpolitische Regelungen exemplarisch vorweg. Der Staatsapparat registriert auf diese Weise sich abzeichnende Konflikte eher und kann, um drohende Entwicklungen einzudämmen, Befriedungsmaßnahmen treffen«[31]. Dieser Kritik begegnete Offe mit der Forderung, um nicht zu belanglosen Hilfsorganen einer sowieso stattfindenden staatlichen Reformpolitik umfunktioniert zu werden, dürften sich Bürgerinitiativen »nicht an das Reglement halten, in dessen Grenzen die offizielle Reformpolitik verläuft. Das bedeutet konkret: die sachlichen, zeitlichen und sozialen Restriktionen, unter denen insbesondere die kommunale Verwaltung steht, müssen im Verlaufe von Bürgerinitiativen gesprengt werden«[32].

Aufgrund nordamerikanischer Erfahrungen in der Bürgerrechtsbewegung und aufgrund erster deutscher Erfahrungen von Bürgerinitiativen glaubte Offe zu erkennen, daß der bürgerliche Staatsapparat auf eine solche Strategie nicht einfach nur mit repressiven Maßnahmen antworten werde. Sein Handeln sei vielmehr von »interessenunspezifischen«, »sachgesetzlichen Imperativen« bestimmt, die nicht notwendig mit den Interessen der Wirtschaft an optimalen Bedingungen für den Kapitalverwertungsprozeß zusammenfielen. Die Sicherung wirtschaftlicher Stabilität und politischer Massenloyalität erfordere ein umsichtiges Krisen-Management und eine langfristige Vermeidungsstrategie, deren Entscheidungsspielräume durch eine von der Basis her wiederbelebte Öffentlichkeit immer wieder hinausgeschoben werden könnten.

Für die »Anti-Revisionisten« innerhalb der Studentenbewegung war diese Disparitäten-Strategie unannehmbar, weil der Kampf gegen die Verschlechterung der Lebensumstände nicht im Zusammenhang des organisierten Kampfes der Arbeiterklasse gegen die Bourgeoisie, sondern in sozial heterogenen Situationsgruppen geführt würde[33]. Da die bestehenden Organisationen der Arbeiterklasse ihrerseits »revisionistisch« handelten, mußten sich die studentischen »Anti-Revisionisten« ihre Arbeiterparteien selber machen (KPD und KB) und in einem mehrjährigen historischen Rollenspiel den langen Marsch durch die blauen Bände der Marx-Engels'schen Gesamtausgabe antreten. Auf dieses tragikomische Finale eines Teiles der Studentenbewegung[34] bezog sich die resignierende Feststellung in der letzten Nummer der *Sozialpädagogischen Korrespondenz*, als die Kinder der Bourgeoisie die Arbeiterklasse als historisches Subjekt entdeckten und den Marsch in die Geschichte antraten, hätten sie den eben erst hergestellten Zusammenhang mit den Kritischen Sozialarbeitern als unbedeutend aufgegeben.

Aus dem Nachherein betrachtet werden die unterschiedlichen Positionen von Studierenden einerseits und Berufspraktikern andererseits innerhalb der Studenten- und Sozialarbeiter-Bewegung erklärlich, wenn die unterschiedlichen Interessen beider Gruppen berücksichtigt werden. Die Studierenden *studierten* und befanden sich im Zustand der Suche nach einer für ihre Wünsche und Interessen angemessenen Berufsperspektive, die hoffnungsvollerweise eine »revolutionäre Berufspraxis« ermöglichen sollte. Angesichts des allgemeinen gesellschaftswissenschaftlichen Grundstudiums, das sie sich selbst verordnet hatten und das sie teilweise auch selbst organisierten, waren sie während ihres Studiums noch nicht auf bestimmte isolierte Berufsfelder festgelegt. So entschieden sich Theologen, Studienräte zu werden, Studienräte sahen die Erfüllung ihrer Berufswünsche plötzlich in einer Tätigkeit als Hauptschullehrer, angehende Architektinnen wurden Berufsschullehrerinnen, Studierende mit der 1. Lehrerprüfung in zwei Wahlfächern entschieden sich massenweise zum Weiterstudium im Schwerpunkt Sozialpädagogik und Sozialarbeit des neuen Diplomstudienganges, Psychologinnen wechselten zur Soziologie, Soziologinnen zur Bildungsökonomie ... Die damalig Arbeitsmarkt-Situation machte ein solches Rochieren möglich und erleichterte die Formulierung ehrgeiziger Ansprüche an das Berufsfeld der eigenen Wahl. Die Berufspraktiker hingegen waren bereits nach abgeschlossener Ausbildung in einem Beruf Sozialer Arbeit *tätig* und konnten ihn nicht ohne weiteres und ohne Zusatzstudium und Zusatz-Qualifikationen verlassen. Sie mußten deshalb an Informationen und Handreichungen interessiert sein, wie sie ihre Berufsarbeit verändern könnten, um im Interesse ihrer Klienten tätig zu werden bzw. welche organisatorischen und institutionellen Veränderungen am Arbeitsplatz sie gemeinsam erstreiten müßten, um den repressiven und stigmatisierenden Charakter ihrer Berufsarbeit zu dämpfen.

Entdeckung verdrängter Erziehungslehren

Was hat dieser Richtungsstreit zwischen »revisionistischen« und »anti-revisionistischen« Strategien zur Umwälzung der bestehenden gesellschaftlichen Verhältnisse in der Bundesrepublik Deutschland mit der Funktionsbestimmung von Sozialer Arbeit zu tun gehabt? Und was mit den klassischen Methoden der Sozialen Arbeit? Er machte uns[35] Ende der sechziger und zu Beginn der 70er Jahre deutlich, daß bei der Analyse und bei der Konstruktion methodischen Arbeitens in der Sozialen Arbeit sinnvollerweise immer drei Ebenen der Problemformulierung und der Problembearbeitung berücksichtigt werden sollten: die Ebene *gesamtgesellschaftlicher Zustände* und Entwicklungen, in deren Rahmen Soziale Arbeit organisiert ist (Makro-Ebene), die Ebene der Einbindung von *Einrichtungen und Maßnahmen* Sozialer Arbeit innerhalb des Netzwerkes sozialstaatlicher Institutionen, Gesetze und Rechtsverordnungen, finanzieller und personeller Ressourcen *(Mezzo-Ebene)* und die Ebene *konkreter Interaktionen* zwischen Vertretern der Sozialen Arbeit und ihren vielfältigen Klientengruppen *(Mikro-Ebene)*[36]. Die deutsche Rezeption von Einzelfallhilfe und Gruppenpädagogik, die ich in den ersten beiden Kapiteln dieses Buches beschrieben habe, betonte vor allem die Mikro-Ebene methodischen Arbeitens und begnügte sich im Hinblick auf die Makro-Ebene mit allgemeinen Aussagen über den wünschenswerten Zustand »der« Gesellschaft und den Wert und die Würde »des« Menschen. Die Entwicklung einer eigenständigen Praxis von Gemeinwesenarbeit in der Bundesrepublik Deutschland führte zum ersten Male dazu, genauer den Zustand *der* Gesellschaft zu untersuchen, in der Gemeinwesenarbeit eine offensichtliche Notwendigkeit geworden war. Die Anstrengung, die mit einer realistischen und nicht-ideologischen Analyse gesellschaftlicher Zustände und Verhältnisse verbunden war, konnte von Sozialarbeitern und Sozialpädagogen *allein* weder während der praktischen Arbeit in den Berufsfeldern noch in der Ausbildung an Universitäten und Fachhochschulen geleistet werden. Zwar gibt es immer noch redliche Idealisten, welche die Entwicklung einer eigenständigen »Sozialarbeitswissenschaft« fordern, aber die Erfahrungen der Studentenbewegung scheinen gezeigt zu haben, daß eine solche Aufgabe sinnvoll nur innerhalb einer größer dimensionierten wissenschaftlichen Disziplin angegangen werden sollte. Die alte Wohlfahrtspflege vor dem 1. Weltkrieg war im wesentlichen den Staats- und Verwaltungswissenschaften zugeordnet. Die Sozialpädagogik der Weimarer Republik verdankte wesentliche Impulse der allgemeinen Pädagogik, vor allem in ihrer fortgeschrittenen Gestalt als Reformpädagogik. Die traditionelle Pädagogik als *Geistes- und Kulturwissenschaft* veränderte in den 60er Jahren die Weise ihrer Problemformulierung und Problembearbeitung in Annäherung an empirische Sozialwissenschaften wie Soziologie, Sozialpsychologie, Psychologie und Ethnologie. Die Studentenbewegung beschleunigte diese Neuorientierung durch die Forderung, zeitgenössische Erziehungswissenschaft sei nur als kritische Gesellschaftswissenschaft zu studieren und zu betreiben. Dieser Forderung schlossen sich zahlreiche Hochschullehrer und ihre wissenschaftlichen Mitarbeiter an. Angeregt und teilweise auch gedrängt durch kritische Studierende durchsuchten sie ihre Nachbar-Disziplinen nach vergessenen oder verdrängten gesellschaftswissenschaftlichen Erkenntnissen über das gesellschaftliche Wesen des Menschen, über die Bedeutung von Lehren und Lernen im Prozeß menschlicher und gesellschaftlicher Entwicklungen und über die gesellschaftlichen Ursachen mißlingender menschlicher Entwicklungs- und Lernprozesse. Dabei überschritten sie die institutionellen Grenzen der traditionellen Pädagogik, die überwiegend an den Problemen von Schule und Unterricht orientiert gewesen war und beschäftigten sich zunehmend mit Erziehungsfeldern und Erziehungsprozessen, die nicht in der Schule und von der Schule organisiert werden. Auf diese Weise leistete die neuere, gesellschaftswissenschaftlich orientierte Erziehungswissenschaft wertvolle Vor-Arbeiten und Zu-Arbeiten für eine wissenschaftliche Ausbildung von Sozialarbeitern und Sozialpädagogen. Allerdings unter einer Voraussetzung, die nicht von allen Praktikern, Studierenden und Hochschullehrern mitvollzogen wurde: Diejenigen, die sich an dieser Weiter-Entwicklung beteiligten, mußten bereit sein, Probleme und Tätigkeiten von Sozialarbeitern und Sozialpädagogen als Erziehungs-Tätigkeiten in einem erweiterten Sinne zu reformulieren. Das fiel Sozialpädagogen – vor allem, wenn sie von der reformpädagogischen Bewegung berührt worden waren – weniger schwer als Sozialarbeitern, die sich – in Übereinstimmung mit einem großen Teil ihrer tatsächlichen Berufsarbeit – eher als soziale Probleme Verwaltende, denn als zur Lösung sozialer Probleme Anleitende verstanden.

Die erste vergessene und verdrängte Erziehungs-Praxis, die im Zusammenhang mit der Studentenbewegung neu entdeckt und an Universitäten »aufgearbeitet« wurde, war die Internatserziehung des englischen Pädagogen Alexander S. Neill, der 1921 in Leiston in der Grafschaft Suffolk ein Landerziehungsheim gegründet und in einem nicht-direktiven, an Erkenntnissen der Psychoanalyse (vor allem in der Fassung von Wilhelm Reich) orientierten Erziehungsstil geleitet hatte. 1960 veröffentlichte er seine Erfahrungen unter dem Titel »*Summerhill. A radical approach to child rearing*«[37]. 1965 publizierte der Szczesny Verlag in München eine deutsche Übersetzung unter dem Titel »Erziehung in Summerhill. Das revolutionäre Beispiel einer freien Schule« mit mäßigem Erfolg. Vier Jahre später erwarb der Rowohlt-Taschenbuch-Verlag die Rechte an einer Paperback-Ausgabe und versah sie mit dem neuen Titel »Theorie und Praxis der antiautoritären Erziehung. Das Beispiel Summerhill«. Diese Ausgabe wurde ein Riesenerfolg und Pflichtlektüre der meisten Pädagogik-Studierenden und aller Mitarbeiter in Kinderläden, Schülerläden und Eltern-Initiativ-Kindergärten. Über Alexander S. Neill wurde auch die verdrängte psychoanalytische Erziehungslehre von Sigmund Freud (1856–1939) vergegenwärtigt. Freud wurde dem radikaleren Teil der Studentenbewegung bald verdächtig, weil seine Psychologie als Psychopathologie des feudal-bürgerlichen Individuums erkannt wurde, welche für die emanzipatorische Erziehung von Arbeiterkindern wenig hergebe. Dafür trat Siegfried Bernfeld (1892–1953) ins Zentrum universitären Interesses. Ihm wurde bescheinigt, daß er kritische Wissenschaft und politische Praxis, Theorie und das praktische

Experiment miteinander zu vereinen suchte. »Wer über psychoanalytische und antiautoritäre Kindererziehung und Probleme einer sozialistischen Heim- und Anstaltserziehung sich informieren möchte, kann an den Einsichten und Erfahrungen Siegfried Bernfelds nicht vorbeigehen« schrieb damals der Frankfurter März-Verlag zur Einführung einer von Reinhart Wolff und Lutz von Werder besorgten dreibändigen Auswahl aus Bernfelds Werken[38]. Siegfried Bernfelds Klassiker »Sisyphos oder die Grenzen der Erziehung« (1. Auflage 1925, Neudruck 1967) wurde zur Standardlektüre vieler erziehungs- und sozialwissenschaftlicher Seminare. Aber auch Bernfeld war, alles in allem, ein bürgerlicher Reformpädagoge gewesen. Im März-Verlag erschienen, als Kontrapunkt gedacht, historische Arbeiten von Edwin Hoernle (Grundfragen der proletarischen Erziehung (1929)) und Otto Rühle (Die Seele des proletarischen Kindes (1925)) Reinhart Wolff erwarb sich große Verdienste, indem er 1969 die Biographien und Bibliographien verschwiegener sozialistischer Erzieher und Erziehungswissenschaftler von A (Max Adler) bis Z (Clara Zetkin) kompilierte[39].

Das Interesse wuchs, internationale Erfahrungen bei der Erziehung von Kindern und Jugendlichen zur Kenntnis zu nehmen. Die israelische Kibbuz-Erziehung wurde Gegenstand zahlreicher Seminare und wissenschaftlicher Arbeiten. Die Kollektiverziehung Anton Makarenkos (1888–1939) fand eine neue, große und kritische akademische Öffentlichkeit, weil Makarenko seine kollektive Arbeitserziehung in den Kinderkolonien ja gerade in deutlichem Gegensatz zu den psychoanalytischen Erziehungskonzepten entwickelt hatte, die in den Jahren nach der Revolution bis in die Reihen des Ukrainischen Volksbildungs-Kommissariats hinein ihre Anhänger hatte, welche den Erziehungsstil Makarenkos als »Kommandeurs-Pädagogik« abqualifizierten.

Angesichts der Überzeugung, daß es keine »allgemeinmenschliche« Erziehung gebe, sondern daß Erziehung immer Klassenerziehung wäre – zumindest, solange sie in kapitalistischen Gesellschaften stattfinde – , gewann die Frage an Bedeutung, wie die klassenspezifische Erziehung in der Familie aussehe und was sie bewirke. Damals lagen bereits empirische Untersuchungen über Erscheinungsweisen und Merkmale schichtspezifischer Familienerziehung[40] in den USA vor, die in Seminaren von Dietrich Goldschmidt an der Freien Universität rezipiert und von Wilfried Gottschalch, Marina Neumann-Schönwetter und Gunther Soukup an der Pädagogischen Hochschule Berlin popularisiert wurden[41]. Die aus der Kenntnisnahme schichtspezifischer Erziehung in der Familie und der Analyse allgemeinbildender Schulen als »Mittelklassen-Institutionen« abgeleiteten Konzepte der »Gegensteuerung« in Form »kompensatorischer Erziehung« stießen wiederum auf die Kritik linker

Gruppen. Diese erkannten in dem der kompensatorischen Erziehung zugrundegelegten »Menschenbild« eine Abwertung von Arbeiterkindern, deren Sozialisation als »defizitär« diffamiert werde und setzten der »kompensatorischen Erziehung« eine komplementäre Erziehung entgegen, welche an den Stärken der Arbeiterkinder anknüpfen und sie zu »allseitig entwickelten Persönlichkeiten« bilden sollte – ein Erziehungskonzept, dem in kapitalistischen Gesellschaften allerdings enge Systemgrenzen gezogen wären[42].

Projektstudium als methodisches Paradigma

Die Studentenbewegung hatte als Bewegung zur Reform der Universitäten und zur Reform des Studiums begonnen. Insbesondere der Sozialistische Deutsche Studentenbund (SDS), der Verband Deutscher Studentenschaften (VDS) und die Bundesassistentenkonferenz hatten in den fünfziger und sechziger Jahren zahlreiche Vorschläge zur äußeren und inneren Hochschulreform gemacht. Einer dieser Vorschläge, das *Projektstudium*, wurde innerhalb der Studentenbewegung aufgegriffen, praktiziert und an vielen Universitäten im Laufe der Jahre als Regelstudium oder als Alternative zum Regelstudium institutionell durchgesetzt und in Studienordnungen abgesichert. Auch der 1969 von der Kultusministerkonferenz bundesweit eingeführte Diplomstudiengang in Erziehungswissenschaft mit dem damals populärsten Studienschwerpunkt »Sozialarbeit und Sozialpädagogik« war als Projektstudiengang angelegt.

Das traditionelle geistes- und sozialwissenschaftliche Studium war an einzelnen Wissenschaftsdisziplinen (Fächern) orientiert, welche die Studierenden auswählten und zusammenhanglos nebeneinander her studierten. Zwar gab es in einigen Studiengängen (an Fachhochschulen und im Lehrerstudium an Pädagogischen Hochschulen) Praktika in den Semesterferien, oder, wenn es hoch kam, über ein ganzes Semester, aber die tragende Idee dieses Fächer-Studiums war es, daß die Studierenden *in ihren Köpfen* die unterschiedlichen Einzelfächer zu einer berufsqualifizierenden Einheit integrierten. Das Projektstudium sollte mit diesem traditionellen hochschuldidaktischen Ansatz brechen und reale Probleme und Situationen in ausgewählten Berufsfeldern, für die dieses Studium qualifizieren sollte, zum Gegenstand mehrere Semester dauernden »forschenden Lernens« machen. Damit ein solches Projektstudium nicht zur umstandslosen Anpassung der Studierenden an die Rahmenbedingungen des jeweiligen Praxisfeldes verkäme, sahen sich Studierende und ihre Hochschullehrer veranlaßt, am Rande der Universitäten eigene Praxisfelder aufzubauen, deren geringe institutionelle Verfestigung Lernprozesse dauerhaft ermöglichen sollte, ohne sie unter Hinweis auf die »nun einmal vorliegenden Sachzwänge« vorzeitig und auf unfruchtbare Weise zu blockieren oder abzubrechen. Ohne sich bewußt auf das dreigestufte Vorgehen im Rahmen der klassischen Methoden der Sozialen Arbeit zu beziehen, wurde das Projektstudium aller Orten methodisch in ähnlicher Weise strukturiert, wie es die Klassiker der Methodenlehre in ihren Lehrbüchern vorgeschlagen hatten.

In einem *ersten* Schritt wählten Hochschullehrer ein Praxisfeld aus, das »gesellschaftlich relevant« war, exemplarischen Charakter für die zeitgenössische Arbeitsweise, Problemstellung und Widersprüchlichkeit eines Segmentes Sozialer Arbeit besaß, für Studierende zugänglich war und in dem möglichst schon erfahrene Sozialarbeiter und Sozialpädagogen oder/und studentische Initiativgruppen tätig waren, deren Praxis im Projektstudium unterstützt und reflektiert werden konnte. In vielen Fällen waren es auch die Studierenden selbst, die im Rahmen ihrer Interessen und ihrer Nebentätigkeit in studentischen Initiativen Praxisfelder für das Projektstudium vorschlugen oder forderten. In einem *zweiten* Schritt bereiteten sich Hochschullehrer und Studierende durch Vorlesungen, Seminare und ein Studium der relevanten Fachliteratur auf die Probleme des Feldes vor, in dem sie tätig werden wollten und entwickelten gleichzeitig in diesem Feld eine erste »Untersuchungstätigkeit«, um die Angemessenheit der in der Fachliteratur formulierten Annahmen über die gesellschaftlichen Ursachen und die menschlichen Auswirkungen des zu bearbeitenden Praxis- und Problem-Feldes kritisch zu hinterfragen. In einem *dritten* Schritt formulierten sie die zu bearbeitenden Probleme unter der Perspektive von Fernzielen, mittelfristigen Zielen und Nahzielen und verständigten sich über ein gemeinsames Vorgehen, d. h. über die Aufeinanderfolge methodischer Einzelschritte. Dieses methodische Vorgehen wurde fortlaufend dokumentiert und in regelmäßigen Plenarsitzungen der Studierenden und ihrer Hochschullehrer, häufig auch zusammen mit den vom Projekt »betroffenen« Kindern, Jugendlichen, Erwachsenen und Eltern kritisch reflektiert. Einzel-Supervision, wie sie im Rahmen methodischen Arbeitens bisher üblich und sinnvoll gewesen war, spielte in den ersten Jahren des Projektstudiums keine Rolle, sie wurde an einigen Universitäten erst in den 80er Jahren wieder eingeführt. Der *vierte* Schritt des Projektstudiums bestand in der abschließenden Auswertung der gesamten Projektarbeit und dem Versuch, wieder an die fachwissenschaftlichen Annahmen anzuknüpfen, die in der Vorbereitungsphase Gegenstand einer ersten Hypothesenbildung gewesen waren.

Die Auswertung führte häufig zu umfangreichen und teilweise herausragenden Abschlußarbeiten, die als Fachbücher in pädagogischen Verlagen erschienen oder als »graue Literatur« zur Vorbereitung der nächsten Studentengeneration an den Hochschulen kursierten.

Ich versage es mir, an dieser Stelle das Für und Wider des Projektstudiums, dessen Anhänger ich bin und das ich seit fünfzehn Jahren betreibe, in aller Breite zu entfalten. Die hochschuldidaktische Fachliteratur dazu ist inzwischen so umfangreich geworden, daß sie nur noch von Spezialisten übersehen werden kann[43]. Das Projektstudium hat eine Reihe von traditionellen Studienproblemen gelöst, und es hat eine Reihe von neuen Problemen organisatorischer, finanzieller, juristischer und berufsethischer Art aufgeworfen. Mir liegt im Rahmen dieses Buches daran, drei Strukturmerkmale zu betonen, welche den besonderen Charakter und die hochschuldidaktische Bedeutung dieses Studientyps ausmachen. *Projektstudium ist Gruppenstudium.* Es zwingt alle Beteiligten zur Analyse wirklicher Probleme und zur Konstruktion möglicher Handlungsschritte im sozialen Zusammenhang mit anderen Studierenden, mit Berufspraktikern, Hochschullehrern und den »betroffenen« Kindern, Jugendlichen und Erwachsenen. Dieser »Zwang« ist ebenso förderlich wie schmerzlich.

Projektstudium ist praktiziertes forschendes Lernen[44]. Es fordert ein ständiges Ineinander von Theorie-Entwicklung und Praxis-Entwicklung. Es zwingt zu dauernder intra-disziplinärer und inter-disziplinärer Zusammenarbeit. *Projektstudium ist berufsfeldbezogenes Studium an wenigen, exemplarischen Gegenständen.* Gerade ein Studium, das für komplexe und teilweise disparate Berufsfelder und Berufsfeld-Segmente qualifizieren soll, kann keinem Studierenden versprechen, daß es während seines Studiums ein Projekt in gerade jenem Berufsfeld offeriert, für das er sich schon bei Aufnahme des Studiums entschieden hat. Auch die Landschaftsplanerin, die sich während ihres Studiums mit der Anlage eines Naherholungszentrums beschäftigt hat, das die Bürgerinitiative *Grüne Hand* nach der Begrünung einer stillgelegten Müll-Deponie durchgesetzt hat, wird nicht erwarten können, daß das erste Projekt nach erfolgreichem Berufseinstieg wiederum ein Naherholungszentrum am Rande der Großstadt sein wird. Vielleicht wird sie sich als erstes mit der Aufgabe beschäftigen müssen, einen innerstädtischen Friedhof neu zu gestalten oder das Freigelände eines Zoologischen Gartens zu sanieren. Projektstudium kann nicht auf eine bestimmte Aufgabe in einem bestimmten Berufsfeld vorbereiten, es kann aber bei der Aneignung allgemeiner problem-bestimmender und problemlösender Vorgehensweisen und Verfahren helfen. So gesehen ist die Einführung des Projektstudiums innerhalb des Diplomstudiums an Universitäten und Fachhochschulen ein Beitrag zur Vermittlung methodischen Arbeitens in der Sozialen Arbeit. Und so gesehen hat diese Errungenschaft der Studenten-Bewegung einen direkten Bezug zu meinem Buch über die Geschichte der Methoden in der Sozialen Arbeit. Dieser Aneignungsprozeß wird durch die Selbsttätigkeit der Studierenden und durch die Anleitung in der Hochschule gleichermaßen strukturiert. Dabei entstehen mit Sicherheit und Notwendigkeit Konflikte zwischen Studierenden, die auf Selbsttätigkeit pochen und Hochschullehrern, die für theoretisch-praktische Anleitung bezahlt werden.

Die Praxisfelder und Praxisprobleme, die seit 1969 im erziehungswissenschaftlich und sozialpädagogischen Studium an den Universitäten und Fachhochschulen bearbeitet wurden, waren an den vergessenen oder verdrängten Erziehungs-Traditionen orientiert, die auch im »literarischen« Studium wieder aufgegriffen worden waren: psychoanalytische Erziehungslehre, alle Facetten antiautoritärer Erziehungspraxis, sozialistische Erziehungspraxis, klassenspezifische Erziehungspraxis.

Die Studenten-Bewegung hat über das Interesse an allseitiger Erziehung der eigenen Kinder von Studierenden und über die Rezeption psychoanalytischer Erziehungslehre im Hinblick auf Säuglinge und Kleinkinder eine deutliche Aufwertung pädagogischer Arbeit im Krippen- und Kindergarten-Alter bewirkt. Solange eine Gesellschaft unter der ungleichen Bewertung männlicher und weiblicher Berufsarbeit leidet, ist es ein untrügliches Kennzeichen der Aufwertung eines früher weiblich dominierten Berufes, wenn sich plötzlich Männer für ihn interessieren. Die Kinderladen-Bewegung war zwar (zumindest in Berlin) von Frauen im Sozialistischen Deutschen Studentenbund angeregt worden, die nicht auf ihren Kindern sitzen bleiben wollten, während ihre Männer die Transformation der spätkapitalistischen Gesellschaft und den Befreiungskampf in der Dritten Welt diskutierten. In den Kinderladengruppen arbeiteten aber eine Zeit lang mehr Männer als Frauen in der praktischen Erziehungsarbeit, und die Kinderladen-Eltern achteten bei der Einstellung von neuen Erziehern sehr darauf, daß das Geschlechterverhältnis mindestens ausgeglichen war. Männer der Studentenbewegung entdeckten die Faszination erziehender Unterstützung der oralen und analen Phase ihrer Kinder, lange bevor die »neuen Väter« der 80er Jahre sich entschlossen ihre Kinder vor den Bauch zu schnallen. Die prominenten Themen aller Projekte in der damaligen Kleinkinder-Erziehung waren ein gelassenes Sauberkeitstraining am Ende der analen Phase ohne Zeitdruck, eine vorsichtige Erziehung zur Frustrationstoleranz ohne massive Intervention der Erwachsenen, großes Vertrauen in die Selbstregulierungs-Kapazität der Kleinkindergruppe selbst, gemeinsame Verantwortung von Frauen und Männern für die Alltagsprobleme der Kleinkinder-Erziehung und ein entspanntes Verhältnis der Erwachsenen zu allen Ausdrucksformen kindlicher Sexualität. Insbesondere die zuletzt genannte Forderung, die ja ein wesentliches Ergebnis psychoanalytischer Entwicklungs-Psychologie war, wurde auch auf Projekte mit älteren Kindern und mit Jugendlichen übertragen. Es gab genügend Studierende, die sich an der Vorbereitung und Durchführung von Ferienzeltlagern mit Großstadt-Jugendlichen beteiligten und auf diesem Gebiet vor allem mit der *Sozialistischen Jugend Deutschlands* zusammenarbeiteten. Das gemeinsame Schlafen von Mädchen und Jungen in den Zelten, das gemeinsame Waschen und Duschen, die Toleranz gegenüber vielfältigen Ausdrucksformen von Zuneigung und Zärtlichkeit in der Zeltlageröffentlichkeit waren ein dauernder Konfliktstoff zwischen Veranstaltern, studentischen Projektgruppen und Jugendlichen einerseits und der pädagogischen und politischen Öffentlichkeit andererseits. Ähnliches gilt für die antiautoritäre Erziehungspraxis allgemein, soweit von ihr nicht nur die Kinder und Jugendlichen der Studierenden betroffen waren, sondern Kinder aus Arbeiter- und Angestellten-Familien. Hier wirkten sich die Unterschiede schichtspezifischer Familienerziehung und die unterschiedlichen Lebensperspektiven der sozialen Schichten deutlich wahrnehmbar, aber von den studentischen Projektgruppen nicht immer begriffen aus. Während studentische und jungakademische Eltern – nicht zuletzt aufgrund leidvoller Erfahrung mit der eigenen Erziehung – vor allem darauf bedacht waren, daß ihre Kinder nicht unnötig gegängelt würden und daß sie zusammen mit anderen Gleichaltrigen soziales Denken und Handeln lernten, das in der Kleinfamilie nur mit Mühe praktisch vermittelt werden kann, hatten Arbeiter- und Angestellten-Eltern große Sorge, daß antiautoritäre und repressionsfreie Erziehung ihren Kindern die Chance nehmen würde, in Kindergarten, Schule und Beruf den sozialen Aufstieg fortzusetzen, den sie gerade erst begonnen hatten. Ich habe noch den verzweifelten Ausdruck im Ohr, mit dem ein junger Bauarbeiter sich gegen den antiautoritären Erziehungsstil eines studentischen Projektes im Märkischen Viertel zur Wehr setzte: »Aber auch antiautoritäre Erziehung ist doch *Erziehung*!!!« Viele von uns haben erst sehr viel später begriffen, daß ein solcher Ausbruch nicht das Unverständnis eines proletarischen Vaters für eine vernünftige Erziehungs-

▶

Anstoß für die Kinderladenbewegung war der Wunsch vieler Mütter, sich aktiv an den Veranstaltungen der Studentenbewegung beteiligen zu können. TU Berlin 1968.

DER VO
REV
DIE PFLIC
IST ES D
N SIEG

praxis signalisierte, sondern die berechtigte Furcht vor den sozialen Folgen einer Erziehung, die nicht für die Kinder der eigenen Klasse gedacht und gemacht worden war.

Arbeiterfreundliche Erziehung

So einfach es für studentische Projektgruppen war, die gegenwärtige Erziehungspraxis in Familie, Kindergarten und Schule als eine Erziehung zu beschreiben, die dem Interesse der herrschenden Klasse diene und den aufstiegsorientierten Mittelschichten nütze, so schwierig war es für sie, eine neue Erziehungspraxis zu erfinden und zu erproben, welche an die entwickelten Fähigkeiten von Arbeiterkindern anknüpft, ohne diesen Kindern die Möglichkeit zu verbauen, in dieser Gesellschaft einigermaßen passabel zu überleben. Ich denke, wir haben in einigen der Kinder- und Jugend-Projekte im Rahmen des Diplomstudiengangs an der (inzwischen aufgelösten) Pädagogischen Hochschule Berlin Anfang der 70er Jahre eine didaktische Tendenz erarbeitet, die ausbaufähig war und auch heute noch ist. Ich will diese Tendenz an der Entwicklung der Projekte »Das ›Fest‹ im Märkischen Viertel«[45] und »Abenteuerspielplatz – Wo Verbieten verboten ist«[46], verdeutlichen und mich dabei streng an den damals formulieren Auswertungstext halten.

In der Einleitung ihrer Auswertung des Projektes »Das ›Fest‹ im Märkischen Viertel«, das ein in sich geschlossenes Ferien-Spiel-Angebot für die Kinder dieses Neubauviertels darstellte, schrieben Mitlieder der Projektgruppe in kritischer Auseinandersetzung mit der damals vorherrschenden psychoanalytischen Erziehungslehre, sie hätten den »Arbeiterfrauen bedeutungsvolle Fragen nach dem Zeitpunkt des Abstillens, der Sauberkeitserziehung, dem Verhältnis zu den Geschwistern, nach besonderen Ängsten (schreckhaftes Erwachen nachts? Wasser? Hunde?) gestellt, nach besonderen Vorlieben (Malen, Radfahren, Vorlesen?), nach Krankenhausaufenthalten. Die Mütter waren einerseits beeindruckt durch so ungewohnt professionelles Vorgehen, denn beim Anmelden in der Kindertagesstätte werden im allgemeinen nur Zahlungsmodalitäten besprochen. Andererseits entwickelte sich auch ein Leistungsdruck. Die Müttter versicherten, die Kinder seien schon mit einem Jahr sauber gewesen, überhaupt sehr sauber, kurz: die Fragen gingen an der Erziehungsrealität vorbei. Ein Beispiel für viele: die meisten Kinder waren mehrere Monate ferienverschickt gewesen. Vor dem Hintergrund der Psychoanalyse asoziierten Studenten: ›Trennungstrauma‹ und fragten nach Folgeerscheinungen wie Bettnässen. Erst nach praktischen Erfahrungen erkannten sie die Klassengebundenheit solcher Vorstellungen. Denn für Arbeiterkinder bedeutet eine Verschickung, zum erstenmal in einer Umgebung zu leben, die bewußt auf Kinder eingestellt ist. Für die meisten Arbeiterkinder ist Ferienverschickung deshalb eine ausschließlich positive Erfahrung«[47]. Die Autorinnen der Einleitung zu diesem Bericht erkannten rückblickend, daß sie die These, daß Arbeitereltern über Erziehung nicht zu erreichen wären, im Laufe des Projektes fallenlassen mußten.

»Es wurde deutlich, daß Arbeitereltern an Erziehungsproblemen sehr wohl interessiert sind – nur nicht an *jenen* Erziehungsproblemen, die von den Studenten in den Vordergrund gestellt wurden. So wurde zum Beispiel das Problem ›Rauchen von Zwölfjährigen‹ von studentischen Betreuern einfach nicht ernst genommen. Voll mittelständischer Liberalität erklärten sie es zum Problem von untergeordneter Bedeutung. Sie erkannten nicht, wie sich am Beispiel ›Rauchen‹ für Arbeitereltern die Erfahrung des eigenen Ausgeliefertseins an schädliche und teure Konsumgewohnheiten festmachen kann, und daß sie diese Erfahrungen ihren Kindern ersparen wollen. Die langfristige, zusammenhängende pädagogische Arbeit der Volkstheaterkooperative und anderer Gruppen, die im Plenum Märkisches Viertel der Pädagogischen Hochschule Berlin ihre Erfahrungen austauschten, drängte uns mehr und mehr zu der Erkenntnis, daß sowohl der psychoanalytische als auch der behavioristisch-soziologische Ansatz der gängigen Sozialisationsforschung Vorurteile verursachte oder verstärkte, die uns daran hinderten, das Verhalten von Arbeiterkindern nicht nur als notwendig im Zusammenhang mit ihrem Lebensmilieu und ihrer Erziehungspraxis zu begreifen, sondern auch als nützlich und schöpferisch zu bewerten. Wir entdeckten plötzlich bei unseren Kindern auf den Abenteuer- und Bauspielplätzen, im Kindertheater und im Spielklub Eigenschaften, die wir bisher nicht gesehen oder anders genannt hatten. Nämlich Kampflust und Risikobereitschaft, langfristige Planung und Ausdauer beim Experimentieren, einen schöpferischen Umgang mit dem, was wir Erzieher ›Wahrheit‹ nennen, vielfältige Formen der Arbeitsteilung bei gleichzeitiger Fähigkeit zur Kooperation, frappierendes Sprachverhalten, in Situationen, wo die Kinder eine faszinierende Spielhandlung besprachen, statt (wie in den meisten Vorschulprogrammen) das Sprechen an die Stelle des Handelns setzen zu müssen. Wir entdeckten die Bedeutung der Spielumwelt für das Verhalten unserer Kinder im Spiel. Wir entdeckten, daß Kinder, die gelangweilt vor einem weißen DIN A-4-Bogen saßen, plötzlich ungeheuer munter wurden, wenn es darum ging, eine Straße zu bemalen oder ein Haus. Daß Kinder, die nicht sieben Pflaumen und drei Birnen zu zehn Stücken Obst zusammenzählen mochten, plötzlich komplizierte Preisvergleiche in der Spielstadt anstellten, weil sie nicht aufgefordert worden waren, zusammenzuzählen, sondern einzukaufen.

Wir entdeckten, daß es einen gewaltigen Unterschied machte, ob unsere Kinder in einem Wohnzimmer zusammen spielten (24 qm), einer Fabrikhalle (380 qm) oder auf einem Bauspielplatz (600 qm). Wir entdeckten, daß es einen gewaltigen Unterschied machte, ob die Aufforderung, ein bestimmtes Spiel zu spielen, durch einen Erzieher ausgesprochen wurde oder ob sie durch das Arrangement der räumlichen und sächlichen Umstände suggestiv vermittelt wurde. Wir erkannten, daß die meisten Kinderspiele, die von Erziehern erfunden und durchgesetzt werden, diese Kinder im Umgang mit Symbolen schulen sollen. Und daß die meisten Arbeiterkinder, deren Eltern nicht für den Umgang mit Symbolen bezahlt werden, sondern für die Bearbeitung der Materialien, die durch die Symbole abgebildet werden, erst dann richtig wach wurden, wenn sie an diesen Symbolen vorbei die Wirklichkeit begreifen konnten.

Indem wir Kinder bei Spielen beobachteten, lernten wir das Abenteuerspiel und das Rollenspiel dieser Kinder ernst zu nehmen und auf dem Handlungsareal einer von uns allen gemeinsam gebauten Spielstadt[48] zu einem neuen Gesellschaftsspiel zu verbinden.

Die Sache mit dem Abenteuerspiel ging von den Beobachtungen eines dänischen Landschaftsarchitekten aus, daß Kinder weniger gern auf den vorfabrizierten, mit Buddelkästen und buntem Klettergerüst armierten Kinderspielplätzen spielten als auf ›ernsthaften‹ Baustellen und Schrottplätzen[49]. Diese Beobachtung scheint übrigens für die meisten Kinder zu gelten, egal, aus welcher Klasse und aus welcher Schicht[50] sie kommen. Nur: Bürgerkindern wird es eher als Arbeiterkindern verboten, schmutzig, zerrissen und mit Brüschen am Knie vom Bauspielplatz nach Haus zu kommen. Im Laufe eines langen, verschlungenen Sozialisationsprozesses wird dann, so scheint uns, der gemeinsame Spaß von Kindern, mit Wasser, Feuer, Sand und Erde umzugehen, bei einigen Kindern ins Konstruktionsbüro gelenkt, wo Architekten Häuser entwerfen, bei vielen anderen Kindern hingegen auf die Baustelle, wo Baukolonnen Häuser hochziehen. Pädagogen, eher an der Erziehung von Architekten interessiert als an der Erziehung von Bauarbeitern, preisen die Erfindung des Lego-Bausteins. Weil man mit ihm bauen und dabei die kindliche Feinmotorik und konstruktive Fertigkeiten schulen kann. Richtig. Aber dabei muß bedacht werden, daß es einen Unterschied macht, ob bestimmte Kinder mit Symbol-Steinen umgehen oder mit realen Balken, Latten und Nägeln. Daß es einen gewaltigen Unterschied macht, ob Kinder Lego-Steine zu einem Haus zusammenfügen, in dessen Garage man ein Matchbox-Auto unterbringen kann, oder ob Kinder eine Pfahlhütte bauen, in der sie Kaffee kochen können«[51].

Diese, an den Erfahrungen, Kenntnisen und Fertigkeiten (»den Stärken«) von Arbeiterkindern anknüpfende pädagogische Praxis ist von Rechts wie von Links kritisiert worden. Von Rechts wegen des offensichtlichen Lehrziels, diese Kinder durchsetzungsfähig für den Klassenkampf zu machen, von Links wegen der theorielosen »Handwerkelei«, durch die wir mit Versuch und Irrtum auf ein paar richtige Erkenntnisse gekommen seien, im übrigen aber »nur ausgesprochen Verworrenes zum Verhältnis von gesellschaftlicher Wirklichkeit, Aufklärung, Bedürfnis

Erziehung zu kollektivem Handeln – Kursbuch 1971. ▶

und Erlebnis mitgeteilt hätten«[52]. Nun war in jenen Jahren in der Tat auch den uns vorliegenden entwicklungs- und lern-theoretischen Ansätzen eine neue, methodisch formulierte Praxis in der pädagogischen Arbeit mit unseren Kindern aus dem Märkischen Viertel nicht abzuleiten, und die 11. These von Karl Marx über Ludwig Andreas Feuerbach allein gab dafür auch nicht viel her[53]. Die Ergebnisse lerntheoretischer Grundlagenforschung, die uns seinerzeit hätten helfen können, wurden erst einige Jahre später in deutscher Sprache zugänglich: Das Psychologische Institut der Freien Universität Berlin legte erst 1973 die Arbeit von Alexejew Nikolajew Leontjew ›Probleme der Entwicklung des Psychischen‹ vor, und der erste internationale Kongreß zur Tätigkeitstheorie fand erst im Oktober 1986 in der Berliner Hochschule der Künste statt[54].

Heimerziehung

Es gab eine Institution innerhalb der Sozialen Arbeit, in der seit einem Jahrhundert Arbeiterkinder und Arbeiterjugendliche massiert untergebracht worden sind: die von Kommunen und privaten Trägern betriebenen *Erziehungsheime*. Seit den Jahren des Kaiserreiches waren sie Gegenstand öffentlicher Kritik, weil sie Kinder und Jugendliche unterdrückten und in mehr als der Hälfte aller Fälle ihr Erziehungsziel der Wiederanpassung ihrer Zöglinge an ein selbständiges Leben in Freiheit (Resozialisierung) nicht erreichten. Seit den Anfängen der Studentenbewegung waren Erziehungsheime ein bevorzugtes Ziel studentischer Initiativen und Ausbildungsprojekte. Studierende der Sozialpädagogik kamen bei Besichtigungen von Erziehungsheimen in Berührung mit einzelnen Heim-Jugendlichen und versprachen ihnen Hilfe für den Fall, daß sie eines Tages das Heim verlassen wollten. Dieser Tag kam sehr rasch, und Heimjugendliche auf der Flucht aus dem Heim standen vor den Türen studentischer Wohngemeinschaften, weil sie es im Heim nicht mehr aushielten. »Die studentischen Kommunen und Wohngemeinschaften waren in keiner Weise den Ansprüchen gewachsen, die der Ansturm der Heimzöglinge und Rocker an sie stellte: Sie konnten weder Wohnraum noch Geld zur Verfügung stellen, weil sie selbst von beiden nicht genug hatten; sie waren selber psychisch zu labil, um die Belastungen ihrer Gäste noch mittragen zu können; sie stellten einen politischen Anspruch, der sich mit der Wirklichkeit der Jugendlichen nicht in Einklang bringen ließ«[55].

Studenten-bewegte Sozialpädagogen, die dennoch versuchten, in ihrem Projektstudium oder am Rande ihres Studiums Wohngemeinschaften nach dem Vorbild der studentischen Berliner Kommune 2 aufzubauen, ließen sich dabei von der Hoffnung leiten, daß die Heimjugendlichen, weil sie am deutlichsten und direktesten unter den pädagogischen Repressionen des kapitalistischen Systems leiden mußten, besonders schnell zu mobilisierende Kämpfer gegen dieses System abgeben würden. Diese Hoffnung erwies sich als unrealistisch. Zwar gab es in der Heimerziehung genügend Anlaß für Strukturreformen im Interesse der Heim-Kinder und -Jugendlichen. Die Lehrlingskollektive in Frankfurt und das Georg-von-Rauch-Haus in Berlin schienen auch zu beweisen, daß eine Selbst-Organisation von Heimjugendlichen ohne Gängelung durch Sozialpädagogen möglich sei (allerdings unter optimalen äußeren und inneren Bedingungen und unter Mithilfe einer problembewußten und verständnisvollen Jugendverwaltung), aber dieser pragmatische Reformansatz erschien den politisch anspruchsvollen Studenten-Bewegten zu mager, zumal sie seit 1970 mit dem Aufbau nichtrevisionistischer Arbeiterorganisationen befaßt waren und nach zuverlässigen Führungs-Kadern für diese Organisationen suchten. Ihr Informations-Organ, die *Rote Presse Korrespondenz* (RPK) rief deshalb für den 7. und 8. Februar 1970 zu einer Randgruppen-Konferenz in der Berliner Technischen Universität auf, um mit Studenten und Sozialpädagogen die weiteren politischen Perspektiven dieser Arbeit zu bereden. Das Vorbereitungskomitee veröffentlichte schon vor der Konferenz eine allgemeine politische Einschätzung der Arbeit mit jugendlichen Randgruppen, die deutlich erkennen ließ, daß die Veranstalter auf die Frage nach der Sinnhaftigkeit dieser Arbeit schon vor der Konferenz eine Antwort parat hatten. In der Vorab-Einschätzung wurden die Kinder und Jugendlichen in Erziehungsheimen als Teil des von Karl Marx so bezeichneten »Lumpenproletariats« eingeordnet, sie besäßen »eine geringe Frustrationstoleranz und Ich-Stärke, d.h. sie sind unfähig, durch Ertragen von Konflikten und Spannungen, durch Erarbeiten von Fähigkeiten und durch Knüpfen von festen menschlichen Beziehungen den sich ihnen stellenden Problemen zu begegnen ...«[56]. Dort, wo solche Jugendliche in studentische Wohnkollektive aufgenommen worden seien, wären die Erfahrungen in allen Fällen negativ gewesen. Die Jugendlichen wären weder bereit gewesen, sich an politschen Aktionen zu beteiligen, noch ihren Teil zum kollektiv organisierten Alltag der Wohngemeinschaften beizutragen. Sie hätten durch Heimerziehung und Jugendarrest eine tief begründete Abneigung gegen kollektives Leben. »Sie haben in diesen ›Kollektiven‹ in denen sie meist zwangsweise leben mußten, ständig erlebt, daß dort gegen ihre Bedürfnisse und Interessen gehandelt worden ist. Die Betroffenen interpretieren die Fehler des heutigen Gemeinschaftslebens in den Heimen als unabänderlich für jedes gleichwie strukturierte Kollektiv. Sie sagen oft, Gemeinschaft ist grundsätzlich gegen meine Bedürfnisse, es sei denn, sie läßt sich für meine Interessen ausnutzen. Es ist sicher sehr lange Zeit praktischer Solidaritätserfahrung notwendig, um ihnen dieses verwurzelte Mißtrauen zu nehmen ... Der Sprung von der karitativen Hilfe zur Erziehung zum Klassenkampf ist erst zu leisten, wenn relevante Gruppen der Arbeiterklasse sich zum Kampf gegen das kapitalistische System organisiert haben, wenn die Integration eines bestimmten Teils der Jugendlichen in eine proletarische Organisation möglich *ist*, und von dieser Organisation die für *alle* Jugendlichen notwendige Klassenerziehung geleistet werden kann«[57].

Das Ergebnis der Konferenz entsprach dann auch mehrheitlich der Vorab-Einschätzung des Vorbereitungskomitees. »In der Diskussion wurde Übereinstimmung darin erzielt (bis auf eine Gruppe aus Münster, die ihren bornierten aktivistischen Standpunkt nicht aufgeben wollte), daß Heimkampagnen weder fortgeführt noch neu aufgenommen werden ... Allgemein wurde anerkannt, daß allein eine zu schaffende revolutionäre proletarische Jugendorganisation die Integration der deklassierten Jugendlichen ins Proletariat ermöglicht und die Verwahrlosung, der tendenziell alle proletarischen Jugendlichen ausgesetzt sind, politisch wenden kann ... Als Alternative wurde einerseits die proletarische Kinder- und Jugendarbeit im Rahmen einer organisierten Stadtteilarbeit und andererseits Betriebsarbeit diskutiert, die nicht voneinander zu trennen sind. Allerdings wurde die Arbeit nur als sinnvoll und erfolgversprechend angesehen, wenn sie unter dem Primat der Klassenanalyse steht und darauf zielt, Kader für eine revolutionäre Organisation heranzubilden«[58]. Studentische Initiativen und Studienprojekte, die sich nicht an das Verdikt der *Roten Presse Korrespondenz* gebunden fühlten und die nicht den Ehrgeiz hatten, eine neue nicht-revisionistische Arbeiter-Partei aufzubauen, hatten langfristig gesehen beachtliche Erfolge bei Reformen *innerhalb* der Berliner Heimerziehung. Ausbildungsprojekte (Theorie-Praxis-Seminare) meines Kollegen Gunther Soukup beispielsweise halfen die Existenz des Georg-von-Rauch-Hauses zu sichern, organisierten ein ständiges Plenum Berliner Heimerzieher, gründeten eine selbstorganisierte Heimerzieher-Zeitung (HEZ) und einen Verein zur selbstorganisierten Fortbildung von Heimerziehern (QUABS). Sie trugen dazu bei, daß immer mehr Berliner Erziehungsheime einen Teil ihrer Plätze in selbständigen Wohngemeinschaften aus den Heimen auslagerten, damit die lähmende Totalversorgung der Jugendlichen im Heimalltag durchbrochen werden konnte[59].

Der Beitrag der Sozialarbeiter-Bewegung, der Studenten-Bewegung und der Studienreform zur Weiter-Entwicklung methodischen Arbeitens in der Sozialen Arbeit ist nicht einheitlich. Er richtete sich zunächst vor allem auf den Makro-Aspekt jeder vernünftigen Methodenlehre: die

Analyse der gesellschaftlichen Bedingungen, die jene sozialen Probleme erzeugen, die methodisches Arbeiten überhaupt erst notwendig machen. Die breite Rezeption psychoanalytischer und antiautoritärer Erziehungslehre war notwendig und lange überfällig. Sie nützte sicherlich den Kindern der an dieser Rezeption beteiligten Studierenden und Jung-Akademiker wesentlich mehr als den Arbeiter-Kindern und -Jugendlichen. Ansätze zu einer eigenständigen und positiven, Klassenspezifika berücksichtigenden sozialpädagogischen Arbeit mit Arbeiterkindern waren zwar vielversprechend, blieben aber Randerscheinungen. Die Gruppenpädagogik hätte von einem neu gewonnenen Verständnis für die Bedeutung selbstbestimmten, verantwortlichen Handelns in selbstorganisierten Gruppen Gleichaltriger profitieren können, wenn sie die entsprechenden praktischen Versuche von Studierenden und ihren Hochschullehrern zur Kenntnis – und ernst – genommen hätte. Die Weiterentwicklung von Gemeinwesenarbeit wurde durch studentische Aktivitäten und Studienprojekte im Rahmen von Stadtteilarbeit ohne Zweifel bereichert. Diese Projekte bargen aber auch die meiste politische Sprengkraft und blieben auf dem langen Marsch durch die Institutionen der etablierten Sozialen Arbeit auf der Strecke.

Insgesamt haben die Bewegungen der frühen 70er Jahre die Erziehungsarbeit als eine gesellschaftlich wichtige Tätigkeit aufgewertet und zahllose anspruchsvolle Studentinnen und Studenten motiviert, Erziehungswissenschaft und Sozialpädagogik zu studieren, um anschließend praktische Erziehungsarbeit »an der Basis« zu leisten und nicht in abgehobenen Erziehungsverwaltungen Akten zu bearbeiten und Rechtsverordnungen zu entwerfen. Ich halte dies für eine Errungenschaft. Es wird starker und dauerhaft wirkender Gegenkräfte bedürfen, um sie wieder zu tilgen.

5
Neue Bewegungen

Die Tüchtigen

Manchmal wünschte ich mir ein übersichtliches Leben. Manchmal träume ich, einen Platz gefunden zu haben, wo die Ansprüche mit dem Gehalt steigen, wo die Drinks schnell serviert sind und die Frau auch sonst wüßte, was ich gerne mag. Eine harte Arbeit würde den Tag bestimmen und die Woche, den Rhythmus des Jahres. Doch wenn ich Feierabend hätte, wäre er verdient. Ich wüßte, was ich getan hätte, und die Kollegen wüßten es auch. Andere in meinem Alter hatten längst einen Schreibtisch gefunden, von dem aus verwalteten sie Konten und Kredite, vereinbarten Importe oder entwarfen Marktanalysen ... Sie bekämpften ihre Schuppenflechte aus beruflichen Gründen, trugen Anzüge und Markenbrillen und hießen Schönhuber und Herr Rogalla. Sie begrüßten sich untereinander mit Handschlag und waren gewandt in einfacher Kommunikation: »Mal sehen, was es heute gibt«, eröffneten sie ein Gespräch auf dem Weg zur Kantine und sagten »Mahlzeit!« in viele Richtungen. Sie hatten ein zwanzigbändiges Lexikon und keine Angst vor Atomkraftwerken. Sie waren diplomatisch und sagten bei Konflikten: »Man muß auch die andere Seite sehen«. Sie kannten den Golf von Neapel, und ihre Kameras hatten mehrere Objektive. Sie trugen im Sommer atmungsaktive Polohemden und zur Weihnachtszeit gestreßte Mienen ... Ich beobachtete die Gleichaltrigen, für die eine Aufgabe bereitstand. Wie sicher sie sich bewegten. Wie selbstverständlich sie in der Lebensmittelabteilung mit einem Scheck bezahlten, und wie gleichmütig sie alle hinter sich in der Schlange zu ihrem Publikum machten ... Ich traf Klassenkameraden und wunderte mich, daß sie in zwölf Jahren so viel älter geworden waren als ich. Das waren die Macher, die Kurzentschlossenen, die das, was sie suchen, überall finden, die von Hamburg nach Böblingen ziehen, wenn die Kasse stimmt und die Parkplatzordnung der Firma sie angemessen berücksichtigt.

Georg Heinzen/Uwe Koch: Von der Nutzlosigkeit erwachsen zu werden. Reinbek: Rowohlt 1985.

◄
220000 Anhänger der Friedensbewegung bilden 1983 eine Menschenkette von Stuttgart nach Neu-Ulm. Foto: Herden.

Ich denke, die 68er waren frühe Post-Materialisten. Oder, weil mir das Wort besser gefällt: Hedonisten[1]. Hedonisten mit dem schlechten Gewissen allerdings, daß sie noch nicht genug geleistet hätten, um schon genießen zu dürfen. Die auf sie folgende Zwischengeneration hatte es da leichter und schwerer zugleich. Cora Stephan, die ein allseits bekanntes Schandmaul ist, hat den neuen Typ 1983 im *Kursbuch* beschrieben:

»Seiner Mutter tat er mit den überschulterlangen Haaren und dem weniger männlich denn natürlich sprießenden Vollbart manch Leid an, aber ansonsten war er der Frauen bester Freund. Ein Kind der siebziger Jahre, in denen die Errungenschaften von '68 bereits geerntet, eingefahren und verarbeitet waren: unaggressiv, androgyn, selbstkritisch. Er zog handgestrickte Ringelpullover den Hemden und Manschetten vor und bot das gute Gespräch an, bevor er sich im Bett, auf Schmusen, Streicheln und Penetrationsverzicht eingestellt, als gelehriger Schüler der Frauenbewegung erwies. Er ging stets mit zum Frauenarzt, bewährte sich beim Temperaturmessen, kannte sich mit den Funktionen des weiblichen Körpers besser aus als mit denen des eigenen. Er hielt der Weiblichkeit noch die Stange, als andere sich bereits wieder auf Mackerqualitäten zurückbesannen und ihren zeitweiligen Verzicht darauf nunmehr als unterdrückten Fremdeinfluß der Frauenbewegung erkannten«[2].

Es ist nicht richtig, wenn den Jugendbewegungen der späten 60er und frühen 70er Jahre in kritischer Absicht und mit einem Beigeschmack von Häme bescheinigt wird, sie hätten die Ängste, Wünsche und Hoffnungen des Einzelnen in die Fassade des caritativen Anspruchs eingemauert, allzeit für die Befreiung des Proletariats, dieses stellvertretend, kämpfen zu müssen. Sie hätten außer Acht gelassen, daß Menschen ein Recht darauf haben, glücklich zu sein, ihr Leben zu genießen – nicht irgendwann in ferner Zukunft, sondern hier und jetzt. Es war im Jahre 1971, als Diethart Kerbs einen Sammelband über die »hedonistische Linke«[3] herausgab. Wilfried Gottschalch wählte als Motto für seinen Beitrag über Marxismus und Hedonismus den schönen Satz von Sigmund Freud: »Glück ist die nachträgliche Erfüllung eines prähistorischen Wunsches. Darum macht Reichtum so wenig glücklich; Geld ist kein Kinderwunsch gewesen«[4].

Zeitgenössische Bewegungen werden häufig als Moden mißverstanden. Wenn Mehrheiten sie abgelegt haben wie die Bluse vom letzten Sommer, dann gelten sie als passé. Kontinuität ist nicht gefragt in einer Zeit permanenter Schlußverkäufe. Auch die Mängelrüge, die Bewegungen der 60er und 70er Jahre hätten sich nicht um die Ängste, Wünsche und Hoffnungen des Einzelnen gekümmert, greift zu kurz. Die Bewegungen entzündeten sich sehr wohl an den Konflikten, unter denen die frühe Studenten-, Schüler- und Lehrlingsbewegung litt[5]: volle Hörsäle, wertfreie, objektivistische Wissenschaftsvermittlung, isoliertes Leben und Lernen, individueller Konkurrenzkampf um Prüfungsnoten und Lebenschancen. Die Einrede der Älteren, früher sei ja alles noch viel schlimmer gewesen, geht am Wesen menschlicher Bedürfnisse vorbei. Sie sind keine Naturkonstante, sondern besetzen ein Anspruchsniveau, das sich am Pegel des inzwischen erreichten gesellschaftlichen Fortschritts orientiert. Menschen, die einigermaßen menschlich zu leben gelernt haben, werden begehrlich. Nur Sklaventreiber lenken die Spiralen menschlicher Bedürfnisse nach unten.

Gegen die kritisierte Realität ihres Alltagslebens hatten Studenten und Schüler praktische Alternativen gesetzt: Die Gruppenarbeit, das alternative Seminar[6], Gruppenprüfungen und Gruppennoten, Theorie-Praxis-Verbund in Gestalt von Studienprojekten, Arbeits»kollektive« und Wohngemeinschaften. Begünstigt wurden die Wohngemeinschaften durch große, ehemals herrschaftliche Mietwohnungen in den Großstädten, später kamen verlassene Fabriketagen (*Lofts*) dazu. Die »WG« sollte einen Lebens- und Arbeitszusammenhang zwischen Gleichgesinnten beiderlei Geschlechts stiften und verhindern, daß das sich gerade von seiner Ursprungsfamilie emanzipierende bürgerliche Individuum wieder in die Isolation bürgerlicher Individualität zurückfiele. Und – jetzt kommt ein für meine Argumentation wichtiger Punkt –, alle Mitglieder der Wohngemeinschaft sollten jedem einzelnen Bewohner helfen, sich kritisch und mit der Absicht der Veränderung der eigenen Person, mit seiner Vergangenheit, mit Familie, Schule, Kirche, bisherigem Studium, Berufsperspektive, Beziehung zum anderen Geschlecht, auseinanderzusetzen. Die Mitglieder der Berliner Kommune 2 beschrieben ihre, gleichsam gruppenanalytische Praxis als den Versuch, Konflikte methodisch zu bearbeiten.

»In der ersten Zeit versammelten wir uns fast jeden Abend, um über den täglichen Ärger, die gegenseitigen Aggressionen oder individuellen Schrullen zu sprechen. Wir spürten das Bedürfnis, Probleme, mit denen wir uns bis dahin allein herumgeschlagen hatten, mit den anderen zu teilen. Die bürgerliche Moral zwingt das Individuum dazu, seine spontanen Emotionen weitgehend zu unterdrücken. Wilhelm Reich hat diese Unterdrückung als Charakterpanzerung beschrieben (vgl. *Charakteranalyse*, 1. Aufl. 1933). In einer Gesellschaft, in der jeder Mensch des anderen Konkurrent ist, darf niemand seine innere Schwäche (Angst, Traurigkeit, den Wunsch nach Zärtlichkeit und Liebe) anders als in der seltenen Intimität eines Liebesverhältnisses eingestehen. Der Zwang, in der Konkurrenz bestehen zu müssen – wie wir es noch als Leistungsanspruch in den politischen Diskussionen im SDS erfahren hatten –, bringt die Menschen zur ständig erneuerten Verhärtung gegenüber ihren eigenen Wünschen und zu den bösrtigsten Aggressionen gegenüber denen der anderen. In der Kommune lernten wir allmählich, unsere eigenen unterdrückten Bedürfnisse in denen der anderen wiederzuerkennen ... Aber diese Aggressionen, wie Türen-Zuschlagen und gegenseitiges Anbrüllen, boten keinem von beiden eine Abfuhrmöglichkeit, sondern führten bei den Mädchen zu Depressionen. Und die sexuellen Schwierigkeiten waren noch nicht dadurch behoben, daß man diese Konflikte genau benennen und mit den anderen darüber reden konnte. Wir wurden dazu gedrängt, die frühkindlichen Ursachen dieser Schwierigkeiten aufzudecken, und versuchten, ein gruppenanalytisches Verfahren zu entwickeln. Die wichtigsten Faktoren dieser Methode waren: 1. Jeweils einer analysierte ein anderes Gruppenmitglied. Die Gruppe war dabei anwesend und fungierte als Kontrollinstanz. 2. Der jeweilige Analytiker ging aktiv auf die Wünsche des Analysanden ein, soweit es nötig war, um Alternativerfahrungen zu frühkindlichen Ängsten zu ermöglichen. 3. Trotz theoretischer Bedenken mußten wir ohne ausgebildeten Analytiker auskommen. In der Analyse gelang es uns, Affekte und Verdrängungen zu lösen. Das wirkte sich unmittelbar in größerer Spontaneität und Zärtlichkeit in der gesamten Gruppe aus. Wir mußten die Analyse nach drei Monaten aber abbrechen, weil die Dynamik der befreiten Wünsche, Phantasien und infantilen Ansprüche jeglichen Realitätsbezug zu überschwemmen drohte. Da alle gleichzeitig an diesem Prozeß beteiligt waren, fehlte jemand, der die aufbrechenden Strebungen hätte relativieren können.

»Ein Kollektiv wie unseres, in dem niemand gezwungen war, regelmäßig zu arbeiten, schwebt in der Gefahr, den Bezug zur gesellschaftlichen Realität allmählich zu verlieren. Dieser Verlust der Realität und die utopische Phantasiewelt sind zur Zeit bei vielen subkulturellen Gruppen in Westdeutschland und Westberlin zu beobachten, vor allem bei denen, die regelmäßig Halluzinogene und Opiate nehmen. Wir waren mehrfach (vor allem während der Zeit der Analyse) verlockt, dem Wunsch nach einer totalen Regression in eine infantile Traumwelt nachzugeben. Wir malten uns einen Zustand aus, in dem jede äußere Organisation aufgehoben wäre. Jeder hätte schlafen können, solange er wollte, dann essen dürfen, wenn er Hunger hatte. Niemand sollte saubermachen, abwaschen, einkaufen, außer er verspürt das Bedürfnis dazu. Wir wollten ein gemeinsames Schlafzimmer einrichten, Musik hören und tanzen und im übrigen nur wie unsere Kinder miteinander spielen. Wir möchten nach den Beobachtungen, die wir heute an anderen Gruppen machen, bezweifeln, ob diese Form kollektiver Regression therapeutische Wirkung hat, wenn auf die Dauer das Kollektiv keine andere gemeinsame Aufgabe entfaltet. Das Fehlen einer Instanz, die den Bezug zur äußeren Realität repräsentiert (wie sie in der Kindheit die Eltern darstellten), scheint typischerweise eher zu einer fortschreitenden Desintegration der psychischen Struktur zu führen, als daß sie helfen könnte, gegen die gesellschaftliche Manipulation resistentere und autonomere Individuen zu bilden«[7].

Gruppendynamik

Das, was den Kommune-Mitgliedern als ein starkes Bedürfnis bewußt wurde, was sie aber mit den ihnen zur Verfügung stehenden Mitteln nicht befriedigen konnten, war zu jener Zeit in den USA zu einem etablierten

Instrument der Selbsterfahrung durch Reflexion im Gruppenprozeß entwickelt worden. Bei dieser Entwicklung hatte der Gestalt-Psychologe Kurt Lewin, den wir schon aus seinen methodischen Forschungsbeiträgen zur Gruppenpädagogik kennen, eine bedeutsame Rolle gespielt.

Im Sommer des Jahres 1946 veranstaltete die *Interracial Commission of Connecticut* mit dem Forschungszentrum für Gruppendynamik an der Technischen Universität von Massachusetts (MIT), an der Kurt Lewin damals lehrte, einen Fortbildungslehrgang für Lehrer, Sozialarbeiter, Geschäftsleute und interessierte Laien, um sie als lokale Meinungsführer für die Aufgabe zu qualifizieren, in ihren Gemeinden dafür einzutreten, daß im Rahmen der Gleichbehandlung von weißen und »farbigen« Amerikanern die gerade verabschiedete Gesetzgebung des *Fair Employment Practices Act* berücksichtigt wurde. Das Projekt war gleichzeitig ein Forschungsprojekt, durch das Licht auf die Faktoren geworfen werden sollte, welche für Wahrnehmungsverzerrungen, Verhaltenssperren und Vorurteils-Bildungen gegenüber der bürgerrechtlichen Zielsetzung des Fortbildungslehrganges verantwortlich sein könnten. Dozenten und Forscher trafen sich auf Anregung von Kurt Lewin an jedem Abend, »um ihre Beobachtungen vom Fortschritt jeder Gruppe zusammenzutragen und auf Band zu sprechen«[8]. Einige Tagungsteilnehmer, die auf dem Universitätsgelände wohnten, hörten von diesen Besprechungen und wollten an ihnen teilnehmen. Die Forscher machten die Erfahrung, daß diese Teilnehmer bei der Reflexion ihres eigenen Verhaltens hochgradig bedeutsame und treffende Einschätzungen geben konnten, »wenn sie auf eine mehr oder weniger objektive Weise mit den Daten konfrontiert wurden, die ihr eigenes Verhalten und seine Wirkungen betrafen, allerdings unter der Voraussetzung, daß sie sich am Nachdenken über diese Daten beteiligen konnten, ohne in die Defensive getrieben zu werden«[9].

Diese Erfahrungen führten zur Erfindung der Gruppendynamik als Lehrmethode zur Modifizierung des eigenen Verhaltens. In einer Trainingsgruppe werden Menschen veranlaßt, miteinander zu agieren, sie werden danach (später auch gleichzeitig) veranlaßt, ihre Meinungen und Gefühle über ihr eigenes Handeln und ihre Reaktionen auf das Handeln anderer auszutauschen. Dieser Austausch (*feed back*) kann dazu führen, daß sie lernen, ihre Wirkungen auf andere realistischer einzuschätzen und ihr eigenes Verhalten so eindeutig zu machen, daß es von anderen nicht mißverstanden werden kann. Um diesen heiklen Prozeß ohne große Störungen ingang zu bringen, entwickelten die Gruppendynamiker der ersten Generation[10] strenge Rituale: Die Trainer (es sollten immer zwei sein, die sich gegenseitig kontrollierten und nach der Sitzung den Verlauf untereinander kritisch einschätzten) waren gehalten, keinerlei Bewertung des Geschehens zu geben und auch über sich und ihre eigene Befindlichkeit nichts auszusagen. Sie sollten wie ein Tintenklecks im Rohrschach-Test als Projektionsfläche fungieren, auf welche die Gruppenmitglieder ihre Ängste, Wünsche und Hoffnungen *untereinander* projizieren konnten. Die Trainer *durften* Erklärungsangebote im Hinblick auf das vor ihnen liegende Geschehen machen und an Aussagen erinnern, die von Mitgliedern der Gruppe in früheren Sitzungen gemacht worden waren. Kam aus der Gruppe Widerstand gegen diese Deutungsversuche, dann durften sie keinesfalls auf ihren Deutungen bestehen. Die Gruppenmitglieder durften alles sagen und tun, was sich auf die Personen der Gruppe und das Geschehen in der Gruppe bezog. Jeder durfte im Hinblick auf sich selbst auch von Dritten erzählen, wenn sie ihm für seine Geschichte wichtig erschienen. Die Gruppensitzungen begannen sehr pünktlich und endeten ebenso pünktlich, teilweise unvermittelt und abrupt. Außerhalb der Sitzungen sollte nicht über das Geschehen in der T-Gruppe gesprochen werden. Trainer und Co-Trainer trafen außerhalb der Gruppensitzungen *nicht* mit den Gruppenmitgliedern zusammen. Täglich gab es höchstens 2 Sitzungen (manchmal eine T-Gruppensitzung am Vormittag und eine A(rbeitsgruppen)-Sitzung am Nachmittag, auf der gemeinsam interessierende Sachfragen besprochen wurden. An den A-Gruppen-Sitzungen nahmen die T-Gruppen-Trainer nicht teil.

Gruppendynamische Trainings-Methoden wurden Anfang der 60er Jahre in der Bundesrepublik Deutschland bekannt gemacht[11]. »In den letzten Jahren (nach 1971, d. V.) hat die Gruppendynamik auch ihren Einzug in die Hochschule gefunden[12]. Es fällt auf, daß diese verstärkte Rezeption der Gruppendynamik im Hochschulbereich parallel läuft mit einer durch staatliche Eingriffe und Reformmaßnahmen verstärkten Vergesellschaftung des Studiums. Dabei meint Vergesellschaftung des Studiums nicht nur die rapide steigende Studentenzahl an unseren Universitäten, den anonymen Massenbetrieb, die überfüllten Hörsäle, sondern auch eine zunehmende Rationalisierung und Effektivierung der Hochschulorganisation, der Studiengänge und der Studenten selbst«[13]. Tobias Brocher vom Sigmund-Freud-Institut in Frankfurt hatte als einer der ersten Deutschen die von Kurt Lewin und Leland P. Bradford entwickelte Methode gruppendynamischen Trainings aufgegriffen und ihre psychoanalytische Fundierung verstärkt. Er ging davon aus, daß in der gemeinsamen Gruppenarbeit von Erwachsenen frühkindliche Erfahrungen revitalisiert werden, die in der eigenen Ursprungsfamilie mit Eltern und Geschwistern gemacht worden sind. »Bei der Anpassungsleistung an die Primärgruppe sind also die soziale Angst und der Wunsch nach Bestätigung entscheidend beteiligt. Nach dem gleichen sozialen Modell erfolgt zunächst unbewußt auch die spätere Anpassung an sekundäre Gruppen. Ziel dieser Anpassung ist es wiederum, ein Gleichgewicht zwischen der Befriedigung eigener Bedürfnisse durch die Zugehörigkeit zur Gruppe einerseits und der Identifizierung mit ihren Standardnormen oder -regeln andererseits herbeizuführen. Gleichzeitig erwartet man eine Belohnung durch die Gruppe für die zurückgestellen, innerhalb der Gruppennormen nicht tolerierten Befriedungswünsche«[14]. In der Gruppensituation neigen Menschen dazu, unabhängig von ihrer intellektuellen Einsicht emotional auf frühere Ebenen von Erwartungsvorstellungen zurückzufallen. »Auf diesen bedeutet Wissen zugleich Nahrung, die der Gruppenleiter den Mitgliedern gibt oder vorenthält. Seine Zuwendung zum einzelnen Gruppenmitglied, gleichgültig welcher Art und welcher rationalen Inhalte, bedeutet dann ein Mehr an Zufuhr für den Betreffenden gegenüber anderen. Die Abwendung vom einzelnen Gruppenmitglied, wiederum unabhängig vom verbalen oder rationalen Inhalt, bedeutet dagegen eine Verringerung der Zufuhr gegenüber Gruppenmitgliedern«[15]. *Deshalb* sollten sich die Trainer nicht so verhalten wie Gruppenleiter. Durch ihre bewußte (und zunächst immer provozierende) Enthaltsamkeit sollten sie die emotionalen Bedürfnisse der Teilnehmer vom Leiter weg und hin zu den anderen Gruppenmitgliedern lenken. Die Hindernisse, die bei diesem Prozeß der Neuorientierung auftraten, sollten durch Rückbesinnung auf die eigenen, kindlichen Sozialisationserfahrungen bewußt gemacht und überwunden werden.

Gruppendynamisches Training war für viele Studierende, vor allem solche, die bisher noch nicht an Gruppenarbeit gewöhnt worden waren, eine entlastende, stimulierende und erkenntnisträchtige Sache. Bisher hatten sie mehr oder weniger darunter gelitten, daß Kommilitoninnen und Kommilitonen, die verbal mit ihnen einer Meinung waren, in ihrem Kommunikationsverhalten das Gegenteil ausdrückten. Jetzt konnten sie sich dieses merkwürdige Phänomen erklären. Und sie konnten lernen, durch verbalen und nicht verbalen *feed back* empathischer zu agieren und für die anderen eindeutiger zu werden.

Zu der Zeit, als sich gruppendynamisches Training alter Schule in der Bundesrepublik ausbreitete, war es in den USA schon obsolet geworden. Vor allem in Kalifornien, dem Treibhaus neuer Therapien und neuer Scharlatanerien war es zu ungezählten neuen Fummel-Strategien verkommen, mit denen Psychologen der verschiedensten Schulen und Richtungen ihr zahlungskräftiges Publikum amüsierten. Die neuen Klienten der neuen Gruppendynamik wollten nichts mehr über sich erfahren, sie wollten »einen warmen, liebevollen Trainer, sie wollten diese Zuneigung nicht durch die Arbeit an ihren Problemen bewiesen erhalten, sondern sie wollten sie direkt, demonstrativ... sie wollten emotional bewegt und geliebkost werden, sie wollten spezielle Übungen zum Phantasieren, Meditieren oder nichtverbalen Verhalten«[16].

Das Einhalten des strengen, rituellen Arrangements der Gruppenarbeit nach den Regeln der »alten« Gruppendynamik der ersten Generation hat sich in vielen Fällen als zu umständlich für den erwachsenenpädagogischen Hausgebrauch erwiesen. Ruth Cohn hat deshalb eine methodische Variante entwickelt, die nicht zusätzlich zu normalen Gruppensitzungen angewandt werden muß, sondern die in diesen »normalen« Sitzungen praktiziert werden kann. Diese »themenzentrierte interaktionelle Methode« (TIM) läßt sich mit einem Satz von einfachen Regeln beschreiben, die sich sowohl auf das Kommunikationsverhalten der Gruppenmitglieder bei der Behandlung von Sachfragen beziehen als auch auf ihr Verhalten bei der Behandlung von Fragen der Befindlichkeit der Gruppenmitglieder angesichts der Art und Weise, wie diese Sachfragen behandelt werden.

1. Versuche in jeder Sitzung das zu geben und aufzunehmen, was Du selbst geben und aufnehmen willst.
2. Bestimme selbst, wann Du reden und wann Du schweigen willst und was Du tust.
3. Störungen haben Vorrang und sollten gleich von der Gruppe besprochen werden.
4. Sprich immer per »ich« und nicht per »man« oder »wir«.
5. Versuche Dir bewußt zu sein, was Du wirklich sagen oder tun willst, nicht was Du tun solltest oder von Dir erwartet wird.
6. Beobachte Signale aus der Körpersphäre.
7. Es soll nie mehr als einer auf einmal reden.
8. Seitengespräche haben Vorrang.
9. Fragen sollten nur selten gestellt werden.
10. Vermeide Interpretationen und Generalisierungen von Aussagen anderer[17].

Das themenzentrierte Verfahren wurde in den 70er Jahren bei uns recht populär. Es hatte eine befremdliche Nebenwirkung. Hatten bisher viele Gruppenmitglieder darunter gelitten, daß andere sich mit ihnen stritten, obwohl sie doch offensichtlich miteinander einer Meinung waren, so konnten jetzt TIM-gewitzte Gruppenmitglieder jede unliebsame Sachdiskussion mit der Bemerkung stoppen: »Ich fühle mich jetzt aber *sehr* unbehaglich« oder »In der gegenwärtigen Diskussion finde ich mich *überhaupt nicht* wieder«. Dann schwenkte die Aufmerksamkeit der übrigen Gruppenmitglieder auf die Störungen des Störers – denn »Störungen haben Vorrang« – und alle versuchten herauszufinden, welches Leid man ihm denn angetan hätte.

Immerhin war die Rezeption der Gruppendynamik in der Bundesrepublik Deutschland eine notwendige und wichtige Bereicherung der alten Gruppenpädagogik, der ja (auch in diesem Buch) der Vorwurf gemacht worden ist, daß sie neuere Erkenntnisse der soziologischen und sozialpsychologischen Kleingruppenforschung nicht berücksichtigt habe und daß sie im übrigen in methodischen Formalismen erstarrt sei, die es überhaupt nicht mehr erlaubten, einen sinnvollen Zusammenhang zwischen den Inhalten der Gruppenarbeit (dem »Programm«) und den je nach Programm zu modifizierenden methodischen Handlungsschritten herzustellen. Die weitere Entwicklung der Gruppendynamik in der Bundesrepublik kann ich im Rahmen dieses Buches nicht mehr behandeln. Sie ist aus den jüngeren Jahrgängen der Fachzeitschrift »*Gruppendynamik.* Zeitschrift für angewandte Sozialwissenschaft« abzulesen, die im Verlag Klett-Cotta (Stuttgart) erscheint.

Therapie-Bewegung

Die Rezeption der Gruppendynamik in der Bundesrepublik Deutschland war nur der erste Vorläufer einer viel breiter angelegten Therapie-Bewegung, die Mitte der 70er Jahre einsetzte und Anfang der 80er Jahre einen Höhepunkt erreicht hatte. Selbst Intimkenner der Szene haben inzwischen den Überblick über die Vielfalt der verschiedenen Therapie-Schulen verloren, zumal die neuen Therapien es aufgegeben haben, sich noch explizit auf jene psychologischen Schulen zu beziehen, denen sie ihre teils interessanten, teils wunderlichen Konzepte, Methoden und Verfahren verdanken. Außerdem sind sie als Mode-Erscheinungen des blühenden *body and mind markets* kurzlebig und bilden selten eine verschriftlichte, geschweige denn wissenschaftlich dokumentierte Tradition aus, sondern werden meist durch mündliche Überlieferung von Therapeut zu Therapeut und von Analysand zu Analysand weitergereicht. Sehr allgemein gesprochen kann man fünf therapeutische Hauptrichtungen unterscheiden: die mit der Psychoanalyse verbundene Psychotherapie nach Sigmund Freud und seinen verschieden Schülern und Dissidenten; die Gesprächstherapie nach Carl Rogers, die Gestalttherapie nach F. Pearls, die Verhaltenstherapie nach Burrhus Frederic Skinner und Albert Bandura und die Kommunikationstherapie nach Paul Watzlawick (unter Mitarbeit von Jackson und Bateson). Das Handwörterbuch für Psychologie aus dem Jahre 1982 nannte 46 Therapie-Formen der »wichtigsten Therapieschulen«[18], die von 200 Organisationen vertreten wurden, »die in der psychotherapeutischen Ausbildung tätig waren, über deren Richtlinien aber wenig bekannt war«[19].

Der auf der Erscheinungsebene als »Therapie-Boom« und als »Weg in die Therapie-Gesellschaft« beschriebene Prozeß fand viele Anhänger und stieß auf heftigen Widerstand. Der Widerstand machte sich vor allem an den Therapien der »Humanistischen Psychologie« fest[20], die durch das 1974 erschienene Taschenbuch »Anleitung zum sozialen Lernen für Eltern, Paare und Erzieher«[21] popularisiert worden war. Der Humanistischen Psychologie bescheinigt Rolf Winiarski, sie verbreite ein aus »aufgeblasenen Trivialitäten und modischen Irrationalismen zusammengebrautes neues Menschenbild, das auf fruchtbaren Sponti-Boden gefallen sei«[22]. Winiarski hatte im Wintersemester 1982/83 an einem Seminar des renommierten Psychologie-Professors Reinhard Tausch teilgenommen – der die Gesprächstherapie von Carl Rogers in Deutschland bekannt gemacht hat, nachdem er versucht hatte, die Erkenntnisse der Führungsstil-Untersuchungen von Kurt Lewin auf den deutschen Schulunterricht zu übertragen. Winiarski hatte den Seminarverlauf wörtlich protokolliert. Dabei kamen in der Tat wundersame und befremdliche Dinge zum Vorschein.

Unter dem Dach der 46 von der Wissenschaft mindestens zur Kenntnis genommenen Therapie-Formen entwickelte sich ein Gestrüpp von subkulturellen Therapie-Ablegern, das weder zu überblicken noch auf seine wissenschaftstheoretischen und handlungspraktischen Voraussetzungen und Konsequenzen einzuordnen war. Auf der Grundlage von Anzeigen in Stadtmagazinen stellte Winiarski beispielsweise die folgenden Therapieangebote zusammen:

»Buddhistische Therapie durch Diplompsychologen/ Befreiung des transzendentalen Selbst/ Körper&Trommeln, Selbsterfahrung durch elemantare Rhythmen/ Rebalancing-Massage, diese Körpertherapie sucht tiefsitzende physische und psychische Verspannungen zu beheben/ Tanztherapie und Body-Language/ Praktische Anwendung ursprünglicher Weisheit gemäß dem vierten Weg/ Astrotherapie, wir befassen uns liebevoll mit Deinem Weg/ Individuelle Einzelsitzungen in psychischer Massage, Energieausgleich, Bodyreading, Reinkarnation/ Gestalttherapie und Windsurfkurs/ Heilkräuter-Meditations-Seminar/ Heil-werden durch die Kraft des Geistes, Indianische Pfeifenzeremonie, Benutzung der Heilkräfte von Kristallen ...«[23].

Der Psycho-Boom hinterließ seine Spuren auch in der großstädtischen Szene-Sprache. Wurde ihr Vokabular früher aus dem Fixer-Jargon gespeist (»antörnen«, »abtörnen«, »auf etwas abfahren«, »high sein«, »drauf sein«, »sich etwas einziehen«, »ausflippen«), so sickerten jetzt die Fachausdrücke des *body and mind markets* ein: »ich kann damit umgehen«, »das ist für mich sehr wichtig«, »du blockst jetzt aber ab«, »verkopft leben«, »laß dir das doch zu«, »du klammerst noch sehr«, »gib doch mal *feed back*«. Der Berliner Germanistik-Professor Klaus Laermann hat 1974 im *Kursbuch* eine ziemlich genaue und amüsante Beschreibung des »linken Berliner Kneipengeredes« (*Kursbuch 37*) gegeben. Auch das Botho-Strauß-Stück »Caldewey Farce« in der Inszenierung der Berliner Schaubühne am Lehniner Platz enthält hervorragend beobachtete und in szenische Aktion umgesetzte Mosaik-Bilder der einschlägigen Großstadt-Szene.

Wie war ein solcher Therapie-Boom zu erklären? Und zuvor: War es überhaupt ein Boom? Entsprach die öffentliche Wahrnehmung seiner quantitativen Reichweite? Faber hat 1984 zusammengerechnet, daß von den gesamten kassenärztlichen Leistungen für das ambulante Gesundheitssystem ganze 0,56 Prozent auf psychotherapeutische Leistungen entfallen, während die restlichen 99,44 Prozent innerhalb der somatischen Medizin ausgegeben werden[24]. Von den knapp 200000 Ärzten der Bundesrepublik arbeiten knapp 3000 als Fachpsychotherapeuten, hinzu kommen etwa 1500 indirekt von den Kassen anerkannte Fachpsychologen[25]. Aus diesen Zahlen aus den Jahren des Höhepunktes des sogenannten Therapie-Booms läßt sich kein rechter »Boom« ablesen. Das hängt damit zusammen, daß die meisten Menschen, welche die offensichtliche Fülle modischer Therapien in Anspruch nehmen, diese Dienstleistungen bar bezahlen (200 bis 800 DM für einen Wochenend-Workshop) und nicht auf Krankenschein in Anspruch nehmen. Damit wird der Kreis potentieller Nutzer des Therapie-Booms auf eine vergleichsweise kleine Gruppe junger, großstädtischer, akademisch vorgebildeter Frauen und Männer (die sogenannten *Yuppies*[26]) eingegrenzt, die sich solche relativ kostspieligen und zeitaufwendigen Therapien leisten können bzw. denen ihre »seelische Gesundheit« wichtig genug ist, um in ihre Erhaltung oder Wiedergewinnung namhafte Beträge zu investieren. Als besondere Zielgruppe von Psychotherapien der verschiedenen Couleur machte Gerhard Vinnai (1979) die Angehörigen des »gehobenen Kleinbürgertums« in den höheren Rängen von Angestellten- und Beamtenschaft aus, deren gesellschaftliche Lage durch bestimmte ökonomische Zwänge und psychische Verkrüppelungen gekennzeichnet sei. »Der Kleinbürger in den höheren Rängen der sozialen Hierarchie muß von der ›Spitze‹ delegierte Aufgaben in einem bestimmten Rahmen selbständig ohne unmittelbare Kontrolle ausführen. Die größere Freiheit von unmittelbarem äußeren Druck, die dem Kleinbürger im Vergleich zum Arbeiter zugebilligt wird, behält er nur, sofern er bereit ist, sich selbst so zu disziplinieren, wie es die Regeln der Institution verlangen, in der er tätig ist ... Der Kleinbürger, der sich ständig selbst disziplinieren muß, der die Widerborstigkeit seiner Bedürfnisse gegen die ihm aufgezwungene ökonomische Charaktermaske unter ständigem Aufwand von psychischen Energien niederringen muß, sehnt sich im geheimen danach, sich gehenzulassen, Orgien zu feiern, sich hemmungslos seiner Triebhaftigkeit hinzugeben ... Der isolierte Einzelne sehnt sich, zumindest unterschwellig, nach der starken Hand von Übervätern, die die innere Abwehr des bedrohlich drängenden Begehrens von außen unterstützt und damit psychodynamische Entlastung gewährt«[27]. Nehmen wir an, das wäre so, wie es in aller Allgemeinheit von Vinnai vermutet worden ist[28]. Dann würde immer noch ein Zwischenglied fehlen. Auslösend für Therapiebedürfnisse wirkt objektives Leiden nur unter der Voraussetzung, daß es auch subjektiv als »Leiden« erkannt wird und nicht etwa als Begleiterscheinung eines naturwüchsig ablaufenden »Schicksals«. Die Sensibilität für das Leiden und der Begriff vom Leiden müssen zum objektiven Leiden hinzukommen, um therapeutische Bemühungen in Gang zu setzen. Diese Voraussetzungen scheinen mir in der gegenwärtigen Situation bei einer Zielgruppe gegeben, die im Rahmen ihres erziehungs- und gesellschaftswissenschaftlichen Studiums gelernt hat, individuelles Schicksal auf gesellschaftliche Verhältnisse zurückzuführen, mit der Arbeit an der Vermenschlichung gesellschaftlicher Verhältnisse aber nicht zu warten, bis neue Verhältnisse eingetreten sind, die es erlauben, daß Menschen sich zu Menschen bilden. Diese Aufforderung zu einer Doppelstrategie der Veränderung von *Verhältnissen* und der gleichzeitigen Selbsterziehung in *Beziehungen* war ja die Kernaussagen der 11. These von Karl Marx über Feuerbach, auf die sich viele Studentenbewegte bezogen.

Die Vermutung erscheint plausibel, daß es vor allem studentenbewegte, großstädtische Angestellte, Beamte und Freiberufler aus den Überbau-Berufen von Erziehung und Bildung, von Schule und Hochschule, Sozialarbeit und Sozialpädagogik, von Humanmedizin, Theologie, Psychologie und Soziologie waren, die von Markte neuer Sensibilitäts- und Selbstbefreiungs-Therapien bedient wurden.

»In der ›Therapiegesellschaft‹ kumuliert alles Leiden an der technisch-rationalen Welt, sie integriert alle Hoffnungen nach einer therapeutischen Rettung des Subjekts – wobei gar nicht ausgemacht sein muß, was dieses Subjekt letztendlich sei. Ironischerweise war es nicht zuletzt Marcuse, der viele von uns zur Teilhabe an dieser Therapiegesellschaft veranlaßte. Als Analytiker, Psychiater, Sozialarbeiter auf der Seite der Außenseiter und Opfer zu stehen, schien uns eine klare Möglichkeit zu sein, die Kritik des Systems zu realisieren. Andere kamen hinzu: der Ingenieur (grad.) bei Siemens, der sich, um keine Waffen mitproduzieren zu müssen, zum Sozialarbeiter umschulen ließ, der erfolgreiche Manager, der Musiktherapeut wurde, oder der Verhaltenswissenschaftler, der sich zum Sufi-Therapeuten mauserte. Gut, das politische Bewußtsein unter den Teilhabern der Therapiegesellschaft mag differieren; in Psychiatrie und Psychoanalyse jedenfalls treffen wir heute auf eine größere Anzahl kritischer Kollegen als im gesamten übrigen Gesundheitssystem«[29].

Das wäre die freundliche Seite einer möglichen Interpretation des Therapie-Bedürfnisses und des Bedürfnisses nach Therapie-Ausübung am Ausgang der Studentenbewegung. Die dazugehörende unfreundliche Seite der Interpretation ist von Peter Krahulec angedeutet worden, als er ein vergessenes Zitat von Maxim Gorki in Erinnerung brachte, wonach »der Intellektuelle... nach jeder Begegnung mit dem Volk bestrebt (sei), in seine Kreise zurückzukehren – von der Lösung des sozialen Problems kehrt er zur Lösung des individuellen zurück«[30]. Kurt Bader hat in seinem empfehlenswerten Buch »Viel Frust und wenig Hilfe« (Weinheim [2]1987) die Vermutung ausgearbeitet, daß diese Rückzugsbewegung nicht nur, wie das Zitat von Maxim Gorki nahelegt, der Eigengesetzlichkeit kleinbürgerlicher Existenzweise geschuldet ist, sondern auch der Sozialen Arbeit als Beruf anhaftet. Indem das »Soziale« vom »Gesellschaftlichen« abgelöst und den, in der Sozialen Arbeit interagierenden Personen angeheftet wird, fixiert sich der Betrachterblick auf die Folgen gesellschaftlicher Problemlagen, als wären sie zu Recht die bestimmenden Ursachen für Gefühle und Werturteile, für Zuwendung und Abwendung, für Sympathie und Antipathie, für Stilisierung und Diskriminierung, Aufwertung und Abwertung. Darüber hinaus macht Kurt Bader deutlich, daß Glorifizierung ebenso wie Vernachlässigung methodischen Arbeitens zu den Berufskrankheiten von Sozialarbeiteren und Sozialpädagogen gehören. Kritische Distanz und Reflexion der eigenen Rolle müssen nicht zu professionellem Dauerfrust führen, sondern können sehr wohl helfen, subjektive Handlungsmöglichkeiten zu erschließen und neue Spielräume mit Leben zu füllen.

Wie dem auch sei – sicher ist, daß diejenigen, die als »Surfer auf die heranrollende Psycho-Welle gesprungen waren« (Ulrich Enzensberger), sich davon etwas für sie persönlich Erweiterndes, Bereicherndes und Veränderndes versprachen. Wie sah das bei Sozialarbeitern und Sozialpädagogen aus? Hatten sie auch und hatten sie *nur* solche persönlichen Interessen, oder spielte bei ihnen die Hoffnung eine Rolle, über den bewußteren und kontrollierteren Einsatz der eigenen Person als Medium von Lehr-Lern-Prozessen ihr professionelles Handeln zu verbessern? Diesen Fragen ist seit 1977/78 in Berlin eine aus Sozialarbeiterinnen und Sozialarbeitern bestehende »Arbeitsgruppe Psychomethoden« nachgegangen. Eine von ihr im März 1979 organisierte Arbeitstagung bestätigte den Eindruck, »daß das Interesse an psychotherapeutisch orientierten Methoden unter Sozialarbeitern und Sozialpädagogen größer ist, als ursprünglich angenommen; daß die Kritik an verschiedenen Ansätzen und den damit verbundenen Erwartungen... zwar von vielen geteilt wird, daß aber ein erhebliches Informationsinteresse besteht, weil die Psycho-Methoden auf ein tatsächliches Bedürfnis stoßen, das nicht wegzuleugnen ist, auch wenn es fraglich bleibt, wieweit dies durch die verfügbaren Ansätze abgedeckt werden kann«[31]. Im Fortbildungsangebot der Fachhochschule für Sozialarbeit und Sozialpädagogik Berlin machten zu jener Zeit die Angebote in Gestalttherapie und Transaktionsanalyse bereits 40 Prozent des Gesamtprogramms aus. Die Fortbildungsstätte Haus Koserstraße stellte fest, daß ihre Seminare in Verhaltenstherapie und Gesprächstherapie dreifach überbelegt waren[32]. Die Leitungen der Jugendämter unterstützten diese Tendenz; schon 1976 wurde von einem Bezirksamt Berlins berichtet, daß dort praktisch niemand mehr arbeite, der nicht mindestens einen derartigen Fortbildungskurs besucht habe: »Alles dreht sich um Teamfähigkeit, die Dynamik des Gruppengeschehens, Formen der Kommunikation, Beziehungsaspekte und berufliche Identität. Daß dies alles aber letzlich ›vor allem dem Klienten‹ dient, dafür kann der Nachweis nur indirekt angetreten werden«[33].

Sozialarbeiter und Sozialpädagogen arbeiten, anders als freiberuflich tätige Therapeuten, in Institutionen. Ihr Handeln wird von drei Ebenen der Kommunikation bestimmt: der Kommunikation mit Vorgesetzten, mit Kolleginnen und Kollegen innerhalb der Institution und in benachbarten Institutionen und der Kommunikation mit ihren Klienten und Klientengruppen. Die klassischen Konzepte, Methoden und Verfahren der Einzelfallhilfe hatten sich im wesentlichen auf die Kommunikation zwischen Sozialarbeitern und Klienten konzentriert. In ihrer Ausbildung war Sozialarbeitern empfohlen worden, ihre Klienten diesseits möglicher moralischer Werturteile so zu akzeptieren, wie sie sind – ohne sich dabei notwendig mit ihnen zu identifizieren. Sie waren ferner aufgefordert worden, möglichst rasch eine tragfähige zwischenmenschliche Beziehung zu ihnen aufzubauen, damit spätere Vorschläge zur Modifizierung alltäglichen Verhaltens in Konfliktsituationen auf fruchtbaren Boden fallen könnten. Einige der jetzt neu rezipierten Therapierichtungen machen ähnliche Vorschläge. die klientenzentrierte Gesprächstherapie von Carl Rogers beispielsweise fordert den Therapeuten auf, den Klienten zu akzeptieren und ihm positive Gefühle entgegenzubringen, ein tiefgreifendes Verstehen zu entwickeln und eine Übereinstimmung eigenen Gesprächsverhaltens und eigener Überzeugungen (Kongruenz) an den Tag zu legen[34]. Die kommunikationstheoretisch orientierten Therapien nach Paul Watzlawick und die Familientherapie von Salvadore Minuchin richten zusätzlich das Augenmerk auf das »Verstehen«. Sie betonen die offensichtliche Tatsache, daß Menschen nicht immer das sagen, was sie meinen, ja daß häufig ein deutlicher Widerspruch zwischen Sagen und Bedeuten besteht, den es im Gesprächsverlauf bewußt zu machen und zu deuten gilt. Psychoanalytisch orientierte Therapien konzentrieren sich häufig auf die kommunikativen Mißverständnisse, die dadurch entstehen, daß Sozialarbeiter nicht das hören, verstehen und deuten, was ihre Klienten sagen und meinen, sondern das, was sie selbst an unaufgeklärten Hoffnungen und Befürchtungen in diese Klienten hineinhören. Karlheinz A. Geißler und Marianne Hege kommt das Verdienst zu, die meisten der in der Gesprächsführung nützlichen therapeutischen Vorschläge für Sozialarbeiter und Sozialpädagogen in einem handlichen Buch zusammengefaßt und in ihren Grundzügen erklärt zu haben. Alle betonen die Fähigkeit von Sozialarbeitern zur Empathie. In den nicht-direktiven Verfahren bedeutet Empathie die Fähigkeit von Sozialarbeitern, ihre Gesprächspartner in deren Kontext zu verstehen und einfühlsam zu interpretieren. In eher direktiven Verfahren, wie der von Minuchin vertretenen Familientherapie, bedeutet Empathie *gleichzeitig* die Fähigkeit von Sozialarbeitern, sich selbst so eindeutig auszudrücken, daß sie von ihren Gesprächspartnern so verstanden werden, wie sie selbst verstanden werden wollen.

Methoden und Verfahren der psychoanalytischen, der klienten-zentrierten, gesprächstherapeutischen und der kommunikationstheoretisch orientierten Therapien – darauf weisen Geißler und Hege zu Recht hin –, sind sinnvolle Ergänzungen und Erweiterungen klassischer Konzepte von vertiefter Einzelfallhilfe, wie sie etwa in dem letzten Buch von Helen Harris Perlman (1979, 1983)[35] formuliert worden sind. Andere therapeutische Konzepte und Methoden sind vom Sozialarbeiter nicht und vom Sozialpädagogen nicht mit Sicherheit sinnvoll anzuwenden, weil sie eines institutionellen Rahmens (*setting*) bedürfen, welcher der beruflichen Alltagssituation dieser Berufsgruppen nicht entspricht. Das gilt insbesondere für die Verhaltenstherapie und, wie ich meine, auch für die Gestalttherapie, obwohl deren Vertreter sich inzwischen bemühen, so etwas wie eine gestalttherapeutisch orientierte »Gestalt-Pädagogik« zu entwickeln.

Zwei gravierende Anwendungsprobleme bleiben bestehen. Hans Thiersch hat 1978 darauf hingewiesen, daß Therapie und Pädagogik das gleiche Ziel haben, »nämlich Hilfen zu geben in den im Alltag auftauchenden Problemen, gelungenen Alltag zu ermöglichen. Wenn Alltag aus sich, seinen eigenen Ressourcen und Konfliktstrategien nicht hinreicht, bieten sich pädagogische und therapeutische Hilfen an, indem sie im Alltag angelegte Handlungsmuster aufnehmen, strukturieren, verfremden, – zunächst die pädagogischen als die alltagsnäheren, dann, in besonders verhärteten Situationen, die therapeutischen«[36]. Aber, so Thiersch:

»Die Vielfältigkeit des Alltäglichen wird in therapeutischen Ansätzen reduziert, indem aus der gegebenen Komplexität jene Probleme akzentuiert herausgehoben werden, die sich – im Kontext der jeweiligen Anthropologie – als Schlüsselprobleme, also als geeignet dazu erweisen, daß die Klienten, indem sie sie durcharbeiten, neue Möglichkeiten von Selbstverständnis und Handlungsmustern finden. Im Kontext der Verhaltenstherapie z. B. werden Verhaltensmomente identifiziert, die sich durch Verlernen, Umlernen und Neulernen angehen lassen, im Kontext der Kommunikationstheorie werden Kommunikationsfiguren beachtet und bearbeitet, im Kontext der Tiefenpsychologie Fragen, die auf frühere Auseinandersetzungen mit Eltern verweisen oder auf Verschiebungen, Projektionen, Traumatisierungen. Solchen akzentuierend herausgehobenen Fragestellungen entsprechen die besonders akzentuierten Verfahren in der Therapie; die Vielfältigkeit möglicher und flexibler Umgangsformen wird jeweils festgelegt auf eine bestimmte Methode ... Solche Reduktionen in der Interpretation der Probleme der Klienten ebenso wie in der Praxis der Interaktionsmuster gehen einher mit den dem Alltag der Klienten gegenüber spezifisch distanzierten therapeutischen Arrangements. Alltäglichkeit bedeutet Engagement im gemeinsamen Handeln, Reden und Unternehmen; Therapie dagegen setzt auf Distanz, damit der Klient von den Zwängen des Miteinander-Auskommen-Müssens freigesetzt (und ihnen gegenüber auch durch die Verschwiegenheit des Therapeuten abgesichert) neue, unbefangene Möglichkeiten eines Verhältnisses zu sich, seinen Ängsten, Hemmungen und Peinlichkeiten finden kann. Diesem Prinzip der Distanz entsprechen die zeitlichen und räumlichen Voraussetzungen von Therapie«[37].

Mit dem Hinweis auf die Verschwiegenheit des Therapeuten hat Thiersch die außerordentlich wichtige Frage des Verwertungszusammenhanges jener Informationen hingewiesen, die im Gespräch zwischen Sozialarbeitern/Sozialpädagogen und Klienten zutage gefördert werden. Sozialarbeiter locken im Gespräch bedeutsame Informationen ja nicht (nur) deshalb hervor, damit sie diese ihren Gesprächspartnern zurückspiegeln können, um deren Selbstwahrnehmung, Selbstdefinition und Selbstsicht zu schärfen. Sondern sie müssen in den meisten Fällen des beruflichen Alltags diese Informationen verwenden, um Entscheidungen zu treffen, vorzuschlagen und vorzubereiten, die von direkter und häufig existentieller Bedeutung für die von diesen Entscheidungen Betroffenen sind. Da geht es um die Entscheidung über Hilfen zum Lebensunterhalt oder in besonderen Situationen (BSHG), um die Entscheidung über den Entzug oder das Verwirken elterlicher Rechte, um die Bestimmung des Aufenthaltsortes bei Scheidungskindern und die Fürsorgeerziehung als Beschluß eines Vormundschaftsgerichtes (JWG)... Erfahrene Sozialarbeiter wissen, daß sie nicht alles in ihre Fürsorgeakte schreiben, was sie erfahren haben, erfahrene Klienten wissen, daß sie gut daran tun, »auf dem Amt« nicht alles zu erzählen, was Sache ist, Sozialpädagogen wissen, daß sie in die Entwicklungsberichte über ihre Heimkinder nicht alles hineinschreiben, was sie realitäts-getreu hineinschreiben könnten[38].

Die Therapie-Bewegung der 70er und 80er Jahre hat ohne Zweifel eine notwendige und sinnvolle Diskussion über die Modifikation, Erweiterung und Bereicherung sozialarbeiterischen Handelns in der Einzelfallhilfe und in der Heimerziehung hervorgebracht. Aber diese Diskussion würde zu falschen, weil unrealistischen Neu-Orientierungen führen, wenn sie bewirken würde, daß überzeugungsstarke Therapeuten interessierte Sozialarbeiter und Sozialpädagogen dazu überredeten, ihre jeweils besonderen und auf besondere Probleme gerichteten Konzepte, Methoden und Verfahren naiv und umstandslos in ihre berufliche Alltagsarbeit zu integrieren. Ob eine bestimmte Therapie in einem bestimmten Fall hilfreich sein kann oder nicht, entscheiden nicht nur die Stimmigkeit ihres Konzeptes, die Angemessenheit ihrer Methoden und die Nützlichkeit ihrer Verfahren, sondern *auch* (und häufig vor allem) die Angemessenheit der institutionellen Voraussetzungen (*setting*), unter denen eine Therapie oder eine an Therapieverfahren angenäherte Kommunikation zwischen Sozialarbeitern, Sozialpädagogen und Klienten stattfindet[39]. Sinnvoller, als vorhandene Therapieverfahren auf die Arbeitsbedingungen von Sozialarbeitern und Sozialpädagogen zu übertragen, erscheint mir der vorsichtige Versuch, vorhandene Verfahren vertiefter Einzelfallhilfe im Rahmen der gegebenen Arbeitsbedingungen weiterzuentwickeln. Ein gutes Beispiel dafür ist die in den letzten fünfzehn Jahren entwickelte Sozialpädagogische Familienhilfe, die es Jugendämtern und von ihnen beauftragten privaten Trägern ermöglichen soll, intensiver und wirkungsvoller als bisher auf Familien einzuwirken, in denen der Anspruch von Kindern auf Erziehung zur leiblichen, seelischen und gesellschaftlichen Tüchtigkeit aus einer Vielzahl von inneren und äußeren Gründen gefährdet wird. Für diese Familien war es bisher in vielen Fällen schon ein Fortschritt, daß die unterschiedlichen Interventionen der Sozialen Dienste seit dem Reichsjugendwohlfahrtsgesetz von 1924 in der Hand der Familienfürsorge zusammengefaßt wurden. Problematisch blieb die geographische, soziale und zwischenmenschliche Distanz zwischen der Lebenswelt der Familie und der Beratungssituation »im Amt«, die auch durch häufige Hausbesuche nicht wirklich wirkungsvoll verringert werden konnte. In ausgewählten Fällen kann jetzt für eine solche Familie vom Jugendamt eine Familienhelferin oder ein Familienhelfer über mehrere Jahre jeweils bis zu 19 Wochenstunden eingesetzt werden, um zu helfen, die materiellen und infrastrukturellen Lebensbedingungen zu verbessern, die schulischen und beruflichen Chancen der Kinder zu erhöhen und die Kommunikations- und Interaktions-Stile innerhalb der

Familie und zwischen den einzelnen Familienmitgliedern förderlicher zu gestalten. Voraussetzung dafür ist, daß die Familienhelfer nicht zum aktenführenden Teil des Jugendamtes gehören, sondern aufgrund eines allgemeinen Einsatz-Vertrages – und nur dann, wenn die Familie diesem Vertrag zustimmt – sowohl im Hinblick auf gravierende aktuelle Verbesserungen als auch auf mittelfristige Strukturveränderungen vergleichsweise freizügig tätig werden können. Die sozialpädagogische Intervention findet nicht in therapeutischer Distanz und nicht allein über das Medium sprachlicher Beratung statt. Die Familie erlebt, wenn es gut geht, die Familienhelfer als engagierte, unterstützende Außenstehende, die sich für eine bestimmte Zeit auf ihre Lebenswelt und ihre Alltagsprobleme einlassen. Das institutionelle Arrangement dieser Interventionsform kommt der Forderung von Thiersch nach unterstützenden Hilfen für einen gelingenden Alltag ziemlich nahe. Die erste empirische Untersuchung über die Langzeitwirkungen einer solchen sozialpädagogischen Familienhilfe sind so ermutigend, daß es lohnend erscheint, an diesem Modell von Familienhilfe in Fällen der Gefährdung des Kindeswohls weiterzuarbeiten[40].

Ein intensives, verstehendes Eindringen von Angehörigen der Sozialen Dienste in den Alltag ihrer Klienten kann immer auch in die Gefahr geraten, daß die auf diese Weise gewonnenen Daten, Kenntnisse und Erkenntnisse für Zwecke benutzt werden, die nicht der Unterstützung von Menschen bei der Bewältigung ihrer Alltagsprobleme dienen, sondern zur Legitimierung ihrer Ausgrenzung aus den Kernbereichen gesellschaftlicher Solidarität. Die Diskussion der damit verbundenen Frage »Verstehen oder Kolonialisieren?« – so das Thema einer Fachtagung der Kommission Sozialpädagogik der Deutschen Gesellschaft für Erziehungswissenschaft 1983[41] – war einem sehr allgemein gehaltenen Text von Jürgen Habermas entlehnt, der 1981 in Analogie zur »äußeren Kolonisation« der Drittländer durch die Erste Welt die These von der »inneren Kolonisierung« aufgestellt hatte, die besagt, »daß die Subsysteme Wirtschaft und Staat infolge kapitalistischen Wachstums immer komplexer werden und immer tiefer in die symbolische Reproduktion der Lebenswelt eindringen«[42]. So richtig eine solche Bemerkung ist, so unverbindlich bleibt sie für sozialpädagogisches Alltagshandeln, solange es in das gegenwärtige System Sozialer Dienste und das wirtschaftliche System von Profit-Maximierung und Wachstums-Orientierung eingebunden ist. Eine Alternative im Sinne einer «freien Beratungstätigkeit« ist gerade für jene Bevölkerungsgruppen, welche unterstützende Hilfe bei der Bewältigung ihrer Alltagsprobleme brauchen, nicht in Sicht. Was als Konsequenz bleibt, ist die Forderung etwa von Frank Nestmann, bei der Ausbildung von Sozialarbeitern und Sozialpädagogen die Methoden-

Aneignung auf grundsätzlicheren Ebenen als denen der üblichen »Beratungstechniken« anzusiedeln. Dazu gehöre, neben den traditionellen Forderungen nach Kenntnis der Lebenswelt der Betroffenen, Beherrschung unterschiedlicher Sprachebenen[43] und Kenntnis psychosozialer Versorgungsnetze, das Bewußtsein über die Komplexität von Problemen und die Fähigkeit zur Selbstreflexion[44].

Offene Jugendarbeit

Die traditionelle Gruppenpädagogik war von einigen Annahmen über die Voraussetzungen ausgegangen, die vorliegen müssen, damit eine, von erwachsenen Pädagogen verantwortete Steuerung von Gruppenprozessen zustande komme. Dazu müsse die Gruppe *überschaubar* sein (überschaubar nicht nur für die Teilnehmer, sondern auch für die Pädagogen), ihre *Zusammensetzung* müsse von den Pädagogen sorgsam *gesteuert* werden, damit das Insgesamt der Gruppe seine heilsamen Wirkungen auf jedes einzelne Mitglied entfalten könne, und wichtigstes Medium der Steuerung sei das *Gruppenprogramm*, das (im schlechtesten Falle) von den Pädagogen vorgeschlagen und durchgeführt oder (im besten Falle) von allen Gruppenmitgliedern gemeinsam beschlossen und verantwortet werde. Auch der Anfang und das Ende des Lebens einer Gruppe werde – bei Lichte betrachtet – von den beteiligten Pädagogen gesetzt. Dennoch beschrieb sich diese traditionelle Gruppenpädagogik als »jugendzentriert« oder »teilnehmerzentriert«. Damit war gemeint, daß sich die Pädagogen in ihren Wahrnehmungen, Wertungen und Handlungen auf die einzelnen Gruppenmitglieder bezogen und konzentrierten, es bedeutete nicht, daß die Rollen von Pädagogen und Gruppenmitgliedern ausgewogen, gleichgewichtig und spiegelbildlich ausgestattet waren. Für die praktische Gruppenarbeit – etwa in einem kommunalen Jugendfreizeitheim – bedeutete dies, daß sie zweigeteilt wurde: In einem offenen, geselligen Raum wurden »unverbindliche«, gesellige Angebote gemacht (Filmabende, Disco, Teestuben- oder auch Bar-Betrieb, Tischtennis, Flippern), in den hinteren Räumen fand eine »verbindliche« Gruppenarbeit mit »festen« Gruppen statt. Sie diente der politischen Bildung, der kulturellen Erziehung, dem gemeinsamen sportlichen und musischen Tun. Die mit dieser pädagogischen Praxis verbundene Bewertung der »offenen Jugendarbeit« als »unverbindlich« und der »Arbeit in geschlossenen Gruppen« als »verbindlich« bezeichnete eine immer größer werdende Gruppe von Jugend-Arbeitern im Hinblick auf die Bedürfnisse und Interessen von Arbeiterjugendlichen als »zynisch«.

»Je mehr diese Jugendlichen aufgrund der deutlich sichtbaren Verschlechterung ihrer Lebensbedingungen – wachsender Disziplindruck und steigende Konkurrenz in den Schulen, Lehrstellenmangel, Arbeitslosigkeit, Wohnungsnot – auf die ›billigen‹ nichtkommerziellen Freizeiteinrichtungen angewiesen waren, desto häufiger wurden sie aus ihnen praktisch ausgeschlossen. In vielen Fällen geschieht dies in der Weise, daß – meist ausgelöst durch Konflikte mit den Jugendlichen, die sich gegen pädagogische und disziplinarische Gängelung wehren – die Nutzung des Freizeitheims an Bedingungen geknüpft wird (zum Beispiel sich an bildungs- oder hobbyorientierter Gruppenarbeit zu beteiligen) oder die Einrichtung ganz geschlossen wird ... Die Tendenz, sich in großer Anzahl an einem bestimmten Ort regelmäßig zu treffen, ist ein unmittelbarer Ausdruck der eingeschränkten Familien- und Arbeitsbedingungen der Jugendlichen und zugleich eine positive und existenziell bedeutsame Abwehr gegen Vereinzelung und Isolierung. Diesem Grundbedürfnis versucht die offene Jugendarbeit dadurch Rechnung zu tragen, daß sie die räumliche Voraussetzung solcher Treffpunkt-Möglichkeiten schafft. Die konkrete Ausgestaltung dieser Treffpunkte richtet sich dabei notwendigerweise nach vorhandenen und artikulierbaren Freizeitbedürfnissen der Jugendlichen. Beat-Musik, Tanz, Bier, Klubräume sind dabei der von den Jugendlichen akzeptierte Rahmen, um ungezwungen ihre eigenen Kommunikationsformen zu erhalten und zu entwickeln ... Der Sozialarbeiter in der offenen Jugendarbeit hat einerseits die Funktion, mit den Jugendlichen für die Erhaltung der materiellen Voraussetzungen ihrer Kommunikation gegenüber den Trägerinstitutionen einzutreten und andererseits sich offensiv mit den Jugendlichen auseinanderzusetzen, wenn sie phasenhaft Verhaltensformen entwickeln, die den solidarischen Zusammenhang der Jugendlichen untereinander gefährden und zerstörerische Auswirkungen auf einzelne und die ganze Einrichtung haben können (zum Beispiel Kampf gegen Alkoholismus, Drogenabhängigkeit und gegenseitige Ausbeutung und Unterdrückung). Die Auseinandersetzung mit den konkreten Erscheinungsformen der gesellschaftlichen Deklassierung der Jugendlichen, wie Kriminalität, Alkoholismus und Drogenabhängigkeit ist allerdings nur möglich, wenn ein größerer Teil der Jugendlichen in der Einrichtung diesen Kampf als für sich selbst wichtig begreift und ihn mit Vollversammlungsbeschlüssen, der Aufstellung bestimmter Bedingungen (zum Beispiel »Wer dealt, fliegt raus«) unterstützt. Die Voraussetzung dafür ist aber, daß ein großer Teil der Jugendlichen, die Sozialarbeiter, Erzieher, etc. ganz unmittelbar praktisch in einer unterstützenden solidarischen Funktion erlebt, wenn es um die Bewältigung ihrer existenziellen Probleme geht«[45].

Eine Jugendarbeit, die mit der »alten Gruppenpädagogik« nichts mehr im Sinn hatte, war – wie diese auch – an eine Reihe von Voraussetzungen und Bedingungen geknüpft, die nicht überall dort vorhanden waren oder hergestellt werden konnten, wo Jugend-Arbeiter die Forderung nach offener Jugendarbeit erhoben. Der Träger eines Jugendfreizeitheims mußte außergewöhnlich konfliktorientiert und konflikterfahren sein; die Jugend-Arbeiter mußten auf eine wenig struktuierte aber gleichzeitig hochgradig aufgeladene Situation vorbereitet sein und souverän mit ihr umgehen können, ohne ihrerseits in den Fehler zu verfallen, entstehende Konflikte vorzeitig zu harmonisieren oder ihre Verursacher zu disziplinieren; die Mehrheit der Jugendlichen mußte in der Lage und bereit sein, die fehlenden normativen Vorgaben durch mehrheitliche Entscheidungen zu ersetzen und diese auch zu praktizieren. In manchen Fällen gelang dies auf eine faszinierende Weise; in manchen Fällen war das Ergebnis unfruchtbar und deprimierend für alle Beteiligten. Langeweile, Anmacherei, Aggressionen gegen Personen und Sachen waren überall dort an der Tagesordnung, wo die Jugendlichen nicht in der Lage waren, die fehlenden Vorgaben der Jugend-Arbeiter durch strukturierende eigene Aktivitäten gemeinsam herzustellen.

Erfahrungen in der offenen Jugendarbeit waren in der Regel *dort* positiv, wo noch keine Jugendfreizeitheime und Jugendhäuser existierten. Vor allem in ländlichen Gebieten, wo »eh nicht viel los war«, bildeten sich in den 70er Jahren allenthalben Initiativ-Gruppen Jugendlicher auf der Suche nach und im Kampfe um ein eigenes Jugendzentrum, das sie in Selbstverwaltung übernehmen, ausbauen und einrichten konnten. Es zeigte sich, daß der gemeinsame Kampf um ein solches Zentrum eine Perspektive darstellte, welche die sonst heterogenen Interessen unterschiedlicher Gruppen von Jugendlichen für einen bestimmten, überschaubaren Zeitraum zu binden und zu homogenisieren vermochte. Die Kehrseite dieser positiven Erfahrung war die Tatsache, daß die jeweilige Gründer-Generation von ländlichen Jugendzentren, nachdem sie ihr Jugendhaus erkämpft und eröffnet hatte, häufig nicht mehr die Kraft und die Geduld aufbrachte, neue Besucher zu integrieren und an der gemeinsamen Programmgestaltung zu beteiligen. Die Prinzipien der offenen Jugendarbeit: Strukturlosigkeit als produktive Provokation, Selbstorganisation, eigene Programm-Hoheit, Beschränkung der Rolle von Pädagogen auf unterstützende und beratende Hilfen, erforderten offensichtlich ein Maß an Kompetenzen und Investitionen in Kraft und Zeit, das als Vorleistungen von jenen Gruppen Jungendlicher zu erwarten unrealistisch war, auf die sich die Vertreter der offenen Jugendarbeit in ihren Konzepten bezogen.

Neben der offenen Jugendarbeit in festen Jugendheimen und Jugendhäusern entstand in den 70er Jahren so etwas wie eine neue Jugendbewegung, ohne Fahnen, ohne Uniformen und Abzeichen, ohne formelle Führer und Organisationen. Christian Marzahn beschreibt diese, für viele Erwachsene erstaunliche und unerwartete Entwicklung so:

»In Initiativen aller Art haben (sich Jugendliche, C.M.W.) in einem bisher kaum gekannten Ausmaß daran gemacht, ihre Sache in die *eigene* Hand zu nehmen. Und es sind nicht nur viele, die sich an solchen Initiativen aktiv beteiligen oder mit ihnen sympathisieren, es sind auch viele Bereiche, in denen solche Initiativen entstanden sind: Produktions- und Arbeitskollektive, Selbsthilfegruppen der verschiedensten Art, vielfältige Kulturgruppen, Initiativen zum Umweltschutz, Friedensinitiativen – niemand kann das heute mehr überschauen. Vermutlich der größere Teil dieser Initiativen hat niemals oder nur minimale professionelle Unterstützung in Anspruch genommen, die sie nicht selten eher als Behinderung denn als Hilfe erlebt haben. Gegenüber vielen gesellschaftlichen Entwicklungen waren und sind die Jugendlichen sensibler, kompromißloser, mutiger und auch kreativer als viele Erwachsene – und auch als viele professionelle Jugendarbeiter. Hier hat die Jugendarbeit im besten Fall von ihnen zu lernen«[46].

Feministische Gruppenarbeit

Ende der 70er Jahre merkten viele junge Frauen, daß sie in der Jugendarbeit nicht vorkamen. Weder in der traditionellen Gruppenpädagogik (dort waren sie zwar individuelles Gruppenmitglied, nicht aber junge Frau) noch in der offenen Jugendarbeit der Freizeitheime und Jugendzentren (dort waren sie Anhängsel oder, wenn es hoch kam, »guter Kumpel«). Manchmal schmückten sie, häufig waren sie lästiges Beiwerk, nie aber kümmerte sich jemand um ihre »Interessen und Bedürfnisse«. Monika Savier und Carola Wildt gehörten zu den ersten Jugend-Arbeiterinnen, die aufgrund ihrer Erfahrungen mit »autonomen Mädchengruppen« Ansätze zu einer feministischen Gruppenarbeit publizierten[47]. Diese Ansätze enthielten Forderungen an Pädagoginnen, die in einigen Punkten mit der traditionellen Gruppenpädagogik, in anderen Punkten mit der offenen Jugendarbeit übereinstimmten, in einer Reihe von Fragen aber neue Perspektiven formulierten.

- »Mädchen müssen als gesellschaftlich relevante Zielgruppe ernst genommen werden ... Eine feministische Arbeit mit Mädchen ist in jedem Fall parteilich und an ihren Interessen und dem Wunsch nach einer eigenen Identität orientiert ...
- Widersprüchliche Verhaltensweisen der Mädchen müssen wir akzeptieren lernen, ohne die eine oder die andere Seite zu bewerten ...
- ›Feministische Pädagogik‹ heißt: Verhaltensweisen danach zu bewerten, wie ihr tatsächlicher gesellschaftlicher Nutzen ist (z. B. Neubewertung der von Männern und Frauen geleisteten Arbeit im Reproduktionsbereich).
- Ansätze von Gegenwehr der Mädchen müssen erkannt und unterstützt werden ...
- Die Situation der Mädchen kann sich nur verändern, wenn sie sich in einer *autonomen Mädchengruppe* zusammenschließen ...
- Identifizieren sich die Mädchen mit der Pädagogin, dann sind sie auch bereit, sich mit deren Erfahrung auseinanderzusetzen und sie zum Beispiel auch als Korrektiv zu akzeptieren. Demnach muß sich die Pädagogin *direktiv verhal-*

> *ten*, um alternative Verhaltensweisen anzubieten. Würde sie sich *non-direktiv verhalten*, also abwarten, welche Erfahrungen die Mädchen ausschließlich selber machen, dann könnte sie vermutlich dabei zusehen, wie sich die hinlänglich bekannten Probleme der Mädchen immer wieder aufs Neue reproduzieren«[48].

Der aus Erfahrungen gespeisten Forderung nach einem *nicht* non-direktiven Verhalten der Pädagoginnen entsprach eine deutliche Beachtung des Programms in dieser feministischen Gruppenarbeit. Das Programm war projektorientiert und enthielt vielfältige Anregungen im Erfahrungs- Erlebnis- und Handlungsbereich junger Frauen. Körpererfahrungen, Erfahrungen im Rollenhandeln und in der Konfrontation mit dem eigenen »Selbst« sollten gemacht, zurückgespiegelt und experimentell verändert werden. Dazu gehörte der Einsatz unterschiedlicher Medien der Gruppenarbeit: Rollenspiel und Planspiel, Masken und Körperarbeit, Fotographie und Video.

Die Praxis feministischer Gruppenarbeit war ein deutlicher Kontrapunkt zum anscheinenden Laissez-Faire der offenen Jugendarbeit. Und sie stellte – vielleicht zum ersten Mal seit der alten Jugendbewegung – wieder einen inneren Zusammenhang zwischen der Lebenslage der Gruppenmitglieder, den Funktionen von Pädagoginnen und dem Programm und den Medien der Gruppenarbeit her, einen inneren Zusammenhang, der in der traditionellen Gruppenpädagogik weitgehend verloren gegangen war. Feministische Gruppenarbeit in der von Savier und Wildt beschriebenen Form war nicht identisch mit der Arbeit des feministischen Teils der Frauenbewegung.

> »Emanzipation hängt heutzutage für viele Mädchen kaum mit der persönlichen Teilhabe an der Frauenbewegung zusammen. Sie fühlen sich auch so emanzipiert – sie haben sich Situationen erkämpft, die wir tatsächlich im weitesten Sinne mit relativer Unabhängigkeit umschreiben können. Die Geschichte vieler dieser Mädchen zeigt, daß sie mittelbar zur ›zweiten Generation‹ der Frauenbewegung gehören, ohne daß sie dies selbst unbedingt wahrhaben wollen. Denn die Frauenbewegung erwies sich als ideologische Stütze der Frauen, die Bezugspersonen in ihrer Kindheit oder frühen Jugend waren: ›Frauenbewegte‹ Lehrerinnen, Erzieherinnen im Jugendheim, Sozialarbeiterinnen auf dem Jugendamt oder der Familienfürsorge oder auch die Dozentin an der Volkshochschule, an der ihre Mutter einen Kurs belegt hatte, hatten einen nicht unerheblichen Einfluß auf die Entwicklung neuer Lebensperspektiven der Mädchen. Durch sie erlebten die Mädchen neue ›Bilder‹ von Frauen. Oder haben Mütter unerfüllte Emanzipationswünsche an die Töchter ableiten können? Die verbale Absage vieler Mädchen an die Frauenbewegung (welche auch immer die Mädchen damit meinen) hat ihre guten Gründe, da der Frauenbewegung als einer Bewegung von erwachsenen Frauen oftmals die Handlungsspielräume fehlten, die die Mädchen für die Entwicklung einer Identifikation mit der Bewegung und ihren politischen

Zielen nötig gehabt hätten ... Mädchen sind in mancher Hinsicht Frauen gegenüber privilegiert. Sie können nach außen aktiver sein, weil sie nur im seltensten Fall ein ›Hausfrauensyndrom‹ plagt. Sie haben meist noch keine Kinder und sind daher unabhängiger, und – haben sie sich einmal zum Ausstieg entschlossen – entwickeln sie in neuer Freiheit oftmals eine ungeahnte Radikalität. Der Bruch mit der Familie, der bei fast allen Mädchen für den Ausstieg nötig war, hat sie unabhängig gemacht und die Erinnerung an familiale Zwänge, der Druck, sitzt ihnen noch im Nacken. Das Gefühl, nichts mehr verlieren zu können, macht sie radikal und risikobereit. Sie kämpfen für eine lebenswerte Alternative – aber möglichst sofort«[49].

Selbsthilfe und Professionalität

Vertreter offener Jugendarbeit schränkten zwar die Rollen und Funktionen von Sozialarbeitern und Sozialpädagogen bei der Entfaltung und Kultivierung jugendlicher Gesellungs- und Handlungsformen ein, ließen sie aber in flankierenden und unterstützenden Funktionen weiterhin gelten. Vertreterinnen feministischer Gruppenarbeit wiesen den Pädagoginnen Rollen und Funktionen zu, die im Vergleich zur traditionellen Gruppenpädagogik erhöhte Anforderungen an Kompetenz und Performanz stellen. Ganz anders die immer noch zunehmende Bewegung von Selbsthilfegruppen in der Bundesrepublik Deutschland, die in den siebziger Jahren entweder im Zusammenhang mit oder parallel zu der Bürgerinitiativ-Bewegung entstanden sind. Selbsthilfegruppen sind, so will ich vereinfachend sagen, freiwillige Zusammenschlüsse von Menschen, die von einem genau umrissenen Problem betroffen sind, dessen Lösung oder »Verwaltung« bisher in der Hand professioneller Experten lag und die, nach deprimierenden Erfahrungen mit diesen Experten beschlossen haben, sich künftig selber zu helfen. Besonders wichtig bei dieser Zustandsbeschreibung sind die Punkte: Selbstbetroffenheit, Enttäuschung von Experten, Selbsthilfe als »Hilfe für sich selbst« (und nicht für andere)[50]. Chef-Ideologe dieser Selbsthilfebewegung war Ivan Illich, ein in Österreich geborener und in Mexiko lebender Jesuit, der seit geraumer Zeit den Kreuzzug gegen die neue Priester-Kaste der Experten in den personenbezogenen Dienstleistungsberufen auf seine Fahne geschrieben hat:

»Die neuen Spezialisten, die nichts anderes tun, als solche menschlichen Bedürfnisse zu befriedigen, die ihre Zunft erst erfunden und definiert hat, kommen gern im Namen der Liebe daher und bieten irgendeine Form der Fürsorge an. Ihre Zünfte sind tiefer verfilzt als eine byzantinische Bürokratie, internationaler organisiert als eine Weltkirche und stabiler als jeder Gewerkschaftsbund, dazu ausgestattet mit umfassenderen Kompetenzen als jeder Schamane und rücksichtsloser in der Ausbeutung ihrer Schützlinge als die Mafia ... Die Gangster schlagen ihren Profit aus den Bedürfnissen der Menschen, indem sie die Versorgung mit entsprechenden Gütern kontrollieren. Heute können Erzieher, Ärzte und Sozialarbeiter etwas, was früher nur Priester und Richter vermochten – nämlich aus eigener Rechtsvollkommenheit ein Bedürfnis erzeugen, das zu befriedigen sie allein berechtigt sind«[51].

Das Zitat zeigt, daß historische Genauigkeit nicht die Force von Ivan Illich ist. Denn die Gangster-Syndikate der USA waren groß geworden, als die Regierung den Konsum von Alkohol durch Prohibitionsgesetze *illegalisierte* und sie sind unter anderem groß geblieben durch den internationalen Rauschgift-Traffic. Dieser befriedigt nun wirklich kein Bedürfnis, das jeder von uns hat, sondern eins, das die Dealer zunächst einmal mit Mühe und Zwang erzeugen mußten. Das Zitat zeigt sicherlich auch den Ärger eines Theologen, dem eine neue Kaste von säkularen Kult-Beamten den ideologischen Wind aus den Segeln genommen hat. Auf der anderen Seite ist die Kritik an der »stummen Medizin« von Ärzten, welche die Fähigkeit verloren haben, ihren Patienten zu erklären, was ihnen fehlt und die keine Zeit mehr haben herauszufinden, warum es ihnen fehlt, sondern die mit antrainierter Gebärde zum Rezeptblock greifen, nachdem der Patient ihnen mitgeteilt hat, unter welchen Symptomen er leidet, aus vielen guten Gründen berechtigt. Aus guten Gründen haben die Mitautoren der populären Experten-Schelte von Illich ihre Beispiele bevorzugt aus dem Gesundheitswesen geholt. Lediglich Joseph Huber hat ein Kapitel über die neue Abhängigkeit des Bürgers vom Sozialstaat beigetragen. Darin räumt er, als gelernter kritischer Gesellschaftswissenschaftler ein, daß der Sozialstaat eine notwendige Antwort des bürgerlichen Staates auf die sozialen Löcher darstellte, welche die kapitalistische Entwicklung und ihr Industrialisierungsprozeß in die Netze des sozialen Gemeinschaftslebens gerissen habe. »Wenn Willy Brandt in jedem Stück Sozialstaat ein Stück mehr sozialer Gerechtigkeit sieht, so beweist dies gute sozialdemokratische Tradition aber bereits auch eine gewisse Verkennung der Situation im letzten Viertel des 20. Jahrhunderts ... Der Sozialstaat, unter der Fahne der *Gleichheit* erfolgreich und verdientsvoll vorangetrieben, pervertiert jenseits bestimmter kritischer Schwellenwerte und abseits orthodox sozialistischer Wahrnehmung zur *Gleichschaltung*, zur gleich mechanischen Unterwerfung aller, ungeachtet ihrer Klassenzugehörigkeit unter das entstehende große Einheitssystem, das Lewis Mumford ›neue Mega-Maschine‹ genannt hat«[52].

Diese Beweisführung ist kraus, weil der (faschistische) Begriff *Gleichschaltung* nahelegt, daß Gleichheit im Sozialstaat zu faschistischer Gleichschaltung führt. Wann? Jenseits bestimmter kritischer Stellenwerte und abseits orthodox sozialistischer Wahrnehmung. Also wäre der Sozialstaat *innerhalb* orthodox sozialistischer Wahrnehmung (im Sinne von Interessendurchsetzung?) keine Gleichschaltung? Und was heißt »ungeachtet ihrer Klassenzugehörigkeit«? Etwa, daß der Sozialstaat nahezu *alle* Menschen sozialversichert, rentenversichert, gegen Arbeitslosigkeit versichert? Und nicht nur die Armen? Ist das die Kritik? Will Joseph Huber neue Privilegien für einen »neuen Mittelstand«? Und wo liegt der kritische Schwellenwert? »Durch Institutionalisierung, Technisierung, Professionalisierung und Monetarisierung von immer mehr Lebenstätigkeiten *zerstört* das System den sozialen Zusammenhalt – und muß ihn zugleich *ersetzen* in Gestalt einer Betreuung und Kontrolle durch Gesundheits-, Jugend- und Altenpflege-, Erziehungs-, Fürsorge-, Justiz- und Polizeiapparate«[53]. Vorher hieß es noch, die kapitalistische Wirtschaft habe jene Löcher ins Netz des sozialen Gemeinschaftslebens gerissen, welche der Sozialstaat zu stopfen genötigt gewesen sei. Jetzt ist es der Sozialstaat selbst, welcher die Löcher reißt, um sie nachträglich zu stopfen. Welch ein genialer Taschenspielertrick, um das kapitalistische Wirtschaftssystem zu entlasten und den Sozialstaat zum Verursacher neuer sozialer Ungerechtigkeit emporzustilisieren. Dieser Taschenspielertrick ist gleichzeitig erkenntnisfördernd. Er erlaubt es, uns seine Urheber als Neo-Liberale zu erkennen. »Systemausdehnung und Niedergang der Selbständigkeit« heißt eine bezeichnende Zwischenüberschrift im Beitrag von Joseph Huber. Als ob die gegenwärtigen Klassenauseinandersetzungen zwischen Sozialstaat, Sozialhilfeempfängern und Selbsthilfegruppen ausgetragen würden. Als ob das kapitalistische Wirtschaftssystem, das heute freie oder soziale Marktwirtschaft genannt wird, (je nachdem, ob Graf Lambsdorf oder Norbert Blüm darüber redet), durch eine Mega-Maschine, die aus der Bundesanstalt für Arbeit, den Allgemeinen Ortskrankenkassen und der Bundesarbeitsgemeinschaft der Wohlfahrtsverbände besteht, ersetzt worden wäre!

Unabhängig von den krausen Begründungen einiger Verfechter einer Entprofessionalisierungs-Kampagne bleibt festzustellen, daß die Selbsthilfe-Bewegung seit den 70er Jahren eine Massenbewegung geworden ist. Allein das Berliner Stattbuch nennt in seiner 3. Auflage von 1984 rund 2500 solcher Initiativen in den Bereichen Alte Menschen, Arbeitslose, Ausländer(innen), Behinderte, Drogen & Süchte, Erwachsenenbildung, Frauen, Frieden, Geistliches Leben, Geschichte, Gesundheit, Handel, Handwerk und Dienstleistungen, Jugendliche, Kinder, Knast, Körper und Bewegung, Kultur & Medien, Lesben, Männer, Politische Initiativen, Reisen, Sanfte Technik, Schwule, Treffs im Stadtteil, Umweltschutz und Wohnen[54]. Im Wirkungsfeld von Sozialarbeit und Sozialpädagogik sind besonders viele Selbsthilfegruppen tätig. Sie arbeiten in der Knasthilfe und der Betreuung entlassener Strafgefangener, im Ausländer- und Behinderten-Bereich, in der Hilfe für mißhandelte Frauen, für Selbstmordgefährdete, Drogenabhängige, psychisch Kranke, Alte, Arbeitslose und als Zusammenschluß der Angehörigen unheilbar Kranker. Teilweise haben sie sich eigene Institutionen geschaffen: Kinderläden, Schülerläden, Kleinstheime, Frauenzentren, Frauenhäuser, Selbstverwaltete Jugendzentren, Beratungsläden, Gesundheitsläden. Anders als Teile der Alternativbewegung hat es die Mehrheit der Selbsthilfegruppen niemals abgelehnt, unter Umständen für ihre Arbeit »Staatsknete« zu kassieren. Dafür lehnen sie (mehr oder weniger grundsätzlich) die Einstellung bezahlter Profis ab. In Zeiten hoher Arbeitslosenanteile bei Absolventen sozialer Studiengänge ist dieses Prinzip inzwischen porös geworden. Selbsthilfegruppen in besonders zeit-intensiven Beratungsbereichen schaffen heute mehr und mehr Arbeitsplätze und Planstellen für aktive Mitglieder aus ihren eigenen Gruppen. Christian Marzahn hat zu Recht festgestellt, daß die Selbsthilfebewegung neue Fragen an die professionelle Identität der Sozialen Arbeit und ihrer Profis gestellt hat. Die Antworten sind in zwei Lager gespalten. »Auf der einen Seite steht das Plädoyer für eine ›neue Fachlichkeit‹ (Kommission Sozialpädagogik)[55], die ihre Aufgabe in der Stärkung der Selbsthilfekräfte der Betroffenen sieht; in der sich die Beziehung zwischen dem Sozialarbeiter und den Menschen, mit denen er zu tun hat, als dialogisch und gleichberechtigt darstellt; in der die Ermittlung des Problems, seiner Implikationen und seiner Lösungsmöglichkeiten als gemeinsame Aufgabe verstanden wird; die für die Benachteiligten und Bedrohten Partei ergreift und sich für ihre vorenthaltenen Rechte, Chancen und Glücksmöglichkeiten solidarisch einsetzt[56]. Auf der anderen Seite steht die Forderung nach einer weitgehenden oder sogar prinzipiellen Deprofessionalisierung der sozialen Arbeit[57]. Die Klientifizierung der Betroffenen, ihre gesellschaftliche Ausgrenzung und institutionelle Sonderbehandlung lassen sich im Grundsatz nur dann vermeiden, wenn die Identifizierung und Bearbeitung sozialer Probleme konsequent wieder in die Sozialeinheiten und das soziale Handeln der Menschen zurückgeholt werden...«[58].

Bei dem weiteren Nachdenken über dieses Problem schlage ich vor, zwei Tatsachen zur Kenntnis zu nehmen. In Selbsthilfegruppen arbeiten in der Regel Menschen mit hohem professionellen Sachverstand zusammen. Es gibt kaum eine Gesundheits- oder Sucht-Hilfe-Gruppe, in der keine Ärzte, Psychologinnen, Krankenschwestern, MTAs und andere »Experten« aus dem Gesundheitsdienst ehrenamtlich mitarbeiten. Es gibt kaum ein Frauenhaus ohne Pädagoginnen, Psychologinnen, Feministinnen – die ja nun wirklich Expertinnen für die dort manifest gewordenen Probleme sind. Wenn die Selbsthilfegruppen Profis ablehnen, dann lehnen sie nicht deren Sachverstand ab, sondern deren Berufsarbeit gegen Kontrakteinkommen. Auf der anderen Seite müssen wir uns selbstkritisch fragen, wie hoch eigentlich das Professionalitäts-Niveau unserer Sozialen Berufe inzwischen angehoben worden ist[59]. Wenn ich sie mit dem Niveau von Ingenieuren, Maschinenbauern, KFZ-Technikern, Informatikern, Lehrern mit zwei Unterrichtsfächern, Ballett-Tänzerinnen, Diät-Assistentinnen und Landvermessern vergleiche und dabei frage, was Menschen in diesen Berufen am Ende ihrer Ausbildung wissen und können müssen, was sie zu Beginn ihres Studiums noch nicht wußten und konnten, so denke ich, daß der Kompetenzzuwachs durch Ausbildung und Berufseinmündungsphase in unseren Berufen recht bescheiden ausfällt. Von daher halte ich die immer wieder erhobene Forderung nach Entprofessionalisierung für falsch. Wir haben gar nicht allzu viel, was wir ent-professionalisieren könnten! Der Begriff muß also – weil seine Anhänger sich dabei ja etwas gedacht haben – etwas anderes meinen. In der Tat. Es gibt zwei Orte, an denen Professionalität angelagert werden kann: Personen und Arbeitsplätze in Institutionen. Die traditionellen Vorstellungen von »Professionen« waren an den klassischen Berufen freischaffender Akademiker orientiert: den Ärzten, den Rechtsanwälten, den Architekten. Ihr akademisches Studium wurde mit einer Prüfung abgeschlossen, die ihnen das Recht verlieh, sich niederzulassen und auf eigene Kosten zu praktizieren. Für Berufe, die später professionalisiert worden sind, wurde die Berechtigung zur freien Berufsausübung nicht mehr an Personen gebunden, sondern an staatlich zugelassene Institutionen, insbesondere dann, wenn diese Institutionen Steuergelder für ihre Dienstleistungen in Anspruch nahmen oder nachgeordnete Einrichtungen des Staates waren. Das galt für Lehrer und Schulen, für Erzieherinnen und Kindertagesstätten, für Sozialarbeiter und Jugendämter. Kein Lehrer mit der zweiten Staatsprüfung kann ohne weiteres eine Schule aufmachen, kein Sozialarbeiter nach dem Anerkennungsjahr ein Sozialamt. Übrigens kann auch kein Volljurist ein Gericht aufmachen und kein Ingenieur eine neue U-Bahn-Linie. »Entprofessionalisierung« in Arbeitsfeldern der Sozialen Dienstleistungsberufe heißt also vor allem, daß die Arbeitsplätze in diesen Arbeitsfeldern aus ihren zentralen, staatlichen Monopolstellungen herausgelöst, dezentralisiert und entinstitutionalisiert werden sollen, damit sie den Charakter von Behörden oder ihnen nachgeordneten Dienststellen verlieren. Bei Lichte betrachtet ist die Forderung nach Entprofessionalisierung die Forderung nach einer Neubelebung des Subsidiaritäts-Prinzips.

Auch aus den Reihen von Profis selbst sind im letzten Jahrzent Angebote zu einer besseren Zusammenarbeit zwischen Experten und Betroffenen und zur Anerkennung von Selbsthilfegruppen als intermediäre Instanzen gemacht worden. Schon Anfang der 70er Jahre hatte der Gießener Psychoanalytiker und Hochschullehrer Horst-Eberhard Richter in zwei Feldexperimenten die Frage untersucht, ob, unter welchen Umständen und mit welchen Wirkungen Psychoanalytiker mit lokalen Initiativgruppen (in diesem Fall einer Elterngruppe und einer Obdachlosen-Initiative) zusammenarbeiten könnten[60]. In diesem Demonstrations-Modell war die Expertenrolle des psychoanalytisch orientierten Gruppendynamikers noch nicht infrage gestellt, lediglich das *setting* seines therapeutischen, von Co-Therapeuten begleiteten Handelns war entprofessionalisiert worden. Einen Schritt weiter ging der Gießener Psychoanalytiker und Hochschullehrer Michael Lukas Moeller. 1978 hatte er einen ersten Überblick über die Landschaft der Selbsthilfegruppen in der Bundesrepublik gegeben[61]. 1981 veröffentlichte er ein Buch mit Erfahrungen in der ehrenamtlichen Beratung von Selbsthilfegruppen auf dem Gebiet der psychosomatischen Medizin. Für Moeller sind die Selbsthilfegruppen Kinder der großen Protestbewegungen der späten 60er Jahre.

»Doch stehen nun nicht länger ferne, globale Probleme, sondern hautnahe persönliche Alltagssorgen im Mittelpunkt. Daß die Gruppen in eigener Sache handeln, garantiert ihr langfristiges Bestehen und macht sie stark. Ihre vielfache Bedeutung – als Basistherapie in der Medizin, als Ausbildungsbaustein in der Erziehung, als Identitäts- oder Beziehungswerkstatt im Alltag – entspricht der zunehmenden Verflechtung unseres Lebens. Sie übertreffen damit herkömmliche therapeutische oder erzieherische Konzepte – ganz abgesehen von so entscheidenden Vorteilen wie Einfachheit, Kostenlosigkeit und Flexibilität... Es ist deshalb schwer, sie einem bestimmten Bereich zuzuordnen. Politisch gesehen sind sie eine psychosoziale Bürgerinitiative. Von Bürgerinitiativen unterscheiden sie sich allerdings in einem wesentlichen Punkt: sie setzen neben die Veränderung der sozialen Bedingungen als gleichrangiges Ziel die Selbstveränderung... Sie arbeiten also gleichsam an ihren Identifikationen als einer ›inneren‹ Gesellschaftsstruktur ebenso wie an den sozialen Bedingungen und an den Institutionen der ›äußeren‹. Darin liegt ihre große Chance und ihre wirkliche Potenz«[62].

Moellers Plädoyer für die Zusammenarbeit von Experten mit Selbsthilfegruppen ist am Modell distanzierter Beratung zu kritischen Zeitpunkten der Gruppenentwicklung bzw. der Entwicklung ihres Projektes orientiert. Er sieht dabei – ähnlich wie Horst-Eberhard Richter – den beiderseitigen Nutzen einer solchen partiellen Zusammenarbeit. Der Experte lernt von der Selbsthilfegruppe ebenso, wie die Selbsthilfegruppe vom Experten. Dabei bleiben einige Fragen ungeklärt: Die Frage der Bezahlung der Beratung, die Frage der zeitlichen Intensität der Beratung und die Frage von Nähe und Distanz des Beraters zu der Selbsthilfegruppe und den Problemen, die sie bearbeitet. Bei allem Einverständnis mit der These, die besondere Bedeutung von Selbsthilfegruppen liege in der Selbst-Betroffenheit der Gruppenmitglieder und verhindere das störende Helfer-Syndrom (Schmidbauer) wird häufig vergessen oder verdrängt, daß eine Distanzierung der Helferberufe von den Problemen und Personengruppen, mit denen sie arbeiten, eine wichtige kulturelle Leistung bei der Professionalisierung der Helferberufe war. Es ist nämlich immer noch strittig, ob der Sozialarbeiter, der erfolgreich und sensibel in der Strafentlassenen-Hilfe arbeitet, selbst im Knast gesessen haben muß. Es kann dies der Fall sein – wie die Beispiele wirksamer Selbsthilfegruppen im Suchtbereich (*Synanon, Anonyme Alkoholiker*) zu zeigen scheinen –, es kann aber auch der Fall sein, daß die eigene Betroffenheit von einem Problem Prozesse der Fehlinterpretation und der Projektion eigener unbearbeiteter Probleme auf »die anderen« auslöst, die für eine wirksame und dauerhafte Hilfe sehr störend sind. Deshalb denke ich, daß für Selbsthilfegruppen *wie für Profis* – und für ihre Zusammenarbeit umso mehr – die Fähigkeit zur permanenten Selbst-Reflexion gefordert wird. Sie ist nicht das Ergebnis eines naturwüchsigen Prozesses, sie muß in einer längeren Anstrengung angeeignet werden, und bei diesem Aneignungsprozeß sind Außenstehende, von der Gruppe und ihren Problemen nicht Betroffene hilfreicher als solche, die in die Konstellationen eingebunden sind, welche gerade zum Gegenstand der gemeinsamen Reflexion gemacht werden sollen.

Für den distanzierten Betrachter scheint es fließende Übergänge zwischen der Selbsthilfe-Bewegung, der neuen Genossenschafts-Bewegung und der Alternativ-Bewegung zu geben. Viele Selbsthilfe-Gruppen, die über einen längeren Zeitraum erfolgreich (und häufig mit kommunaler oder staatlicher Unterstützung) gearbeitet haben, professionalisieren sich und bieten ihre Waren und Dienstleistungen schließlich jederfrau und jedermann zu marktgängigen Preisen an. Dies unterscheidet sie dann von den Zielsetzungen und Arbeitsweisen der Selbsthilfe, aus der sie stammen. Aber das macht sie noch nicht »alternativ«. Alternativ sind die *Produkte*, die sie anbieten, im Vergleich zu denen des bisher dominierenden Marktes (andere Nahrungsmittel, natürliche Baustoffe, neue Energiequellen, anderer Service) *oder* die Produktionsweise (hierarchiearme Betriebs-Struktur, einheitliche Bezahlung, gemeinsames Leben und Wohnen, Rotation von Tätigkeiten und Exekutiv-Befugnissen, kollektive Weiterbildung). Bei ihnen spielt die Entprofessionalisierungs-Debatte der Sozialpädagogen und Sozialarbeiter keine wesentliche Rolle. Sie sind im Gegenteil an gesteigerten und komplexeren Qualifikationen interessiert, weil sie es anders (und besser) machen wollen und sich dabei am Markt halten müssen[63].

Friedensbewegung

Die Friedensbewegung ist, wie Arbeiterbewegung und Frauenbewegung, einem überregionalen und globalen politischen Ziel verpflichtet, besitzt aber (anders als die Arbeiterbewegung) keine einheitliche nationale Organisationsstruktur, sondern lediglich ein überregionales Koordinations-Komitee. Interessant ist ihre Arbeitsweise für Sozialpädagogen wegen ihres spezifischen Kleingruppenklimas und wegen ihrer politischen und agitatorischen Strategien, die Ähnlichkeiten mit den von Harry Specht eingeführten »disruptiven Strategien« haben (siehe Kapitel 3). Ich verwende zur Illustration ein Beispiel, das Peter Schneider 1983 im *Kursbuch* veröffentlicht hat. Der Autor, der damals an der gewaltfreien Blockade des US-Raketenstützpunktes in Mutlangen teilgenommen hatte, benutzte seine Eindrücke vom Gruppenklima der Blockierer, um Befremden und Distanz zu begründen. Ich will es zu einem anderen Zweck benutzen. Aber zunächst Peter Schneider:

»Tatsächlich mußte ein Passant, der sich in jenen Tagen dem Eingang zum Raktetenstützpunkt Mutlangen näherte, den Eindruck gewinnen, er sei Zeuge einer seltsamen Trauerfeier. Vor dem Stacheldrahtzaun bemerkte er eine kleine Gruppe von Menchen, die sich im Kreis um etwas Unbewegtes gruppierten, an den Händen hielten und schwiegen. Erst im Nähertreten konnte der Passant erkennen, daß sich im Innern des Kreises nicht etwa eine Leiche, sondern eine andere Menschengruppe befand, die auf dem Boden hockte und ebenfalls schwieg. Nach genau zehn Minuten wurde das Schweigen durch eine behutsam gezupfte Gitarre unterbrochen, und es erklangen Lieder der getragenen Art, am häufigsten: ›Wir wollen wie das Wasser sein/weiches Wasser bricht den Stein ...‹ Das beschriebene Ritual macht Sinn, wenn der Gruppe der Blockierer sich von außen eine Gefahr nähert, eine Gegendemonstration, Polizei, wütende Anwohner. Für diesen Fall kann die sogenannte ›Patengruppe‹, die die Blockierer-Gruppe umringt, einen Schutz darstellen. Wenn es aber über drei Tage lang ausgeübt wird, ohne daß am Horizont irgendeine Störung zu bemerken ist, erhält es Zeichencharakter. Was ist die Botschaft einer Gruppe, die sich ohne Not diese Form gibt? Sie lautet etwa so: Was wir wollen, ist so geartet, daß man sich am besten an den Händen faßt, schweigt oder singt. Spiele, laute Reden, Witze, Elektrogitarren, Dissonanzen, Bosheiten sind in dem, was wir wollen, nicht vorgesehen. Seid lieb zueinander.

Dasselbe überwältigende Harmoniebedürfnis drückt sich in der Sprachgebung der Friedensbewegung aus. Das Wort ›Bezugsgruppe‹ evoziert die Vorstellung, Menschen, die für den Frieden kämpfen, müßten erst einmal einen ›Bezug‹ herstellen – sie haben sonst keinen –, sie brauchten einen Herd, einen Anker, eine Familie, die sich um sie schart. Außenstehende, die an Aktionen teilnehmen möchten, aber das Gruppen-Training nicht mitgemacht haben, können von einer Gruppe zusätzlich ›adoptiert‹ werden – auch hier das Bild von einer Welt, in der die Menschen grundsätzlich als Waisen herumstolpern und ständig auf der Suche nach Eltern sind. Vor sie, die Waisenkinder, stellt sich im Aktionsfall schützend die ›Patengruppe‹, die sie mit Obst und Liedern versorgt.

Am ärgsten stößt mir das neue Zauberwort vom ›Konsens‹ auf. Der Konsens wird in einem Handbuch gerühmt als eine ›Form der demokratischen Entscheidung, ohne abzustimmen‹. Dem Mehrheits- oder Abstimmungsprinzip sei der Konsens-Gedanke überlegen durch das Ziel, ›alle Ideen und Vorschläge zu sammeln und miteinander zu verschmelzen‹. Ich möchte nicht darüber spekulieren, ob ein solches Entscheidungsmodell funktionieren kann. Schlimmer als der Gedanke, es sei unpraktikabel, ist mir die Vorstellung, es könnte sich in der Friedensbewegung bewähren. Denn eine Gruppe von 10 oder 15 Menschen, die vier Wochen zusammensitzt und nach dem Konsensprinzip, also einstimmig, ihre Entscheidungen trifft, ist entweder betäubt oder hypnotisiert oder besoffen, jedenfalls nicht bei klarem Verstand. Auch wenn niemand sie manipuliert, ist sie das Opfer einer Manipulation. Jede gemeinsame Willensentscheidung unter lebendigen Menschen setzt die Unterdrückung eines anderen Willens voraus, sei es der eines einzelnen, einer Minderheit oder auch einer Mehrheit. Das Mehrheitsprinzip und auch das autoritäre Führer- oder Leithammel-Prinzip ist vergleichsweise menschenfreundlich, weil in beiden Prinzipien die Tatsache anerkannt ist, daß es in jeder Gruppe notwendigerweise Widerspruch gibt, und sei er nur durch Neid oder Profilierungssucht motiviert. Konsens ist der Glücksfall für eine Gruppendiskussion; zum Prinzip erhoben, wird der Glücksfall zu einem Instrument der Vorbeugung gegen jeden Dissens. Tatsächlich empfiehlt das Handbuch die Lust am Widerspruch der Selbstzensur jedes einzelnen an: ›Wir müssen beim Reden, beim Entscheiden unserem Verhalten immer wieder einen Spiegel vorhalten lassen, um uns mehr zu spüren: ›Aha, jetzt rede ich schon fünf Minuten‹ ... oder ›Verflixt, eigentlich bin ich gar nicht anderer Meinung, ich habe bloß einen persönlichen Ärger‹.« Ich gestehe, auf mich macht die Einübung des Unisono einen makabren Eindruck. Denn es ist klar, wer der eigentliche Beweger und Dirigent der Einstimmigkeit ist: Guru Atombombe. »Unter meinem Regime«, flüstert dieser Tyrann den Mitgliedern der Bezugsgruppen zu, »hat jeder Einzelwille zu schweigen. Widerspruch, Neid, Eifersucht, Konkurrenz, all die niedrigen Beweggründe, die die Menschen bisher umtrieben, gehören der Vergangenheit an, und alle Stimmen vereinen sich zu dem einzigen Satz: wir wollen leben!«[64].

Es geht mir nicht um die ästhetische Wertung der Phänomene, die Peter Schneider beobachtet hat. Ästhetische Wertungen sind, ähnlich wie moralische Werturteile, immer eng an die Klassenlage und den Sozialisationsprozeß der Wertenden gebunden. Sie eignen sich deshalb wenig für ein Streitgespräch. Mir geht es um die Beschreibung eines sozial-kulturellen Gruppenphänomens. Gruppen entwickeln ihren je eigenen Stil, und wenn eine ganze Bewegung – oder relevante Teile von ihr – einen solchen als einheitlich wahrgenommen Stil entfaltet und tradiert, ohne daß er von einer zentralen Organisationsleitung angeordnet worden

Friedfertigkeit als Provokation. Reigentanz vor einer Luftabwehrrakete beim NATO-Flugtag in Ramstein, 1983. Foto: Klar.

wäre, dann erinnert mich das an Gemeinsamkeiten mit dem historischen Phänomen der bürgerlichen und proletarischen Jugendbewegungen. Dort wie hier wirkte ein gemeinsamer politischer Wille bei aller Unterschiedlichkeit einzelner Personen und Gruppen *stilbildend*. Das war bei den einzelnen, überschaubaren Bünden der bürgerlichen Jugendbewegung noch nicht verwunderlich. Bei einer großen Bewegung, einer Massenbewegung, die über keine zentrale Steuerungsinstanz verfügt, ist es umso erstaunlicher. Ich schreibe dies als Gruppenpädagoge, der gelernt hat, auf äußere Zeichen und Symbole eines gemeinsam entwickelten »Wir«-Gefühls zu achten. Meine Interessen unterscheiden sich deshalb auch von denen Peter Schneiders, der als politisches Individuum die beobachtete Gruppenkultur mit seinen eigenen, individuellen Ansprüchen vergleicht und bewertet. Dabei versteht er manches falsch. Die »Bezugsgruppe« beispielsweise ist der achtbare Versuch, innerhalb einer Massenbewegung eine überschaubare und vertrauenswürdige Basis zu verankern, auf die sich der Einzelne in Konflikt- und Belastungs-Situationen »beziehen« kann und die einsickernden Provokateuren und gewaltsamen Störern ihre Arbeit erschweren soll. Die Erfindung der »Patengruppen« wiederum tragen der offensichtlichen Tatsache Rechnung, daß es innerhalb der Friedensbewegung Sympathisanten unterschiedlicher Risiko-Bereitschaft gibt, die aber alle in die komplexen Demonstrationen einbezogen werden sollen. Das »Konsens-Prinzip«, das Peter Schneider so nervt, ist eine Konsequenz aus den endlosen Fraktionskämpfen der ausgehenden Studentenbewegung, wo Mehrheiten Minderheiten ausschlossen oder zum Auszug zwangen. Selbstverständlich steckt in diesen Gruppenregeln und in dem sich rund um sie entfaltenden Gruppenklima ein Stück Selbsterziehungsanspruch gegenüber individuellen Profilierungswünschen (»Aha, jetzt rede ich schon fünf Minuten«), aber wer könnte sich eigentlich rechtens darüber erregen, daß erwachsene Menschen in existentiell bedrohlichen politischen Situationen beschließen, sich durch Selbsterziehung auf die Bewältigung dieser Situationen angemesen vorzubereiten?

Einige Lehren

Ich würde mißverstanden, wenn der Eindruck entstünde, mir wäre die Friedensbewegung vor allem gruppenpädagogisch oder gruppendynamisch interessant. Ich erwähne sie gegen Schluß dieses Buches über die Geschichte von Methoden der Sozialarbeit, weil für mich neben den 70er Jahren auch die 80er Jahre wichtige Lehren für diejenigen enthalten, denen an der kontinuierlichen Weiterentwicklung methodischen Arbeitens gelegen ist. Der erste Band meiner Methodengeschichte der Sozialarbeit kreiste um die Erkenntnis, daß unsere Methoden Kinder sozialer Bewegungen sind: der Frauenbewegung, der Settlement-Bewegung, der Jugendbewegung. In dem Maße, in dem sie von Geschichte und Gegenwart dieser Bewegungen abgelöst und als professionelle Verfahren an Universitäten gelehrt wurden, verloren sie ihren Charme, ihre Bedeutsamkeit, ihre Wirkung. Wenn sich nun *neue* Bewegungen in die Tagesordnung der Zeitgeschichte einschreiben, dann sollten wir nicht in den alten Fehler verfallen und so tun, als gingen sie uns nichts an, nur weil wir unser professionelles Selbst von ihren geschichtlichen Vorgängern abgelöst haben. Um einen Preis, der zu hoch war. Darum denke ich, daß

Studentenbewegung, Sozialarbeiter-Bewegung, Jugendzentrums-Bewegung, Bürgerinitiativ-Bewegung, Frauen-Bewegung, Selbsthilfe-Bewegung und Friedensbewegung für unsere Arbeit wichtige Lehren enthalten. Nicht in dem Sinne äffischer Nachahmung. Das würde uns sowieso nur lächerlich machen. Sondern in dem Sinne der Herstellung partieller Bündnisfähigkeit. Unter der Voraussetzung, daß wir sie ernst nehmen und akzeptieren, so wie wir gelernt haben, Menschen ernst zu nehmen und zu akzeptieren, die mit uns (oder mit denen wir) zusammenarbeiten wollen. Dann könnten wir durch das Studium der Studenten-Bewegung und der Sozialarbeiter-Bewegung lernen, die Funktionen unseres Berufes in der historischen Bewegung zunehmender sozialstaatlicher Interventionen neu (und realistisch) zu bestimmen. Dann könnten wir aus der Jugendzentrums-Bewegung lernen, den schöpferischen Kräften junger Leute *mehr* zuzutrauen als die freiwillige Teilnahme an einem gruppenpädagogischen Programm, dessen Inhalte beliebig sind. Dann könnten wir aus dem Studium feministischer Gruppenarbeit lernen, wie Programme und Projekte heute aussehen, für die zu streiten junge, anspruchsvolle Frauen gewonnen werden können. Dann könnten wir aus der Bürgerinitiativ-Bewegung lernen, daß Gemeinwesenarbeit zumindest von ihren aggressiven und provokativen Konzepten her keineswegs tot ist. Sie hat sich nur von der Illusion verabschiedet, daß Sozialpädagogen an ihrer Spitze marschieren. Dann könnten wir von der Selbsthilfe-Bewegung lernen, daß wir uns wesentlich besser und umfassender qualifizieren müssen, wenn wir von ihren Vertretern als ernstzunehmende Gesprächspartner akzeptiert werden wollen (falls wir das wollen). Dann könnten wir von der Friedensbewegung lernen, daß es unter angebbaren Umständen gelingen kann, eine neue Gruppenkultur zu entwickeln und Frauen wie Männer aller Altersgruppen ohne Mitgliedsbücher, ohne Vorstandsbeschlüsse und ohne verordnete Uniformen, alles Trennende für einen gemeinsamen Zweck beiseiteschiebend, nein, Peter Schneider: *nicht zu vereinheitlichen, sondern zu vereinen.*

Siemens AG, München 1989. Foto: Timm Rautert

6

Postmoderne Verwerfungen

Tanzt unsre Welt mit sich selbst schon im Fieber?
Liegt unser Glück nur im Spiel der Neutronen?
Wird dieser Kuß und das Wort, das ich Dir gestern gab,
schon das letzte sein?
Wird nur noch Staub und Gestein ausgebrannt allezeit
auf der Erde sein?
Uns hilft kein Gott, unsre Welt zu erhalten …

Rockgruppe Karat: Der blaue Planet

Die Kämpfe um die Einführung industrieller Energie aus Kernspaltung und Kernverschmelzung muten an wie antiquierte Rituale. Die globale Bedrohung, welche die Rockgruppe Karat im »Blauen Planeten« zitierte, erscheint ausgetauscht. Es sind nicht mehr die entwickelten Produktionsmittel, die uns bedrohen wie der Besen den Zauberlehrling. Es sind wir selber, die wir uns kaputt machen. So kaputt, daß uns kein Schöpfer hilft, wenn er sich denn personalisieren ließe, »unsere Welt zu erhalten«. Wir vernichten uns durch unsere pure Existenz. Wir bedrohen uns dadurch, daß wir uns ohne Sinn und Verstand vermehren.

Die pathetische Gebärde der Siebziger und die sensible Innenschau der Achtziger scheinen vorüber. Überall hören und lesen wir, heute sei etwas Neues angesagt. Effizienz und Einsamkeit, Pluralität der Wege zu den alten Zielen, Verzicht auf weinerliche Rückschau. Aber auch Rückkehr des Schnörkels als luxurierende Attitüde. Also selbstgemachte neue Unübersichtlichkeit. Eben Postmoderne.

Es scheint richtig zu sein, daß der Optimismus unserer bisher letzten europäischen Moderne – für deren Inbegriff das Berlin der Zwanziger mit seinem Widerspruch aus universellen Lebensentwürfen und politischen Hilflosigkeiten stand – erst einmal zu den Akten zu legen ist. Aber auch die Weltuntergangsstimmungen der Modernismuskritik wirken merkwürdig angejahrt und kurzbehost. Obwohl doch die globale Bedrohung, die wir uns selber inszeniert haben, nichts von ihrer Eindringlichkeit und Nachdrücklichkeit verloren hat. Im Gegenteil. Doch wir behelfen uns mit alltäglichen Geschäftigkeiten und tun so, als sei business *as usual*. Unser Verhältnis zu unserer Umwelt und zu unseren Mitmenschen scheint gestört zu sein. Es mehren sich die Ratgeberschriften, die unser gestörtes Wahrnehmungsvermögen entlarven und unsere Deutungsfähigkeiten bezweifeln. »Du kannst mich einfach nicht verstehen.« Ja, es gibt inzwischen unter Forschern eine neue »radikale Minderheit« von »radikalen Konstruktivisten«, die uns prinzipiell die Fähigkeit absprechen, externe Wirklichkeiten wahrzunehmen. Sie sagen, wir machten uns unsere Wirklichkeiten selber und hielten sie anschließend für wirklich. »Daß die Wirklichkeit von uns er-funden und nicht ge-funden wird, ist eine schwer zu schluckende Pille. Denn für unser emotionales Leben brauchen wir die Einsicht in eine sinnvolle Welt«, meint Paul Watzlawick, der bei der Fahndung nach strukturellen kommunikativen Mißverständnissen zum radikalen Konstruktivisten geworden ist. Sieht man sich die Alltagsbeispiele radikaler Konstruktivisten allerdings genauer an, die sie zur Illustration ihres theoretischen Ansatzes zitieren, so kommt man schnell dahinter, daß es sich um altbekannte Phänomene von Vorurteilsbildung, Selbstdefinitionen, sich selbst erfüllenden Prophezeiungen und kontextabhängigen Uminterpretationen wahrgenommener Phänomene handelt. Aber nicht darum, daß wir Realitäten nur als »virtuelle Realitäten«

kennen würden. Das tun wir auch. »Radio ist das Kino im Kopf«, sagte einst ein Werbefachmann, um anzudeuten, daß der Hörfunk einen Kanal (den optischen) zur phantasievollen Selbstbebilderung freigibt.

Was hat das alles in einem Buch zu suchen, das die Aufgabe hat, die Geschichte der Sozialen Arbeit in den letzten hundert Jahren als eine Geschichte ihrer Methoden zu schreiben? Es hat etwas in ihm zu suchen, weil ich mir vorgenommen habe, diese Geschichte *auch* als eine Geschichte zu schreiben, bei der Fragen des Zeitgeistes, der Mentalität einzelner Altersgruppen und der Vergänglichkeit bestimmter Moden eine nicht unwesentliche Rolle spielen. Die ausgerufene Unübersichtlichkeit der Postmoderne produziert (angeblich oder tatsächlich) neue Irritationen im Zusammenleben der Menschen und bei dem immer wieder neuen und achtbaren Versuch von uns allen, dieses Leben auf einigermaßen anständige Art zu gestalten. Die kommunikativen Störungen, welche (angeblich oder tatsächlich) die neuen Unübersichtlichkeiten der Postmoderne begleiten, werden selbstverständlich auch in der Sozialen Arbeit wahrgenommen und führen zu neuen methodischen Akzenten und methodologischen Instrumentarien. Mit ihnen beschäftigt sich das letzte Kapitel dieses Buches. Um mich verständlich zu machen, möchte ich zunächst noch einmal den bisherigen Ertrag meiner Forschungen zur Methodengeschichte der Sozialarbeit zusammenfassen.

Mein Buch wendet sich an Studierende und an Praktizierende der Sozialen Arbeit – also an Menschen, die nicht als »Amateure« unbezahlte Liebhaber-Arbeit verrichten, sondern die als »Profis« gegen Kontrakteinkommen tätig sind. Als Profis brauchen sie eine »professionelle Identität«, die sich zwar nicht »über die Amateure stellt«, aber doch von ihnen unterscheidbar macht. Diese professionelle Identität gewinnen sie in der Regel durch fachdisziplinäre Ausbildung – staatliche Lizenz – professionelles Setting – Kenntnis und Anwendung professioneller Methoden.

Mit den Methoden beschäftigt sich dieses Buch. Es versucht, ihre historische Entwicklung zu rekonstruieren, bei der die experimentelle Praxis unterschiedlicher sozialer Bewegungen von Bürgern, von Jugend, von Arbeitern und von Frauen eine bedeutsame Grundlage gewesen ist. Diese Entwicklung begann früher als gemeinhin angenommen – nämlich in der zweiten Hälfte des 19. Jahrhunderts. Sie wurde in den 14 Jahren der Republik von Weimar professionalisiert und in den folgenden zwölf Jahren nationalsozialistischer Diktatur aus unserem kollektiven Gedächtnis gelöscht. Nach dem militärischen Zusammenbruch dieser Diktatur im Mai 1945 wurde sie mit Hilfe ausländischer und ausgewanderter Expertinnen und Experten wieder schrittweise in unser professionelles Gedächtnis gehoben. Wir nannten das damals mit spitzen Mündern »Umerziehung«.

In den 70er Jahren verschwand der Kanon von »Methodenlehre« und

»methodischem Arbeiten« aus den Lehrangeboten vieler Fachhochschulen und Universitäten der alten Bundesrepublik. Dieses Verschwinden wurde häufig mit dem Einfluß der Studentenbewegung erklärt, welche die alte Methodenlehre als ein ideologisches Konstrukt »entlarvte«, das die gesellschaftlichen Ursachen individuellen Leids und individueller Hilflosigkeit »verschleiern« sollte. Das ist richtig, trifft aber – wie das meiste was richtig ist – nur die Hälfte der Sache.

Denn ebensowenig, wie vernünftige Erkenntnisse über das Wesen und die Gesetzmäßigkeiten einer Sache mit Notwendigkeit zu »richtigen«, d.h. diesen Erkenntnissen angemessenen Handlungen führen, genausowenig treiben erfolgreiche Handlungsmuster mit Notwendigkeit richtige Erkenntnisse über die Gesetzmäßigkeiten ihrer Wirksamkeit hervor. Dennoch war das Beharren der kritischen Studenten auf einer grundlegenden Analyse von Gesellschaftsformen, die Soziale Arbeit notwendig machen, richtig. Obwohl die Ergebnisse dieser Analyse noch nicht automatisch zu methodisch plausiblen und menschenfreundlichen Handlungsschritten führen mußten.

Die Einflüsse dieser Studentenbewegung waren am Ende der 70er Jahre wieder verblaßt. Und eine neue Generation von Studierenden hatte im Prinzip ein großes Interesse, schon während des Studiums zu erfahren, »wie man es denn nun wirklich macht«. Aber die potentiellen Träger reformierter Auskünfte darüber, »wie man es denn nun wirklich macht«, waren zu jener Zeit durch eine verfehlte Hochschulpolitik in ihrer Ausbildungskraft gelähmt. Ich rede von den »lehrenden Sozialarbeitern«, die an den alten Fachschulen und Höheren Fachschulen für Sozialarbeit eine wichtige berufseinführende und Berufsidentität vermittelnde Rolle gespielt hatten. Mit der Anhebung der Höheren Fachschulen zu Fachhochschulen zu Beginn der 70er Jahre wurden sie zu Lehrkräften minderer Bedeutung, aber erhöhten Lehrdeputats gemacht und bekamen (oder sahen) häufig keine Chance, sich zu »richtigen« Hochschullehrern zu qualifizieren. »Richtige« Hochschullehrerstellen an den neuen Fachhochschulen hingegen wurden von Absolventen und Absolventinnen »richtiger« Universitäts-Studiengänge wie Psychologie, Soziologie, Politologie, Erziehungswissenschaft und Jurisprudenz besetzt. Diese neue Hochschullehrergeneration legte größeren Wert auf die analytische Kompetenz ihrer Studierenden als auf deren Handlungsorientierung. Sie betonte die Fähigkeit, soziale Probleme in ihrem gesellschaftlichen Ursprung zu erkennen (was richtig war) und vernachlässigte die Entwicklung der Fertigkeit, auf eine methodisch geordnete Weise mit Symptomträgern dieser sozialen Probleme umzugehen (was *zusätzlich* nötig gewesen wäre).

Die Lücke, welche die Fachhochschulen und Universitäten bei ihren Absolventen hinterließen, verschob den Akzent der Methodenausbildung von der Erstausbildung zur Fort- und Weiterbildung. Kommunale, kommunitäre und private Träger von Fort- und Weiterbildung für die Soziale Arbeit übernahmen in den letzten zwei Jahrzehnten zunehmend und teilweise nahezu allein die Verantwortung für Transfer und Training von ausgewählten alten und neuen Formen methodischen Arbeitens. Einen zusammenfassenden Überblick über diese Entwicklung finden interessierte Leser im Mai-Heft 1992 der Blätter der Wohlfahrtspflege (Stuttgart).

Anders als Universitäten und Hochschulen es hätten tun können, ordneten manche dieser Fort- und Weiterbildungseinrichtungen (die mehr und mehr auf kostendeckende und überschußproduzierende Arbeit angewiesen sind) ihre modernen und teilweise modischen Angebote nicht in das Kontinuum der Entwicklung methodischen Arbeitens ein, sondern behandelten sie als jeweils neueste Errungenschaft ohne Geschichte, ohne eingebaute Grenzen, ohne Alternative. Auf diese Weise ist ein Supermarkt methodischer Detail-Angebote entstanden, der Außenstehende verwirrt, Gutwillige in die Irre führt und unsere Profession nach außen hin wenig glaubwürdig macht.

Von Selbsterfahrungsgruppen, Therapiebewegung und Psycho-Boom habe ich im 5. Kapitel schon gesprochen. Ende der 80er Jahre hatten sich drei professionelle Entwicklungen etabliert, welche die Richtungen methodischen Arbeitens in den Feldern Sozialer Arbeit mindestens auf der Meta-Ebene mehr und mehr bestimmten: *Professionalisierung der Gesprächsführung, Systemische Beratung* statt Sozialer Einzelhilfe und *Organisationsentwicklung* statt eingefrorener Verwaltungslehre. Die bisherige methodisch-professionelle Kompetenz verliert ihren Hauptwort-Charakter (»Ich bin eine *Gruppenpädagogin*«) und wird zum *tätigkeitsbegleitenden Eigenschaftswort* (»Ich arbeite *systemisch*«).

Professionalisierung der Gesprächsführung

Um 1940 entdeckte der nordamerikanische Psychotherapeut Carl R. Rogers durch die empirische Untersuchung des Beratungsverhaltens von Therapeuten, die von ihren Klienten als besonders erfolgreich eingestuft worden waren, drei Merkmale der Gesprächsführung, die immer wieder als positiv genannt wurden und die auch bei der Analyse der Tonbandwiedergaben[1] von Beratungsgesprächen immer wieder auftauchten:

»Positive Wertungschätzung« der Klienten und dessen, was sie sagen – unabhängig davon, was die Berater als Personen davon halten mögen; gleichzeitig aber *»Echtheit«* der Reaktionen auf bestimmte Gesprächsinhalte oder Kommunikationsformen, die im Gegensatz zu maskenhafter Unberührtheit und Unberührbarkeit gelangweilter Therapeuten stehen; schließ-

lich *»Empathie«* als die Fähigkeit, die Botschaften der Klienten so zu verstehen, wie sie offensichtlich *gemeint waren*, aber nicht notwendigerweise gesagt wurden. Diese drei Segmente professionellen Gesprächsverhaltens innerhalb unterschiedlicher Formen und Settings von Beratung sind inzwischen zum Gegenstand wohlmeinender und nützlicher Trainingsbücher für die Aus- und Fortbildung von Beraterinnen und Beratern geworden, von denen ich hier nur drei aktuelle Titel nennen werde. Sabine Weinberger hat 1980 ein Lehr- und Trainingsbuch für helfende Berufe publiziert, das 1992 bei Beltz in Weinheim in 5. Auflage erschienen ist und sich an Beraterinnen und Berater aus Sozialarbeit und Sozialpädagogik richtet[2]. Sabine Bachmair und andere haben auf der Basis ihrer Erfahrungen als/mit Beratungslehrer/n in süddeutschen Schulen ein ähnliches Lehr- und Trainingsbuch 1983 publiziert, das 1989 in 4. Auflage im Verlag Psychologie Verlags Union in München erschienen ist[3]. Christian-Rainer Weisbach hat 1988 aufgrund eines Tutorenprogramms für Beraterinnen und Berater in der Lehrerbildung einen Leitfaden zum »Training des Beraterverhaltens« publiziert[4]. Alle diese Lehrbücher betonen auf ihre je unterschiedliche Weise, daß erfolgreiche Gesprächsführung in Beratungsgesprächen nach Carl R. Rogers lehrbar und lernbar ist und auf systematische Weise angeeignet werden kann.

Die theoretische Fundierung zwischenmenschlicher verbaler Kommunikation als *Teil* von Beraterverhalten ist entscheidend von Paul Watzlawick und Mitarbeitern vorangetrieben worden, die seit 1967 (deutsch seit 1969) die Pragmatik menschlicher Kommunikation, ihrer Formen, Störungen und Paradoxien beschrieben und analysiert haben[5]. Sie haben dabei vor allem die Rogerssche Forderung nach »Empathie« dahingehend präzisiert, daß sie die vielen Möglichkeiten und Spielformen unseres *Mißverständnisses* fremder Botschaften (seien sie verbal oder nonverbal) systematisiert und erklärt haben, so daß es aufgrund des systematischen Studiums dieser Autoren möglich werden sollte, fremde Botschaften nicht nur *besser zu verstehen*, sondern sich selbst auch *besser verständlich zu machen*. Eine Qualität, die bisher unter Hinweis auf die bildungsspezifischen Unterschiede in unserem Sprachverhalten immer wieder bezweifelt worden ist. Neuer Ausdruck dieser kommunikationstheoretischen Bemühung um sprachliche Eindeutigkeit ist der US-Bestseller »Du kannst mich einfach nicht verstehen« von Deborah Tannen[6], der Männern wie Frauen zu erklären versucht, warum ihre jeweilige Sprache (auch wenn es ihre »Mutter«-Sprache ist) vom anderen Geschlecht mit Folgerichtigkeit mißverstanden werden muß. Kommunikationswissenschaftliche Schriften wie diese sind ein wichtiger Beitrag zur Methodenlehre in der Sozialen Arbeit, zur Professionalisierung der Gesprächsführung und zur Sozialen Arbeit in einer interkulturellen Gesellschaft. Denn wenn es schon genügend frappierende Mißverständnisse zwischen deutschen Frauen und deutschen Männern gibt, wie wollen wir uns dann auf Mißverständnisse zwischen deutschen Beraterinnen und türkischen Klientinnen vorbereiten?

Damit wurde der Bann des »Betroffenheits«-Kults gebrochen, der nahegelegt hatte, daß gute Beraterinnen in der Regel solche seien, die ihrerseits jene Krisen durchlitten hätten, die ihre Klienten gerade erlebten. Auch das Betroffenheitsgebot hatte seine positive Bedeutung angesichts von Lebenslagen, deren besonderer Charakter in der öffentlichen Meinung geleugnet oder verdrängt wurde. Andererseits erforderte die multikulturelle Veränderung unserer Gesellschaft eine neue Art von Empathie, die sich nicht mit der beruhigenden Versicherung begnügen konnte: »Ich verstehe dich ja so gut, meine Schwester«, sondern die den angespannten Versuch zu unternehmen hatte, gerade das zu verstehen, was fremd, was ungewohnt, was unverständlich war. Martina Emme hat über diese neue, radikale Gestalt von Empathie eine aufregende Dissertation geschrieben: »Der Versuch, den Feind zu verstehen« (Frankfurt am Main: Iko 1996).

Eine zweite Professionalisierungstendenz relativierte die bisherige Dominanz des Konzeptes von Carl Rogers und seiner klientenzentrierten Gesprächsführung. Die Grundannahmen seiner gesprächstherapeutischen Schule blieben zwar weiterhin gültig, sie verloren aber mehr und mehr ihren Allgemeingültigkeitsanspruch und wurden durch Elemente aus der Verhaltensmodifikation, der Gestalttheorie und der Handlungstheorie ergänzt. Das Lehrbuch von Sue Culley, das ich 1996 übersetzt habe, ist dafür ein gutes Beispiel[7].

Sie teilt ihren idealtypisch als auf zehn Sitzungen zu je 45 Minuten vorgestellten Beratungsprozeß in drei Phasen, denen sie jeweils unterschiedliche Beratungsstrategien zuordnet. Die erste Phase ist eher verstehen-wollend rezeptiv und vorsichtig eruierend orientiert – also rogerianisch getönt. Die zweite Phase soll helfen, die Probleme neu zu sehen, neu zu bewerten und neue Gefühle an sie zu binden. Dazu verwendet sie Techniken, die eher »herausfordernd«, »konfrontativ« und »feed-back-haltig« sind, zusätzliche Informationen geben und vorsichtige Selbstmitteilungen der Beraterin enthalten. Die Strategie entspricht dem, was Paul Watzlawick und andere »reframing« genannt haben. Die dritte Phase schließlich soll zu neuen Handlungen und zu neuen Handlungsroutinen führen, um die »neu gerahmten Bilder« durch erfolgreiche Handlungen »zu fixieren«. Hier spielen lerntheoretische Erkenntnisse der Tätigkeitstheorie und des Modellernens eine erkennbare Rolle. Ein solcher »Methodenmix« wird heute nicht mehr als eklektische Fingerübung angesehen, der die theoretische Orientierung mangele, sondern als angemessenes Eingehen auf die sich entwickelnden und erweiternden Bedürfnisse, die im Beratungsprozeß entstehen und seinen Fortschritt signalisieren.

Systemische Beratung

Die traditionelle »Soziale Einzelhilfe« war von der Besonderung, ja Einmaligkeit jedes einzelnen Falles von Hilfsbedürftigkeit ausgegangen. Reformen dieses Verfahrens setzten bei Versuchen an, unterschiedliche Personen, Maßnahmen und Einrichtungen, die am Hilfeprozeß für den »Einzelfall« beteiligt waren, aufeinander abzustimmen und miteinander zu vernetzen. Historisch reichen diese Bemühungen von der »Einheitsfürsorge« der 20er Jahre zum *»case management«* der 90 Jahre[8]. Andere Reformen dieses Verfahrens setzen bei der Problematisierung der Sichtweise auf den »Einzelfall« an. Dort wird gemeinhin davon ausgegangen, daß die Hilfsbedürftigkeit des »Einzelnen« eine kausale Folge seiner Lebensgeschichte, seiner inneren Konstitution und/oder seiones beschränkten Zugangs zu wirtschaftlichen und sozialen Hilfsquellen (*Ressourcen*) sei. Diese Sichtweise erscheint ihren Kritikern als vergleichsweise *statisch*. Sie berücksichtige nicht die vielfältigen *dynamischen* Beziehungen des Einzelnen zu den verschiedenen Personen seiner Lebenswelt. Diese Lebenswelt wird von den Kritikern als ein interdependentes System von Traditionen, Handlungen und Beziehungen aufgefaßt, in dem alle Ursachen und Wirkungen, Täter und Opfer gleichzeitig sind und in dem Hilfe nur durch eine grundsätzliche Rekonstruktion von Botschaften und Formen zwischenmenschlicher Kommunikation kommen könne.

Theoretische Basis des systemischen Beratungsansatzes sind die schon erwähnten Arbeiten der Schule von Palo Alto um Paul Watzlawick[9] und die separat zu betrachtenden Forschungen von Gregory Bateson[10]. Beide Ansätze basieren ursprünglich auf der Erforschung der Genese schizophrenen Denkens und Fühlens als »gestörte Kommunikation«. »It takes two to know one«, schreibt Bateson. Und »was eine Mitteilung ist, bestimmt der Empfänger, nicht der Sender«, sagt Helm Stierlin.

Außenstehenden fällt es schwer, die verschiedenen Richtungen der auf den genannten kommunikationstheoretischen Forschungen basierenden Familientherapien auseinanderzuhalten und auf ihre unterschiedlichen Traditionen und augenblicklichen Praxisfelder zurückzuführen. Gemeinhin unterscheidet man drei Hauptrichtungen: Eine Richtung basiert auf *psychoanalytischer Theoriebildung* und betrachtet den »Patienten Familie« (Richter 1970)[11] in seiner historischen Gewordenheit und akuten Rollenverteilung und Rollenzuschreibung. Eine zweite Richtung bezeichnet sich selbst als *strukturalistische Familientherapie* und versucht, durch aktives Eingreifen des Therapeuten in die Kommunikationsroutinen des »Familiensystems« dauerhafte Wirkungen zu erzielen (Minuchin 1977)[12]. Eine dritte Richtung hat sich in den letzten Jahren als *»systemische Familientherapie«* im engeren Sinne durchgesetzt. Sie basiert auf der Praxis der sogenannten *Mailänder Gruppe* und »orientierte sich stark an den Arbeiten von Gregory Bateson (1981, 1982) und an den kommunikationstheoretischen Auffassungen der Palo-Alto-Gruppe (Watzlawick/Beavin/Jackson 1967; Watzlawick/Weakland/Fisch 1974). Inzwischen wurde dieses Konzept von verschiedenen anderen Gruppen aufgegriffen«[13]. Einen orientierenden Überblick über die unterschiedlichen Richtungen und Entwicklungen geben Helm Stierlin und Fritz Simon in ihrem Buch »Die Sprache der Familientherapie. Ein Vokabular«[14]. Heidi Nielsen hat 1995 ein Lern- und Praxis-Anleitungsbuch für soziale Berufe von John B. Burnham übersetzt, das einen guten und praktischen Einblick in Konzepte, zentrale Begriffe, Verlaufsmodelle, Fertigkeiten und Techniken im Rahmen systemischer Familienberatung bietet (John B. Burnham: Systemische Familienberatung. Eine Lern- und Praxisanleitung für soziale Berufe. Weinheim: Beltz 1995).

Es ist verständlich, wenn anspruchsvolle Sozialarbeiter und Sozialarbeiterinnen sich angesichts fehlender Orientierungen über methodische Arbeiten während ihrer Berufsausbildung später berufsbegleitend zusätzlichen Fort- und Weiterbildungen aussetzen. Zu fragen bleibt, ob dabei hinreichend die Ausgangssituationen, Settings und infrastrukturellen Voraussetzungen bedacht werden, die Hilfeprozesse niedergelassener Familientherapeutinnen von den Hilfeprozessen des Allgemeinen Sozialdienstes, der Erziehungsberatung oder des Jugendamtes unterscheiden. So richtig und verdienstvoll es ist, wenn in der systemischen Beratung eine ganzheitliche Sichtweise gefordert wird, ein Vertrauen auf die Selbstheilungskräfte des Umfeldes, wenn Hauptaufgaben nicht mehr so sehr im »persönlichen Bezug« zwischen Beraterin und Klientin gesehen werden, sondern im Herstellen von Rahmenbedingungen für störungsfreie Kommunikation nach innen und selbstbewußtes Durchsetzungsvermögen nach außen, so problematisch erscheinen schnellebige Fortbildungsmoden auf den verschiedenen Teilmärkten des *Body-and-mind*-Geschäftes mit ihrer Mischung aus kybernetischen Banalitäten und postmoderner Neo-Mystik. Diese Warnung bezieht sich nicht speziell auf Beratungsverfahren, die mit dem Eigenschaftswort »systemisch« verbunden werden. Sie bezieht sich nicht einmal nur auf den immer noch expansiven Weiterbildungsmarkt für Angehörige sozialer Berufe. In dem Informationsblatt »Training aktuell« fand ich im März 1997 die Meldung, die International Academy for Physical and Mental Wellness mit Sitz auf Mallorca biete eine vierwöchige Ausbildung zum Wellness-Instructor bzw. zum Diplom-Sport & Wellness-Mentaltrainer zum Preis von 2100 DM je Woche Woche (ohne Reise, Unterkunft und Verpflegung) an.

Immer wieder kritisieren grundständig Studierende der Sozialen Arbeit, daß sie in der Erstausbildung an Fachhochschulen und Universitäten zu geringe Methodenkenntnisse über Beratungsverfahren, klientenzentrierte

Gesprächsführung, systemische Familien- und Partner-Beratung und Moderationsverfahren für Gruppen und Teams erwerben können. Diese Kritik ist verständlich. Sie könnte allerdings auch die tatsächliche und sinnvolle Arbeitsteilung zwischen einer vergleichsweise generalistischen Grundausbildung und der Notwendigkeit zu permanenter berufsbegleitender Weiterbildung[15] aus dem Auge verloren haben. Für den souveränen Umgang mit Handlungsstrategien, Fertigkeiten (*skills*) und Techniken im Rahmen ausgeformter Methoden-Lehre ist eine kontinuierliche berufliche Praxis Voraussetzung, auf die sich das in der Weiterbildung vermittelte Aneignungs-Training bezieht. Überall dort, wo in den Studienordnungen der grundständigen Ausbildungsgänge von der Hochschule ausgewählte, verantwortete und angeleitete Praxisphasen oder Theorie-Praxis-Seminare vorgesehen sind, können Aneignungs-Trainings methodischer Fertigkeiten und Techniken einen hohen Wert bekommen. Als abgehobene Seminarveranstaltungen, die isoliert an der Hochschule angeboten werden, wirken sie eher exotisch, museal und abschreckend. Abgesehen davon, daß die didaktischen Qualitäten eines Trainers und einer Trainerin anderer Art sind als die entwickelten Qualitäten einer Hochschullehrerin. Es sei denn, sie wäre und könnte beides.[16]

Sozialmanagement

Die in meinem Buch in ihrer Entwicklung geschilderten Methoden Sozialer Arbeit sind im Prinzip als *klientenzentrierte Kommunikations-Medien* zwischen professionellen Helfern und einzelnen oder mehreren Hilfsbedürftigen oder Bildungspartnern gedacht und genutzt worden. Diesem Zweck dienen indirekt auch die Praxisberatung (Supervision) und die Gemeinwesenarbeit.

Diese Klientenzentrierung war historisch richtig und notwendig und hat dazu beitragen können, unsere Blicke nicht nur auf die »Gesellschaft« zu richten, die Soziale Arbeit organisiert, finanziert und zuläßt, sondern auch auf konkrete Menschen und Menschengruppen, die von ihr profitieren sollen. Aber ähnlich der Schulpädagogik, die lange Zeit wie gebannt auf das Lehrer-Schüler-Verhältnis und dessen didaktische Qualitäten gestarrt hat (»Pädagogischer Bezug«, »Pädagogischer Takt«), waren wir dabei zu vergessen, daß unsere Beziehungen am Arbeitsplatz und zum Arbeitsplatz nicht nur Klienten-Beziehungen sind, sondern auch Beziehungen zu Kolleginnen und Kollegen innerhalb und außerhalb der Einrichtung, in der wir tätig sind, und Beziehungen zu anleitenden und leitenden Personen in Verwaltung, Vereinen und Verbänden. In den älteren Lehrplänen sozialarbeiterischer Studiengänge waren solche Themen in den Fächern »Staats- und

Verwaltungskunde« verpackt und bezogen sich meist auf die »öffentliche Verwaltung« und deren klassische »Ämter«, für die ausgebildet wurde: Sozialamt, Jugendamt, Gesundheitsamt.

Seit den 70er Jahren werden Profis in öffentlichen und privaten Einrichtungen Sozialer Arbeit dazu gedrängt, über die organisatorischen Voraussetzungen, Nebenwirkungen und Wirkungsgrenzen ihrer Institutionen nachzudenken und alternative Organisationsformen zu entwerfen. In kommunalen Ämtern wird der mögliche Gegensatz zwischen Zentralisierungstendenzen im Rathaus und bürgernaher Dezentralisierung im Stadtteil diskutiert (Müller/Otto 1980[17]). Große Wohlfahrtsverbände nehmen Fragen der Organisationserneuerung und Organisationsentwicklung in ihr Fortbildungsprogramm auf (Müller-Schöll 1976[18]), weil sie über Fragen einer »optimalen Betriebsgröße« nachdenken müssen oder über das spannungsreiche Verhältnis zwischen in ein Ehrenamt gewählten Vorständen und ihren professionellen Geschäftsführern – zwischen sozialstaatlich flächendeckender Versorgung einerseits und marktwirtschaftlich an Teilmärkten orientierter geldwerter Dienstleistung (Burla 1989[19]) andererseits. Die Tendenzen zur Privatisierung sozialstaatlicher Leistungen in Gestalt von betroffenennahen Selbsthilfegruppen und deren lokalen Organisationen produzieren seit Ende der 80er Jahre einen neuen Typ von Nachfrage nach Methoden von Projektmanagement, Sozialmanagement und der Weiterentwicklung bestehender Strukturen in Richtung auf neue Aufgaben (Organisations-Entwicklung[20]).

Die Gestaltung und innovative Umgestaltung des Arbeitsplatzes und der Organisationsstruktur sozialer Institutionen wird zu einer mehr und mehr nachgefragten methodischen Kompetenz von Mitarbeitern sowohl in Behörden als auch in Wohlfahrtsverbänden und Selbsthilfegruppen. Was in der Studenten- und Sozialarbeiterbewegung als »Herrschaftswissen« abgelehnt worden war, wird nun als Teil professioneller Kompetenz nicht nur »der Leitenden«, sondern auch ihrer Mitarbeiter neu definiert. Denn um innovative Strukturen entwerfen und durchsetzen zu können, brauchen die »Leitenden« die professionelle Kenntnis und Einsicht ihrer Untergebenen; um deren Pros und Contras einschätzen und abwägen zu können, brauchen die Mitarbeiter das »Herrschaftswissen« der »Leitung«. Aus der tatsächlichen Divergenz ist eine postulierte Konvergenz geworden: Notwendige und einsichtige Innovationen sind nur möglich, wenn die, eine notwendige und nachgefragte Dienstleistung erbringende Organisation die Fähigkeit entwickelt, *gemeinsam* jenen methodischen Dreischritt zu gehen, der schon an der Wiege methodischen Arbeitens in der Sozialen Arbeit gestanden hat: Probleme zu erkennen und zu analysieren – über (alternative) Problemlösungen zu entscheiden – aus den Erfahrungen mit den (neuen) Problemlösungen gemeinsam zu lernen …

Die Aktualität von Organisationsentwicklung (OE) in den 80er und 90er Jahren dieses Jahrhunderts führt uns auch historisch zurück – zu Wurzeln sozialpädagogischer Handlungsforschung aus den 50er Jahren. Damals haben Kurt Lewin und Mitarbeiter Prinzipien, Verfahrensweisen und Settings der »Gruppendynamik« »erfunden«, um Blockaden (Wahrnehmungsverzerrungen; Vorurteile) gegenüber kriegsentlassenen afro-amerikanischen Bürgern bei der Gleichstellung auf dem Arbeitsmarkt wirksam bearbeiten und abbauen zu können (siehe S. 170–175). Während der nächsten zehn Jahre arbeiteten Gruppentrainer auf der Basis gruppendynamischer T(rainings)-Gruppen mit Arbeitern und Angestellten der Firmen ESSO Standard Oil und Union Carbide, um innerorganisatorische Veränderungen, die durch betriebssoziologische Felduntersuchungen als notwendig erkannt worden waren (*survey feedback*), *durch*zusetzen und in der internen Kommunikation der Mitarbeiter untereinander und mit ihren Chefs *um*zusetzen. In *diesem* Zusammenhang ist auch die Rede von der »Unternehmens-Kultur« erfunden worden, welche die verschiedenen Firmen unterscheidbarer machen sollte als durch ihre immer verwechselbareren Endprodukte.

So problematisch diese Formen der *human relations* und des *human engineering* auch sein mögen – vor allem, wenn das Eigenschaftswort »human« nur zur Kaschierung für Maßnahmen zur Erhöhung der Arbeitsmotivation und zur Senkung der Stückkosten dient –, im Bereich der Organisation von Nonprofit-Dienstleistungen haben sie ihren beschreibbaren Platz. Und Sozialpädagogen, die sich solcher Organisationsentwicklungs-Strategien bedienen, dürfen dies in dem Selbstbewußtsein tun, daß sie auf einem Terrain operieren, das ihre deutsch-amerikanischen Kollegen vor 50 Jahren experimentell entwickelt haben[21].

Fritz Gairing hat 1996 in einer Dissertation die Forschungsgeschichte der Organisationsentwicklung kenntnis- und materialreich nachgezeichnet und bis zur Gegenwart fortgeführt (Fritz Gairing: Organisationsentwicklung als Lernprozeß von Menschen und Systemen. Weinheim: Deutscher Studienverlag 1996).

Getrennt von diesem Ansatz einer prozeßorientierten Sichtweise auf Organisationen als Dienstleistungsagenturen, deren Mitarbeiter (auf allen Ebenen) sich und ihre Arbeit verändernd weiterentwickeln wollen (und die auch autonom genug sind, dies zu tun), muß man einen zweiten großen Sektor gegenwärtiger Reformbestrebungen betrachten, die darauf gerichtet sind, Teile der öffentlichen Verwaltung zu verschlanken, staatliche (vor allem kommunale) Aufgaben und Dienstleistungen auszulagern und zu privatisieren und dabei in den konsumptiven Sektoren der Staatstätigkeit mittelfristig Steuergelder einzusparen bzw. die bisherigen Leistungsempfänger auf Eigenleistungen zu orientieren. Die Wortführerschaft auf diesem Gebiet des organisatorischen Umbaus sozialstaatlicher Routinen haben Markt-Radikale und Betriebswirtschaftler übernommen. Daher auch die neuen Fachtermini, die manchen Kollegen wie Parodien vorkommen – anderen hingegen wie eine sach-angemessene Befreiung von ideologischen Zöpfen aus der Zeit sozialdemokratischer Omnipotenz-Phantasien von einer sozialstaatlichen Rundumversorgung. Die Auseinandersetzung mit *dieser* neuen Begrifflichkeit muß ich dem Selbststudium meiner Leser überlassen. Es lohnt sich, dabei nicht nur an Bücher, sondern vor allem an die zahlreichen Fachzeitschriften zu denken, die sowohl von führenden Verlagen als auch von Wohlfahrtsverbänden und Trägerverbänden herausgegeben werden. Einen guten, jeweils kurz kommentierten Überblick über 124 der wichtigsten Fachzeitschriften der Sozialen Arbeit und ihrer Spezialgebiete von der Amtsvormundschaft bis zur Straßensozialarbeit bietet das dickleibige »Wörterbuch Soziale Arbeit« von Dieter Kreft und Ingrid Mielenz, das 1996 in 4. Auflage vollständig überarbeitet und erweitert im Beltz Verlag erschienen ist. Weitere Orientierungshilfen bietet der Votum Verlag in Münster an, der ab 1997 wieder ein Jahrbuch der Sozialen Arbeit herausgibt, das in den 70er Jahren vom Rowohlt Verlag betreut worden war.[22]

Verwaltungsreformen und neue Steuerungsinstrumente

Verwaltungsreform und neue Steuerungsinstrumente – und in nicht immer einsichtigem Zusammenhang damit die relative Armut der Kommunen – sind seit einiger Zeit bevorzugte Themen jener Fachzeitschriften, die von Sozialarbeitern und Sozialpädagogen gelesen werden. Bei den notwendigen Auseinandersetzungen mit diesen Themen wird manchmal vergessen, daß ihre bloß *technokratische* Bearbeitung dazu beiträgt, drängende *inhaltliche* Fragen der gerechten Verteilung des gesellschaftlich erwirtschafteten Reichtums in den Hintergrund zu schieben.

Die lange, unübersichtliche und von teilweise leidenschaftlichen Vor-Urteilen getönte Diskussion um die Reform des entwickelten Sozialstaates hat einen bisher wenig beachteten Nebeneffekt gehabt. Selbständige Jugendämter, deren Existenz im KJHG als durch Bundesrecht geboten festgeschrieben worden war und deren Eigenstand durch die Charakterisierung dieser Jugendämter als ›zweigliedrige Behörde‹ mit einer Spitze aus Verwaltung *und* Jugendhilfeausschuß bestätigt wurde, werden zunehmend im Rahmen von ›verwaltungsvereinfachenden Maßnahmen‹, die vielfach von externen Unternehmensberatern empfohlen und deren Empfehlungen von Kämmerern und Kommunalpolitikern applaudiert wird, zur Disposition gestellt. Ihre Zusammenlegung mit anderen Ämtern Sozialer Dienstleistungen (Sozialamt, Gesundheitsamt, Wohnungsamt) wird empfohlen und in Einzelfällen bereits praktiziert.

Seit 1974 lag die Kommunale Geschäftsstelle für Verwaltungsvereinfachung in Köln (KGSt) den Kommunalpolitikern mit der Forderung in den Ohren, sie mögen ihre Jugendämter organisatorisch reformieren (KGSt 22/74)[23]. Dieses Memento hatte gewichtige und für Jugendämter sogar respektable Gründe. Seitdem das alte Reichsjugendwohlfahrtsgesetz (RJWG) 1922 die flächendeckende Einführung von Jugendämtern geboten hatte, waren diese Ämter eine (milde) republikanische Innovation in der konservativ-feudalistischen Ämterstruktur des alten Reiches gewesen. Sie besaßen eben jene schon erwähnte doppelte Leitung aus Verwaltung und einem Laien-Gremium, das aus ›in der Jugendwohlfahrt erfahrenen Männern und Frauen aller Bevölkerungskreise‹ bestehen sollte – insbesondere aus solchen, die ›in freien Vereinigungen für Jugendwohlfahrt und Jugendbewegung‹ tätig waren. Auch war das alte Reichsjugendwohlfahrtsgesetz wenigstens ansatzweise ein Dienstleistungsgesetz: In dem berühmten § 4 wurde die ›Wohlfahrt der im schulpflichtigen Alter stehenden und der schulentlassenen Jugend‹ als eine ›jugendfördernde Aufgabe beschrieben‹, die zum ›Recht jedes deutschen Kindes auf Erziehung zur leiblichen, seelischen und gesellschaftlichen Tüchtigkeit‹ gehöre. Organisationsform und Leistungscharakter waren für die damalige Zeit etwas wirklich Neues. Der vergleichsweise hohe Frauenanteil der ›Sozialbeamten‹ in den Jugendämtern und ihre Herkunft aus den Kreisen sozialer Bewegungen wie Frauenbewegung, Jugendbewegung und Arbeiterbewegung unterstrichen den besonderen Charakter dieses ›Amtes‹, das anders sein wollte als andere Ämter[24].

Nicht das Personal, aber die Organisationsform des Jugendamtes überstand die Jahre des Nationalsozialismus. Reformen wurden in den siebziger Jahren in Richtung Bürgernähe und stadtteilbezogene Zusammenarbeit mit anderen Ämtern diskutiert, aber nur in einigen Großstädten durchgesetzt. Unabhängig davon gab es gerade in Jugendämtern ein waches Verständnis für die Notwendigkeit, ›bürgernah‹ zu arbeiten, die ›Interessen von Kindern und Jugendlichen‹ zu beachten und in Notfällen ›unbürokratisch zu handeln‹. Aber die bundesrepublikanische Verwaltung blieb in ihrer Grundstruktur eine Eingriffs- und Ordnungs-Verwaltung, die ihre feudalistisch-autokratische Herkunft nicht verleugnen konnte. In ihr gelten immer noch Prinzipien (etwa des Haushalts- und Kassenwesens), die bei der Verteilung von Wohltaten aus der Schatztruhe eines mittelalterlichen Klein-Fürsten ihre Funktion gehabt haben mochten, die aber bei der gesetzestreuen Verwaltung eines kommunalen Einhundert-Millionen-Etats eher obsolet und deshalb disfunktional waren.

Verwaltungen haben ihre Eigendynamik und entwickeln pfiffige Widerstände gegen Veränderungen. Auch gegen notwendige und vernünftige Veränderungen. Man kann die dahinter stehenden Gesetzmäßigkeiten zu den satirischen Büchern nachlesen, die der englische Soziologe C. Northcote Parkinson in den sechziger Jahren geschrieben hat (Parkinsons Gesetz) und die der deutsche Wirtschaftsjournalist Rolf Breitenstein in den siebziger Jahren bekräftigte[25]. Die auf die Vermehrung des Unnötigen gerichtete Eigendynamik großer Verwaltungen gilt übrigens nicht nur für den staatlichen Nonprofit-Sektor, sondern ebenso für die Konzernzentralen nationaler und internationaler Firmen. Man muß nur die Bestseller von Günter Ogger lesen, die seit Jahren auf den Hit-Listen von SPIEGEL und FOCUS stehen (›Nieten in Nadelstreifen‹ und ›König Kunde: Angeschmiert und abserviert‹). Deshalb bedurfte es eines kräftigen Anstoßes, um den unsicheren Reformwillen von Ämtern Sozialer Arbeit, insbesondere von Jugendämtern, zu gesellschaftlicher Bedeutsamkeit aufzumuskeln. Dieser kräftigere Anstoß widerfuhr uns in Gestalt von DDR-Anschluß, Massenarbeitslosigkeit und Rückgang des Steuer*wachstums*, das unsere beamtlichen Steuergeldverwalter schon als Ausgaben eingeplant hatten, noch ehe es in den Staatskassen klingelte. Unser Sozialstaat, der seinen relativen Frieden aus einer Verteilung der Wachstumserträge sowohl auf Arbeitgeber wie auf Arbeitnehmer speiste, geriet aus dem Tritt. Sündenböcke mußten gefunden werden. Das Bild von der ›sozialen Hängematte‹ wurde erfunden, in der sich faul die Trittbrettfahrer überzogener sozialer Wohltaten räkeln. Aber auch der Öffentliche Dienst mußte herhalten. Staatliche Verwaltungen wurden mehr und mehr gezwungen, öffentlichkeitswirksam zu zeigen, daß sie selbstkritisch an der Verbesserung, ja an der Optimierung ihrer administrativen Wirksamkeit arbeiteten. Dies war die Hohe Zeit der Kommunalen Gemeinschaftsstelle für Verwaltungsvereinfachung, die bis dahin ein fleißiges, aber nicht sonderlich öffentlichkeitsrelevantes Dasein gefristet hatte. Nun schien es an der Zeit, die Diskussion über eine reformierte, demokratisierte, ›schlanke‹ Verwaltung am Beispiel der Jugendämter wieder aufzunehmen und durch einen Paradigmenwechsel von der soziologischen, politologischen und pädagogischen zur betriebswirtschaftlichen Begrifflichkeit zuzuspitzen. Inzwischen hatten marktradikale Neo-Liberalisten die Lufthoheit über deutschen Polit-Stammtischen übernommen und die Schlüsselbegriffe, die Heiner Geißler in den frühen achtziger Jahren für die CDU erfunden hatte[26], durch neue Schlüsselbegriffe ersetzt. Das ›Gemeinwohl‹ verkam zum ›shareholder value‹, die ›menschliche Produktivkraft‹ wurde als ›Kostenfaktor‹ heruntergestuft, humane und humanistische Werte wurden plötzlich als ›Standortnachteile‹ entlarvt. Ich warte nur noch darauf, daß mir die WIRTSCHAFTSWOCHE erklärt: „Der Kölner Dom rechnet sich nicht.“

Die neue Sichtweise auf Soziale Arbeit

Einen Tag nach dem ›Tag der Arbeit‹, am 2. Mai 1994, legte die KGSt eine Empfehlung zur ›Outputorientierten Steuerung der Jugendhilfe‹ vor (KGSt 9/1994). Sie sah zunächst und vor allem vor, die Jugendhilfe (als prototypisch angesehen für kommunales Verwaltungshandeln allgemein) ›strikt an den beabsichtigten und tatsächlichen Ergebnissen zu orientieren‹ und dazu die unterschiedlichen Leistungen der Jugendhilfe konkret als Produkte zu beschreiben und mit der Produktbeschreibung gleichzeitig den Erbringungsaufwand und die erwartbare Standardqualität der Dienstleistungen festzulegen. Neben der Standardisierung der Arbeit der Jugendhilfe in Gestalt von ›Produkten‹ legte die Kommunale Gemeinschaftsstelle andere ›Steuerungsinstrumente‹ vor und bündelte sie zu einem ›Neuen SteuerungsModell‹ (NSM), das unter anderen

- eine Dezentralisierung der Mittelverwaltung (DRV = Dezentrale RessourcenVerwaltung)
- eine Budgetierung (statt der bisherigen Festlegung von kalenderjährlichen ›Etatansätzen‹)
- eine Kosten- und Leistungs-Rechnung und ein System der laufenden Überprüfung von Ausgaben und Leistungen (›controlling‹)
- ein Konzept für die Personalentwicklung und Fortbildung (wohl auch für die Umsetzung von Personal)
- EDV-gestützte Formen der Qualitätsbeschreibung und der Qualitätssicherung der geleisteten Arbeit

enthielt. Die KGSt, die sich inzwischen auch eine eigene Beratungsfirma (KGSt consult) zugelegt hat, visualisiert das Gesamtpaket ihres Steuerungsmodells durch ein Schaubild (s. S. 218).

Das Neue Steuerungsmodell der KGSt enthält eine Reihe von richtigen und wichtigen (teilweise in der Sozialen Arbeit bekannten und praktizierten) Forderungen und in seiner Interpretation und Anwendung eine Reihe von ärgerlichen Fehlorientierungen und paradigmatischen Setzungen, die zu Mißverständnissen und vor allem zu Miß-Interpretationen Anlaß geben. Kai von Holleben (KGSt consult) zog deshalb 1997 die Notbremse und warnte davor, das neue Modell als ›religiöses Bekenntnis‹ vor sich her zu tragen und messiasianisch zu verbreiten.

Ich will versuchen, den Doppelcharakter der Neuen Steuerung und der Strategien von Verwaltungsreform allgemein am Beispiel des Themas Qualität und Qualitätssicherung zu erörtern.

In der Sozialen Arbeit hat es in der Vergangenheit langanhaltende Diskussionen darüber gegeben, was Sozialpädagogen und Sozialarbeiter *wollen* und was sie *sollen*. Das ›Wollen‹ wurde vor allem durch die christlichen,

Das NSM: Religiöses Bekenntnis - oder umfassende Reformstrategie

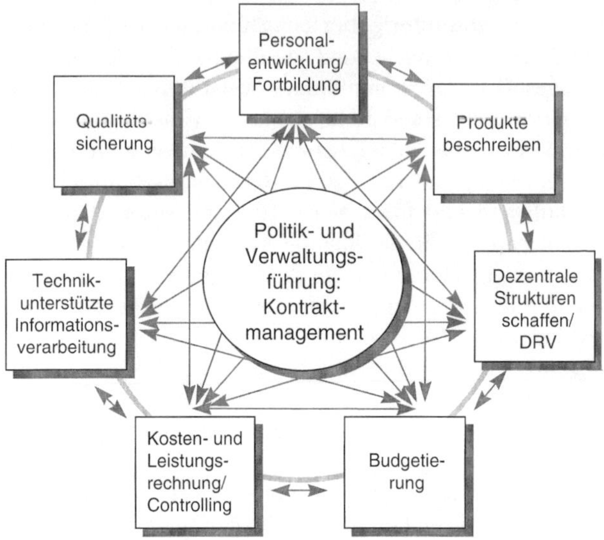

humanistischen und sozialistischen Rückbindungen der Sozialarbeiter an die sozialen Bewegungen definiert, denen sie sich verpflichtet sahen. Das ›Sollen‹ war in Deutschland immer schon durch die Formulierungen jener Sozialgesetze vorgegeben, die unser Handeln legitimieren und die beispielsweise in dem neuen Sozialgesetzbuch (SGB) festgehalten sind.

Neben dem *Wollen* und *Sollen* spielt die Realität dessen, was wir wirklich *tun*, eine strukturbestimmende Rolle. Unser *professionelles Tun* ist in den Verfahrens- und Handlungsweisen ›methodischen Arbeitens‹ mit starkem Empfehlungscharakter vorgegeben. Deshalb ist ja methodisches Arbeiten ein haftender Anker für die Stabilisierung unserer Professionalität. Das, was wir tun, können wir im *Reflektorium* der ›Supervision‹ überdenken und in der *Aktenführung* dokumentieren. Das sind zwei Arbeitsinstrumente, über die wir im Gegensatz zu vielen anderen Dienstleistungsberufen verfügen.

Wenn wir sorgfältig und nach den Regeln der Kunst arbeiten, dann können wir ziemlich genau sagen, was wir machen und was wir *gemacht haben* (›output‹), aber wir haben wenig zuverlässiges Wissen über das, was wir *bewirken* (›outcome‹). Das ist ein Strukturproblem von Dienstleistungen. Und es ist ein besonderes Problem von personenbezogenen Dienstleistungen in der Sozialen Arbeit. Darum haben wir unsere Schwierigkeiten mit dem *betriebswirtschaftlichen* Dienstleistungsbegriff. Er ist im wesentlichen an Dienstleistungen orientiert, die wie Waren behandelt, also gekauft und in Anspruch genommen werden. Nehmen wir den Kundendienst eines Markenkühlschrankes. Wenn das Ding kaputt ist, kann man den Kundendienst anrufen. Er schickt einen Techniker, der sieht und analysiert den Schaden, ersetzt das kaputte Teil, berechnet Material- und Lohnkosten (es sei denn, wir befinden uns noch in der Garantiephase) und hinterläßt uns erleichtert. Seine Dienstleistungen lassen sich unschwer und output-orientiert standardisieren.

Im Rahmen der Europäisierung von Dienstleistungen hat der Zwang zur Standardisierung einen neuen Dienstleistungssektor hervorgebracht, der seinerseits Dienstleistungen standardisierend beschreibt und ihre Erbringung zertifiziert. Das Deutsche Institut für Normung (DIN) hat im Sommer 1997 angefangen, Qualitätsmerkmale für Dienstleistungen im europäischen Tourismus festzulegen. »Unser Ziel ist ein Reisekatalog, der nur DIN-genormte Angebote enthält«. sagte der Geschäftsführer des Normenausschusses. Dadurch werde auch die elektronische Buchung erleichtert. Die Normung reicht von der Definition und der Differenzierung von Doppelbetten über die Frage, ob ein Hotel ein eigenes Restaurant haben muß bis zur Normierung von Begriffen wie ›Strandnähe‹, ›Familienfreundlichkeit‹ und ›ruhige Stadtrandlage‹. Die DIN-Normen sollen das Angebot dieser Dienstleistungen der Tourismus-Branche soweit standardisieren, daß sich potentielle Kunden am heimischen Bildschirm online informieren und ihre Kaufentscheidung treffen können (Output-Orientierung). Ob sie sich dann an dem ausgewählten Mittelmeerstrand wirklich *erholen*, ist eine andere Frage (Outcome-Orientierung). Sie ist nicht zu standardisieren, weil personenbezogene Dienstleistungen die Eigenart an sich haben, daß ihre Nutzer Mitproduzenten des Produktes ›Erholung‹ sind. Wenn das Erholung suchende Paar sich im Urlaub heillos zerstreitet oder wenn die alleinerziehende Mutter im Club Med keinen Anschluß findet, obwohl das hervorragende Kinderprogramm des Clubs ihr die permanente Aufsicht über den Kleinen abgenommen hat, dann ist das ein Qualitätsmangel, der nicht dem Anbieter der Dienstleistung zur Last gelegt werden kann. Die meisten personenbezogenen Dienstleistungen der Sozialen Arbeit sind Leistungen, welche die ernsthafte und angestrengte Mitarbeit ihrer Nutzer erfordern. Überall dort, wo Soziale Arbeit sozialpädagogisch intendiert ist, d.h. Lehr-, Lern- und Aneignungsprozesse befördert, ist sie *keine* Dienstleistung mit Warencharakter, sondern das Ergebnis *gemeinsamer* Anstrengungen aller Beteiligten bei gleichzeitigem Arrangement von Umständen, welche den Erfolg der gemeinsamen Bemühungen wahrscheinlicher machen.

Qualitätssicherung

Marianne Meinhold beginnt ihr lesenswertes Buch über »Qualitätssicherung und Qualitätsmanagement in der Sozialen Arbeit« (Lambertus: Freiburg 1996, S. 9) mit den Sätzen:

»›Qualität‹ hat einen guten Klang. Jeder wünscht sich qualitätvolle Dienstleistungen und Waren. Es wird kaum einen Hersteller von Produkten oder einen Anbieter von sozialen Diensten geben, der sich ›schlechte Qualität‹ zum Produktionsziel setzt. Was aber ist ›Qualität‹? Für Qualität gibt es kein objektives Maß, was man leicht an den Irritationen ablesen kann, die entstehen, wenn verschiedene Menschen ihre Vorstellungen von Qualität genauer erläutern sollen.«

An den Dienstleistungen in der Sozialen Arbeit sind in der Tat viele Menschen beteiligt. Steuerzahler geben das Geld, die Kommune verwaltet es treuhänderisch und überweist einen Teil davon an einen ›freien Träger‹, der, sagen wir, einen Dienst im Rahmen ›sozialpädagogischer Familienhilfe‹ eingerichtet hat. Das Jugendamt hat einer Familie eine sozialpädagogische Familienhelferin vorgeschlagen, um das Chaos in der Kindererziehung auf die Reihe zu bringen. Die Familie hat zugestimmt. Die Familienhilfe (§ 31 KJHG) als Hilfe zur Erziehung (§ 27 KJHG) läuft. Wer bestimmt deren Qualität? Nachbarn, die sich darüber ärgern, daß ›diesen asozialen Leuten jetzt auch noch ein kostenloser Babysitter ins Haus geliefert wird‹? Die Sozialarbeiterin im Jugendamt, die froh darüber ist, daß in der Problemfamilie vorerst offensichtlich Ruhe eingekehrt ist und daß sie in der Person der Familienhelferin jetzt eine sachkundige Ansprechpartnerin gefunden hat? Die Familie als Nutzer der Dienstleistung? Und wer in der Familie? Die Mutter, welche die den Kindern zugewandte Familienhelferin als Konkurrentin erlebt? Die Kids, die es ganz toll finden, daß da plötzlich eine junge Frau aufgetaucht ist, die mit ihnen ›Sachen macht‹, die sie früher nie gemacht haben? Der Hausfreund, der der Helferin als einer ›Tante vom Amt‹ mißtraut, die nur aufpassen soll, wer das Bier aus dem Kühlschrank trinkt?

Es gibt einen überzeugenden Schiedsrichter, der die Qualität der Dienstleistung wirkungsorientiert feststellen – allerdings auch nicht kausal attribuieren – könnte: die Zeit. Nach zwanzig Jahren, wenn alles gelaufen ist, könnten die Kinder sagen: Es war eine tolle Sache. Die Mutter könnte sagen: Sie hat mir geholfen. Obwohl es manchmal weh tat. Die Sozialarbeiterin könnte sagen: Nach zwei Jahren war die Familie aus dem Gröbsten raus. Der Nachbar könnte sagen: Komisch. Die haben es ja doch noch auf die Reihe bekommen.

Diese Form der Qualitätsbeschreibung nennt man Selbst- und Fremd-Evaluation. Maja Heiner und Hiltrud von Spiegel haben sich insbesondere mit dem qualitätssichernden Instrument der Selbstevaluation befaßt und die Bedingungen genannt, unter denen wir vergleichsweise kompetente und zuverlässige Schiedsrichter über das sein können, was wir tun, was wir bewirken und was mit uns geschieht. Nur wenn wir unter Existenz- und Rechtfertigungsdruck stehen, geht uns diese Fähigkeit verloren. Sie wäre dann wohl auch disfunktional[27].

Ein gravierendes Problem der Selbstevaluation und der Evaluation durch beteiligte Experten ist die Frage der Rollentrennung und die Frage der Zeit. Wir können nicht selber und noch dazu unter Druck handeln und uns gleichzeitig einschätzend beobachten. Das geht nur im zeitlichen Abstand. Und das gilt auch für die Nutzer unserer Dienstleistungen. Bittet man sie zu früh um ihr Urteil, so verpaßt man möglicherweise die Wirkung, weil sie noch nicht bewußtseins-dominant geworden ist (›sleeper effect‹). Fragt man sie zu spät, so ist das Bewußtsein vom Nutzen der Dienstleistung vielleicht schon wieder verblaßt (›wash out effect‹). Hinzu kommt, daß viele sozialpädagogische Interventionen, die mit Umlernen und Verhaltensänderungen verbunden sind, zunächst auf Klienten ausgesprochen kränkend und frustrierend wirken. Bei der Frage: Was hat Ihnen das gebracht? steht dann nicht die positive Wirkung im Vordergrund der Antwort, sondern die Erinnerung an Mißbehagen, Ärger und Angst. Das ist eines der Probleme bei der Messung pädagogischer Effekte durch Befragungen der Nutzer. Die Messungen messen meistens Befindlichkeiten und Zustandsgefühle, selten hingegen den Zuwachs an kognitiven Leistungen und sozialen Kompetenzen.

Hier liegt ein gewisser Standortnachteil der Sozialen Arbeit etwa gegenüber der Schule und dem Gesundheitsdienst. Lehrer können die Leistungen ihrer Schüler in Zahlen ausdrücken und sich die guten Zahlen als Verdienst zurechnen. Was problematisch ist, weil Kinder und Jugendliche in der Schule vieles gegen die Schule lernen. Aber sie lernen es. Ärzte hingegen werden nicht an der Zahl ihrer Gesundschreibungen gemessen – oder an dem Prozentsatz derer, welche die Behandlung überlebten –, sondern an der Regelhaftigkeit des Verfahrens, das sie in der Behandlung ihrer Patienten praktiziert haben. Hier liegt für mich eine mögliche Analogie zur Qualitätssicherung in der Sozialen Arbeit. Es reicht in der Tat nicht aus, daß wir die gewünschte Wirkung unserer sozialpädagogischen und sozialarbeiterischen Interventionen lediglich *postulieren* und dabei auf unsere menschenfreundlichen *Absichten* pochen. Wir können aber auch in vielen Fällen keine Nachweise über die *kausale Wirkung* unserer Interventionen auf die von uns gewünschten sozialen Zustände und Handlungsweisen beibringen. Ich habe schon 1983 zeigen können, daß die massive nordamerikanische Evaluationsforschung der siebziger und achtziger Jahre keine wirklich signifikanten Nachweise dafür hervorgebracht hat, daß soziale Programme auf eine statistisch befriedigende Weise das bewirken, was sie zu bewirken versprechen[28].

Das mag mit der Multidimensionalität sozialer Tatbestände zu tun haben und damit, daß im sozialen Leben ›alles mit allem zusammenhängt‹ und daß deshalb die Zahl der Variablen, welche in der gängigen empirischen Sozialforschung zu kontrollieren wären, so groß und unübersichtlich (meist auch noch nicht einmal bündig erforscht) ist, daß wir uns also von kausalen ›wenn-dann‹-Zusammenhängen werden verabschieden müssen.

Was bleibt ist eine Qualitätsbeschreibung und Qualitätssicherung durch die *Dokumentation der verwendeten Verfahren*. Jede wissenschaftlich begründete, aber auf menschliche und soziale Vielartigkeit gerichtete Profession (etwa der Ärzte, der Richter und Anwälte, der Psychologen und Therapeuten, der Pädagogen und Sozialpädagogen) hat einen Standard von Verfahren entwickelt, mit denen vorgefundene Probleme bearbeitet werden sollen. Diesen Standard beschreiben Methoden sozialen Arbeitens in ihren klassischen und aus der Klassik heraus weiter entwickelten Formen und Spielarten. Dieses schrittweise methodische Vorgehen zu praktizieren, zu dokumentieren und zu reflektieren ist Grundlage jeder Form von Qualitätssicherung. Gerade die sozialen Berufe sind durch Aktenführung[29] und Supervision darauf vorbereitet, sich (und anderen) ein Bild davon zu machen, was Qualität für unser berufliches Handeln bedeutet. Um aus der Qualitätsfeststellung jedoch einen Prozeß der Qualitätssicherung zu machen – und unter Berücksichtigung der Rahmenbedingungen des Qualitätsmanagements – brauchen wir, sagt Marianne Meinhold (a. a. O., S. 10) – die Operationalisierung der leitenden Prinzipien methodischen Arbeitens in drei Schritten:

- Wir müssen die Gebote methodischen Arbeitens in einzelne beobachtbare und registrierbare Indikatoren zerlegen;
- wir müssen Instrumente entwickeln, um diese Indikatoren im Einzelfall ohne großen Arbeitsaufwand festhalten zu können;
- wir müssen dauerhaft versuchen, die Soll-Werte (Gebote) mit den Ist-Werten (Indikatoren für Handeln im Einzelfall) zu vergleichen und diese an jene anzunähern. Oder aber plausibel zu begründen, warum das im Einzelfall nicht möglich war.

Dieses Verfahren ähnelt dem Verfahren, das Kurt Lewin in den vierziger Jahren in den USA entwickelt hat und das die Grundlage für die zeitgenössischen Spielarten von Organisationsentwicklung geworden ist: Gruppendynamik und Forschungs-Feedback mit Instrumenten der Handlungsforschung[30].

Ich bin mir bewußt, daß eine solche permanente Selbst-Evaluation der eigenen Arbeit eine zusätzliche Arbeitslast bedeutet, die allerdings durch Routinisierung minimiert werden kann. Ich selber lehre an einer Technischen Universität, in der wir Hochschullehrer jährlich aufgefordert werden,

Daten unserer Lehr-, Forschungs- und Veröffentlichungs-Tätigkeit rückzumelden. Der Präsident der Universität veröffentlicht alle diese Daten individuell aber anonymisiert für jede einzelne Hochschullehrerin und jeden einzelnen Hochschullehrer in seinem jährlichen Forschungsbericht. Es steht jedem von uns frei, diese Tabellen zur Kenntnis (und ernst) zu nehmen oder nicht. Sie haben keine individuellen Sanktionen zur Folge. Aber sie konstruieren eine informelle Rangreihe der Institute und Fachbereiche und werden künftig bei der Zuweisung zusätzlicher Mittel für Lehre und Forschung eine Rolle spielen.

Diese permanenten Prüfungen von Indikatoren der eigenen Tätigkeit und ihrer »Qualität« zeigen langfristig Wirkungen, wenn sie als Instrumente der Selbstaufklärung angesehen und über einen längeren Zeitraum angewandt werden. Ich bin unsicher, ob sie sich auch als Medium der Fremd-Kontrolle gebrauchen lassen, ohne ihre Aussagekraft zu verlieren. Die Zeiten von Sparzwang und betriebsbedingten Kündigungen sind allerdings schlecht geeignet, solche Instrumente einzuführen. Sie können die *Rationalität* unseres beruflichen Handelns verbessern. Als Instrument der *Rationalisierung* könnten sie sich als wenig tauglich erweisen[31].

Neue gesellschaftliche Störungen

Es ist schon merkwürdig, daß die Nichtfinanzierbarkeit sozialstaatlicher Leistungen gerade in einer historischen Situation verkündet wird, in der alle jene »sozialistischen« Infrastrukturen weggebrochen sind, welche eben diesen »bürgerlichen« Sozialstaat überflüssig machen sollten. Es ist so, als wäre der Sozialstaat vorrangig als argumentative Waffe innerhalb der Konkurrenz der gesellschaftlichen Systeme gehegt und mit dem Wegfall dieser Konkurrenz als Legitimationsbeschaffer überflüssig geworden.

Das kann bald wieder anders werden. Menschen lassen sich nicht dauerhaft und ohne Gewalt unter das Niveau ihrer selbst geschaffenen Lebensbedürfnisse drücken. Deshalb sollten wir davon ausgehen, daß Maßnahmen und Einrichtungen zur Sicherung der Reproduktion unseres individuellen und kollektiven Lebens weiterhin zunehmen und nicht als überflüssige Luxusinvestition dauerhaft abgebaut werden können.

Wir sollten davon ausgehen, daß wir um die Jahrtausendwende nicht mehr, sondern weniger Paare haben werden, die Kinder machen, Kinder pflegen und Kinder großziehen. Damit werden junge Leute in der Tat wieder Mangelware werden. Nicht nur im Verhältnis zur Alterslast im Generationenvertrag, sondern auch im Verhältnis zu den steigenden Anforderungen expandierender und qualifizierter Arbeitsmärkte im gesamteuropäischen Maßstab. Wir werden uns dann wieder auf eine Politik der

Bildungsoffensive, der Begabtenförderung und der Mobilisierung von Bildungsreserven besinnen müssen, die uns schon einmal geholfen hat, eine junge Generation auf neue Weise zu erziehen: liebes- und genußfähig, leistungsbereit, aber nicht leistungsfixiert, friedliebend bis zur Golfkriegs-Verweigerung und sozialverträglich. Auf der Liste von Eigenschaften, die dann wünschenswert wären, könnten Frauen als Trägerinnen dieser Eigenschaften ganz weit oben stehen. Weil sie Sensibilität mit Durchsetzungsvermögen verbinden. Weil sie aufgabenorientiert und kommunikationskompetent sind oder sein können.

Solche Mehrfachqualifikationen fallen niemandem in den Schoß. Sie sind meistens das Ergebnis bewußter, gesellschaftlicher Anstrengungen. Denn wenn es immer weniger junge Leute geben wird, dann wird es auch immer weniger gleichaltrige Spielkameraden für diese Kids geben. Immer weniger Kinder werden auf immer mehr Erwachsene zurückverwiesen. Eine schreckliche Vorstellung! Denn Kinder brauchen nicht nur Erwachsene. Die brauchen sie auch. Aber sie brauchen auch andere Kinder, an denen sie sich messen, von denen sie lernen können. Ich halte es deshalb sozialisationspraktisch für ein gravierendes Mißverständnis, die Funktionen von Krippen, Kindergärten und Kindertagesstätten auf das Stichwort »Kinderparkplätze für berufstätige Mütter« zu reduzieren. Das wird weder den Interessen von Müttern gerecht, die nicht nur arbeiten, um »zuzuverdienen«, noch den Interessen von Kindern, deren Kindergärten keine Parkplätze sind, sondern Lebensräume mit eigenen Erfahrungen, Erlebnissen und Impulsen. So wie Friedrich Fröbel sie im Thüringischen Bad Blankenburg konzipiert hat.

Kinder brauchen nicht nur andere Kinder. Die brauchen sie auch. Sie brauchen auch Erwachsene. In den meisten Fällen wachsen sie in Familien oder familienähnlichen Konstellationen auf. Wir waren lange Jahre auf die wohltätigen Wirkungen der Ursprungsfamilie als wärmendes Nest mit vielfältigen taktilen Reizen und mit emotionaler Dichte fixiert. Erst die Frauenbewegung hat uns darauf aufmerksam gemacht, daß diese Familie nicht nur ein Ort der Bewahrung, sondern auch in unglaublich vielen Fällen ein Ort der Gefährdung ist. Ein Ort, an dem Kindern Leid geschieht. Große Teile der Sozialen Arbeit haben die unerhörte Provokation überhaupt noch nicht erkannt, die in dieser Feststellung liegt und die auf eine sozialpädagogische Antwort wartet. Wir müssen beispielsweise endlich zur Kenntnis nehmen, daß in der Bundesrepublik jede zweite Ehe während »ihrer Laufzeit« geschieden wird. »Scheidungskinder« sind kein Sonderfall, sondern eine Regel, auf die wir sozialpädagogische Antworten finden müssen. »Unsere Erziehung erzieht weder zur Partnerschaft, noch leistet sie einen Beitrag für die solidarische Trennung einer Beziehung«, schreibt der Hamburger Erziehungswissenschaftler Friedrich Koch 1992 an den SPIEGEL.

Kinder und Jugendliche brauchen Lebensräume und nicht nur Kinderzimmer. Und sie brauchen Erwachsene, von denen sie Sachen lernen können, die sinnvoll sind und deren Nachahmen sich lohnt. Immer weniger können wir uns darauf verlassen, daß die Erwachsenen solche Lektionen »naturwüchsig« *lehren*. Immer weniger können wir uns darauf verlassen, daß Kinder und Jugendliche solche Lektionen »naturwüchsig« *lernen*. Ich schreibe dies nicht in »kulturkritischer Absicht«. So, als ob früher alles besser war und heute alles schlechter wäre. Falsch: Die gesellschaftlichen Ansprüche an die sozialen, emotionalen und mentalen Fertigkeiten sind gestiegen, die heute jemand braucht, um als »erwachsen« zu gelten.

Die dafür notwendigen Kompetenzen stellen sich nicht von alleine ein. Sie müssen gelehrt und müssen gelernt, sie müssen vermittelt und sie müssen angeeignet werden. Soziale Arbeit beginnt dort, wo die Generierung sozialer Kompetenzen nicht mehr selbstverständliches Nebenprodukt des allgemeinen Lebensprozesses ist. Aufgabe Sozialer Arbeit sei, so sagte vor 70 Jahren die weise Alice Salomon, der wir die ersten Einführungen in die Kunst methodischen Arbeitens verdanken, Aufgabe Sozialer Arbeit sei es, die Kunst des Lebens zu lehren.

7

Anmerkungen und Literaturnachweis

Anmerkungen zu: Ende und Anfang

1 Die Begriffe, mit denen wir uns angewöhnt haben, die »Zeit zwischen 1933 und 1945« zu bezeichnen, deuten auf massive Verdrängungsleistungen hin. Wir nennen die Stunde der bedingungslosen Kapitulation der Deutschen Wehrmacht »Stunde Null« und reden uns damit ein, daß nun eine neue Zeit begann, mit der fertig zu werden wichtiger sei als die alte Zeit selbstkritisch zu bearbeiten. Dabei könnte uns das Bild von der Uhr daran erinnern, daß jede »Stunde Null« gleichzeitig auch »Vierundzwanzig Uhr« bedeutet, daß also jeder neue Tag auf den Schultern des alten ruht, und daß jeder Anfang die Bewältigung (nicht aber die Verdrängung) eines Endes voraussetzt.

2 Wolfgang Malanowski (Hrsg.): 1945. Deutschland in der Stunde Null. Reinbek: Rowohlt 1985, 9.

3 Malanowski, 1945, 9ff.

4 Das galt besonders für die sowjetische Besatzungszone, in der die Bildung von regionalen ANTIFA-Komitees als Vorläufer antifaschistisch-demokratischer Parteien schon in den ersten Tagen der Besetzung ermutigt wurde. Neben diesen Komitees wurden auch antifaschistische Jugend-Komitees (die sogenannte Antifa-Jugend) gegründet, die etwa in der Vier-Sektoren-Stadt Berlin ein Vorläufer der Bezirksjungendringe waren.

5 1000 Tageskalorien entsprechen der beliebten BRIGITTE-Diät. Ein solcher Vergleich führt aber in die idyllische Irre, wenn vergessen wird, daß die Bevölkerung schon während der letzten Kriegsjahre von täglichen 1500 Kalorien hatte leben müssen und daß insbesondere ältere Menschen und heimkehrende Kriegsgefangene damit nicht leben und nicht sterben konnten.

6 CARE (Fürsorge) ist ein aus Anfangsbuchstaben zusammengesetztes Kunstwort: *Cooperative for American Remittances to Europe.* Die ersten CARE-Pakete trafen im August 1946 in der amerikanisch besetzten Zone Deutschlands und in Berlin ein. Sie wogen 10kg, enthielten Lebensmittel im Umfang von 30–40000 Kalorien und kosteten die amerikanischen Spender 10–15 $.

7 Transkript des Interviews mit Frau Lindemann vom 25.2.1980, 20–21. Siehe auch: Kristin Dyckerhoff, Die Fürsorge in der Nachkriegszeit. In: Rolf Landwehr und Rüdeger Baron (Hrsg.): Geschichte der Sozialarbeit. Weinheim: Beltz 1983, 231.

8 Transkript des Interviews mit Frau Lindemann, 22ff. Siehe auch: Dyckerhoff: Fürsorge, 232.
9 Schriftliche Erinnerungen von Elfriede Ohmann (Berlin) o. J., 7ff.
10 Schriftliche Erinnerungen von Frau Hindemith (Berlin), o. J., 6.
11 Interwiew mit Herrn Zschetke vom 5. 3. 1979, 27. Siehe auch: Dyckerhoff: Fürsorge, 232.
12 Transkript des Interviews mit Erwin Beck (Berlin) vom 8. 5. 1979, 9ff.
13 Transkript des Interviews mit Ella Kay (Berlin) o. J., 36.
14 Gerd Fuchs: Die Amis kommen. Ein Hitlerjunge erlebt das Kriegsende. Reinbek: Rowohlt 1984, 27. Siehe auch: Gerd Fuchs: Stunde Null. Reinbek: Rowohlt 1981.
15 »Schleifen« bedeutete in der Sprache der Hitlerjugend und der Wehrmacht einen Exerzierplatz-Drill, der mit dem notwendigen Einschleifen soldatischen Gefechtsverhaltens begründet wurde, der aber im Grunde dazu diente, die Fähigkeit zu individuellem Denken und Handeln zu zerstören.
16 Erich Loest: Jungen, die übrig blieben. Leipzig: Volk und Buch 1950. Frankfurt am Main: Fischer 1985, 166ff.

Anmerkungen zu: Nachkrieg und Gruppenpädagogik (1)

1 Das Stück war mit seiner heutzutage eher sperrig wirkenden Mischung aus realer Widerspiegelung der damaligen Situation und symbolistischen Verschlüsselungen außerordentlich erfolgreich. Am 13. 2. 1947 wurde es als Hörspiel vom Nordwestdeutschen Rundfunk (NWDR) gesendet, mehrfach wiederholt und von anderen deutschen Sendern übernommen. Wolfgang Liebeneiner führte die Regie bei der Premiere der Bühnenfassung in den Hamburger Kammerspielen am 21. November 1947, einen Tag nach dem Tode des Autors. Es wurde von fast allen damals existierenden deutschen Bühnen nachgespielt und unter der Regie von Liebeneiner als »Liebe 47« verfilmt.
2 Klaus von Bismarck: Referat über die Aufgaben des Jugendhofes Vlotho vor Schriftleitern von Jugendzeitschriften und Vertretern des Jugendfunks am 29. 3. 1947. Deutsches Jugendarchiv München, Dokument Nr. 4000.
3 Gespräch des Autors mit Klaus von Bismarck am 7. 11. 1984 in München.
4 Hans Hammer: Zur Vorgeschichte des Arbeitskreises deutscher Bildungsstätten e. V. In: Erziehung in der Demokratie. 10 Jahre Arbeitskreis deutscher Bildungsstätten. Bonn: 1969, 7. Joachim Jank: Die Arbeit der Jugendgruppenleiterschule Bündheim. Informationsdienst des Landesjugendringes Niedersachsen, Sonderausgabe 1953/54, 3.
Heinz-Hermann Schepp: Offene Jugendarbeit. Jugendhöfe und Jugendleiterschulen in der Bundesrepublik Deutschland. Weinheim: Beltz 1963, 20.
5 Michel (oder Michael) Thomas, ein Berliner Schriftsteller, erlebte den 2. Weltkrieg in England, trat freiwillig in die englische Armee ein und kam als Hauptmann mit der 21. Britischen Heeresgruppe nach Deutschland zu-

rück. Dort arbeitete er in der »politischen Informationsabteilung«, die Informationen und Bewertungen über Personen und Einrichtungen den neuen deutschen Zivilverwaltungen sammelte. Thomas schreibt in seinen Lebenserinnerungen, er sei von Klaus von Bismarck und seinen Ideen beeindruckt gewesen, »auch wenn sie mir zunächst ein wenig hochfliegend und romantisch zu sein schienen ... Der eigentliche Unterricht spielte zunächst eine untergeordnete Rolle, größere Aufmerksamkeit wurde dem Handwerklichen und Künstlerischen gewidmet, dann dem einfachen Zusammenleben, den gemeinsamen Mahlzeiten, den Diskussionen am Abend ... Was besonders auffiel, war eine merkwürdig religiös-sittliche Atmosphäre. Sie war wohl der gemeinsame Nenner für die verschiedenen Konfessionen und divergierenden politischen Ansichten. Hinzu kam eine gewisse bündische Tradition: Es wurde gemeinsam gesungen, und danach reichte man sich im Kreise die Hände« (Michael Thomas: Deutschland, England über alles. Rückkehr als Besatzungsoffizier. Berlin: Siedler 1984, 170).

6 Die Entwicklung des Jugendhofs Vlotho wird in einem Buch dokumentiert, daß die Mitarbeiter des Jugendhofs aus Anlaß seines 25jährigen Bestehens zusammengestellt haben. Es spiegelt nicht nur die Entwicklung der Lehrgangstätigkeit und der Arbeitsmethoden wider, sondern enthält auch Hinweise auf die unterschiedlichen anthropologischen, soziologisch-psychologischen und didaktischen Konzepte während dieser ersten 25 Jahre.
Jugendhof Vlotho (Hrsg.): Jugendarbeit, Jugendbildung. Probleme und Erfahrungen. Münster: Landesjugendamt Münster 1974.

7 Teile dieser Zusammenfassung der Geschichte des Hauses am Rupenhorn sind abgedruckt in: Sozialpädagogisches Institut Berlin: Partei ergreifen. Beiträge zur Entwicklung einer Neuen Fachlichkeit in der Jugend- und Familienhilfe. Festschrift für Ilse Reichel. Berlin: SPI 1985, 22–29.

8 Hartmut Topf: 30 Jahre Wannseeheim für Jugendarbeit. Berlin o. J. (1978), 2.

9 Gespräch des Autors mit Mike Berenson am 22. März 1984. Berenson war *Youth and Sports Officer* im *British Education Branch* der *Control Commission of Germany* (CCG). Er war Offizier der Kanadischen Luftwaffe und wurde für seine Berliner Tätigkeit an die Engländer ausgeborgt.

10 Martin Faltermaier: Deutscher Bundesjugendring. München: Juventa 1959, 11.

11 Protokoll der 1. Vollversammlung des Deutschen Bundesjugendringes (1949). Deutsches Jugendarchiv München Dokument A 1309. Zitiert nach Heinz-Hermann Schepp: Offene Jugendarbeit. Jugendhöfe und Jugendgruppenleiterschulen in der Bundesrepublik Deutschland. Weinheim: Beltz 1963, 45 ff.

12 Klaus von Bismarck: Rückblick auf die bisherige Arbeit des Jugendhofes und Gedanken für die Zukunft. In: Vlotho-Rundbrief 1948, 1 (Juli), 12.

13 Die hier zusammengefaßten Diskussionen zwischen Jugendhöfen, Jugendleiterschulen und Jugendverbänden fanden am 27. und 28. März 1950 in der Jugendleiterschule Bündheim statt. Über die gesamte Problematik informiert ausführlich und quellenreich Heinz-Hermann Schepp, 1963, 44–58.

14 Die außerschulischen Bildungsstätten sind inzwischen im Arbeitskreis deutscher Bildungsstätten e. V. organisiert und umfassen mehr als 100 Mitglieds-

Institutionen. Siehe: Politische Bildung in der Demokratie. 25 Jahre Arbeitskreis deutscher Bildungsstätten. Bonn 1985.

15 Dieser Begriff spielt auf ein Buch an, das Friedrich Copei 1930 unter dem Titel »Der fruchtbare Moment im Bildungsprozeß« vorgelegt hat (2. Auflage Heidelberg: Quelle & Meyer 1950) und das seither als didaktische Grundlegung der Kurzzeitpädagogik gilt, wie sie in Heimvolkshochschulen und außerschulischen Bildungsstätten betrieben wird.

16 Harold Zink: The United States in Germany 1944–1955. Princeton N.J.: Van Nostrand 1957, 199.

17 General Lucius D. Clay: Decision in Germany. Garden City N.Y.: Doubleday 1950, 67.

18 William E. Griffith: The Denazification Program in the U.S. Zone of Germany. Harvard: Harvard University 1950, 73–93. Doctoral Dissertation.

19 Zink, 1957, 8 und 13.
Siehe auch: Lucius D. Clay: Germany and the Fight for Freedom. Cambridge 1950, 260. Und: W. Friedmann: The Allied Military Government of Germany. London: Stevens 1947, 332.

20 Methodologisch entsprachen diese frühen Meinungsumfragen gegenwärtigen Standards. Repräsentativität wurde durch eine Mischung aus *area sample* und Quoten-Sample hergestellt: Zwischen 300 und 3000 Personen aus 39 bis 241 Gemeinden wurden mit einem voll standardisierten Fragebogen befragt. Die Interviewer waren zunächst Deutsch sprechende Soldaten des *Strategic Air Commands*, später deutsche Mitarbeiter. Aus ihnen rekrutierten sich die ersten Mitarbeiter deutscher Meinungsforschungsinstitute.

21 Anna J. Merritt and Richard L. Merritt (eds.): Public Opinion in Occupied Germany. The OMGUS Surveys, 1945–1949. Urbana: University of Illinois Press 1970.

22 Anna J. Merritt: Germans and American Denazification. In: Richard L. Merritt (ed.): Communication in International Politics. Urbana: University of Illinois Press 1972, 371.

23 Merritt, 1972, 375.

24 Merritt, 1972, 371 und 375.

25 Merritt, 1970, 121–123. Siehe auch den Report No. 51 vom 2. April 1947, Merritt, 1970, 149.

26 Christoph Kleßmann: Politische Rahmenbedingungen der Bildungspolitik in der SBZ/DDR 1945–1952. In: Manfred Heinemann (Hrsg.): Umerziehung und Wiederaufbau. Die Bildungspolitik der Besatzungsmächte in Deutschland und Österreich. Stuttgart: Klett 1981, 239.

27 Kleßmann, 1981, 240–241.

28 Nach Jérôme Vaillant: Was tun mit Deutschland? Die französische Kulturpolitik im besetzten Deutschland von 1945 bis 1949. In: Heinemann, 1981, 202.

29 Nach Vaillant, 1981, 203.

30 Edmond Vermeil: Les Alliés et la Rééducation des Allemands. In: Politique Étrangère 1947, 12, 599–622. Zitiert nach: Angelika Ruge-Schatz: Umerziehung und Schulpolitik in der französischen Besatzungszone 1945–1949. Frankfurt am Main: Peter Lang 1977, 71.

31 Irving Wolfson: The AMG Mess in Germany. In: New Republic vom 6. März 1946, 312. Wolfson war nach dem Kriegsende US-Erziehungsoffizier in Dachau.
32 Report of the U. S. Education Mission to Germany. OMGUS-Archiv 49-/2/10. Zitiert nach: James F. Tent: Mission on the Rhine. Reeducation and Denazification in American-Occupied Germany. Chicago: University of Chicago Press 1982, 116.
33 In diesem Zusammenhang ist von Interesse, daß die Meinungsforscher von OMGUS im September 1947 eine Mehrheit von 65 Prozent unter den Bewohnern der amerikanischen Besatzungszone erhoben, die sich für das Recht von Lehrern aussprach, widerspenstige und unfolgsame Schüler zu schlagen. Geringer war die Zustimmung zur Prügelstrafe in höheren Bildungsschichten, bei Kommunisten und bei Befragten ohne kirchliche Bindungen. Merritt, 1970, 169–170.
34 Tent, 1982, 256 ff.
35 Zink, 1957, 205 ff.
36 Zink, 1957, 51.
37 Zink, 1957, 221.
38 In einem New Yorker Archiv habe ich beispielsweise seine empirische Untersuchung über die hauptamtlichen Mitarbeiter von 77 New Yorker Wohlfahrts- und Jugendverbänden und ihre unterschiedlichen Qualifikationen und Fortbildungsbedürfnisse gefunden: Henry J. Kellermann: Personal Standards in Social Group Work and Recreational Agencies. An Analysis of Personel Policy and Practice in 77 Agencies in New York City. New York Welfare Council 1944 (mimeographed).
39 Interview des Autors mit Henry J. Kellermann. In: *Sozialmagazin* 1985, 6, 34.
40 Henry J. Kellermann: Cultural Relations as an Instrument of U.S. Foreign Policy. The Educational Exchange Program between the United States and Germany, 1945–1954. Washington: Bureau of Education and Cultural Affairs 1978, 96.
41 Kellermann, 1978, 27 ff.
42 Kellermann, 1978, 84.
43 Kellermann, 1978, 86.
44 Kellermann, 1978, 97.
45 Kellermann, 1978, Fußnote 27 auf S. 130.
46 Friedrich Minssen (Hrsg.): Politische Bildung als Aufgabe. Beiträge deutscher Amerikafahrer. Frankfurt und Stuttgart: Diesterweg und Klett 1966.
47 Stellvertretend für viele Gespräche und Interviews nenne ich Christine Holzkamp, Heinrich Schiller, Dieter Spangenberg, Annedore Schultze, Ilse Taegert und Ursula Walz.
48 Kellermann, 1978, 123.
49 Kellermann, 1978, 123 und Tabelle S. 261.
50 Kellermann, 1978, 124–126.
51 OMGUS Dokument 4/13-1/17, Landesarchiv Berlin.
52 Gespräch des Autors mit Gisela Konopka am 24. und 29. September 1984. Siehe auch: Hildegard Feidel-Mertz: Exil und Rückkehr. In: sozial extra 1986, 3, 34–38. Siehe auch: Hildegard Feidel-Mertz (Hrsg.):

Schulen im Exil. Die verdrängte Pädagogik nach 1933. Reinbek: Rowohlt 1983. Dieser Sammelband beschäftigt sich allerdings vorwiegend mit der von den Nationalsozialisten verdrängten schulischen Reformpädagogik und ihrem Überleben im Exil.

53 Zink, 1957, 232.

54 Tent, 1982, 20 und Fußnote 15.
Der Feststellung von der Nichtbeteiligung deutscher Emigranten bei der Umorientierungs-Planung ist widersprochen worden. Die gegenteilige Meinung haben Ute Schmidt und Tilman Fichter (1971) unter Hinweis auf eine Konferenz der *Mental Hygiene and Neurological Association* über »Deutschland nach dem Kriege« (1945) vertreten. Dabei wurden die Namen von Margaret Mead, Talcott Parsons, Erich Fromm, Erik Erikson und Kurt Lewin genannt, die, ausgehend von der These eines pathologischen deutschen Nationalcharakters als Umerziehungsmittel Ichstärkung, Verminderung des Einflusses der Familie auf die Kinder durch Kindergarten und Ganztagsschule sowie die Neudefinition der Rollen von Mann und Frau vorgeschlagen hätten. Siehe: *American Journal of Orthopsychiatry* 1945, 3, 381 ff. Siehe auch: Ute Schmidt und Tilman Fichter: Der erzwungene Kapitalismus. Klassenkämpfe in den Westzonen 1945–1948. Berlin: Wagenbach 1971, 138.
Auf der anderen Seite des politischen Spektrums verbreiteten Paolo Lionni und Lance J. Klass in dem auf Verschwörertheorien spezialisierten »Verlag für außergewöhnliche Publikationen« die These, die Umerziehung des Deutschen Volkes sei das Werk einer Verschwörerbande von deutschen Gestalt-Psychologen, amerikanischen Behavioristen und sozialistischen Reformpädagogen gewesen. Siehe: Paolo Lionni und Lance J. Klass: Die Leipzig Connection. Ursprung und Verbreitung der Erziehungs-Psychologie. Wiesbaden 1979.
Schließlich hat Alfons Söllner (1982) mit Hilfe bisher unveröffentlichter Dokumente des amerikanischen Geheimdienstes (*Office of Strategic Services OSS)* die führende Rolle von Franz L. Neumann, Otto Kirchheimer und Herbert Marcuse bei der sozialwissenschaftlichen Analyse der Entwicklung Nazi-Deutschlands in den letzten Kriegsjahren herausgearbeitet. Doch die faktenreiche Arbeit Söllners (»Zur Archäologie der Demokratie in Deutschland. Analysen von politischen Emigranten im amerikanischen Geheimdienst. 1943–1945 (Band 1), 1946–1949 (Band 2)« Frankfurt 1982 und 1986) ist eher ein Beitrag zur Geschichte der Kritischen Thorie des ehemaligen Frankfurter Instituts für Sozialforschung und seines Geschichtsverständnisses als ein Beleg für die Wirksamkeit deutscher Sozialforscher bei der Entnazifizierungs- und Demokratisierungsplanung der amerikanischen Armee.
Bei der Durchsetzung einzelner Pläne und Programme nach Kriegsende haben Emigranten eine größere Rolle gespielt. Hildegard Freidel-Merz hat Recht, wenn sie auf die Bedeutung von »Experten« und »Beratern« hinweist, »die vor Ort in mehrmonatigen Inspektionsreisen z. B. soziale Einrichtungen aufsuchten, anschließend Vorschläge zu deren Verbesserung und sowohl materieller wie ideeller Unterstützung machten« (in: sozial extra 1986, 3, 36). Es wird deshalb sinnvoll sein, drei Phasen der Besatzungspolitik zu unterschei-

den: Die Planungsphase, die Besetzungsphase und die Umerziehungsphase. Bei der Planungsphase spielten deutsche Emigranten weder im Kriegsministerium noch im Außenministerium eine bestimmende Rolle. In der Besetzungsphase spielten deutsche Emigranten als Besatzungsoffiziere und Beamte eine geringe Rolle (ich nannte Fritz Karsen, Feidel-Merz nennt Hedwig Wachenheim, die 1946 die Wohlfahrtsabteilung von OMGUS übernahm (Feidel-Merz, 1986, 36)). Nach Abschluß der militärischen Besetzung und im Rahmen des *visiting experts programs* hingegen waren deutsche Expertinnen und Experten von erheblichem Einfluß.

55 Schreiben von Hans Vogel vom 6. 9. 1945. Zitiert nach Werner Röder: Die deutschen sozialistischen Exilgruppen in Großbritannien. Ein Beitrag zur Geschichte des Widerstandes gegen den Nationalsozialismus. Hannover: Verlag für Literatur und Zeitgeschichte 1968, 245.

56 Zur Geschichte von G.E.R. siehe Fritz Borinski: Gesellschaft Politik Erwachsenenbildung. Dokumente aus 4 Jahrzehnten. Villingen: Neckar Verlag 1969; Günter Pakschies: Umerziehung in der Britischen Zone 1945–1949. Weinheim: Beltz 1979; Arthur Hearnden (ed.): The British in Germany. Educational Reconstruction after 1945. London: Hamish Hamilton 1978.

57 Röder, 1968, 84.

58 Pakschies, 1979, 130.

59 Siehe dazu den Schriftwechsel zwischen Dr. Otto Appel als Vertreter des Hessischen Volksbildungsministeriums und Hermine (Rasch)-Bauer vom August/September 1950 bei den Akten des Kuratoriums von Haus Schwalbach (Archiv).

60 Haus Schwalbach (Hrsg.): Haus Schwalbach 1949–1959. Wiesbaden-Biebrich 1959, 50.

61 Etwa um die Begriffe »Einfluß« oder »Zusammenarbeit«, »Gruppenpsychologie« oder »Gruppenpädagogik«, »Technik«, »Methode«, »community« und »Gemeinwesen«.

62 Siehe Übersetzung des Kurzberichtes der Kuratoriums-Sitzung vom 3. 8. 1950, des Briefes von Dr. Appel an Hermine (Rasch)-Bauer vom 16. 8. 1950, ihrer Antwort vom 7. 9. 1950 und des Schreibens des Land Kommissars von Hessen vom 13. 9. 1950 bei den Akten des Kuratoriums von Haus Schwalbach (Archiv).

63 Bisher ist in der Literatur die Meinung vertreten worden, die Konflikte um Haus Schwalbach wären Konflikte zwischen der Bildungsstätte und Teilnehmern gewesen. Aber die Formulierungen von Magda Kelber in ihrem ersten Zehnjahres-Bericht (siehe Fußnote 60), »die ersten behutsamen Versuche der Anwendung anderer Arbeitsformen (Gruppenarbeit, Sammlung der Fragen, die die Teilnehmer bewegten) stießen bei den Veranstaltern auf Mißtrauen. ›Amerikanische Methoden‹« (Haus Schwalbach, 1959, 8) und »Auf einmal kommen aus einem Landkreis beunruhigende Berichte. Teilnehmer, die aus Schwalbacher Kursen nach Hause zurückkehren, haben Schwierigkeiten: Haus Schwalbach gilt als amerikanische Einrichtung. Es sei darauf aus, die Deutschen ›zu amerikanisieren‹« (Haus Schwalbach, 1959, 11) und auch der Grundtenor aller Eintragungen von Teilnehmern in die erhaltenen fünf Gä-

stebücher des Hauses legen eine andere Interpretation nahe: Teilnehmer fanden die Begegnung mit einer neuen Weise, pädagogisch mit ihnen umzugehen, faszinierend – die Entsender der Teilnehmer machten Schwierigkeiten, nachdem sie mit den Ergebnissen der Lehrgänge konfrontiert worden waren.

64 Magda Kelber: 25 Jahre »Haus Schwalbach«. In: Haus Schwalbach: Auswahl Vier aus den Schwalbacher Blättern (Band 1). Wiesbaden-Dotzheim 1978. 11.

65 Gespräch des Autors mit Dr. Magda Kelber und Christa von Schenck am 29.8.1983.

66 Einige Mißverständnisse hätten vermieden werden können, wenn sich die deutschen Rezeption der amerikanischen *social group work* nicht nur auf die amerikanischen Traditionen nach 1925 berufen hätte, sondern auch auf die deutschen Ursprünge in der deutschen bürgerlichen und proletarischen Jugendbewegung (siehe C. W. Müller: Wie Helfen zum Beruf wurde. Band 1. Weinheim: Beltz [2]1988, Kap. 6) und in der deutschen Reformpädagogik (siehe Wolfgang Scheibe: Die Reformpädagogische Bewegung. Weinheim: Beltz [6]1978).

67 Die ab Dezember 1950 herausgegebenen »Schwalbacher Blätter« haben als erste pädagogische Fachzeitschrift in Deutschland mit den empirischen Befunden der amerikanischen Gruppenforschung (Kurt Lewin, Muzafer und Carolyn Sherif u.a.) bekannt gemacht und damit eine Rezeptionslücke geschlossen, die von der offiziellen (Schul)Pädagogik bis dahin überhaupt nicht wahrgenommen worden war.

68 Haus Schwalbach, 1959, 5.

69 Anlage zum Protokoll der 4. Arbeitsbesprechung von Haus Schwalbach vom 17.10.1949. Haus Schwalbach (Archiv).

70 Erika Hoffmann, zitiert nach Magda Kelber: Was ist neu an der Gruppenpädagogik? In: Schwalbacher Blätter, 1955, 28. Abgedruckt in: Haus Schwalbach, Auswahl Vier, 1978, 23.

71 Haus Schwalbach, 1959, 17.

72 Jürgen Henningsen: Zur Kritik der ›Gruppenpädagogik‹ in: Kulturarbeit. Monatsschrift für Kultur- und Heimatpflege. 1959, 11, 193–197. Zitiert nach dem Nachdruck in: C. Wolfgang Müller (Hrsg.): Gruppenpädagogik. Auswahl aus Schriften und Dokumenten. Weinheim: Beltz 1970/1987 (Reprint), 149.

73 Magda Kelber: Einführung. In: Haus Schwalbach: Gruppenpädagogische Grundlegungen. Auswahl Vier(Band 1). Haus Schwalbach: Wiesbaden 1978. 23 ff.

74 Eine Fundgrube für Ergebnisse amerikanischer Kleingruppenforschung waren in den fünfziger Jahren die beiden Sammelbände: Eleanor E. Maccoby, Theodore M. Newcomb, Eugene L. Hartley (eds.): Readings in Social Psychology. New York: Holt, Rinehart and Winston 1947, 1952, 1958 und Paul Hare, Edgar F. Borgatta and Robert F. Bales (eds.): Small Groups. Studies in Social Interaction. New York: Alfred A. Knopf 1955, 1965.

75 Prof. Dr. Ursula Walz hatte im Rahmen des Kellermannschen Kulturaustausch-Programms die USA kennengelernt und die Lewin'schen Führungs-

stil-Experimente rezipiert. Zurück in der Bundesrepublik versuchte sie durch empirische Untersuchungen in hessischen Schulklassen die von Lewin erhobenen Auswirkungen unterschiedlicher Führungsstile auf das Sozialverhalten von Jugendlichen zu verifizieren. Siehe: Ursula Walz: Soziale Reifung in der Schule. Hannover: Hermann Schroedel (1960) 1962. Nachdruck eines Kapitels in: C. Wolfgang Müller, 1970/1987 (Reprint), 176–190.

76 Ronald Lippitt and Ralph K. White: An Experimental Study of Leadership and Group Life. In: Maccoby et. al. (eds.) 1958, 496–511. Referiert von Magda Kelber in Schwalbacher Blätter 1957, 34.
Siehe auch die Dissertation von Ronald Lippitt: An Analysis of Group Reaction to Three Types of Experimentally Created Social Climate. State University of Iowa 1940.

77 Ferenc Merei: Group Leadership and Institutionalization. In: Maccoby et. al. (eds.) 1958, 522–532. Referiert von Magda Kelber in: Schwalbacher Blätter 1958, 38.

78 Muzafer Sherif, Carolyn W. Sherif et. al.: Intergroup Conflict and Cooperation. The Robbers Cave Experiment. Norman/Oklahoma: 1961. Referiert von Magda Kelber und Ursula Walz in: Schwalbacher Blätter 1961, 50.

79 Kelber, 1978, 22.

80 Gisela Konopka: Social Group Work: A Helping Process. Englewood Cliffs: Prentice-Hall 1963, 155–237. Gisela Konopka: Soziale Gruppenarbeit: ein helfender Prozeß. Weinheim: Beltz 1968 ff., 157–231. Gisela Konopka: Die Geschichte der Gruppenpädagogik. In: C. Wolfgang Müller, 1970/1987 (Reprint), 73–85. Nachdruck eines Kapitels.

81 Magda Kelber, 1978, 29.

82 Henningsen, 1959, 148.

83 Henningsen, 1959, 145.

84 Vergleiche mit Herwig Blankertz: Theorien und Modelle der Didaktik. München: Juventa 1969 ff.

85 Klaus Mollenhauer: Theorien zum Erziehungsprozeß. München: Juventa 1972 ff., 30 ff.

86 In einer späteren Arbeit habe ich die besondere didaktische Qualität außerschulischer Jugendarbeit und Jugendpflege als die Vermittlung und Kultivierung von Lebensstilen beschrieben. Siehe C. Wolfgang Müller, Versuch 1 in: C. Wolfgang Müller, Hermann Giesecke, Helmut Kentler, Klaus Mollenhauer: Was ist Jugendarbeit? Vier Versuche zu einer Theorie. München: Juventa 1964 ff. Reprint Weinheim: Juventa 1986.

87 Anlage zum Protokoll der 3. Arbeitsbesprechung des Teams von Haus Schwalbach vom 13. 10. 1949 (Archiv).

88 Dieter Hoffmann-Axthelm: Das abreißbare Klassenbewußtsein. Gießen: Anabas 1975. 15.

89 Muzafer Sherif and CarolyW. Sherif: Reference Groups. Exploration into Conformity and Deviation of Adolescents. New York: Harper and Row 1964, 54 ff.

90 Magda Kelber: 25 Jahre Haus Schwalbach. In: Haus Schwalbach: Gruppenpädagogische Grundlegungen. Auswahl Vier (Band 1). Wiesbaden: Haus Schwalbach, 1978, 15–16.

91 C. Wolfgang Müller: Die deutsche Rezeption. In: C. Wolfgang Müller (Hrsg.): Gruppenpädagogik. Auswahl aus Schriften und Dokumenten. Weinheim: Beltz 1970/1987 (Reprint), 116.
Einer der (wenigen) deutschen Erziehungswissenschaftler, der sich nach dem Zusammenbruch des 3. Reiches bemühte, Lehren aus der Geschichte und aus den eigenen politischen Irrungen zu ziehen, war Theodor Wilhelm. Unter dem Pseudonym Friedrich Oetinger veröffentlichte er 1951 das Buch »Wendepunkt der politischen Erziehung: Partnerschaft als pädagogische Aufgabe«. Darin bezeichnete er es als unmöglich, umstandslos an die Gemeinschaftserziehung der deutschen Reformpädagogik anzuknüpfen, so als hätte nicht auch die nationalsozialistische Pädagogik dieses Markenzeichen für sich in Dienst genommen. Er definierte deshalb Gruppe neu als ein sich selbst steuerndes, konfliktorientiertes soziales System, das durch Kooperation zur Partnerschaft erzieht: »Ziel der Dienstgemeinschaft ist der Gehorsam, Ziel der Arbeitsgemeinschaft die Leistung, das Ziel der kooperativen Gemeinschaft ist die Selbststeuerung der Gemeinschaft durch die eigenen Konflikte hindurch.« Siehe C. W. Müller, 1970/1987 (Reprint), 117 und 120–126.

Anmerkungen zu: Bundesrepublik und Einzelfallhilfe (2)

1 Der *Deutsche Verein für Armenpflege und Wohltätigkeit* wurde im November 1880 im Berliner Rathaus gegründet. Seit 1919 heißt er *Deutscher Verein für öffentliche und private Fürsorge.* Mit Schreiben vom 11. April 1946 erteilte das *Office of Military Government für Greater Hesse* dem Verein die Erlaubnis, sich zunächst in Groß-Hessen neu zu bilden und zu diesem Zweck in Frankfurt a. M. am 13. Mai 1946 eine Fürsorgetagung durchzuführen, die mit einer Neuwahl des Hauptausschusses verbunden sein sollte. Dort wurde Prof. Dr. Wilhelm Polligkeit wie schon 1919 zum ersten Vorsitzenden gewählt, der Frankfurter Oberbürgermeister Dr. Blaum zu seinem Stellvertreter und Dr. Eiserhardt zur Geschäftsführerin. Siehe: Eberhard Orthbandt: Der Deutsche Verein in der Geschichte der deutschen Fürsorge (1880–1980) Frankfurt am Main: Eigenverlag 1980; und: Nachrichtendienst des Deutschen Vereins (vorübergehend »Rundschreiben an die Mitglieder und Förderer des Deutschen Vereins«) 1946, 1. Die Verhandlungen der ersten Fürsorgetagung nach dem 2. Weltkriege sind publiziert als: Aufgaben der Fürsorge zur Überwindung der deutschen Volksnot. Bericht über den deutschen Fürsorgetag in Frankfurt am Main am 13. Mai 1946. Berlin: Urban und Schwarzenberg 1947.

2 Nachrichtendienst des Deutschen Vereins (NDV) 1946, 2, 18.

3 Dr. Hertha Kraus, Einige Entwicklungen im Anstaltswesen für Erwachsene. In: Wilhelm Polligkeit, Hans Scherpner, Heinrich Webler (Hrsg.): Fürsorge als persönliche Hilfe. Festgabe für Prof. Dr. Christian Jasper Klumker zum 60. Geburtstag. Berlin: Carl Heymanns 1929, 129–145.

4 NDV 1947, 1, 15.
5 Friedrich Siegmund-Schultze, Grundsätzliches zur Ausbildung männlicher Wohlfahrtspfleger. Rede zur Eröffnung der Jugendwohlfahrtsschule Dortmund am 4. Mai 1949. In: Soziale Welt 1949, 1, 55–57.
6 Ilse Krüger in: Sabine Hering und Edith Kramer (Hrsg.): Aus der Pionierzeit der Sozialarbeit. Elf Frauen berichten. Weinheim: Beltz 1984, 128–129. Ilse Krügers Bericht spielt in der (damaligen) Sowjetischen Besatzungszone.
7 NDV 1946, 1, 1.
8 NDV 1947, 1, 4.
9 NDV 1947, 4, 50.
10 NDV 1948, 3, 48.
11 NDV 1948, 3.
12 NDV 1943, 2, 20.
13 NDV 1943, 2, 38.
14 NDV 1943, 9, 118.
15 Dieses Zitat verdanke ich einem Brief von Henry S. Kellermann vom 3. Juni 1986, der mich sehr bewegt hat.
16 Ich darf dabei nicht verschweigen, daß die Fachzeitschriften aus den ersten Jahren der Nachkriegszeit der Entwicklung in der (damaligen) Sowjetisch Besetzten Zone (SBZ) einen breiten Raum zubilligten und den Eindruck hervorrufen halfen, daß in jener 4. Zone die Vergangenheitsbewältigung anders, konsequenter und grundsätzlicher angepackt worden wäre. Das gilt auch für die Rekonstruktion der Fürsorgetätigkeit. In der SBZ wurde allen Berufstätigen gleichmäßig 20 Prozent ihres Bruttolohnes oder -Gehaltes als Eigenbeitrag zur Sozialversicherung abgezogen. Der Unterschied zwischen Arbeiter- und Angestellten-Versicherung fiel weg, kleine Unternehmer und mithelfende Familienangehörige wurden in die allgemeine, zoneneinheitliche Versicherung einbezogen. Die Unterhaltspflicht von Familienangehörigen wurde abgeschwächt, Formen der produktiven Fürsorge als Wiedereingliederung in den Arbeitsprozeß wurden besonders betont.
17 Siehe Marie Baum: Familienfürsorge. Berlin 1927. Das Buch gehört zu den wenigen Fachbüchern, die nach dem Ende des 2. Weltkrieges nachgedruckt worden sind (1951). Siehe auch Siddy Wronsky und Hans Muthesius: Methoden individualisierender Fürsorge in Deutschland. Bericht von der Internationalen Konferenz für Wohlfahrtspflege und Sozialpolitik (Paris 1928). Deutsches Zentralinstitut für soziale Fragen Berlin. Archiv-Nr. 3686. Dr. Hanna Hellinger: Innen- und Außendienst im städtischen Jugendamt. In: Wilhelm Polligkeit u.a. (Hrsg.): Fürsorge als persönliche Hilfe. Festgabe für Prof. Dr. Christian Jasper Klumker zum 60. Geburtstag. Berlin: Carl Heymanns 1929. Alice Salomon: Soziale Diagnose. Berlin: Carl Heymanns 1926. Siddy Wronsky und Alice Salomon unter Mitwirkung von Eberhard Giese: Soziale Therapie. Ausgewählte Akten aus der Fürsorge-Arbeit. Berlin: Carl Heymanns 1926. Siddy Wronsky und Arthur Kronfeld unter Mitwirkung von Rolf Reiner: Sozialtherapie und Psychotherapie in den Methoden der Fürsorge. Berlin: Carl Heymanns 1932.
Ich bin auf diese vergessene Tradition in der 2., erweiterten Auflage des

1. Bandes von »Wie Helfen zum Beruf wurde« (Weinheim: Beltz 1988) ausführlicher eingegangen. Siehe auch Christoph Sachße: Mütterlichkeit als Beruf. Frankfurt am Main 1986, insbesondere Teil II, 149–311.

18 Dr. Hertha Kraus (Hrsg.): Casework in USA. Theorie und Praxis der Einzelhilfe. Frankfurt am Main: Wolfgang Metzner 1950, 5.

19 NDV 1947, 1, 15.

20 NDV 1948, 3, 46.

21 Dr. Martha Heynacher: Die Berufslage der Fürsorgerinnen unter Verarbeitung einer vom Preußischen Ministerium für Volkswohlfahrt vorgenommenen statistischen Erhebung. Karlsruhe: Verlag G. Braun 1925. Dr. Alice Salomon: Soziale Diagnose. Berlin: Carl Heymanns 1926.

22 NDV 1948, 11, 205. Es wurde der Beschluß gefaßt, mit einem Teil des Stiftungsgeldes ein »zentrales Institut in Deutschland zu errichten, um... Informationen zu verteilen, um Kurse und Konferenzen abzuhalten« (a.a.O.). Der Deutsche Verein nahm diesen Vorschlag nur zögerlich auf und wollte seine Verwirklichung nicht an den bestehenden Fachausschüssen und Forschungsstätten vorbeilaufen sehen.

23 Dr. Hertha Kraus (Hrsg.): Casework in USA. Theorie und Praxis der Einzelhilfe. Frankfurt am Main: Wolfgang Metzner 1950.

24 Hertha Kraus: Von Mensch zu Mensch. »Casework« als soziale Aufgabe. Frankfurt am Main: Wolfgang Metzner 1949, 3.

25 NDV 1950, 7/8, 153.

26 Kraus, 1950, 23.

27 Kraus, 1950, 24.

28 Kraus, 1950, 25.

29 Kraus, 1950, 26.

30 Kraus, 1950, 29.

31 Kraus, 1950, 35.

32 Diese allgemeine Aussage wurde von der American Association of Social Workers 1949 präzisiert. Sie betonte als Voraussetzung von Sozialarbeit »den Grundsatz der Anerkennung des unantastbaren Wertes jedes einzelnen Menschen; seines natürlichen Rechts auf vollste Entwicklung all seiner Fähigkeiten, seines menschlichen Seins; den Grundsatz gleichen Zugangs zu ebenwertigen Quellen der Hilfe und Entwicklung für jeden Menschen in Stadt und Land; den Grundsatz von Anerkennung und Schutz – ohne jede Zurücksetzung – der Würde und Freiheit jedes Menschen und seines Verlangens nach Sicherheit; den Grundsatz von Anerkennung und Schutz der Familie als der Urzelle einer geordneten Gesellschaft; den Grundsatz der Anerkennung einer Verantwortung der Gemeinschaft – über die des Einzelnen und der Familie hinaus – für Gemeinschaftsmaßnahmen, die den Menschen helfen, *wesentliche Gefährdungen des vollen Lebens zu überwinden*: ohne solch geordnete Hilfe sind Würde, Sicherheit und Freiheit der Menschen und der Frieden innerhalb der Volksgemeinschaft wie zwischen den Völkern bedroht.« Zitiert nach Kraus, 1950, 38.

33 Kraus, 1950, 39.

34 An den Übersetzungen haben viele deutsche Immigranten mitgewirkt, die inzwischen in der nordamerikanischen Sozialarbeit Fuß gefaßt hatten. An der

Übersetzung des Kapitels über »Case Work und Psychoanalyse« hat der Austauschstudent Hartmut von Hentig mitgewirkt.

35 Frank G. Hertel: Entwicklungstendenzen der Praxis. In: Kraus, 1950, 149–155.

36 Luna Bowdoin Brown: Umfassende Hilfe als Aufgabe der Öffentlichen Fürsorge. In: Kraus, 1950, 226–236.

37 Gordon Hamilton: Die helfende Beziehung. In: Kraus, 1950, 47–55.

38 NDV 1952, 12, 419.

39 Dora von Caemmerer: Aufbaulehrgänge für Berliner Sozialarbeiter. In: Soziale Arbeit 1953, 6.

40 Gespräch des Autors mit Dora von Caemmerer am 12. 1. 1987 und Dora von Caemmerer: Die Kunst des Helfens – Die Methode der Einzelhilfe im Unterricht der Wohlfahrtsschulen. In: Unsere Jugend 1954, 7.

41 siehe: Dora von Caemmerer: Die Methode der Einzelhilfe – Begriff und Grundlagen. Wiesbaden: Haus Schwalbach 1965. Sonderheft.

42 siehe Dora von Caemmerer: Akademiekurs über Praxisanleitung – Abschließender Bericht. In: NDV 1966, 9.
Siehe auch Dora von Caemmerer (Hrsg.): Praxisberatung (Supervision) – ein Quellenband. Freiburg: Lambertus 1970. Dora von Caemmerer u. a.: Supervision – ein berufsbezogener Lernprozeß. Wiesbaden: Haus Schwalbach 1971.

43 Charlotte Towle: The Learner in Education for the Professions – as seen in Education for Social Work. Chicago: Chicago Press 1954.

44 Siehe beispielsweise Erna Maraun: Berufsausbildung und Berufsleistung des amerikanischen Sozialarbeiters. Eindrücke von einer Studienreise in die USA. In: Soziale Arbeit 1952, 8, 366–368; Erna Maraun: Bericht über das Casework-Seminar der Vereinten Nationen. In: Soziale Arbeit, 1953, 9, 409–412; Herbert Lattke: Soziale Arbeit in den USA und bei uns. Gedanken nach einer Studienreise. In: Soziale Arbeit, 1953, 12, 554–562; Herbert Lattke: Lassen sich »amerikanische« Methoden der »sozialen Hilfe« auch bei uns anwenden? In: Jugendwohl 1958, 1, 32–41.

45 Dieser Gedanke ist insbesondere in der frühen gruppendynamischen Schule von Bethel/Maine wiederaufgenommen und weiterentwickelt worden. Siehe Leland P. Bradford: Das Geschäft des Lehrens und Lernens. In: C. Wolfgang Müller (Hrsg.), Gruppenpädagogik. Texte und Dokumente. Weinheim: Beltz 1970/1987 (Reprint), 222–235. Er ist übrigens schon in den berühmten »Thesen über Feuerbach« von Karl Marx (1845) enthalten: »Die materialistische Lehre von der Veränderung der Umstände und der Erziehung vergißt, daß die Umstände von den Menschen verändert und der Erzieher selbst erzogen werden muß...« (Karl Marx und Friedrich Engels, Werke, Band 3, Berlin 1969, 5 ff.

46 Diese Funktionssegmente waren von Florence Hollis zunächst für die vertiefte Einzelfallhilfe entwickelt worden. Dorothy E. Pettes übertrug sie zu einem späteren Zeitpunkt auf die *Supervision* von *social case work*. Siehe Florence Hollis: Social Case Work in Practice. Six Case Studies. New York 1939. Florence Hollis: Case Work, a Psycho-Social Therapy. New York 1964. Dorothy E. Pettes: Supervision in Social Work. London: George Allen & Unwin 1967. Siehe auch das Vorwort von ihrer Übersetzerin Christa Deich-

mann zur deutschen Ausgabe: Dorothy E. Pettes: Supervision in der Sozialarbeit. Anleitung von Studenten und Praxisberatung von Mitarbeitern. Freiburg: Lambertus 1971, 11.

47 Pettes, 1971, 19ff.

48 Bertha C. Reynolds: Learning and Teaching in the Practice of Social Work. New York: Rinehart & Company 1942. Ich folge der Version, die Margaret Williamson: Supervision – New Patterns and Processes. New York: Association Press 1961 als Erweiterung des Buches »Supervision – Priciples and Methods« (1950), S. 31–38, vorgelegt hat.

49 Die Akademie für Jugendarbeit in Münster gibt auch die Fachzeitschrift »Supervision« heraus. Zur Weiterbildung von Supervisoren in der Bundesrepublik Deutschland siehe das Sonderheft »Supervision« (1984) aus Anlaß des 20. Jahres der ersten Supervisorenausbildung in der BRD.

50 Die Sozialpädagogische Fortbildungsstätte Haus Koserstraße in Berlin etwa geht von der Annahme aus, die Trennung sozialpädagogischer Praxis in die klassischen drei Methoden habe nur noch historische Bedeutung. »In der Praxis ist bei denjenigen Sozialarbeitern, die sich dafür durch moderne Aus-, Fort- und Weiterbildung qualifiziert haben, eine klienten- und situationsangemessene Kombination dieser Methoden zur beruflichen Idealnorm geworden. Es wird allerdings wohl noch Jahre dauern, bis die Anwendung dieser drei Methoden zur statistischen Norm geworden ist« (Haus Koserstraße, Fortbildungsveranstaltungen 1973, 4).

51 Diese differenzierende Übersetzung der englischen Ausdrücke »field instruction« und »staff instruction« hat Christa Deichmann vorgeschlagen. In: Pettes, 1971, 10.

52 Etwa Erna Maraun in: Unsere Jugend 1951, 175ff.

53 Dr. Christa Hasenclever: Die Analyse von Einzelfällen als Unterrichtsproblem der Sozialschule. In: Unsere Jugend 1953, 8, 339–344.

54 Dr. Margarete Junk: Jahrestagung der Konferenz der Deutschen Wohlfahrtsschulen in Berlin vom 27.9. bis 1.10. 1954. In: Blätter der Wohlfahrtspflege in Baden-Württemberg 1954, 87.

55 Junk, 1954, 89.
Die in dem Bericht erwähnte Fürsorgerin Ingeborg Geest war übrigens Absolventin eines einjährigen Fortbildungslehrgangs über *social group work* und *social case work* gewesen, den die Berliner Hochschule für Politik im Wintersemester 1951 und im Sommersemester 1952 mit Gastdozenten wie Walter Friedländer (ehemals Jugendstadtrat in Berlin-Prenzlauer Berg, dann Professor für Sozialarbeit in Berkeley/Kalifornien), Nelly Simon (New York) und Heinrich Schiller in der Tradition der Wohlfahrtsschule des Sozialpolitischen Seminars der Deutschen Hochschule für Politik (»Mennicke-Schule«) ausgeschrieben hatte. Siehe: Soziale Arbeit 1952, 1, 37–38 und 2, 85–86.

56 Bernd Haedrich: Zur Berufsbildung der Sozialarbeiter in Deutschland. Phil. Diss. München 1967.

57 Diesem Vor-Urteil habe ich mit dem 1. Band meines Buches »Wie Helfen zum Beruf wurde« (1982, 1988) entgegenzuwirken versucht, allerdings nicht aus borniertem Nationalstolz, sondern wegen der historischen Genauigkeit.

58 Haedrich, 1967, 151–153.
59 Siehe Christiane Müller-Wichmann: Zeitnot. Untersuchungen zum »Freizeiproblem« und seiner pädagogischen Zugänglichkeit. Beltz: Weinheim 1984.
60 Haedrich, 1967, 218 Fußnote 53.
61 Vergleiche mit dem Bericht von Ingeborg Geest in Junk, 1954.
62 Christine Christmann und C. Wolfgang Müller: Sozialpädagogische Familienhilfe 1986. Bestandsaufnahme, Entwicklung, Perspektiven, Modelle. Berlin: SPI 1986. Heidi und Karl Niclsen, C. Wolfgang Müller: Sozialpädagogische Familienhilfe. Probleme, Prozesse und Langzeitwirkungen. Weinheim: Beltz 1986.
63 Leslie Hartrich Leighninger: The Development of Social Work as a Profession 1930–1960. Diss. University of California/Berkeley Campus, 1981, 317. Die von Harry Specht und Harold L. Wilensky betreute Forschungsarbeit ist eine hervorragende Quelle für das Verständnis der gesamtgesellschaftlichen und berufsständischen Hintergründe für die Entwicklung der nordamerikanischen Sozialarbeit.
64 Herbert Lattke: Innen- und Außendienst in der Sozialarbeit. Gedanken zur Frage des fürsorgerischen Hausbesuchs auf Grund von Anregungen aus der amerikanischen Methodenlehre. In: Unsere Jugend 1954, 5, 201–208.
65 Lattke, 1954, 206.
66 Herbert Lattke: Lassen sich ›amerikanische‹ Methoden der ›sozialen Hilfe‹ auch bei uns anwenden? In: Jugendwohl 1958, 1, 32.
67 Lattke, 1958, 34.
68 Auf diese Praxis habe ich im 1. Band dieses Buches im Kapitel über Mary E. Richmond aufmerksam gemacht.
Die Fallbeispiele aus der Familienfürsorge der 20er Jahre, die Alice Salomon, Siddy Wronsky und Eberhard Giese 1926 unter dem Titel »Soziale Therapie« (Berlin: Carl Heymanns 1926) publiziert haben, zeigen noch deutliche Spuren einer Praxis, bei der die ermittelnde Wohlfahrtspflegerin nach einem Hausbesuch an individuelle Spender herantritt, um sie zu einer Gabe ad personam zu bewegen (vergleiche etwa den Fall der »Familie Bauer«, S. 1–9).
Auch die Zentrale für private Fürsorge in e. V. Berlin, in der Siddy Wronsky arbeitete, war ursprünglich eine Auskunftsstelle der Deutschen Gesellschaft für ethische Kultur zur Überprüfung der Bonität privater Wohlfahrts- und Unterstützungsvereinigungen gewesen.
69 Berufserinnerungen von Helen Harris Perlman. National Oral History Project der National Association of Schools of Social Work. Minneapolis, Social Welfare History Archives SW 37, Box 3.
70 Florence Sytz: Verlagerung des Schwerpunktes im Casework. In: Kraus, 1950, 145.
71 Virginia P. Robinson: A Changing Psychology in Social Case Work. University of North Carolina Press 1930.
72 Jessie Taft: The Relation of Function to Process in Social Work. In: Virginia P. Robinson (ed.): Training for Skill in Social Case Work. Philadelphia: University of Pennsylvania Press 1942. In diesem Beitrag führte Taft auch die Forderung nach ›use of agency function‹ ein, mit dem sie die unendlich

große Spannweite möglicher Hilfe durch vertiefte Einzelfallhilfe auf jene Segmente begrenzen wollte, welche im Rahmen der selbst definierten Aufgaben der Beratungsstelle liegen, in der Caseworker arbeiten.

73 Leighninger, 1981, 14.

74 Im Rahmen der Roosevelt'schen Sozialgesetzgebung *(National Industrial Recovery Act und Acricultural Adjustment Act)* wurden Mindestlöhne festgesetzt, eine Verkürzung der Arbeitszeit erzwungen, Kinderarbeit wurde verboten, der Landwirtschaft wurden Produktionsbeschränkungen auferlegt und für die Masse der Arbeitslosen wurden staatlich finanzierte Arbeitsbeschaffungsprogramme eingeführt. Der *New Deal* (= eigentlich: »Das Kartenspiel wird neu gemischt« = »Die Lebenschancen werden neu verteilt«) verstärkte die Rolle der Gewerkschaften und galt für viele konservative Amerikaner als die Öffnung der Tür zum Kommunismus.

75 Leighninger, 1981, 72.

76 Lattke, 1958, 40.

77 Die Dauerbelastung von Fürsorgerinnen und der damit eng verbundene hohe Krankenstand dieser Berufsgruppe sind seit dem »Tagebuch einer Fürsorgerin« von Hedwig Stieve (Erstdruck 1925, Reprint Weinheim: Beltz 1983) aktenkundig. Einen materialreichen Überblick über die Arbeitsbedingungen von Fürsorgerinnen während der Weimarer Zeit gibt Susanne Zeller: Ausbildung und Erwerbsbedingungen von kommunalen Fürsorgerinnen im Wohlfahrtswesen der Weimarer Republik. Berlin: Technische Universität Phil. Diss. 1986, 165–221.

78 Salomon, 1926, 60.

79 Es scheint, als ob die vertiefte Einzelfallhilfe in der kommunalen Fürsorge der norddeutschen Städte und Stadtstaaten (Berlin, Hamburg, Bremen) sehr entschieden und mit starker ministerieller und bezirklicher Unterstützung eingeführt worden wäre. Bei der Einführung ist sicherlich ein starkes Stadt: Land-Gefälle und ein moderates Nord: Süd-Gefälle zu beobachten gewesen. Gespräch des Autors mit Irmgard Mende (Berlin).

80 Blätter der Wohlfahrtspflege in Baden-Württemberg 1962, 9, 275.

81 In der zeitgenössischen sozialpädagogischen Fachliteratur wird noch immer zwischen »Methodik« und »Didaktik« in der Ausbildung unterschieden. Diese Terminologie entspricht einer in der Erziehungswissenschaft überholten Trennung zwischen »Inhaltsfragen« der lehrenden Vermittlung und »methodischen Fragen«. Beide wurden früher getrennt und von unterschiedlichen Gruppen von Pädagogen bzw. Erziehungswissenschaftlern bearbeitet. Inzwischen hat sich der Begriff »Didaktik« für das Insgesamt aller Fragen, die mit der Organisation von Lehr-Lern-Prozessen verbunden sind, durchgesetzt. Damit ist das Wort »Methodik« obsolet geworden.

82 Blätter der Wohlfahrtspflege in Baden-Württemberg 1962, 284–290.

83 Die Aussage, Sigmund Freuds Forschungen seien tragender Bestandteil der amerikanischen Praxis von *social case work* gewesen, gilt in dieser Allgemeinheit nur für die frühe »diagnostische Schule«. Später wurden psychoanalytische Ansätze zugunsten der Psychologie des freien Willens von Otto Rank (1884–1939) zurückgedrängt. Rank war zwar ein früher Anhänger Sigmund

Freuds gewesen, hatte sich aber spätestens mit der Arbeit über »Das Trauma der Geburt« (1924) von Freud entfernt. Das Mißverständnis über den dominanten Einfluß Freuds auf die Einzelfallhilfe mag von Sigmund Freud selbst angelegt worden zu sein, als er in seinen Gesprächen über »die Frage der Laienanalyse« (1926) spielerisch die Möglichkeit ventilierte, daß »vielleicht noch einmal ein Amerikaner auf den Einfall (kommt), es sich ein Stück Geld kosten zu lassen, um die *social workers* seines Landes analytisch zu schulen und eine Hilfstruppe zur Bekämpfung der kulturellen Neurosen aus ihnen zu machen. »Aha, eine neue Art von Heilsarmee.« »Warum nicht, unsere Phantasie arbeitet ja immer nach Mustern« (Sigmund Freud, Studienausgabe Band 10. Frankfurt am Main: Fischer 1975, 340).

84 Blätter der Wohlfahrtspflege in Baden-Württemberg 1962, 285.

85 Blätter...1962, 285.

86 Blätter...1962, 287.

87 Blätter...1962, 288.

88 Blätter...1962, 288.

89 Blätter...1962, 289.

90 Helge Peters: Moderne Fürsorge und ihre Legitimation. Eine soziologische Analyse der Sozialarbeit. Köln und Opladen: Westdeutscher Verlag 1968, 72.

91 Marie Kamphuis: Die persönliche Hilfe in der Sozialarbeit unserer Zeit. Eine Einführung in die Methode der Einzelfallhilfe für Praxis und Ausbildung (Niederlande 1950 ff.) Stuttgart: Ferdinand Enke [3]1968.
Seit 1951 hatte Marie Kamphuis, die Leiterin der *Academie voor Sociale en Culturele Arbeid* in *Groningen*, auf Fortbildungsveranstaltungen in Deutschland *social case work* gelehrt. Zahlreiche Teilnehmerinnen und Teilnehmer dieser Lehrgänge haben positiv und menschlich wie beruflich beeindruckt von ihrem Wirken berichtet. Es wäre denkbar, daß ihr Buch hinter ihrem persönlichen Wirken zurückblieb.

92 Peters, 1968, 77.

93 Peters, 1968, 81.

94 Helge Peters: Die mißlungene Professionalisierung der Sozialarbeit. In: Hans-Uwe Otto und Kurt Utermann (Hrsg.): Sozialarbeit als Beruf. Auf dem Wege zur Professionalisierung? München: Juventa 1971, 101.
Über das gleiche Thema hatte Peters schon 1969 in Jahrbuch für Sozialwissenschaft, 1969, 3 und in der Kölner Zeitschrift für Soziologie und Sozialpsychologie 1970, 2 publiziert.

95 Peters, 1971, 109.

96 Peters, 1971, 110.

97 Peters, 1971, 120.

98 So schrieb Dr. Gerd Neises aus Frankfurt in einer Rezension im Nachrichtendienst des Deutschen Vereins 1969, der Platz einer Besprechung würde nicht ausreichen, »Herrn Peters im einzelnen nachzuweisen, wie wenig er sich um jene Offenheit gegenüber den Fakten bemüht hat, ohne die jede soziologische Forschung schnell zur Fabrik wohlfeiler Argumentationsgeschosse wird« (NDV 1969, 7).
Richtig an dem Verriß des Buches von Helge Peters ist u. a. der Hinweis, daß

eine soziologische Analyse des Berufsvollzuges von Sozialarbeitern in ideologiekritischer Absicht nicht bei der literarischen Analyse *eines* Lehrbuches *über* Sozialarbeit stehenbleiben kann, ohne sich vorher wenigstens ansatzweise zu versichern, daß die methodischen Handreichungen des Lehrbuches im Berufsalltag von Sozialarbeitern ihre Entsprechungen finden.
Die Anlage meines Buches legt mich darauf fest, historisch-chronologisch vorzugehen. Das heißt auch, daß ich, um nicht klüger zu erscheinen, als wir alle es seinerzeit waren, Arbeiten zum *social case work*, die nach 1967/68 erschienen sind, in diesem Kapitel nicht berücksichtigt habe. Das gilt sowohl für die Arbeiten von Ruth Bang (Das gezielte Gespräch. München: Reinhardt 1968) als auch für Herbert Lattke (Das helfende Gespräch. Freiburg: Lambertus 1969), Helen H. Perlman (Soziale Einzelhilfe als problemlösender Prozeß. Freiburg: Lambertus 1969), Robert W. Roberts und Robert H. Nee (Konzept der Sozialen Einzelhilfe. Stand der Entwicklung – neue Anwendungsformen. Freiburg: Lambertus 1974), Harry Specht und Anne Vickery (Methodenintegration in der Sozialarbeit zur Entwicklung eines einheitlichen Praxismodells. Freiburg: Lambertus 1980). Aber auch das letzte Buch von Helen H. Perlman: *Relationship, The Heart of Helping People.* University of Chicago Press 1979 blieb unberücksichtigt, das nicht nur wegen des Wortspiels im Titel in Anspielung auf eine alte Arbeit von Karl de Schweinitz (*The Art of Helping People out of Trouble* (1924)) lesenswert und bedeutsam ist.

Anmerkungen zu: Sozialstaat und Gemeinwesenarbeit (3)

1 Hertha Kraus: Amerikanische Methoden der Gemeinschaftshilfe – *Community Organization for Social Welfare* – in: Soziale Welt 1951, 2, 184–192.
2 *Settlements* waren in der zweiten Hälfte des 19. Jahrhunderts Wohngemeinschaften von Akademikern in Arbeiter- und Elends-Vierteln Englands und Nordamerikas. Die Bewohner verwendeten einen Teil ihrer Arbeitszeit auf ehrenamtliche soziale Arbeit zur Verbesserung der Wohn- und Lebensbedingungen ihrer Nachbarschaft und waren meist auch kommunal- und sozial-politisch tätig. Siehe C. Wolfgang Müller: Wie Helfen zum Beruf wurde. Band 1. Weinheim: Beltz ^{2}1988, Kapitel 2 und 3.
3 Aus einem Bericht der Stadt Köln aus den 20er Jahren, zitiert nach Sigurd Agricola: Frau Prof. Dr. Hertha Kraus zum 70. Geburtstag. In: Rundbrief 1967, 5, 19–20.
4 Sigurd Agricola, 1967, 20.
5 Ruth Fry: Die Weise der Quäker. Bad Pyrmont^{2} 1946.
6 Gisela Oestreich: Nachbarschaftsheime gestern, heute – und morgen? München: Ernst Reinhardt 1965, 32.
7 Kraus, 1951, 185.
8 Kraus, 1951, 185.
9 Kraus, 1951, 185.

10 Sinclair Lewis: Dr. med. Arrowsmith. Roman. München: Kurt Wolff 1927, 403.

11 Herbert Lattke: Soziale Arbeit und Erziehung. Ihre Ziele, Methoden und psychologischen Grundlagen. Freiburg: Lambertus 1955, 29.

12 A. Lorenzi: Aus dem Vokabular der sozialen Arbeit. Schriften des Deutschen Vereins für öffentliche und private Fürsorge. Mannheim 1956.

13 XI. Tagung der Internationalen Konferenz für Sozialarbeit. Deutscher Landesbericht. In: NDV 1962, 7, 250–254.

14 Dr. Lina Mayer Kulenkampff: Gemeinschaftsplanung in Gemeinden als Methode der Sozialarbeit. Ein Überblick über Community Organization und Community Development. In: Neues Beginnen 1962, 2, 17–19.
Prof. Dr. Walter Friedländer: Gemeinschaftsplanung und Gemeinschaftsentwicklung in den USA. In: Neues Beginnen 1962, 6, 81–84.

15 Die beiden Seminare wurden von der Berliner Senatsverwaltung für Arbeit und soziale Angelegenheiten unter Federführung und Leitung von Dr. Gerda Tuercke in Zusammenarbeit mit der Evangelischen Schule für Sozialarbeit (*Bertha von der Schulenburg Seminar*) durchgeführt. Gerda Tuercke war vor ihrer Senatstätigkeit als Hochschullehrerin an der Alice Salomon Schule für Sozialarbeit in Berlin tätig gewesen und hatte großes Verständnis für die Notwendigkeit der Weiterentwicklung methodischen Arbeitens in der Sozialen Arbeit. Darüber hinaus kann den beiden Berliner Senatsverwaltungen für Familie, Jugend und Sport und für Arbeit und soziale Angelegenheiten in den fünfziger und sechziger Jahren bescheinigt werden, daß sie durch vielfältige Fortbildungsveranstaltungen über methodisches Arbeiten und Supervision maßgeblich an der Entwicklung einer neuen Fachlichkeit in der behördlichen Sozialarbeit beteiligt waren. Die beiden Seminare waren international zusammengesetzt. 1963 referierten Hertha Kraus aus Philadelphia, Peter Kuenstler aus London, C. N. Graaff aus Groningen (Holland) und Roland L. Warren, der damals Beauftragter der nordamerikanischen Quäker in Europa war. 1965 unterrichteten Ilse Balg aus Berlin und Wilfried Hartwieg aus Detmold, Johanna Boer und Frederik Wanninkhof aus Assen (Holland). Beide Seminare wurden von der Senatsverwaltung für Arbeit und soziale Angelegenheiten umfassend dokumentiert. Die Kenntnis dieser Dokumente verdanke ich Ingeborg Blauert, die am Zustandekommen der Seminare maßgeblich beteiligt war. Die Zusammensetzung der Teilnehmer aus Berlin und anderen Ländern der Bundesrepublik Deutschland zeigte, daß es vor allem darum ging, leitende Mitarbeiterinnen und Mitarbeiter behördlicher und privater Sozialarbeit mit Gemeinwesenarbeit als umfassende Form der Koordinierung fürsorgender Tätigkeit in komplexen Gemeinwesen bekannt zu machen.

16 Vergleiche verschiedene Artikel im Rundbrief des Verbandes, der seit 1965 regelmäßig erschien. Siehe auch Sigurd Agricola: Gedanken zur Diskussion um die Gemeinwesenarbeit. in: Rundbrief 1966, 4/5, 15 ff.

17 Ingeborg Blauert: Hat die Gemeinwesenarbeit in Deutschland eine Chance? Ansätze – Bedenken – Möglichkeiten. In: Blätter der Wohlfahrtspflege 1966, 7, 218–223.

18 Ich kann hier nicht auf die eigenständige Entwicklung niederländischer Gemeinwesenarbeit eingehen. Sie hat historische Wurzeln in der Entwicklung der Stadt Amsterdam und in der Struktur des niederländischen Fürsorgewesens. Ich muß mich darauf beschränken zu erwähnen, daß der Verband Deutscher Nachbarschaftsheime über viele Jahre in engem Erfahrungsaustausch mit den Niederländern gestanden hat und daß das Lehrbuch über Gemeinwesenarbeit, das Jo Boer 1960 geschrieben und Kurt Utermann 1970 übersetzt hat (Gemeinwesenarbeit. Einführung in Theorie und Praxis. Stuttgart: Ferdinand Enke) neben dem Lehrbuch von Murray G. Ross: Gemeinwesenarbeit, Theorie, Prinzipien, Praxis. Freiburg: Lambertus 1968 – englische Erstausgabe New York 1955 – in den sechziger und Anfang der 70er Jahre eine Rolle gespielt hat.

19 Siehe C. Wolfgang Müller: Wie Helfen zum Beruf wurde. Band 1. Weinheim: Beltz [2]1988, Kapitel 3.

20 Martin Rudolf Vogel und Peter Oel: Gemeinde und Gemeinschaftshandeln. Zur Analyse der Begriffe Community Organization und Community Development. Stuttgart: Kohlhammer 1966, 60.

21 Siehe C. Wolfgang Müller: Konzepte der Gemeinwesenarbeit und die Praxis der Kolleginnen und Kollegen in Kreuzberg und Neukölln. In: Rundbrief 1975, 1, 3–9 (Sektionsteil).

22 Vogel und Oel, 1966, 11–12, 48–49.

23 Gute, illustrative Beispiele zu diesem Tatbestand findet man bei Roland L. Warren: Soziologie der amerikanischen Gemeinde. Chicago: Rand McNally 1963; Köln: Westdeutscher Verlag 1970, 102–122.

24 C. Wolfgang Müller, Die Rezeption der Gemeinwesenarbeit in der Bundesrepublik Deutschland. In: C. Wolfgang Müller und Peter Nimmermann (Hrsg.): Stadtplanung und Gemeinwesenarbeit, München: Juventa 1970, 237.

25 Müller, 1970, 237.

26 Floyd Hunter beschrieb in seiner 1953 erschienenen Analyse der Machtstrukturen von Atlanta, Georgia sehr eindrücklich, wie die führenden Geschäftsleute der Stadt bei einem gemeinsamen Mittagessen im *country club* innerhalb von 30 Minuten das Gründungskapital von 65 000 $ für ein Export-Zentrum zusammenkratzten, während andere, für die allgemeine Wohlfahrt der Stadt wichtige Projekte bereits in der Diskussions- und Planungsphase von der Tagesordnung verschwanden. Floyd Hunter: Community Power Structure. A Study of Decision Makers. The University of North Carolina Press 1953. Garden City, New York: Doubleday 1963, 170–174. Teile der Studie sind in dem Lesebuch von Ralf Zoll: Gemeinde als Alibi, Materialien zur politischen Soziologie der Gemeinde abgedruckt. München: Juventa 1972, 129–145.

27 Ilse Balg: Die Stadt als Raum des denkenden Aufstands. Ein gesellschaftspolitischer Auftrag an die Bildungsarbeit. In: Rundbrief 1969, 3, 1–8.

28 Resolution des Verbandes Deutscher Nachbarschaftsheime, Gesellschaftspolitische Aspekte von Bildung und Bildungsarbeit. In: Rundbrief 1969, 3, 14–18.

29 Arbeitsrichtlinienentwurf als Anhang für einen Arbeitsvertrag für Gemeinwesenarbeiter. Anlage 3 zum Tagungsbericht Gemeinwesenarbeit und Kommunalpolitik. In: Rundbrief 1970, 3, 21–23.

30 Rundbrief 1970, 3, 21.

31 Diese Beispiele halte ich heute nicht mehr für glücklich ausgewählt. Aufgrund von Erfahrungen, die wir in der Zwischenzeit gemacht haben, wissen wir heute besser als damals, daß eine schlampige Müllabfuhr, fehlende Straßenbeleuchtung in unsicheren Stadtteilen und abgeschaltete Verkehrsampeln an Schulen und Kindertagesstätten durchaus Ausgangspunkt und Kristallisationskern für Bürgeraktionen sein können. In der Stadtteilzeitung des Märkischen Viertels in Berlin wurden beispielsweise regelmäßige Preisvergleiche zwischen den Monopol-Gesellschaften des neuen Einkaufszentrums und den Einzelhandelsgeschäften der Altbau-Viertel, aus denen die neuen Mieter kamen, abgedruckt. Dieser Preisvergleich führte wenigstens vorübergehend zu einer deutlichen Preissenkung im Neubauviertel.

32 C. Wolfang Müller: Literatur zum Thema Gemeinwesenarbeit (Stand 1969). In: Rundbrief 1970, 3, 26.

33 So hat mir B. Uffrecht aus München vorgehalten, ich hätte Murray Ross sinnentstellend zitiert, aus seinem Buch könne außerdem kein Hinweis auf »aggressive Konzepte von Gemeinwesenarbeit« entnommen werden. Aber genau das war der Punkt meiner Kritik. B. Uffrecht: Murray G. Ross, Gemeinwesenarbeit – Theorie, Prinzipien, Praxis. In: Rundbrief 1970, 3, 37–38. Eine andere Kritik halte ich für berechtigt. Sie entzündete sich an den von mir identifizierten »drei Konzepten von Gemeinwesenarbeit« (konservativ, reformpädagogisch, aggressiv). Damit habe ich den Eindruck erweckt, als würde es sich um drei scharf von einander isolierbare, in sich identische Handlungsstrategien handeln. Das wäre falsch und borniert. Selbstverständlich wird auch eine aggressive Strategie von Gemeinwesenarbeit nach Bündnispartnern innerhalb des Gemeinwesens suchen und die Unterstützung von Kirchengemeinden, Parteien und Gewerkschaften nicht zurückweisen. Und selbstverständlich wird auch eine reformpädagogische Strategie von Gemeinwesenarbeit nicht prinzipiell auf aggressive Verfahren und Aktionen verzichten, wenn aus ihnen Erfahrungen und Erkenntnisse gewonnen werden können, die einen wesentlichen Beitrag zur politischen Bildung aller Beteiligten leisten. Das gilt nicht nur für Bürgergruppen, sondern genauso für Politiker, die in vielen Auseinandersetzungen notwendigerweise ›auf der anderen Seite‹ stehen. Siehe Autorengruppe Märkische Viertel Zeitung: Stadtteilzeitung. Reinbek: Rowohlt 1974. Und: Interview des Autors mit der ehemaligen Reinickendorfer Stadträtin für Familie, Jugend und Sport, Ilse Reichel vom 3. April 1985.

Der Konflikt als didaktischer Hebel für politische Lernprozesse ist wenige Jahre später an einer Reihe von aktuellen Beispielen thematisiert worden. Siehe Hans-Eckehard Bahr und Reimer Gronemeyer: Konfliktorientierte Gemeinwesenarbeit. Neuwied: Luchterhand 1974.

34 Erste internationale Beispiele aggressiver Strategien innerhalb von Gemeinwesenarbeit sind erschienen in: Danilo Dolci: Vergeudung. Bericht über die

Vergeudung in westlichen Sizilien (italienische Originalausgabe Turin 1960) Berlin: Union Verlag 1965.

Büro für Stadtsanierung und soziale Arbeit (Hrsg.): Sanierung – für wen? Gegen Sozialstaatsopportunismus und Konzernplanung. Berlin 1970. 2. erweiterte Auflage 1971.

C. Wolfgang Müller und Peter Nimmermann: Stadtplanung und Gemeinwesenarbeit. München: Juventa 1970.

Deutsche Beispiele und Quellenangaben sind in dem Beitrag von Werner Müller: Zum derzeitigen Stand von Gemeinwesenarbeit (in: Bahr/Gronemeyer, 1974, 83–111) enthalten.

35 Die Kehrseite dieser Medaille: ein Teil der damals im sozialen Wohnungsbau errichteten Wohnhochhäuser ist inzwischen wegen der Massierung sozialer Probleme nahezu unbewohnbar geworden und sollte eher heute als morgen abgerissen oder gesprengt werden. Auch das Areal der »*back-of-the-yards*-Bewegung« gilt heute als ein zwar stabilisiertes Wohnquartier – aber es beherbergt eine ausschließlich weiße Bevölkerung mit starken Diskriminierungstendenzen gegen farbige Amerikaner.

36 Da es in Nordamerika keine Einwohnermeldeämter gibt, müssen sich potentielle Wähler vor jeder Kommunal- und Landes- bzw. Bundeswahl registieren lassen. Wer sich nicht registrieren läßt, besitzt kein Stimmrecht. Die Mobilisierung von Nicht-Wählern erfordert also einen vergleichsweise hohen Verwaltungsaufwand, ist aber andererseits ein wirksames Druckmittel gegenüber etablierten, wahl-bewußten sozialen und politischen Gruppierungen. Die Wahlbeteiligung ist in den USA im Vergleich zu Mittel-Europa außerordentlich gering.

37 Alle strategischen Beispiele von Saul Alinsky gehören in die Zeit vor dem unbestreitbaren Erfolg der *Civil Rights Bewegung*. Ende der 80er Jahre ist die Diskriminierung am Arbeitsplatz auf andere ethnischen Gruppen verlagert worden (Mexikaner, Puertorikaner), während Angehörige des nordamerikanischen Neger-Proletariats als zuverlässige, aufstiegsorientierte Arbeitskräfte gelten.

38 Saul Alinsky: Reveille for Radicals. New York: Random House 1946. 1969. Deutsch als: Saul D. Alinsky: Leidenschaft für den Nächsten. Gelnhausen/Berlin: Burckhardthaus 1973.

39 »Every major revolutionary movement in history has gone through the same process of corruption, proceeding from virginal purity to seduction to decadence. Look at the Christian church as it evolved from the days of the martyrs to a giant holding company, or the way the Russion Revolution degenerated into a morass of bureaucracy and oppression as the new class of state managers replaced the feudal landowners as the reigning power elite...« Saul Alinsky in einem Interview mit Eric Norden. In: *Playboy* 1972, 3, 76.

40 Specht folgte in seinen Veröffentlichungen dem in den 60er und 70er Jahren in den USA dominanten analytischen Modell der strukturell-funktionalen Soziologen-Schule von Merton und Parsons. Meine Zusammenfassung ist eine holzschnitthafte Vereinfachung, sie trifft jedoch, so hoffe ich, den Kern dessen, was Specht aussagen wollte.

41 Harry Specht: Disruptive Taktiken in der Gemeinwesenarbeit. Erstveröffentlichung in: *Social Work* 1969, April, 5–15. Nachgedruckt in: Harry Specht und Ralph M. Kramer: Readings in Community Organization Practice. Prentice-Hall, Englewood Cliffs 1969, 372–386. Übersetzt in: C. Wolfgang Müller und Peter Nimmermann (Hrsg.): Stadtplanung und Gemeinwesenarbeit, München: Juventa 1970, 208–227.

42 Diese Tätigkeit Burckhardts und seiner Mitarbeiter war eine Grundlage für dic Entwicklung der Evangelischen Jungfrauen- und Mädchenvereine. Siehe Evangelische Fachhochschule Berlin: 80 Jahre Kirchliche Sozialarbeiterausbildung. Berlin/Bonn 1984, insbesondere Ingeborg Blauert, 51–160.

43 Eva Renate Schmidt, in: Burckhardthaus 1969, 6.

44 Dr. Werner Müller, in: Burckhardthaus 1970, 8–10.

45 Manfred Dehnen, in: Burckhardthaus 1969, 8–9.

46 Gespräch des Autors mit Manfred Dehnen, Wolfgang Krebs und Michael Wolfart am 8. 7. 1986.

47 Saul D. Alinsky: Leidenschaft für den Nächsten. Gelnhausen/Berlin: Burckhardthaus 1973. Saul D. Alinsky: Die Stunde der Radikalen. Gelnhausen/Berlin: Burckhardthaus 1974.

48 Antonio Fragoso: Evangelium und soziale Revolution. Ein Kapitel lateinamerikanische Theologie. Gelnhausen/Berlin: Burckhardthaus 1971 (o. J.).

49 Egbert Haug: Von der Christenpflicht, radikal zu werden. Guter Wille allein genügt nicht. Gelnhausen/Berlin: Burckhardthaus.

50 Gisela Richter-Junghölter und Wolfgang Krebs: Gemeinwesenarbeit im Burckhardthaus. In: Rundbrief 1981, 2, 8.

51 unter anderem bei: Cenevieve W. Carter: Soziale Gemeinwesenarbeit. In: Walter A. Friedländer und Hans Pfaffenberger (Hrsg.): Grundbegriffe und Methoden der Sozialarbeit. Neuwied: Luchterhand 1966, 219–221.

52 Arbeitsgruppe Gemeinwesenarbeit der Victor-Gollancz-Stiftung: Gemeinwesenarbeit in der BRD. Praxis und Ausbildung 1971/72. Frankfurt am Main: Victor-Gollancz-Stiftung 1972.

53 Kurt Mesle: Zielvorstellungen der Anstellungsträger von Gemeinwesenarbeit. Ergebnisse einer empirischen Untersuchung. In: Soziale Arbeit 1977, 7/8, 335–344.

54 »Die Victor-Gollancz-Akademie für Jugendhilfe wendet sich an leitende Mitarbeiter der außerschulischen Jugendbildung sowie an Fachkräfte in der Sozialarbeit und in anderen Berufen, die junge Menschen in ihrer geistigen, körperlichen und sozialen Entwicklung fördern. Die Aufgabe der Akademie ist die begleitende, weiterführende und ergänzende Fortbildung dieses Personenkreises. Sie berücksichtigt die Erfahrungen und Bedürfnisse der Praxis und der Erkenntnisse der Wissenschaften« (aus einem Grundlagenpapier der Stiftung).

55 So bot die Victor-Gollancz-Stifung Halbjahres-Lehrgänge in Einzelfallhilfe und Praxisberatung an, veröffentlichte Schriften über die erziehungswissenschaftliche Fundierung von Gruppenpädagogik und führte einen Zwei-Jahreslehrgang über Gemeinwesenarbeit durch. Ein zweiter Lehrgang wurde durch die überraschende Liquidierung der Stiftung durch einen Teil des Vorstandes verhindert.

56 Arbeitsgruppe Gemeinwesenarbeit, 1972, 1.
57 Arbeitsgruppe Gemeinwesenarbeit, 1972, 7.
58 Arbeitsgruppe Gemeinwesenarbeit, 1972, 27.
59 Arbeitsgruppe Gemeinwesenarbeit, 1972, 35.
60 Arbeitsgruppe Gemeinwesenarbeit, 1972, 38.
61 1971/72 boten mindestens 26 (von insgesamt 48) Fachhochschulen in der Bundesrepublik Deutschland Lehrveranstaltungen zu Gemeinwesenarbeit im Hauptstudium an. An 14 dieser 26 Fachhochschulen belegten die Studenten ein Praktikum in Gemeinwesenarbeit.
62 Wegen der Tatsache, daß die Gemeinden aufgrund ihrer Abhängigkeit von der Gewerbesteuer prozyklisch investieren, wurden während der Epoche der sozial-liberalen Koalition Instrumente staatlicher Gegensteuerung in Zeiten krisenhafter Wirtschaftsentwicklung geschaffen: das Stabilisierungsgesetz, die mittelfristige Finanzplanung, die Gemeindefinanzreform, das Bundesraumordnungsprogramm und die Stadtentwicklungsplanung als Strategie kommunaler Infrastrukturpolitik. Siehe Arbeitsgruppe GWA: Kommunalpolitische Rahmenbedingungen der Gemeinwesenarbeit. In: Arbeitsgruppe Gemeinwesenarbeit, Reader zur Theorie und Strategie von Gemeinwesenarbeit. Frankfurt am Main: Victor-Gollancz-Stiftung [2]1975, 65–78.
63 Arbeitsgruppe Gemeinwesenarbeit, 1972, 54–55. Das Zitat am Ende des zitierten Abschnitts stammt von: C. Wolfang Müller und Peter Nimmermann, Stadtplanung und Gemeinwesenarbeit. München: Juventa [2]1973, 158.
64 Die starke nordamerikanische Tendenz, Methoden der Sozialen Arbeit als Mittel der Professionalisierung des eigenen Berufes einzusetzen, hat dazu geführt, daß der Begriff »Gemeinwesenarbeit« nur für Projekte gebraucht wird, in denen professionelle Gemeinwesenarbeiter tätig sind. Andererseits sind zur Weiterentwicklung von Methoden aber auch Projekterfahrungen bedeutsam, an denen keine »Profis« beteiligt waren. Es hat sich eingebürgert, Gemeinwesenarbeit, die von Bürgerinitiativen und Aktionsgruppen geleistet wird, als »Stadtteilarbeit« zu bezeichnen.
65 Zu den Teilnehmern des Lehrgangs siehe: Gemeinwesenarbeit, Projektstudium und soziale Praxis. Neue Praxis, 1976 Sonderheft. Insbesondere Jürgen Bianchi, Richard Grübling, Christine Raiser, Christoph Rüsch: Bericht über den »Projektbezogenen Lehrgang für Fachhochschullehrer der Gemeinwesenarbeit und Sozialplanung«, 4–15 und Fußnote 12.
66 Jürgen Bianchi u.a. 1976, 9–10.
67 Arbeitsgruppe Gemeinwesenarbeit: Reader zur Theorie und Strategie von Gemeinwesenarbeit. Frankfurt am Main: Victor-Gollancz-Stiftung [2]1975.
68 Die Liquidation der Victor-Gollancz-Stifung. In: Rundbrief 1975, 2 (Sektionsteil).
69 Nach eigenen Unterlagen. Siehe auch Pedro Graf, Christine Raiser, Manfred Zalfen: Sozialarbeit im Obdachlosenbereich. Berlin: VSA 1976, 7.
Die Anlage meines Buches legt mich darauf fest, historisch-chronologisch vorzugehen. Das heißt auch, daß ich, um nicht klüger zu erscheinen, als wir alle es seinerzeit waren, Arbeiten zur Gemeinwesenarbeit, die nach 1975 erschienen sind und die wertvolle neue Erkenntnisse über diesen Gegenstand

produziert oder alte Erkenntnisse auf eine neue Weise systematisiert haben, vorerst ausblenden muß. Ich empfehle aber Lesern, die an der Weiterentwicklung des Nachdenkens über Gemeinwesenarbeit interessiert sind, die folgenden Texte nachdrücklich: Margrit Brückner: Die Wurzeln der Gemeinwesenarbeit. Versuch einer materialistischen Interpretation. In: Rundbrief 1977, 3 (Sektionsteil), 1-28. Margrit Brückner: Gemeinwesenarbeit. In: Hanns Eyferth, Hans-Uwe Otto, Hans Thiersch (Hrsg.): Handbuch zur Sozialarbeit /Sozialpädagogik. Neuwied: Luchterhand 1984, 415-429.
Peter Krahulec: Weitere Materialien für eine materialistische Interpretation der Wurzeln von Gemeinwesenarbeit. In Ergänzung zu Margrit Brückner. In: Rundbrief 1978, 1 (Sektionsteil) 1-20. Dieter Oelschlägel: Gemeinwesenarbeit als Prinzip sozialer Arbeit – Überlegungen zu einer notwendigen Diskussion. In : Rundbrief 1978, 2 (Sektionsteil), 1-17. J. Jaak Boulet, E. Jürgen Krauss, Dieter Oelschlägel: Gemeinwesenarbeit als Arbeitsprinzip. Eine Grundlegung. Bielefeld: AJZ Druck und Verlag 1980.
Gerhard Buck: Gemeinwesenarbeit und kommunale Sozialplanung. Untersuchung zur sozialpolitischen Funktion und historischen Entwicklung eines Handlungsfeldes der Sozialarbeit. Berlin: Hofgarten 1982.
Ein neues Kapitel aus der Methodengeschichte der Sozialarbeit wurde mit der Einsicht begonnen, daß Gemeinwesenarbeit als Methode zwar vorläufig beerdigt worden sei, daß aber Gemeinwesenarbeit als Strukturprinzip Sozialer Arbeit überlebt habe und weiterhin überleben würde. Dieter Oelschlägel, der diese optimistische Vermutung beharrlich verfolgt hat, schrieb in dem Vorwort zur 3. Auflage des »Readers zur Theorie und Strategie von Gemeinwesenarbeit«, es sei falsch gewesen, GWA als »Arbeitsfeld« einzuengen und als »spezielle Methode« zu bestimmen. Darüber hinaus habe sich GWA als ein »Set von theoretisch-analytischen Erklärungszusammenhängen und dazu passenden praktisch-strategischen Handlungsorientierungen« entwickelt, der auf jeweils unterschiedliche Arbeitszusammenhänge und Berufsfelder angewandt werden könne (Dieter Oelschlägel: Gemeinwesenarbeit in der BRD. In: Reader zur Theorie und Strategie von Gemeinwesenarbeit. Bonn: AGJ ^{3}1978, XII). Dieser erweiterte Methodenbegriff ist dem Methodenkonzept von Haus Koserstraße nahe, in dem ebenfalls die alte Forderung »Methoden lernen« durch die allgemeinere Forderung »Methodisch arbeiten lernen« ersetzt worden ist. Vergleiche 2. Kapitel, Fußnote 50.

Anmerkungen zu: Studentenbewegung und Methodenkritik (4)

1 Der strukturell-funktionale Ansatz, den ich damals benutzte, hat in der Tat nur einen begrenzten Erkenntnis-Wert. Ein paar Jahre später konnten meine Kollegen und ich die Funktionen traditioneller Fürsorge mit Hilfe des historisch-materialistischen Konstrukts der »industriellen Reservearmee« genauer

beschreiben: »Die Existenz dieser industriellen Reservearmee erfüllt eine doppelte ökonomisch-politische Funktion: den Preis der Ware Arbeitskraft zu drücken und gleichzeitig die arbeitenden Teile des Proletariats durch permanente Konkurrenz mit den Angehörigen der industriellen Reservearmee zu disziplinieren. Um diese Funktion zuverlässig erfüllen zu können, muß die industrielle Reservearmee quantitativ und qualitativ unter Kontrolle gehalten werden ... (Sie kann) ihre doppelte Funktion (den Preis der Ware Arbeitskraft zu drücken und die Arbeiter zu individuellen Konkurrenten zu machen) nur dann erfüllen, wenn die Mehrheit der Angehörigen dieser Reservearmee trotz des objektiven Mangels an Arbeitsplätzen subjektiv arbeitsfähig und arbeitswillig, zeugungsfähig und zeugungswillig gehalten wird. Hier scheint uns historisch und aktuell gesehen die Wurzel für die drei Funktionen der allgemeinen Fürsorge zu liegen. Sie soll in Zusammenarbeit mit den Spezialfürsorgen die Arbeitsunfähigkeit von Angehörigen der industriellen Reservearmee durch materielle Zuwendungen (und mehr und mehr auch durch immaterielle Dienstleistungen) minimal sichern; sie soll gleichzeitig dafür sorgen, daß angesichts dieser materiellen Zuwendungen in Zeiten der Arbeitslosigkeit oder Arbeitsfähigkeit der Wille zur Arbeit nicht erlahmt, sie soll (weiter) dafür sorgen, daß die Zeugungs- und Erziehungsbereitschaft in den Familien der industriellen Reservearmee nicht erlahmt« (C. Wolfgang Müller, Dieter Oelschlägel, Christina Thürmer-Rohr: Gemeinwesenarbeit als entwickelte Form kommunaler Fürsorge. Arbeitspapier PHB, 1973. Zitiert nach: Arbeitsgruppe Gemeinwesenarbeit, [2]1975, 15–16).

2 Zur Geschichte des AKS (I). In: Sozialpädagogische Korrespondenz 1971, 17, 7.

3 Ich folge dabei den Selbstdarstellungen der Sozialarbeiter-Bewegung in der Sozialpädagogischen Korrespondenz und zitiere nach den Originalquellen. Ein auszugsweiser Reprint der SPK ist 1978 im Verlag 2000 in Offenbach als Heft 8 der Arbeitsfeldmaterialien zum Sozialbereich erschienen. Als die SPK im Dezember 1973 ihr Erscheinen einstellte, führte das Sozialistische Büro Offenbach und sein Verlag die von der SPK begonnene Arbeit fort.

4 Zur Geschichte des AKS (I), SPK 1971, 17, 8–9.

5 Zur Geschichte des AKS (I), SPK 1971, 17, 9–10.

6 Entstehung und Ziel der SPK, In: SPK 1969, 1, 1.

7 Die Mitarbeiter in der Jugendhilfe. Bericht vom 3. Deutschen Jugendhilfetag in Stuttgart. München: Juventa 1968. 231–233.

8 Walter Hornstein: Kindheit und Jugend in der Gesellschaft. Dokumentation des 4. Deutschen Jugendhilfetags. München: Juventa 1970, 15.

9 Sozialistische Aktion zum Jugendhilfetag. In: SPK 1970, 9/10, 1.

10 Siehe auch: Berliner Kinderläden. Antiautoritäre Erziehung und sozialistischer Kampf. Köln: Kiepenheuer 1970. Kinderläden – Revolution der Erziehung oder Erziehung zur Revolution? Reinbek: Rowohlt 1971. Revolutionäre Erziehung im Kapitalismus und Sozialismus. Kritik der antiautoritären Erziehung. Köln: Kiepenheuer 1973.

11 Siehe: Schülerladen Rote Freiheit. Frankfurt: Fischer 1971.

12 Albrecht Müller-Schöll: Zu Anfang und zu Ende ein Pauckenschlag. In: Die Innere Mission, August 1970; zit. nach: Hornstein 1970, 212–213.

13 Ulf Lüers, in: Außerschulische Bildung. Mitteilungen des Arbeitskreises deutscher Bildungsstätten 1970, 2, B27–B28; zit. nach: Hornstein 1970, 215. Mit seiner Schlußbemerkung spielte Lüers auf eine Erklärung an, welche der Vorstand der AGJJ am Ende des 4. Jugendhilfetages (bei einer Enthaltung) der Öffentlichkeit übergeben hatte. In ihr hieß es: »Der Verlauf des Jugendhilfetages hat jedoch auch gezeigt, daß Gruppen von Teilnehmern diese, von der AGJJ bewiesene Toleranz mißbraucht haben ... Der Vorstand distanziert sich insbesondere von der Diffamierung, die Personen und Trägergruppen widerfahren ist, sowie von den Methoden, mit denen Veranstaltungen des 4. Deutschen Jugendhilfetags manipuliert wurden. Sofern Äußerungen, die gegen die freiheitliche Grundordnung gerichtet waren, gefallen sind, distanziert sich der Vorstand ebenfalls; er wird prüfen, ob dies zutrifft« (zit. nach: Hornstein 1970, 183).

14 Dr. Christa Hasenclever im Bundesjugendkuratorium. Zit. nach Hornstein 1970, 194–195.

15 Kritik der Methoden der Sozialarbeit. Teil 1: Case Work. In: SPK 1970, 17, 4.

16 SPK 1970, 17, 4.

17 Kritik der Methoden der Sozialarbeit. Teil 2: Social Groupwork. In: SPK 1971, 19, 8.

18 Etwa: Helmut Kentler: Jugendarbeit in der Industriewelt. Bericht von einem Experiment. München: Juventa 1962. C. Wolfgang Müller und Hans Maasch: Gruppen in Bewegung. Sechs Berichte aus der Praxis. München: Juventa 1962. Gottfried Weber: Lernen in Gruppen. Sieben Berichte. München: Juventa 1967. Ulf Lüers u. a.: Selbsterfahrung und Klassenlage. Voraussetzungen und Methoden politischer Bildung. München: Juventa 1971.

19 Kritik der Methoden der Sozialarbeit. Teil 3: Gemeinwesenarbeit. In: SPK 1972, 21, 6.

20 SPK 1972, 21, 8.

21 Zur Geschichte des AKS (II). In: SPK 1971, 18, 14.

22 Zur Geschichte des AKS (III). In: SPK 1971, 20, 17.

23 SPK 1971, 20, 15.

24 Die Randgruppenstrategie beruhte auf der Hoffnung, die Teile des Proletariats, die unter kapitalistischer Repression am deutlichsten leiden würden, müßten sich auch am ehesten für den antikapitalistischen Kampf mobilisieren lassen. Diese Strategie diente zur nachträglichen politischen Begründung verschiedener Heim-Kampagnen, in denen Studierende ihnen bekannte Heimjugendliche aufforderten, ihre Heime zu verlassen und sich in Wohngemeinschaften und Lehrlingskollektiven zusammenzuschließen. Im Februar 1970 organisierte die *Rote Presse Korrespondenz* eine Randgruppen-Konferenz an der Berliner Technischen Universität, um die weiteren Perspektiven dieser Arbeit im alternativen Heimbereich zu besprechen. Das Ergebnis der Konferenz war, daß die Randgruppenstrategie fallengelassen wurde, weil die von ihr erfaßten Jugendlichen keine verläßlichen Kader für den Aufbau neuer, antirevisionistischer Arbeiter-Organisationen abgeben würden. Siehe *Rote Presse Korrespondenz* 1969, 39; 1970, 54. Nachgedruckt in: Autorenkollektiv (Irmgard Kohlhepp): Grenzen der Sozialpädagogik. Berlin: Karin Kramer 1973, 95 ff.

25 Zur Einstellung der SPK. In: SPK 1973, 31/32, 40.

26 Wolfgang Müller und Christel Neusüß: Die Sozialstaatsillusion und der Widerspruch von Lohnarbeit und Kapital. In: *Sozialistische Politik* 1970, 6/7, 9.

27 Müller/Neusüß, 1970, 67.

28 Müller/Neusüß, 1970, 4.

29 Joachim Bergmann, Gerhard Brandt, Klaus Körber, Ernst Theodor Mohl, Claus Offe: Herrschaft, Klassenverhältnis und Schichtung. Frankfurt am Main 16. Deutscher Soziologentag 1968. Manuskript. Gedruckt in: Spätkapitalismus oder Industriegesellschaft? Stuttgart 1969, 67 ff. Claus Offe: Politische Herrschaft und Klassenstrukturen. Zur Analyse spätkapitalistischer Gesellschaftssysteme. In: Politikwissenschaft. Eine Einführung in ihre Probleme. Frankfurt am Main: 1969, 155 ff. Claus Offe: Bürgerinitiativen und Reproduktion der Arbeitskraft im Spätkapitalismus. In: Heinz Grossmann (Hrsg.): Bürgerinitiativen. Schritte zur Veränderung? Frankfurt am Main: Fischer 1971, 152–165.

30 Offe, 1971, 159.

31 Bürgerinitiativen, Gemeinwesen- und Stadtteilarbeit. Kritische Anmerkungen und praktische Beispiele. In: SPK 24, 1972, 3. Für eine solche naseweise Schulmeisterei hatte wiederum das *Kursbuch* nur Spott und Hohn übrig: »Wovor sollen die Bürgerinitiativen die Verwaltung denn frühzeitig warnen? Vor den Bedürfnissen und Interessen der Bevölkerung? ... Dieses fatale Schielen auf die geheimen Absichten des Staatsapparates unterbindet im Grunde von Anfang an die politische Auseinandersetzung mit einer derartigen Praxis« (Staatsgewalt, Reformismus und die Politik der Linken. In: *Kursbuch* 31, 1973, 53–54).

32 Offe, 1971, 161–162.

33 So Helga Faßbinder: Kapitalistische Stadtplanung und die Illusion demokratischer Bürgerinitiative. In: *Probleme des Klassenkampfes* 1971, Sonderheft 1, 94.

34 Diese Entwicklung wird in der Szenenfolge »Eine linke Geschichte« von Volker Ludwig (GRIPS-Theater Berlin) auf eine mir sehr sympathische Weise dargestellt.
Volker Ludwig und Detlef Michel: Eine linke Geschichte. Theaterstück mit Kabarett. Berlin: Grips-Theater [5]1985.

35 Wenn ich »uns« schreibe, dann muß dem Leser dieses Wort als sehr unbestimmt erscheinen. Ich meine damit auf keinen Fall nur »mich selbst«. Denn ich kann meine eigene wissenschaftliche und politische Entwicklung nicht als »Einzelfall« betrachten. Ich meine damit aber auch nicht »alle Hochschullehrer« in dem Bereich Erziehungswissenschaft/Sozialpädagogik, die mir bekannt sind. Ich meine vielmehr eine Summe von Kolleginnen und Kollegen meiner eigenen Universität und anderer Fachhochschulen und Universitäten, mit denen ich durch gemeinsame Projekte und wissenschaftlichen Austausch verbunden bin. Sie sind »meine Bezugsgruppe« und sie meine ich, wenn ich »uns« schreibe.

36 Diese drei Ebenen der Problemformulierung und Problembearbeitung haben E. J. Mullen und J. R. Dumpson in einem Beitrag (*Is Social Work on the*

Wrong Track?) in dem von ihnen herausgegebenen Sammelband *Evaluation of Social Intervention* (San Francisco 1972) vorgeschlagen. Siehe C. Wolfgang Müller: Sozialpädagogische Evaluationsforschung: Ansätze, Erfahrungen und Kritik. In: C. Wolfgang Müller (Hrsg.): Begleitforschung in der Sozialpädagogik. Weinheim: Beltz 1978, 23.
Siehe auch Michael Schneider: Gegen den linken Dogmatismus eine ›Alterskrankheit‹ des Kommunismus. In: *Kursbuch* 25 1971. Wiederabgedruckt in: Ingrid Karsunke und Karl Markus Michel (Hrsg.): Bewegung in der Republik 1969–1984. Eine *Kursbuch* Chronik. Frankfurt am Main: Büchergilde Gutenberg 1985 (Band 1), 195–212.

37 Alexander S. Neill: *Summerhill. A radical approach to child rearing.* New York: Hart 1960.

38 Siegfried Bernfeld: Antiautoritäre Erziehung und Psychoanalyse. Ausgewählte Schriften Band 1–3. Herausgegeben von Lutz von Werder und Reinhart Wolff. Darmstadt: März 1969/1970.

39 Zentralrat der sozialistischen Kinderläden West-Berlin (Hrsg.): Erziehung und Klassenkampf. oder deren Geschichte nebst einer relativ vollständigen Bibliographie unterschlagener, verbotener, verbrannter Schriften zur revolutionären sozialistischen Erziehung. Berlin: 1969.

40 Die Begriffe »Klasse« und »Schicht« meinen unterschiedliche Tatbestände und gehen von unterschiedlichem Gesellschaftsverständnis aus. Während sich im Marx'schen Klassenbegriff »Arbeiter« und »Produktionsmittel-Besitzer« antagonistisch gegenüberstehen, suggeriert der »Schichten«-Begriff ein gesellschaftliches Kontinuum, in dem die einzelnen sozialen Schichten wie in einer Buttercreme-Torte ineinander übergehen oder wie in einer Stufenleiter aufeinander aufbauen. Der nordamerikanische Sprachgebrauch meint, auch wenn der Begriff »class« verwendet wird, in aller Regel »Schicht«.

41 Sozialisation und kompensatorische Erziehung. Ein soziologisches Seminar an der Freien Universität Berlin als hochschuldidaktisches Experiment. Berlin: Institut für Soziologie 1969.
Wilfried Gottschalch, Marina Neumann-Schönwetter, Gunther Soukup: Sozialisationsforschung. Frankfurt am Main: Fischer 1971 ff.
Über die gesamte Tradition empirischer Sozialisationsforschung informiert umfassend und zuverläßig das von Klaus Hurrelmann und Dieter Ulich herausgegebene »Handbuch der Sozialisationsforschung«, insbesondere der einleitende Artikel von Dieter Geulen: Die historische Entwicklung sozialisationstheoretischer Paradigmen. Weinheim: Beltz 1980, 15–49.

42 So richtig diese Einrede in ihrer Allgemeinheit sein mochte, so sehr brachte sie Pädagogen, die an Fortschritten in ihrer praktischen Erziehungsarbeit interessiert waren, in die Zangenbewegung von Grundsatz-Treue und Erfolg. Wenn es richtig war, daß der Staatsapparat, der ja Erziehung und Bildung organisierte oder zumindest kontrollierte, jede neue Erziehungspraxis verhinderte, welche die Rationalität und die Funktionalität des Gesamtsystems erfolgreich infrage stellte, und wenn es gleichzeitig richtig war, daß ein wichtiges Prüf-Kriterium für die Angemessenheit eines methodischen Vorgehens sein Erfolg, d. h. die erkennbare Annäherung an vorab definierte Ziele, war, dann

mußten per Definition wirkungsvolle Erziehungsmaßnahmen zur Überwindung des gegenwärtigen Gesamtsystems erfolglos bleiben, gleichzeitig aber mußte allen Erziehungsmaßnahmen, die Erfolge verzeichneten, ihr systemüberwindender Charakter abgesprochen werden.

43 Ich nenne aus der Fülle der Fachliteratur drei vergleichsweise frühe Erfahrungsberichte über das Projektstudium in für Sozialarbeiter und Sozialpädagogen relevanten Studiengängen:
Curriculum-Arbeitsgruppe (Gesamthochschule Kassel) (Hrsg.): Studienmodell für soziale Berufe. Neuwied: Luchterhand 1963. Helmuth Schweitzer u. a.: Projektstudium in der Heimerziehung. Frankfurt am Main: Campus 1977. Prodosh Aich u. a.: Möglichkeiten und Grenzen des Projektstudiums. Oldenburg: Universität Oldenburg 1978. Das Interdisziplinäre Zentrum für Hochschuldidaktik in Hamburg hat sich seit 1973 kontinuierlich mit Fragen des Projektstudiums befaßt und eine Reihe von »Hochschuldidaktischen Arbeitspapieren« zu Einzelfragen herausgegeben (2 Hamburg 13, Sedanstraße 19).

44 Die Projektmethode als didaktisches Arrangement in Schulen, Berufsschulen und Erziehungsheimen wurde in den zwanziger Jahren von William Heard Kilpatrick (1987–1965) in den USA und von Anton Semenovič Makarenko (1988–1939) in der USSR praktisch entwickelt und von John Dewey (1859–1952) und Pavel Petrovič Blonskij (1884–1941) theoretisch begründet. Siehe: Karl Frey: Die Projektmethode. Weinheim: Beltz 1982.

45 Autorengruppe Westberliner Volkstheaterkooperative: Blumen und Märchen. Stadtteilarbeit mit Kindern im Märkischen Viertel Berlin. Reinbek: Rowohlt 1974.

46 Autorengruppe Abenteuerspielplatz im Märkischen Viertel: Abenteuerspielplatz. Wo Verbieten verboten ist. Reinbek: Rowohlt 1973.

47 Autorengruppe 1974, 11 ff.

48 Arbeitskollektiv: Bericht über das proletarische Kindertheater X. In: *Betrifft: Erziehung* 1972, 5, 19–31 (Fußnote im zitierten Text).

49 Autorengruppe 1973, 31 (Fußnote im zitierten Text).

50 »Wir verwenden den Klassenbegriff, um die beiden einander gegenüberstehenden Hauptklassen der Besitzer von Produktionsmitteln und der Verkäufer von Arbeitskraft zu bezeichnen. An den einander zugewandten Rändern dieser beiden Hauptklassen erkennen wir Sub-Klassen oder Schichten, die zwar noch viele entscheidende Gemeinsamkeiten mit ihrer Hauptklasse aufweisen, die sich jedoch im Hinblick auf andere Kriterien vom harten Kern der Hauptklasse unterscheiden. Insofern ersetzt für uns der Schicht-Begriff nicht den Klassenbegriff, er ergänzt und differenziert ihn nur« (Fußnote im zitierten Text).

51 Autorengruppe 1974, 19.
Andere Berichte von Projekten aus der Arbeit mit Kindern des Märkischen Viertels in Berlin sind veröffentlicht in:
Helme Ebert, Volkhard Paris: Warum ist bei Schulzes Krach? Kindertheater Märkisches Viertel. Teil I und II. Berlin: Basis Verlag 1976.
Achim Hellmich u. a.: Ein Kinderbuchprojekt in der Gemeinwesenarbeit. Weinheim: Beltz 1974.

Über die Erfahrungen in der politischen Arbeit mit Erwachsenen wurden u.a. veröffentlicht:
Autorengruppe Märkische Viertel Zeitung: Stadtteilzeitung. Reinbek: Rowohlt 1974.
Betroffene des Märkischen Viertels: Wohnste sozial haste die Qual. Reinbek: Rowohlt 1975. Eine Zusammenfassung der Projektarbeit unter den Gesichtspunkten von Handlungsforschung versuchten: C. Wolfgang Müller und Ursula Schröter, Das Gemeinwesenprojekt Märkisches Viertel in Berlin. In: *Betrifft: Erziehung* 1975, 5, 28–33.

52 Jörg Claus u.a.: Spiel im Vorschulalter. Möglichkeiten der Erziehung zur Kollektivität und Solidarität. Frankfurt: Europäische Verlagsanstalt 1973, 220.

53 Claus und andere machten uns damals den Vorwurf, wir hätten durch unsere Handwerkelei die 11. These von Marx über Feuerbach »grausam verfälscht«, die da lautete: »Die Philosophen haben die Welt nur verschieden *interpretiert*, es kömmt darauf an, sie zu *verändern*« (Marx Engels Werke Band 3. Berlin: Dietz 1969, 7).

54 Der von Georg Rückriem (Hochschule der Künste), Klaus Holzkamp und Martin Hildebrand-Nilshon (Freie Universität) und Walter Volpert (Technische Universität) vorbereitete 1. Internationale Kongreß zur Tätigkeitstheorie diskutierte zum ersten Mal internationale Erfahrungen mit der Grundlagenforschung Leontjews.

55 Autorenkollektiv (Irmgard Kohlhepp): Grenzen der Sozialpädagogik. Berlin: Karin Kramer 1973, 13–14.

56 Helmut Kapczynski: Zur Frage einer sozialistischen Randgruppenstrategie. In: *Rote Presse Korrespondenz* 39, 1969.

57 Kapczynski, a.a.O.

58 Randgruppenkonferenz in Berlin. Berichte und Materialien. In: *Rote Presse Korrespondenz* 54, 1970.

59 Siehe Gunther Soukup: Erziehungsheim. In: C. Wolfgang Müller (Hrsg.): Einführung in die Soziale Arbeit. Weinheim: Beltz 1985, 117–158. Diplomarbeiten, welche aus dieser Projektarbeit stammen und als Fachbücher veröffentlicht worden sind: Gunther Augustin und Hartmut Brocke. Arbeit im Erziehungsheim. Weinheim: Beltz 1979ff. Ursula Jacob und Dörthe Peter: Und wenn die Kinder nicht wollen...? Weinheim: Beltz 1978.
Zur Gründung und Entwicklung von Jugendwohnkollektiven siehe auch: Manfred Liebel u.a.: Jugendwohnkollektive. Alternative zur Fürsorgeerziehung? München: Juventa 1972.

Anmerkungen zu: Neue Bewegungen (5)

1 Hedonisten sind Anhänger einer antiken philosophischen Schule, die das Streben nach der Erweiterung menschlicher Genußfähigkeit propagiert.

2 Cora Stephan: Nun muß sich alles, alles wenden. In: *Kursbuch* 71, 1983. Nachgedruckt in: Ingrid Karsunke und Karl Markus Michel (Hrsg.): Bewegung in der Republik 1965–1984. Eine Kursbuch-Chronik. Band 2. Frankfurt am Main: Gutenberg 1985, 350.

3 Diethart Kerbs (Hrsg.): Die hedonistische Linke. Beiträge zur Subkulturdebatte. Neuwied: Luchterhand 1971.

4 Wilfried Gottschalch: Marxismus und Hedonismus. In: Kerbs, 1971, 10.

5 An diesen Passagen mag kritisiert werden, daß mein kohortenspezifischer Versuch, die sozialpädagogische Methodendiskussion der letzten vierzig Jahre zu strukturieren, an den wechselhaften Befindlichkeiten von Studierenden der Sozialarbeit und Sozialpädagogik orientiert sei, nicht aber an Lebenslage und Alltagsproblemen von Massen der Bevölkerung. Das ist richtig. Ebenso richtig ist, daß mein historisches Studium der Methoden und meine 35jährige Praxis als Sozialpädagoge mich darüber belehrt haben, daß die speziellen Ausformungen methodischen Arbeitens in unserem Beruf allemal stärker von unseren eigenen Erfahrungen, Erkenntnissen und Befindlichkeiten geprägt werden als von den objektiven Zwängen, deren Symptome unsere Klienten zeigen. Im 1. Band dieser Methodengeschichte habe ich versucht, diese These am Beispiel der Akademiker in den *settlements* und der Schüler und Lehrlinge in bürgerlicher und proletarischer Jugendbewegung zu belegen.

6 Schon vor Beginn der Studenten-Bewegung war es an einigen Universitäten und Fakultäten üblich geworden, daß sich besonders interessierte Studierende zu Beginn eines Semesters in »alternativen Seminaren« auf »offizielle Seminare« der Hochschullehrer vorbereiteten, um der Stoffauswahl und Tendenz dieser Seminare nicht hilflos ausgeliefert zu sein. Aus dieser Praxis ist beispielsweise die Zeitschrift *Das Argument* (Berlin) entstanden.

7 Kommune 2: Kindererziehung in der Kommune. In: *Kursbuch* 17, 1969. Wiederabgedruckt in: Ingrid Karsunke und Karl Markus Michel, 1985 (Band 1), 190f.

8 Benne, Bradford, Gibb (ed.): T-Group Theory and Laboratory Method. Innovation in Re-education. New York 1964, 82.

9 Benne, 1964, 83.

10 Bis 1949 arbeiteten die Gruppendynamiker im wesentlichen interdisziplinär unter Betonung von Psychoanalyse und Pädagogik. Später dominierten klinisch orientierte Psychologen und Rogers-orientierte Gesprächstherapeuten.

11 Siehe Friedrich Minssen: Gruppendynamik und Lehrerverhalten. In: Internationale Zeitschrift für Erziehungswissenschaften 1965, 11, 305–325. Friedrich Minssen: Die psychosoziale Dimension des Lehrberufs. In: Gruppendynamik 1970, 1, 50–62. Dieter Spangenberg: Chancen der Gruppenpädagogik. Gruppendynamische Modelle für Erziehung und Unterricht. Weinheim: Beltz 1969. Jürgen Fritz: Gruppendynamik und Jugendarbeit. München: Juventa 1973. Harm Prior: Gruppendynamik in der Seminararbeit. Blickpunkt Hochschuldidaktik. Heft 11. Hamburg 1970.

12 Gruppendynamik 1971, 3; Prior 1970; Klaus W. Vopel (Hrsg.): Gruppendynamische Experimente im Hochschulbereich. Blickpunkt Hochschuldidak-

tik. Heft 24. Hamburg 1972; Margarete Lutz und Wolfgang Ronellenfitsch: Gruppendynamisches Training in der Lehrerbildung. Ulm: Süddeutsche Verlagsgesellschaft [2]1973; Eckstein und Hrabowski: Gruppendynamische Arbeit an der Hochschule. Heidelberg 1973; Berg u.a.: Gruppe – Kollektiv, Mittel zur Unterdrückung – Möglichkeit der Befreiung. Konzeption und Versuche. Starnberg 1973 (Fußnote im Zitat).

13 C. Wolfgang Müller und Dieter Oelschlägel: Gruppendynamik und Emanzipation. In: Gunter Hartfiel (Hrsg.): Emanzipation – Ideologischer Fetisch oder reale Chance? Opladen: Westdeutscher Verlag 1975, 318.

14 Tobias Brocher: Gruppendynamik und Erwachsenenbildung. Braunschweig: Westermann 1967, 49ff.

15 Brocher, 1967, 59ff.

16 Max Pagés: Bethel 1969. Eindrücke eines Immigranten. In: Gruppendynamik 1971, 2, 112–127.
Ich selbst habe Anfang der 70er Jahre in gruppendynamischen Fortbildungsseminaren von Sozialarbeitern und Sozialpädagogen als Co-Trainer von Wilfried Gottschalch gearbeitet, dem ich im Hinblick auf die Praxis einer bewußtseins-erweiternden und handlungs-anleitenden gruppendynamischen Selbsterfahrung sehr viel verdanke.

17 Vergleiche Ruth Cohn: Von der Psychoanalyse zur themenzentrierten Interaktion. Stuttgart: Klett-Cotta 1975.

18 Helmut Wetzel/Hans-Wolfgang Linster: Psychotherapie. In: Roland Asanger/Gerd Wenninger (Hrsg.): Handwörterbuch der Psychologie. Weinheim: Beltz 1982, 397.

19 Asmus Finzen, Hilde Schädle-Deininger: Unter elenden menschenunwürdigen Umständen. Die Psychiatrie-Enquête. Rehberg-Loccum 1979, 92ff. Zitiert nach Jörg Bopp, Psycho-Kult – kleine Fluchten in die großen Worte. *Kursbuch* 82, 1985, 63.

20 Der Sammelname »Humanistische Psychologie« ist ein recht allgemeines Etikett für sehr unterschiedliche psychologische Richtungen, die sich in den 60er Jahren in den USA zusammengeschlossen haben. Unter ihnen sind sowohl existenzphilosophische und fernöstliche als auch psychoanalytische und gestaltpsychologische Traditionen vertreten.

21 Lutz Schwäbisch/Martin Siems: Anleitung zum sozialen Lernen für Paare, Gruppen und Erzieher. Reinbek: Rowohlt 1974. Das Buch hatte schon vier Jahre nach Erscheinen eine Druckauflage von 233000 Exemplaren erreicht.

22 Rolf Winiarsky: Die Kraft des Guten. Kurzer Lehrgang über humanistische Therapie. In: *Kursbuch* 82, 1985, 53.

23 Winiarsky, a.a.O. 51.

24 Franz Rudolf Faber: Ärztliche Psychotherapie in der Praxis. Daten und Thesen. In: Deutsches Ärzteblatt 1981, 49. Zitiert nach: Herbert Will, *Kursbuch* 82, 1985, 31.

25 V. L. Janssen: Zur Einführung einer Gebietsbezeichnung »Psychosomatische Medizin und Psychotherapie«. In: Spektrum der Psychiatrie und Nervenheilkunde 1985, 14, 62–70. Zitiert nach: Herbert Will, *Kursbuch* 82, 1985, 31.

26 YUPPIE = Young urban professional people.

27 Gerhard Vinnai: Die Misere des Kleinbürgers und ihr Niederschlag in therapeutischen Prozeduren. In: Herbert Nagel/Monika Seifert (Hrsg.): Inflation der Therapieformen. Reinbek: Rowohlt 1979. 60ff.
Eine breit angelegte Untersuchung des Wissenschaftszentrums Berlin, deren Abschlußbericht noch nicht vorliegt (Stand: Ende 1986), weist als Risikogruppe für arbeitsbedingten Herzinfarkt Vorarbeiter und Meister in der Industrie nach, für welche offensichtlich die Beschreibung von Vinnai (von »oben« delegierte Aufgaben innerhalb der Produktion durch Druck nach »unten« weitergeben zu müssen) in ähnlicher, vielleicht so gar verstärkter Weise zutrifft.

28 Herbert Will (*Kursbuch* 82, 1985, 21ff.) berichtete unter dem Titel »Selige Gesundheit. Systeme der Therapiegesellschaft« von empirischen Felduntersuchungen in Oberbayern und Mannheim, nach denen ca. 15–25 Prozent der dort untersuchten Gesamtbevölkerung an behandlungsbedürftigen psychogenen Erkrankungen litten. Dabei waren die Erkrankungen in der unteren Unterschicht viermal so häufig wie in der mittleren Mittelschicht bis Oberschicht.

29 Will, a.a.O. 12.

30 Peter Krahulec in: *Rundbrief* 1978, 1, 1 (Sektionsteil). Er zitiert dort unter Hinweis auf Michael Schneider, (Von der alten Radikalität zur neuen Sensibilität. In: *Kursbuch* 49, 174ff.) Maxim Gorki, Die Zerstörung der Persönlichkeit. In: Über Literatur. Berlin: 1968, 61. Der Hinweis auf Maxim Gorki mag erhellen, warum die Berliner Schaubühne am Lehniner Platz zu jener Zeit nicht mehr Bertolt Brechts Gorki-Bearbeitung der »Mutter« im Programm hatte, sondern in einer opulenten Inszenierung »Die Sommergäste« von Maxim Gorki spielte, ein Stück, daß sich mit der Lage der bürgerlichen Intelligenz nach der fehlgeschlagenen russischen Revolution des Jahres 1905 befaßte.

31 Informationsdienst Sozialarbeit: Psycho-Methoden in der Sozialarbeit. Offenbach: Verlag 2000 1979, 3–4.

32 Zur Entwicklung der Methoden in der Sozialarbeit seit 1968 am Beispiel Westberlins. In: Informationsdienst Sozialarbeit 1979, 11.

33 Informationsdienst Sozialarbeit 1979, 12.

34 Karlheinz A. Geißler, Marianne Hege: Konzepte sozialpädagogischen Handelns. Weinheim: Beltz [4]1987.

35 Helen Harris Perlman: Relationship. The Heart of Helping People. Chicago: The University of Chicago Press 1979. Taschenbuchausgabe 1983.

36 Hans Thiersch: Zum Verhältnis von Sozialarbeit und Therapie. In: *Neue Praxis*: Sozialarbeit und Therapie (Sonderheft 1978), 19.

37 Thiersch, 1978, 17–18.

38 Darum sind quantitative und qualitative Analysen von Fürsorgeakten für die Erhellung des tatsächlichen Verlaufs von Beratungsprozessen vergleichsweise unergiebig.

39 Deshalb sind in der Weiterentwicklung von Einzelfallhilfe und Familienberatung jene neueren Verfahren besonders interessant, welche auch den institu-

tionellen Rahmen, in dem diese neue Praxis stattfindet, verändern. Etwa bei der Berliner »Bildungs- und Konfliktberatung für Arbeiterjugendliche« (Verlag allgemeine Jugendberatung Berlin 1977, 1978 und 1985. Prinzessinenstraße 16 in 1000 Berlin 61) und im Rahmen der sozialpädagogischen Familienhilfe (Heidi und Karl Nielsen, C. Wolfgang Müller: Sozialpädagogische Familienhilfe. Probleme, Prozesse und Langzeitwirkungen. Weinheim: Beltz 1986). Auch die Beratungstätigkeit des Berliner Kinderschutzbundes wäre heranzuziehen: Jens Beiderwieden, Eberhard Windaus, Reinhart Wolff: Jenseits der Gewalt. Hilfen für mißhandelte Kinder. Basel und Frankfurt am Main: Stroemfeld/Roter Stern 1986.

40 Siehe Heidi und Karl Nielsen, C. Wolfgang Müller, 1986, 78 und 89. Besonders lehrreich an dieser Untersuchung scheinen mir die Analysen jener Fälle von sozialpädagogischer Familienhilfe zu sein, in denen diese Interventionsform aus angebbaren Gründen erfolglos blieb. Siehe Nielsen/Nielsen/Müller, 1986, 142–187.

41 Siegfried Müller und Hans-Uwe Otto (Hrsg.): Verstehen oder Kolonialisieren? Grundprobleme sozialpädagogischen Handelns und Forschens. Bielefeld: Kleine Verlag 1984.

42 Jürgen Habermas: Theorie des kommunikativen Handelns Band 2. Frankfurt 1981, 539. Mit dieser Annahme von Habermas setzen sich alle Autoren des in Fußnote[41] erwähnten Bandes auseinander. Siehe insbesondere Micha Brumlik: Verstehen oder Kolonialisieren. Überlegungen zu einem aktuellen Thema. In: Müller/Otto, 1984, 31–62.

43 Diese traditionellen Forderungen wurden insbesondere in der bürgerlichen Frauenbewegung erhoben, als sich Sozialarbeiterinnen und ihre Klienten im Hinblick auf Sozialschicht und Lebenswelt deutlich unterschieden.

44 Frank Nestmann: Beratung und Beraterqualifikation. In: Siegfried Müller u. a. (Hrsg.): Handlungskompetenz in der Sozialarbeit/Sozialpädagogik. Interventionsmuster und Praxisanalysen. Band I. Bielefeld: AJZ Druck 1982, 33–64.

45 Erwin Bienewald u. a.: Offene Jugendarbeit im Arbeiterviertel. Bensheim: Päd. extra Buchverlag 1978, 8 ff.

46 Christian Marzahn: JugendHaus. In: C. Wolfgang Müller (Hrsg.): Einführung in die Soziale Arbeit. Weinheim: Beltz ^{2}1987, 186.

47 Monika Savier und Carola Wildt: Mädchen zwischen Anpassung und Widerstand. Neue Ansätze zur feministischen Jugendarbeit. München: Frauenoffensive 1978. Siehe auch: Angela McRobbie und Monika Savier (Hrsg.): Autonomie – aber wie? Mädchen Alltag Abenteuer. München: Frauenoffensive 1982.

48 Monika Savier, 1978, 164–169.

49 Claudia Fromm und Monika Savier: Widerstandsformen von Mädchen in Jugendsubkulturen. Expertise zum 6. Jugendbericht. Manuskript Berlin 1982, 41–42.

50 Mir ist diese Unterscheidung sehr wichtig. Ich weiß, daß es Selbsthilfegruppen gibt, die nach anfänglichen und positiven Erfahrungen mit der Bearbeitung ihrer eigenen Probleme beschlossen, staatliche Gelder in Anspruch zu

nehmen, um ihre »Selbsthilfe« auf die »Fremdhilfe« von ihnen bisher noch unbekannten Betroffenen auszudehnen. Eine dieser Gruppen, der es um die Soforthilfe vergewaltigter Frauen ging, beantragte bei einem Berliner Bezirksamt als erste sächliche Unterstützung einen automatischen Anrufbeantworter, weil ihre Personalkapazität nicht ausreichte, um ihr Krisentelefon rund um die Uhr zu besetzen. So verständlich diese Entscheidung war, so sehr näherte sie mit den damit verbundenen Folgen für die Benutzer ihre Arbeit an die Routine des von ihr zu Recht kritisierten Bezirksamtes an.

51 Ivan Illich: Entmündigende Expertenherrschaft. In: Ivan Illich u.a.: Entmündigung durch Experten. Zur Kritik der Dienstleistungsberufe. Reinbek: Rowohlt 1979, 14.

52 Joseph Huber: Zwischen Supermarkt und Sozialstaat: Die neue Abhängigkeit des Bürgers. In: Illich 1979. 130. Die Anspielung auf Lewis Mumford bezieht sich auf dessen Buch »Mythos der Maschine«. Frankfurt am Main 1977, 606ff.

53 Huber, 1979, 135.

54 Stattbuch Berlin 3. Ein Wegweiser durch das andere Berlin. Berlin 1984. Darin sind allerdings auch Gruppen, Initiativen und Institutionen enthalten, die auch schon in dem Führer durch das soziale Berlin (Graubuch)[13] 1977 aufgetaucht waren. Dennoch ist die Zunahme kleinräumiger Initiativen in den letzten zehn Jahren bemerkenswert.

55 Kommission Sozialpädagogik der Deutschen Gesellschaft für Erziehungswissenschaft: Das Diplomstudium in Erziehungswissenschaft mit dem Schwerpunkt Sozialpädagogik/Sozialarbeit. In: *Neue Praxis* Sonderheft 1977, 63–72. Zitat im zitierten Text.

56 B. Höbel und U. Seibert: Bürgerinitiativen und Gemeinwesenarbeit. München: Juventa 1973; Tim Kunstreich: Der institutionalisierte Konflikt. Eine exemplarische Untersuchung zur Rolle des Sozialarbeiters in der Klassengesellschaft am Beispiel der Jugend- und Familienfürsorge. Offenbach: Verlag 2000 1975; E. Pankoke u.a.: Neue Formen der gesellschaftlichen Selbststeuerung. Göttingen 1975; Konrad Leube: Berufssozialisation und Professionalisierung. Thesen zur Ausbildung künftiger Sozialarbeiter und Sozialpädagogen an der Hochschule. In: *Neue Praxis* 1976, 6, 101–106. Zitat im zitierten Text.

57 Hans-Christian Binswanger u.a. (Hrsg.): Wege aus der Wohlstandsfalle. Der NAWU-Report. Frankfurt 1979. Maja Heiner: Die ›Grünen‹ und die Sozialarbeit. Perspektiven einer zukünftigen sozialen Arbeit aus der Sicht der ökologischen Bewegung. In: *Neue Praxis* 1979, 2, 147–162. Zitat im zitierten Text.

58 Christian Marzahn: Partizipation, Selbsthilfe und sozialpädagogische Kompetenz. In: Siegfried Müller u.a. (Hrsg.): Handlungskompetenz in der Sozialarbeit/Sozialpädagogik. Band I. Bielefeld: AJZ Verlag, 1982, 74–75.

59 Unter Professionalisierung eines Berufes wird traditionell, und an den klassischen Berufen von Ärzten, Rechtsanwälten und Architekten orientiert, die Ausbildung einer bestimmten Berufsgruppe innerhalb eines geschlossenen Studienganges an Universitäten verstanden, der den Zugang zum Beruf mo-

nopolisiert. Meist ist dieser Prozeß mit der Bildung einer exklusiven Standesorganisation verbunden, die ein eigenes Berufs-Ethos formuliert und durch berufsinterne Ehrengerichte über dessen Einhaltung wacht. Das Professionalisierungs-Niveau wird meist an der Länge der akademischen Ausbildung und der Spezifität des in dieser Ausbildung erworbenen, nicht alltäglichen Wissens und Könnens gemessen.

60 Horst-Eberhard Richter: Die Gruppe. Hoffnung auf einen neuen Weg, sich selbst und andere zu befreien. Psychoanalyse in Kooperation mit Gruppeninitiativen. Reinbek: Rowohlt 1972ff.

61 Michael Lukas Moeller: Selbsthilfegruppen. Reinbek: Rowohlt 1978.

62 Michael Lukas Moeller: Anders helfen. Selbsthilfegruppen und Fachleute arbeiten zusammen. Stuttgart: Klett-Cotta 1981, 20.

63 Die Marktorientierung macht es manchem sympathisierenden Kritiker dieser Bewegung schwer, ihr die Treue zu ursprünglichen Zielsetzungen über die Zeit hinweg zu attestieren. So mehrten sich Mitte der 80er Jahre Stimmen, welche sowohl Frauenbewegung als auch Alternativbewegung ein nahes Ende bescheinigen. Siehe Cora Stephan: Ganz entspannt im Supermarkt. Liebe und Leben im ausgehenden 20. Jahrhundert. Berlin: Rotbuch 1985; Matthias Horx: Das Ende der Alternativen. Oder die verlorene Unschuld der Radikalität. Ein Rechenschaftsbericht. München: Carl Hanser 1985.

64 Peter Schneider: Keine Lust aufs grüne Paradies. In: *Kursbuch* 74, 1983. Wiedergedruckt in: Ingrid Karsunke und Karl Markus Michel Band 2. 1985, 270–273.

Anmerkungen zu: Postmoderne Verwerfungen (6)

1 Die Entwicklung der Gesprächstherapie von Carl R. Rogers ist ohne die Erfindung und den Einsatz von Tonbandaufzeichnungen nicht vorstellbar. Carl R. Rogers: Die nicht-direktive Beratung. (engl. 1942) Frankfurt am Main: Fischer Taschenbuch (1972), ^{6}1985. Carl R. Rogers: Die klientenzentrierte Gesprächspsychotherapie. Frankfurt am Main: Fischer Taschenbuch 1972, ^{8}1986.

2 Sabine Weinberger: Klientenzentrierte Gesprächsführung. Eine Lern- und Praxisanleitung für helfende Berufe. Weinheim: Beltz (1980) ^{5}1992.

3 Sabine Bachmair u. a.: Beraten will gelernt sein. Ein praktisches Lehrbuch für Anfänger und Fortgeschrittene. München: Psychologie Verlags Union (1983) ^{4}1989.

4 Christian-Rainer Weisbach: Training des Beraterverhaltens. Bad Heilbrunn: Klinkhardt 1988.

5 Paul Watzlawick/Janet H. Beavin/Don D. Jackson: Menschliche Formen, Störungen, Paradoxien. (engl. 1967) Bern: Huber (1969), ^{7}1985.

6 Deborah Tannen: Du kannst mich einfach nicht verstehen. Warum Männer und Frauen aneinander vorbeireden. (engl. 1990) Hamburg: Kabel 1991.

7 Sue Culley: Beratung als Prozeß. Lehrbuch kommunikativer Fertigkeiten. Übersetzung, deutsche Bearbeitung und Vorwort von C. Wolfgang Müller. Weinheim:

Beltz 1996. Siehe auch Gerard Egan: Helfen durch Gespräch. Ein Trainingsbuch für helfende Berufe. Übersetzt von Harry Friedl und Volker Krumm. Vorwort Volker Krumm. Weinheim: Beltz 1990.

8 Louis Lowy: Case Management in der Sozialarbeit. In: Claus Mühlfeld u. a. (Hrsg.): Soziale Einzelhilfe. Frankfurt am Main: Diesterweg 1988, 31–39; Wolf Rainer Wendt (Hrsg.): Unterstützung fallweise. Case Management in der Sozialarbeit. Freiburg: Lambertus 1991.

9 Paul Watzlawick (mit John H. Weakland und Richard Fisch): Lösungen. Bern: Huber 1974.

10 Gregory Bateson u. a.: Schizophrenie und Familie. Frankfurt am Main: Suhrkamp 1969. Gregory Bateson: Ökologie des Geistes. Frankfurt am Main: Suhrkamp 1981.

11 Horst-Eberhard Richter: Patient Familie. Entstehung, Struktur und Therapie von Konflikten in Ehe und Familie. Reinbek: Rowohlt 1970.

12 Salvador Michuchin: Familie und Familientherapie. Theorie und Praxis struktureller Familientherapie. (engl. 1946) Freiburg: Lambertus (1977), ^{3}1979. Salvador Michuchin und H. Charles Fishman: Praxis der strukturellen Familientherapie. Strategien und Techniken (engl. 1981) Freiburg: Lambertus 1983.

13 Gunther Schmidt: Grundlagen systemischer Familientherapie und ihre Implikationen für die Entwicklung therapeutischer Strategien. In: Claus Mühlfeld u. a. (Hrsg.): Familientherapie. Frankfurt am Main: Diesterweg 1985, 28. Zur *Mailänder Schule* siehe Luigi Boscolo/Gianfranco Cecchin u. a.: Familientherapie – Systemtherapie. Das Mailänder Modell. Dortmund: modernes lernen 1988.

14 Helm Stierlin/Fritz Simon: Die Sprache der Familientherapie. Ein Vokabular. Stuttgart: Klett-Cotta 1984. Siehe auch: Wilhelm Körner: Zur Kritik Systemischer Therapien. In: Georg Hörmann u. a. (Hrsg.): Familie und Familientherapie. Probleme – Perspektiven – Alternativen. Opladen: Westdeutscher Verlag 1988, 153–184.

15 Ich folge dem traditionellen Sprachgebrauch. Er unterscheidet eine berufsqualifizierende *Ausbildung*, eine *Fortbildung*, die Berufstätige lebenslang »auf dem Laufenden halten« und ihre beruflichen Kompetenzen erhalten soll, und eine *Weiterbildung*, die auf dem Sockel von Aus- und Fortbildung zusätzliche weiterführende und zu höheren Ansprüchen berechtigende funktionale und extrafunktionale Kompetenzen vermittelt.

16 Die drei hochschul- und professions-didaktischen Haupttypen der Lehre und Aneignung: Vorlesung oder Instruktion, Seminar oder Diskurs und Training oder »Handeln unter kontrolliertem Druck« erfordern in der Tat bei allen Beteiligten unterschiedliche Kommunikations- und Diskurs-Typen. Versuchen Sie bitte selbst einmal als Lehrende oder Lernende die Meta-Sprache des Seminars in die direkte Sprache einer Trainings-Situation zu überführen, indem Sie etwa ohne Vorankündigung in die direkte Rede des Rollenspiels übergehen. An den Irritationen der anderen (und Ihren eigenen) können Sie ablesen, daß es sich dabei nicht nur um einen Wechsel in der Sprechgebärde handelt.

17 Siegfried Müller/Hans-Uwe Otto (Hrsg.): Sozialarbeit als Sozialbürokratie? Zur Neuorganisation sozialer Dienste. Neue Praxis, Sonderheft 5, 1980. Neuwied: Luchterhand 1980.

18 Albrecht Müller-Schöll/Manfred Priepke: Ziele, Inhalte und Methoden der Akademiekurse für Sozialmanagement in der Diakonischen Akademie. In: Diakonie 1976, 4, 217–223. Auch: Albrecht Müller-Schöll/Manfred Priepke: Sozialmanagement. Zur Förderung systemischen Entscheidens, Planens, Organisierens, Führens und Kontrollierens in Gruppen. Frankfurt am Main: Diesterweg [2]1989.

19 Stephan Burla: Rationales Management in Nonprofit-Organisationen. Bern: Haupt 1989.

20 Ich verwende hier den Begriff »Organisations-Entwicklung« (OE) in seiner ursprünglichen Bedeutung. *Sozial-Management* bezeichnet das Insgesamt der Handhabung Sozialer Arbeit in und durch Institutionen. *Organisations-Beratung* meint die Unterstützung dieser Handhabung durch externen Sachverstand. *Organisations-Entwicklung* bedeutet die Befähigung aller (oder ausgewählter) Mitarbeiter Sozialer Einrichtungen zur Analyse problematischer Engpässe und Schwachstellen ihrer Arbeit, zur Entwicklung alternativer Verfahren, zur Implementierung dieser Verfahren und zur Einschätzung erwiesener Vorzüge und Nachteile.

21 Wendell L. French/Cecil H. Bell jr.: Organisationsentwicklung. Sozialwissenschaftliche Strategien zur Organisationsveränderung. (engl. 1973) Bern: Haupt [3]1990, 37–45.

22 Inzwischen befaßt sich nahezu jede Fachzeitschrift mit solchen Themen. Ich verweise besonders auf »Socialmanagement. Magazin für Organisation und Innovation« (Nomos Verlag), auf die »Blätter der Wohlfahrtspflege« (Wohlfahrtswerk Stuttgart), auf die »Widersprüche. Zeitschrift für sozialistische Politik im Bildungs-, Gesundheits- und Sozialbereich« (Bielefeld: Kleine) und – natürlich – auf die »neue praxis« (Luchterhand Verlag).

23 Die Kommunale Gemeinschaftsstelle (KGSt) in Köln ist eine Service-Einrichtung der deutschen Gemeinden. Sie erarbeitet Gutachten und Empfehlungen zu Verwaltungsreformen. In unserem Zusammenhang sind die folgenden Berichte, die sie publiziert hat, von Bedeutung: 22/74: Organisation des Jugendamtes; 1975: Organisation des Jugendamtes (a) Allgemeiner Sozialer Dienst, (b) Erziehungsbeistandschaft; 9/76: Jugendgerichtshilfe; 17/78: Organisation der Sozialhilfe; 18/78: Ziele der Sozial- und Jugendhilfe; 9/94: Outputorientierte Steuerung der Jugendhilfe. Für die einzelnen Berichte stellt die Gemeinschaftsstelle Arbeitsgruppen zusammen, in denen kommunale Verwaltungsfachleute gewichtig mitarbeiten.

24 Siehe vor allem Ilse Reichel-Koß und Ursula Beul (Hrsg.): Ella Kay und das Jugendamt neuer Prägung. Ein Amt, wo Kinder Recht bekommen. Weinheim: Juventa 1991. Und C. Wolfgang Müller: JugendAmt. Geschichte und Aufgaben einer reformpädagogischen Einrichtung. Weinheim: Beltz 1994.

25 C. Northcote Parkinson: Parkinsons Gesetz und andere Untersuchungen über die Verwaltung. (Boston 1957 engl.); Düsseldorf: Econ 1958 ff. Rolf Breitenstein: Das Kartoffel-Theorem. Der wahre Zusammenhang von Produktion und Verbrauch in unserer Wirtschaft. Oder: Was auf den Tisch kommt, wird auch gegessen. Düsseldorf: Econ 1974.

26 Vergleiche Hans Uske: Die Sprache der Wende. Berlin: Dietz 1986; Peter J. Grafe: Schwarze Visionen. Die Modernisierung der CDU. Reinbek: Rowohlt 1986. Und

weiter zurück der verdienstvolle Versuch der Bundeszentrale für politische Bildung, die Auseinandersetzung der siebziger Jahre, um Wörter zu rekonstruieren: Martin Greiffenhaben (Hrsg.): Kampf um Wörter? Politische Begriffe im Meinungsstreit. Bonn: Bundeszentrale o. J.

27 Hiltrud von Spiegel: Aus Erfahrungen lernen. Münster: Votum 1993; Hiltrud von Spiegel: Selbstevaluation. In: Maja Heiner/Marianne Meinhold/Silvia Staub-Bernasconi (Hrsg.): Methodisches Handeln in der Sozialen Arbeit. Freiburg: Lambertus 1994; Maja Heiner (Hrsg.): Selbstevaluation in der sozialen Welt. Freiburg: Lambertus 1988.

28 C. Wolfgang Müller: Zum gegenwärtigen Stand nordamerikanischer Evaluationsforschung. In: Institut für soziale Arbeit (Hrsg.): Sozialpädagogische Begleitforschung. Analysen und Berichte. Münster: ISA 1983. Siehe auch C. Wolfgang Müller (Hrsg.): Begleitforschung in der Schulpädagogik. Analysen und Berichte zur Evaluationsforschung in der Bundesrepublik. Weinheim: Beltz 1978.

29 Bei der Aktenführung muß man im Augenblick noch vorsichtig sein. In Sozial- und Jugendämtern werden Akten vor allem geführt, um das eigene Beratungshandeln und eigene Ermittlungsergebnisse so zu dokumentieren, daß sie einer möglichen späteren gerichtlichen Überprüfung standhalten. Die Akten enthalten dadurch Elemente von Selbstschutz und Selbstrechtfertigung, die nicht in jedem Fall den Anforderungen distanzierter Selbsterkenntnis entsprechen.

30 Siehe Anmerkung 19.

31 Im Zusammenhang mit den Ambivalenzen in der Bewertung von Qualitätssicherung als Neues Steuerungsinstrument in der Sozialen Arbeit verweise ich auf das Heftthema ›Qualitätsmanagement‹ der Zeitschrift WIDERSPRÜCHE vom September 1996: »Abgeschaut und mitgebaut? Zum Einzug des Qualitätsmanagements in die Soziale Arbeit. Bielefeld: Kleine Verlag. Wichtig ist auch: Joachim Merchel/Christian Idwapper (Hrsg.): Neue Steuerung. Tendenzen der Organisationsentwicklung in der Sozialverwaltung. Münster: Votum 1996. Gaby Flösser/Hans-Uwe Otto (Hrsg.): Neue Steuerungsmodelle für die Jugendhilfe. Neuwied: Luchterhand 1996.

Abbildungsnachweis

Bilderdienst Süddeutscher Verlag: Seite 132
Bryn Mawr College, Archiv, Pennsylvania: Seite 74
Deutsche Presse-Agentur: Seite 166, 199
Gerhard Gronefeld: Frauen in Berlin 1945–1947. Dirk Nishen, Berlin 1984: Seite 66
Jugendhof Vlotho, Archiv: Seite 26, 57
Kursbuch 24, 1971: Seite 161
Landesbildstelle Berlin: Seite 21, 40, 41, 157
Jörg Müller: Hier fällt ein Haus, dort steht ein Kran und ewig droht der Baggerzahn oder Die Veränderung der Stadt. Sauerländer, Aarau und Frankfurt a.M. 1976: Seite 110, 111
Medium Fotografie. Hrsg. von Andreas Hüneke, Gerhard Ihrke, Alfred Neumann, Ullrich Wallenburg. Elefanten Press, Berlin 1981: Seite 12
C. Wolfgang Müller, Berlin: Seite 29, 120, 141
Wiltrud und Joachim Petsch: Bundesrepublik – eine Neue Heimat? Städtebau und Architektur nach '45. Elefanten Press, Berlin 1983: Seite 96
Privatfotos: Seite 43, 48, 94, 117
Schwalbacher Blätter 1, 1950: Seite 52
Horst Urbschat, Berlin: Seite 80
Von Moskau nach Berlin. Der Krieg im Osten 1941–45, gesehen von russischen Fotografen. Hrsg. von Daniela Mrázkowá und Vladimir Remeš. Stalling, Oldenburg und München 1979: Seite 22
Timm Rautert: Gehäuse des Unsichtbaren. Ausstellungskatalog, Ruhrlandmuseum Essen 1992: Seite 202

METHODEN SOZIALER ARBEIT

C. Wolfgang Müller

Wie Helfen zum Beruf wurde

Band 1: Eine Methodengeschichte der Sozialarbeit 1883–1945.
4. Auflage 1994. 240 Seiten. 65 Abbildungen. Broschiert.
ISBN 3-407-55710-8

Über die Entstehung der klassischen Methoden der Sozialarbeit (Einzelfallhilfe, soziale Gruppenarbeit, Gemeinwesenarbeit) war bisher wenig bekannt. Dieses Buch rekonstruiert ihre historischen Ursprünge als das Werk sozialer Bewegungen und experimenteller Verfahren, die gegen traditionelle Armenpflege und caritative Mildtätigkeit durchgesetzt werden mussten.

»Das Buch räumt mit einigen historischen Legenden auf, die besonders in der Methodenliteratur unserer Disziplin zum lieb gewordenen Bestand gehören ... C.W. Müller ist ein großer Didaktiker. Sein Buch ... ist eine ... anschauliche und lebendige Darstellung historischer Vorgänge. Das macht es nicht nur lesbar, sondern zum Vergnügen.«
Christian Marzahn im Sozialmagazin

»Dieses Buch, dessen gekonntem Stil man die Mühen der Recherchen nicht anmerkt und das mit durchweg instruktiven Bildern ausgestattet ist, ist auch für Nicht-Profis eine gute Einführung in die Sozialgeschichte der modernen Sozialarbeit.«
Hermann Giesecke in Neue Sammlung